古遠清臺灣文學五書

戰後臺灣文學理論史

第二冊

古遠清　著

目次

第一冊

第二冊

第三冊

第八章　互為表裡的小說評論

第四冊

第二編　七十年代：成長時期的文論

第一章　在查禁聲中展開的批評「野戰」

第一節　從關傑明旋風到唐文標事件

從一九七〇年代初起，在反帝、反西化、有中國傾向的左翼保釣運動的思想衝擊和新世代詩人推動下，現代詩壇開始了內部反省。正是在這種氛圍中，在新加坡大學英文系執教並為《中國時報》「海外專欄」撰稿的關傑明，刮起了一股導致現代詩人創作路線的論戰與反省的旋風。就他讀過的三本均冠以「中國」名，而實際上很少中國性，卻有濃厚的「國際性」、「世界性」的三本有關詩集：葉維廉編譯的《中國現代詩選（一九五五～一九六五）》，張默、瘂弦、洛夫主編的《中國現代詩論選》（註一），洛夫主編的《中國現代文學大系（一九五〇～一九七〇）》詩一、二輯（註二），沉痛地指出：「中國作家們以忽視他們傳統的文學來達到西方的標準，雖然避免了因襲傳統技法的危險，但所得到的不過是生吞活剝地將由歐美各地進口的新的東西拼湊一番而已」。「所謂的『新』詩，往往顯示出一種不是土長土長、都是來自新大陸的任性；他們漫不經心地指責傳統文化時文字運用束縛太深，但又自己不能深刻發展出一套控制語文結構及語文使用的理論。」

在一九六六～一九七〇年的《文學季刊》時代，許南村、尉天驄等人都曾批評過新詩西化的傾向，但由於他們的文章遠非像關傑明發表在「光亮度」極大的《中國時報》上，因而未引起重視。據陳芳明分析，關傑明的批評具有下列優勢：他身在海外，可以不受國內各種人情關係的羈絆，所以論事較為客觀；他受過系統的文學訓練，特別是對西方文學的發展非常熟悉，能夠清楚認識西方文學的優劣；他進一步以西方的文學來印證中國現代詩的西化部分，精確地找到了中國現代詩的弊端（註三）。

由於關傑明的文章有強烈的針對性，尤其是他淩厲而嚴苛的措辭和指名道姓的批評，故立即引起三本「選集」的主持者即《創世紀》負責人的緊張。他們準備以出版「中國現代詩總檢討」專輯的形式來反駁關傑明的觀點。一九七二年十一月出版的《幼獅文藝》，也在徵求對關文不同意見的稿件，並註銷端木鼎的《現代詩與現代詩的批評》。此文沒有正面批駁關文，卻以「關傑明本人粗通中文（他的文章是以英文寫成即可證明），對中國的現代詩缺乏直接而深刻的瞭解」為由抹殺關文的理論價值。《創世紀》在發布取消反駁關傑明啓事（註四）時，也說關傑明「以異國文字來寫批評，更知他對中國傳統與現代文學均極隔膜」。這種「駝鳥式的逃避」（註五），充分說明三「選」主持者心虛、不敢正面回答關文提出的要害問題。

在關傑明一口氣射出三大炮後，趁文壇還沒有甦醒過來，比關傑明來勢更凶悍的唐文標又補上三槍。這個唐文標，一九六〇年代曾寫過詩，他以史君美的筆名發表過〈先檢討我們自己吧〉（註六）。他針對有些人提出關傑明應以中文寫作的離題要求，說了句十分精闢的話：「臭蛋外國鼻子也可以嗅出來，不一定需要跳樓才能證實可以跌死。」這種幽默和機智，說明這位批評者出手不凡，這正好為即將到來的「唐文標事件」作了預告。

所謂「唐文標事件」，是顏元叔在《中外文學》上發表的〈唐文標事件〉（註七）一文中最先杜撰的詞。他指的是唐文標結束客座教授的職位，回國前夕同時發表的三篇文章。這三篇文章的共同之處是強調文學的社會功能，批判「藝術至上論」。唐文標把「逃避現實」者視為「新一代的有閒階級」，認爲「他們的文學，是嗜好的，而非需要的；是賞玩的，而非合成一體的；是小擺設的，而非可運用的；是裝飾的，而非生活的。」在第一篇文章〈什麼時代什麼地方什麼人〉裡，他列舉了新詩中的三種錯誤傾向：一是以周夢蝶爲代表的「傳統詩的固體化」；二是以葉珊爲代表的「傳統詩的氣體化」；三是以余光中爲代表的「傳統詩的液體化」。對這「三化」，唐文標並未作具體解釋，但他批評現代詩未爲社會、現實服務的意圖仍可體現出來。分上、下篇的〈詩的沒落〉，副標題爲〈香港臺灣新詩的歷史批判〉。上篇〈腐爛的藝術至上論〉，主要以夏濟安主編的《文學雜誌》作批評的靶子，批評其「助紂爲虐，鼓勵青年寫逃避文學」。主張作家不應逃避現實是對的，但作者對《文學雜誌》爲什麼要「逃避現實」缺乏具體分析，對這個雜誌在抑制「反共文學」中所起的作用更沒有肯定。下篇〈都是在「逃避現實」中〉，批評現代詩人不該搞個人逃避、非作用的逃避、思想的逃避、文字的逃避、抒情的逃避以及集體的逃避。這種逃避貽誤青年，使「他們也學習這些，在其中三分之一瘂弦，加一點葉珊，調余光中之味，配洛夫之色，燒烤之下，又一首新詩了。」唐文標的文字寫得十分富於感情色彩和諷刺意味，感歎「他們生於斯，長於斯，而所表現的文學竟全沒有社會意識、歷史方向，沒有表現出人的絕望和希望」。〈僵斃的現代詩〉火藥味更濃，作者特別強調「今日的新詩，已遺毒太多了，它傳染到文學的各種形式，甚至將臭氣閉塞青年作家的毛孔。我們一定戳破其僞善的面目，宣稱它的死亡。」

唐文標居高臨下，危言聳聽，以法官判決式的口吻宣判現代詩死刑，致使整個詩壇喧嘩騷動起來。比起過去詩社與詩社之間、詩人與詩人之間的爭辯，唐文標以一人的激揚文字、糞土當年現代詩的氣魄向整個詩壇挑戰，自然犯了眾怒，怪不得受到眾多詩人、作家的抵抗。顏元叔本來也是提倡社會寫實主義的，唐文標與他有許多相似之處，但顏元叔看不慣唐文標的霸道和以「救世主」面貌出現在文壇，他指出：「唐文標用大掃除的手法，把整個現代詩都說成脫離時空」，這不符合詩壇實際。「大量的現代詩正是時代之反映，甚且批評。」至以詩的幅度，應越寬越好，以表現人生境遇的各種情態。「文學那能夠天天『車轔轔馬蕭蕭』，有時也當『香霧雲鬟薄，清輝玉臂寒』一番吧。……當代的詩應該著重當代人生的描繪，甚至要求它有社會意識；然而這只是重心，這只是強調，而不應斷言只有社會意識的文學才有價值，其它的文學作品都是廢料。唐文標的偏狹的文學見解，只是從望遠鏡裡看到人生的一小塊，以爲只有社會，沒有家庭；只有群眾，沒有個人；只有上意識，沒有下意識；只有述眾人之事，沒有抒個人之情；只有『怒髮衝冠』，沒有『淚濕青衫』。」余光中的〈詩人何罪？〉（註八），則意氣多於客觀冷靜分析。他說：「要詩人去改造社會，正如責成獸醫去維持交通秩序，是不公平的。」他認爲唐文標的文學觀是「幼稚而武斷的左傾文學觀……這種半生不熟的幼稚口號，早在三十年代已經喊濫，現在竟勞數學專家、客座教授從美國像轉運鴉片那樣批來臺灣，當作時鮮補品一樣到處叫賣，眞令人有點『惠蛅』之感」。這裡給唐文標加上「左傾」的紅帽子，又把其理論比作「鴉片」，這均是把學術討論往政治上靠近，引起對方的嚴重不滿。周鼎的〈爲人的精神價值立證〉，（註九）反對唐文標的偏激態度，所用的也是上綱上線的手法，認爲唐文標的理論是三、四十年代的普羅文學觀，因此唐文標倡導社會文學是「居心叵測」，有的人甚至罵唐文標是和「大陸共匪互相唱和」，洛夫亦稱唐文標爲「赤色先鋒」。被關傑明窮追猛打的葉珊，在〈致余光中書〉（註一〇）中，則首次將關、唐並稱，並罵他們爲「暴民」，這引來劉紹銘的不滿。他在〈漢魂唐魄——爲「關傑明事件」致葉珊書〉中（註一一），認爲關傑明爲文的動機是出於對中華文化的無限熱愛，而非葉珊所講的自大傲慢，況且關傑明與唐文標不能相提並論：「萬一臺灣出了一文化局長，只要顯出三分唐文標的霸氣，那麼全臺灣搖筆桿的人，除了寫『爲人民服務』的兵工農文藝外，再無其它出路。」

這場論戰從臺灣最大的日報打到最小眾的詩刊。在反對唐文標的所有文章中，除了顏元叔的文章較有影響，陳芳明發表在余光中主編的《中外文學》詩專號上的〈檢討民國六十二年的詩評〉（註一二），也有較強的說服力。該文從下列方面考察了唐文標立場的幾個偏失，第一，對「傳統」假設的錯誤：唐文標心裡的「傳統」最多只延伸到唐代，而這些又是停滯不變的。第二，對「現實社會」假設的錯誤：唐文標心裡的「現實社會」只有洪水猛獸的世界而忽略了其它。第三，對「詩人」假設的錯誤：唐文標只看到「逃避現實」的詩人，未看到另一種積極對抗現實的詩人。在還沒有轉變爲臺獨的陳芳明，他年輕時寫的文章就如此深刻和有說服力。

關傑明和唐文標的文章盡管討伐對象相同，但仔細考察兩人的文章有差別：關傑明的火藥目標是周夢蝶、余光中，而唐文標多了個葉珊。關傑明批評現代詩，多集中在語言文字的共通性問題上，而唐文標著重在思想。在保衛傳統方面，關傑明多站在人文立場，而唐文標則站在民間立場。兩人的共同毛病是不夠客觀科學和盛氣淩人，但它畢竟是一九五〇年代左翼政治、文化思想全面遭受鎭壓後首次衝破冷戰思想體系而得到的一次勃發，在光復後的文藝運動史乃至思想史上具有重要意義。在文學上，關、唐不無偏頗的文章，也引起了人們思考現代詩向何處去的問題。關傑明這股旋風披靡所及，首先被傷了元氣的便是「創世紀」在一九六〇年代所倡導的超現實主義。關、唐文章衝擊詩壇的客觀效果表現在：「以《笠》詩社爲主的寫實派線路和《葡萄園》的明朗風格，彷彿贏得了勝利，七十年代開始，配合現實政治及社會情勢的訴求，明朗穩健的寫實詩風取代了一九六〇年代現代主義的詩風而成爲詩壇的主流。」（註一三）總之，「爲人生而藝術」路線獲得越來越多作家的認同，「回歸民族，反映時代」的創作路線深入人心。連關、唐的論敵對葉珊以晦澀文風也略有微辭的余光中，也不能不承認：「唐文標的幾篇文章衝擊和影響力相當大，逼得詩人們不得不做一些反省，而逐漸地擺脫病態的現代主義束縛，另闢蹊徑，重返傳統——不是形式，而是一種自覺的認知。於是討論文學裡的時代社會意識的文章便多起來了，不染人間煙火的作品開始受到嚴厲批判。詩人們也喊出：唯有眞正屬於民族的，才能成爲國際的了。」

在臺灣當代文學史上，發生的這場超越由二十年來現代主義與反共文學所構築的思想防線的論戰，蕭蕭、張漢良於一九七九年十一月出版的《現代詩導讀・史料篇》有意遺漏，這自然不是一種疏忽，而是表明他們不贊成關、唐的觀點。而尉天驄等人化名「趙知悌」編的《現代文學的考察》（註一四），則對唐文標等人的重要文章全予收錄，這也表明了編者的另一種態度和立場。

詩人本不該不食人間煙火。在民族存亡的關鍵時刻，是應成爲時代的號角，應與現實保持密切的聯繫。在這種新的美學原則下，陳芳明、古添洪、陳慧樺、羅青、李弦、掌杉、高準在論爭中脫穎而出。在對現代派的批判中，《詩潮》主編高準的〈論中國新詩的風格發展與前途方向〉（註一五）一文也很有影響。此文歸納了現代派詩的八種弊病：

一、拖沓堆砌，結構散漫；
二、叫囂吶喊，流爲口號；
三、推毀韻律，詰屈聱牙；
四、排斥抒情，毀棄性靈；

五、蹂躪漢語，曖昧晦澀；
六、割絕傳統，喪心病狂；
七、矯揉造作，頹廢虛無；
八、摒絕社會，麻木不仁。

與此同時，高準針對以上弊端提出寫詩八點主張：

一、詞義清新，不作漢語之罪人；
二、情意眞摯，不作浮濫之吶喊；
三、結構精粹，不以散漫爲自由；
四、韻律諧調，不失聽覺之優美；
五、境界高遠，不作頹廢之虛無；
六、加強地吸收傳統精華，繼承光大民族的歷史命脈；
七、深切地關注社會現實，堅決在中國的土地裡扎根；
八、熱烈的發揮抒情精神，徹底清除「超現實」之迷妄。

高氏論文援引了在臺灣一般人難於使用的數據，把臺灣現代詩放在整個中國詩壇加以說明和批評，表現了這位「不怕寂寞的獨行者」（註一六）獨到的立場與見解。但高準批判別人時也有過激之處，由此引起被批評者乃有關部門的懷疑、排斥和誣陷、打擊。懷疑、排斥均可以理解，誣陷和打擊就不應該了。

關傑明、唐文標這種橫掃一切的淩厲之風，在七十年代後期陳鼓應身上得到薪傳。哲學系出身的陳鼓應在鄉土文學論戰中看了余光中的〈狼來了〉之後，一口氣連寫了三篇激烈地抨擊現代詩的重要代表人物的檄文：〈評余光中的頹廢意識與色情主義〉（註一七）、〈評余光中的流亡心態〉（註一八）、〈三評余光中的詩〉（註一九）。這些文章後來結集爲《這樣的「詩人」余光中》，由大漢出版社一九七七年十二月出版。後來又增訂了郭楓等人批評文章，由台笠出版社一九八九年九月再版。這些文章，是從讀者的角度去批評的。這對改變臺灣的文學評論文友間互相捧場或互相應酬狀況，有所幫助。文中指出現代詩（以余氏作品爲例）的語言「流入怪誕費解地步」也有見地。但這些文章和以淩厲的架勢出征的唐文標一樣，存在著說理不足、判斷多於論證的毛病，不少地方還顯得簡單粗暴。而對方的反批評手法也和當年一些人反唐文標的手法極爲相似，即將其扣上一頂「紅帽子」，所不同的是說得更爲露骨。如吳望堯攻擊陳鼓應批評余光中「頹廢意識」是「一套共產黨的專用名詞」（註二〇），又說陳鼓應這種批評是「共產黨的『口頭禪』」，（註二一）他認爲對付不同的意見，「木棍不夠，就用鐵棍」（註二二）。這種用恐嚇乃至誣陷手段對付偏頗意見的做法，是一種心虛和無能的表現。陳鼓應後來作了反思，他看了古遠清在臺北《傳記文學》發表的長文〈余光中的「歷史問題」〉（註二三）後，打越洋電話給古氏說：「如果現在評余光中我也不會這樣寫了，我的著作目錄中也從未出現過《這樣的「詩人」余光中》這本書。」

第二節　荒謬的「誹韓（愈）案」

在戒嚴時代，時有干涉學術自由討論的事發生。如在七十年代，有人攻擊高三下第六冊國文最後一課選的是清代孔尚任《桃花扇》續四十齣〈餘韻〉：「眼看他起朱樓，眼看他宴賓客，眼看樓塌了。這青苔碧瓦堆，俺曾睡風流覺，將五十年興亡看飽。」認爲這段曲文分明是諷刺國民黨。擔任主編的臺灣師大周何教授是臺灣第一位中國文學博士，他說：「我選的是清代戲劇，並不是我的作品。」攻擊者說：「劇本那麼多，你爲什麼偏要選這一課？」周教授差一點進了被人們稱之爲「保安大飯店」的警備總部。（註二四）

下述的「誹謗韓愈案」，同樣是這荒謬年代發生的荒謬的事件之一。

事情是由「干城」（郭壽華的筆名）一九七五年十二月二十五日所寫的〈韓文公蘇東坡給予潮州後人的觀感〉引起的。此文云：

> 韓愈爲人尚不脱古文人風流才子的怪習氣，妻妾之外，不免消磨於風花雪月，曾在潮州染風流病，以至體力過度消耗，及後誤信方士硫磺鉛下補劑，離潮州不久，果卒於硫磺中毒。（註二五）

這在一般讀者看來無甚新奇的「觀感」，卻引來了郭壽華的同鄉黃宗識的異議，他甚至以派親關係上訴法院，說郭壽華有意誹謗文學史上的名家韓愈。可黃宗識並不是韓愈後代，無訴訟權，便找到韓愈第三十九代直系血親韓思道提起自訴。臺北地方法院竟受理此案，經過二審宣判郭壽華犯誹謗死人罪，罰金三百元。

此案判決後，引起文壇極大的震驚。一九七七年九月十四日，《聯合報》刊載〈誹謗韓愈二審定讞，郭壽華罰三百銀元〉，同日刊出嚴靈峰寫的〈誹韓的文字獄平議〉。薩孟武亦在九月十五日寫了〈論「誹韓」的文字獄〉，文中說：

韓愈到底得了什麼病，有沒有吃過硫磺，這都是無關重要的。重要的是一千餘年以後，有人寫了文章，考證韓愈的病，而司法機關竟爲一千餘年前的韓愈，判決現在著作人郭壽華犯了誹謗罪罰金三百銀元。我不知道這個判決是根據刑法哪一條：根據刑法第三〇九條麼？此條所謂的「人」是指活生生的人。根據刑法第三一二條麼？本條所謂「已死之人」，必有期間上的限制，否則我們隨便評論一位古人，均將犯了誹謗罪。此風一開，誠如嚴靈峰先生所說，我們不能批評王莽，不能批評曹操，不能批評秦檜，不能批評張邦昌。文人一執筆，一下筆，動輒得咎，哪裡尚有什麼言論自由？

爲古人抱不平，寫文章反駁可也，告到法院，眞是聞所未聞。東漢王充所著的《論衡》，有〈問孔〉、〈刺孟〉兩篇文章，東漢天子固未曾下令列爲禁書。只惟明代李卓吾批評程朱的道學，明神宗萬曆三十年以後，一直互有清一代，才將李之著作禁止刊行。然明代王陽明所說：「道，天下之公道也。學，天下之公學也。非朱子可得而私也，非孔子可得而私也。」以當時孔學及道學之盛，兼以明代天子那樣的專制，我也未見王陽明因此數句，而受免職處分。吾國在明以前，民間言論極其自由。杜甫之〈石壕吏〉是批評賦稅之苛，〈兵車行〉是批評兵役之重。白居易的《長恨歌》，且據玄宗「好色思傾國」，而致「漁陽鼙鼓動地來，驚破霓裳羽衣曲」，「六軍不發無奈何，宛轉娥眉馬前死」。其後來天子曾加白居易以「不大敬」的罪名麼？生在千年之後，批評千年以前的人，有人控告誹謗，法院竟予受理，且處被告以罰金之刑，這眞是開司法未有之例。此例一開，任何一本書都要變成禁書。

薩孟武對該案由韓愈「第三十九代孫」韓思道提出訴訟，也提出質疑。因這個受理理由已超出一般的常識之外。在封建專制時代，文人只要寫出三代，而現在竟追溯到三十九代，這自然是一種「進步」。可惜的是，「唐代的譜牒至宋已不可信，難道到了民國，反可信麼?漢唐兩代對於外夷來降者多賜於國姓，漢賜姓爲劉，唐賜姓爲李，則今日姓劉的是同劉邦一族麼?」其理當與今天姓韓的不見得是與韓愈一族同。

嚴靈峰在一九七七年九月十八日發表〈公是公非，必須判明〉，向受理案件的法院提出質問：

第一、我要問：中華民國的「刑法」哪一條、哪一項規定，指人有「風流病」是犯罪行爲？

第二、韓思道是否韓愈的「直系血親」？

（一）韓思道所提出的證件《韓氏宗譜》……係民國二年二月所修。既稱：「家譜無存」，又云：「相傳文公二十四代孫玉珍。」韓玉珍本人乃係從「傳聞」而被認爲是「二十四代孫」。民國二年新修的家譜，距韓愈之死一千餘年，根據什麼資料和何種理由能夠證明：韓玉珍是「韓愈的直系血親」？這難道不是「神話」嗎？（二）……二十四代的韓玉珍，尚無法確定她是「韓愈的直系血親」，而韓玉珍又過十五代的韓思道，算得上什麼？他具有「告訴權」嗎？同時，此是「家譜」的最後一頁，筆跡與原譜根本不一樣。……法院爲什麼不予追究？

民間倒是有人追究，那就是黃正模告發韓思道僞造文書。經過學術界人士對「誹韓案」的大力撻伐後，楊仁壽於一九七七年九月二十日發表〈再論「誹韓案」〉，說他們判案的依據是刑法第三一二條第二項「誹謗死者罪」，可越解釋漏洞越大，無法平息讀者的憤怒之情。楊仁壽只好在文章的末尾安慰一下學術界說：「想經此番『筆戰』之後，法院同仁（筆者自始至終未參與審理「誹韓」案）已了然治史、考據學者『處境』，嗣後處理類此案件，當會予以『考慮』。」由此可見戒嚴期間學者、專家的處境。對千年以前的死人尚不能批評，如批評就上法院訴之於法，那批評活人、批評健在的作家或文化名人，其後果就將更不堪設想。

參加論戰的不僅有嚴靈峰、薩孟武、楊仁壽，還有薛爾毅、羅龍治、張玉法、高陽、錢穆、沈雲龍、陸以正、管國維、彭國棟、楊崇森、何烈、齊濟、謝浩、黃正模、葉慶炳。其文章均收集在《誹韓案論叢》。另一本出版於一九七八年一月二十五日的〈誹韓案論戰〉，收集的文章更多，計有干城、韓思道、陶希聖、沈野、任卓宣、劉昭晴、馬起華、成眞、杜若、嚴靈峰、薩孟武、羅龍治、楊子、莊練、薛爾毅、高旭輝、子堅、黃宗識、陳祖貽、楊仁壽、行健、高陽、謝浩、彭國棟、王立、葉慶炳、張玉清、勞政武、錢穆、漢客、曾修安、沈雲龍、武陵溪、沈光秀、羅中天、思年、莫名、何烈、崢嶸、陸以正、管國維、崇森、楊崇森、章貢、鄭宗武、齊濟、何繼雄、胡漢君等人。另有《大華晚報》、《聯合報》上的三篇文章。（註二六）

「誹韓案」從發生到結束，前後經歷了兩年多時間。它原屬古典文學批評範疇，但鑒於它和當代文學運動有密切的關係，從中也可窺見文學理論環境和生態，因而特加以專節記載。

第三節　詩壇的戰國風雲

散文家張曉風曾談到：在詩的國土裡，「不免時時有殺伐之氣。而一次論戰，每每要牽涉許多人馬。戰場的腹地亦極廣大，每從這個報紙戰到那個報紙，從這個雜誌戰到那個雜誌，戰期亦從一年二年戰至三年五載。因此殺人成塚，流血成河的事當然不免。有時眞令觀者扼腕，如此戰國風雲爲的是什麼？爲的無非是找到一種較爲正確的指揮法來奏音樂。」（註二七）張曉風這番話決不是誇張。在本書上編，我們述評了關於〈天狼星〉及《七十年代詩選》引起的爭議。這兩次論爭，均與洛夫有關。與他有關的還有洛夫於一九七一年三月主編的《一九七〇詩選》出版後引起的爭議。事情經過如下：《笠》第四十三期發表傅敏〈招魂祭——從所謂的《一九七〇詩選》談洛夫的詩之認識〉批評「詩選」的排他性：只注重突出同仁的詩作而忽視其它詩社的詩作。洛夫旋即在《水星》詩報第四號刊出公開信反駁，後又由夏萬洲等人出面攻擊《笠》詩刊爲日本詩壇殖民地。《笠》於四十六期發表嚴正聲明，要求其公開道歉，後由瘂弦出面調解。〈招魂祭〉雖係李敏勇（傅敏）一人所爲，並非有組織有計畫的「笠」集團行爲，但一石激起千層浪，這充分顯示了臺灣詩社之間的朋黨性如何遮蔽了個人的藝術追求。

威猛如雄獅的洛夫之所以一再與人發生爭論，一方面說明他是一位有實力、有影響的詩人，如《1970詩選》是臺灣年度詩選的創舉；另方面也因爲他編的詩選有片面性，其詩評有偏激之處乃至泛政治化的傾向。下面提到的三次論爭中的後兩次論爭，同樣可以說明洛夫是詩壇「戰國風雲」的風雲人物之一。

一　圍繞羅門〈麥堅利堡〉的論爭

一九七〇年，《笠》詩刊召開了對羅門〈麥堅利堡〉一詩的綜合評論，由白萩主持，詹冰、岩上等清一色的本土詩人參加。論者對「麥」詩多持否定態度，認爲此詩是「語言積木遊戲」。

《笠》派詩評家趙天儀曾三次評過「麥」詩。他對此詩持基本肯定態度，同時也有批評。第一次在〈談方思的〈仙人掌〉〉（註二八）中，他指出「有了余光中的〈馬金利堡〉，而後才有覃子豪的〈麥堅利堡〉，最後才有羅門的〈麥堅利堡〉」，並肯定「羅門有青出於藍更勝於藍的趨勢」。第二次以柳文哲筆名，在〈詩壇散步〉專欄中評介《死亡之塔》詩集時提到「麥」詩：「說羅門的〈麥堅利堡〉一詩，是如何的糟，跟說該詩是如何的棒，未免都過甚其詞。我認爲該詩還是在羅門的作品中較爲出色的一首。不過，把該詩比擬爲跟艾略特的〈荒地〉一樣地偉大，則容易使羅門先生因沾沾自喜而不自覺，我們不願以不倫不類的比擬來說明該詩。」（註二九）這段評論引來極度自信、且一切以我爲中心的羅門的不爽，認爲趙天儀的評論不亞於烏鴉的聒噪：「至爲嚴肅性的對『麥詩』的評介工作，只有短短的幾句話，便草草了事，大意是說這首詩既不好也不壞。既是不好也不壞，當然是普通之作，而又怎能列入詩壇少數具有分量的佳作來向讀者介紹呢？」

第三次是在《笠》第四十一期〈名詩選評〉批評「〈麥堅利堡〉那樣龐大的詩，給人有如黃河夾泥沙以俱下的混濁感覺」。不過，趙天儀還同時肯定「麥」詩一開始「就給人有戰爭的感受，這是羅門功力所見的地方。」（註三〇）由於趙天儀是將「麥」詩與紀弦的詩比較而言的，這便引起羅門的反彈：「說『麥』詩沒有△△的意境高，這種批評方法使用在目前已形成社會化的詩壇上是很有效的，『投好』與『抨擊』都做到了，一槍二鳥。」並把趙天儀的批評稱爲「機會性的批評現象。」

膽大而心不細、好戰而缺乏魄力的羅門，其反批評文章非常長，題名〈從批評過程中看讀者、批評者與作者〉（註三一）。全文分兩大部分：（一）關於羅門的〈麥堅利堡〉；（二）關於羅門從散文與論文中架起的批判世界。前一部分係針對《笠》的合評，後一部分則是對趙天儀的反彈。鑑於羅門的文章涉及了「社會化」問題，因而趙天儀寫了長文〈裸體的國王〉（註三二）作爲回應。此文共分四部分：（一）泥沼中呼救的聲音。（二）關於羅門的〈麥堅利堡〉。（三）羅門的架構何在呢？這部分又分爲七小點：一、知識貧乏，愛好談哲學，可對哲學只一知半解，偏又要引用哲學名家的理論，使人對其到底瞭解多少持懷疑態度。二、缺乏有效的推論。羅門的一些比擬不準確、不深刻，有如棒球賽之打擊者，揮棒雖有力，選球卻不夠精確，難免遭遇到三振出局。三、訴諸權威的濫用。羅門開口「里爾克」，閉口「貝多芬」，站起來「梵樂希」，坐下去「海明威」，這是借權威唬人。四、生造詞語特多，如「迫現」、「信望」、「花果園」、「任放」、「翼膀」、「升力」、「心感」、「挖拔」、「心勢」、「挖發」等等。在錘鍊語言上欠火候。五、互相標榜的空虛。羅門說：「從李杜到中國現代詩的傑出詩人群，從荷馬到艾略特，從沙孚到雪脫維爾，從李清照到蓉子與瓊虹」。（註三三）這樣的互相標榜，趙天儀認爲是羅門自信心的失落，以致處處要假借外在的力量來抬高自己的身價。六、名利觀念的中毒。羅門言行不一：「當羅門先生一臉笑容辭退了名利，而骨子裡對名利卻不斷地展開笑臉攻勢……理論與實踐的矛盾，正是名利觀念中毒的結果……」。七、自我中心的幻覺：趙天儀引用安徒生《國王的新衣》故事，將羅門比成遊街示眾的裸體的國王，認爲羅門只喜歡聽好話，只喜歡合乎他自我中心的幻覺就行。最後，趙天儀仍認爲〈麥堅利堡〉一詩在羅門作品中還是較出色的。「羅門先生的兩本詩論集，是『三明治散文』加上缺乏論證有效性的論文」，「是屬於『可愛者不可信』一類」。（註三四）

客觀地說，雙方在論戰中都夾雜有「鬥氣」成分，其中〈裸〉文有不少地方確實指出了羅門詩作及其詩論的短處，但用詞過於嚴苛，顯得咄咄逼人，而不似寫「散步」時那樣委婉，因而使那位把詩當作生命、當作信仰同時又十分好名的詩壇怪傑無法忍受。

二 《詩潮》是否提倡工農兵文藝的爭論

在鄉土文學論戰中，高準再次被人落井下石。事情係由高準一九七七年五月主編的《詩潮》第一集所引發。《中華日報》主筆彭品光曾指責該刊第一集封面封底設計，有遙遠的大陸，有海洋，有海島，天空和大陸是一片通紅，海洋和海島是一片黑暗：「所指爲何？相信大家都很清楚。」（註三五）高準〈爲《詩潮》答辯流言〉說：「事實上，無論封面與封底，均無大陸，也無海島。唯一的罪狀大概是用了紅顏色。「紅顏色是不能用的嗎？我們的國旗不也是有大塊紅地嗎？」彭品光指控的另一理由是《詩潮》第一集爲「倡導工農兵文學的專輯」：一是《詩潮》包含有「工人之詩」、「稻穗之歌」與「號角的召喚」三組作品，這正是「工、農、兵」，是「狼來了！」高準反駁說：《詩潮》在詩創作方面，一共分了九組，計爲「歌頌祖國」、「新民歌」、「工人之詩」、「稻穗之歌」、「號角的召喚」、「燃燒的爝火」、「釋放的吶喊」、「純情的詠唱」和「鄉土的旋律」。《詩潮》是以促進發揚眞正三民革命精神的文學爲總旨趣，所以這些詩的分組、編排上也照著民族、民權、民生的次序。「歌頌祖國」是發揚民族主義精神，「新民歌」是表現一種平易近人的民主風格，是發揚民權主義精神，「工人之詩」、「稻穗之歌」是發揚民生主義精神。關於工人與農人的詩篇，臺灣一向極缺，所以特別標示出給予園地。但「號角的召喚」卻不是以軍人爲主題的。這說明彭品光連依標題望文生義也沒有望對！（註三六）

余光中看到《詩潮》第一集後，很快寫出指控鄉土文學爲中共工農兵文學〈狼來了〉（註三七）一文。政工出身的詩人洛夫立刻在一個座談會上引用，作爲指控高準等人「提倡工農兵文藝」的佐證。過了幾天，余光中又從香港回來打電話給高準，高問他「狼」是不是指討伐全盤西化現代詩的唐文標，余氏變了一種粗嘎的聲調說：「老實說，對《詩潮》也沾到一點邊！」（註三八）

余光中的文章和彭歌的〈不談人性，何有文學〉（註三九）發表後，震撼了整個臺灣文壇。其後兩個月，指控者與被指控者展開了不同尋常的混戰。

正因爲高準莽莽蒼蒼，也莽莽撞撞，故臺灣安全部門緊盯住這位思想左傾的人不放。一九七九年，高準出了自選詩集《葵心集》，以一朵向日葵作封面而遭查禁。據情報部門說，向日葵是大陸的「國花」，其實大陸從沒有這樣做過，只不過文化革命期間流行向日葵圖案，將其視爲「忠於黨、忠於毛主席」的象徵。不僅高準的詩集禁止發行，國民黨高級將領白崇禧之子白先勇主編的一套《向日葵叢刊》也被迫改名，還有一位女作家的一部長篇小說〈向日葵〉被迫收回更改書名更換封面，另有一家冷飲店內的向日葵裝飾亦被勒令撤除。直至一九八一年初，高準在一本雜誌上評析了郭沫若五四時期的詩作《太陽禮贊》，該雜誌馬上被禁。這種「戒嚴文化」，眞是「秀才遇到兵，有理說不清」。

三　由〈現代詩批評小史〉引起的爭議

蕭蕭在《中華文藝》「詩專號」（一九七七年六月）寫了長文〈現代詩批評小史〉，就臺灣近二十年來現代詩批評歷史作一小結，並提出他的看法。文中第三節談到「顏元叔以《敲打樂》和《在冷戰的年代》兩冊詩集寫出〈余光中的現代中國意識〉，可以說是非常取巧的寫法。這是一篇只要讀懂中國字就可寫出的評論，因爲余光中很明顯地一直在詩中喊著：『中國中國你令我早衰』。如果顏元叔從余光中的其它詩集印證他的中國意識，或就這兩冊詩集探討余光中的詩語、詩法，或許才能令人傾服。另外三篇詩評：〈細讀洛夫的兩首詩〉、〈羅門的死亡詩〉、〈葉維廉的定向疊景〉，都發表在《中外文學》第一卷前面七期，似乎暴露了顏元叔爲寫詩評而讀詩的急就心態，論來自會有不知所云的慨歎。評洛夫時情緒語特多，頗有嘩眾取寵之嫌，對於羅門閃爍不定的意象，則又束手無策，論葉維廉的文章可以說是三篇中較好的一篇，可惜題目定爲「定向疊景」，卻不曾指出葉維廉的『向』定在哪方？『景』如何疊成……」。「前述幾篇評論的失敗，則是因爲（顏元叔）缺乏諒解的同情心，未曾仔細深究，率而執筆，忽略中國詩情，迷信西洋學理，有以致之。」

蕭蕭的評論，可謂直言不諱，表現了向權威挑戰的勇氣。顏元叔讀了後，在《中國時報》副刊連續發表了三篇以雜談方式寫的反批評。他除堅持原來的觀點（如批評現代詩人語法怪異，不使用日常語，詩寫得讓人讀不懂）外，還對一些現代詩人進行冷嘲熱諷。當然，其中也有不少善意的忠告：「你們應該看到一個事實，那就是你們與讀者間的鴻溝，十幾年來不僅沒有縮小，而且越來越大。廣大的讀者群，包括你們原先寄予希望的年輕學生，把你們全忘了。」這便刺痛了那些反對大眾化而主張化大眾的詩人。鑒於顏元叔文章的標題爲〈陋巷雜談〉，洛夫便給顏元叔送了一個「陋巷中的批評家」的「雅號」，並與此作爲文章的題目大肆反駁他、挖苦他，比顏元叔的文章更充滿了情緒語。

洛夫這次作的批評，在一定程度上帶有「報復」情緒在內。蕭蕭「小史」中提到的顏元叔寫的〈細讀洛夫的兩首詩〉（註四〇）發表後，引來了劉菲、彩羽、林綠、周鼎等人的「圍剿」。他們抓住顏元叔對現代詩創作還不夠瞭解，在洛夫這類不講結構的作品中尋結構的緣木求魚的做法，對顏元叔極盡反諷之能事。其實，顏元叔在批評洛夫時也不是句句在講外行話。連洛夫在答辯文章中也承認：顏元叔的〈細讀洛夫的兩首詩〉「能突破私情的障礙，大刀闊斧，細加剖釋，言無不盡，可說是中國當代文壇有詩評以來最爲痛快淋漓的一篇文章，確使我在警惕戒懼中獲益不少。」（註四一）

當然，人有自尊心，何況詩人最容易衝動，洛夫的「秉性就不是一個深具城府，很有修養的人」（註四二），因而當蕭蕭的文章引發顏元叔的反批評後，洛夫也很不冷靜地捲入這場論爭。以他這樣一位既善創作又善寫評論的才華橫溢的詩人來說，花這多精力去參加這種帶有「鬥氣」成分的論爭，無疑不合算。

多年來，臺灣詩壇由於缺乏一位有說服力的批評者來做諍諫工作，致使現代詩壇「吵架」風氣日甚。顏元叔從「陋巷」中走出，正好給現代詩論壇帶來了制衡力量。客觀地說，顏元叔對現代詩的許多弊端看得比詩壇內部的人清楚。以他的學識和不講情面的勇氣，應該可以爲現代詩的發展盡更大的力量，可金無足赤，人無完人。顏元叔求新過切，過分迷信新批評的作用，再加上他批評態度時有武斷之處，有時還擺出一副權威架勢唬人，有個性有自尊的詩人自然不會「俯首就擒」，這樣便有一系列論爭文章的出現。

現代詩壇的公案自然不止上面列舉的這些。但從上面舉的幾項論爭事件已可看出：詩壇多「戰事」的正能量是空氣活躍，眞理愈辯愈明；負能量是影響團結，不利於詩歌理論的發展。尤其是泛政治化的批評、人身攻擊式的批評，最不可取。

第四節　空前的鄉土回歸浪潮

一九七一年五月，《大學雜誌》連載張俊宏、許信良等四人寫的〈臺灣社會力的分析〉。這是一篇站在右翼立場充滿政治改革意圖的呼籲書，代表著臺灣新興力量的崛起。但也有反對的聲音：一九七二年四月四~九日，《中央日報》連載了署名「孤影」的長文〈一個小市民的心聲〉，對「分析」一文進行反駁。這反駁是無力的，是不符合歷史潮流的，但畢竟暗示了官方把建設臺灣放在首位、不再高喊或放棄「反攻大陸」新的政策。正是在這種背景下，臺灣當代文學思潮又有了更新和發展：現代主義文學思潮從高峰上跌落下來，空前回歸的、以現實主義爲主心骨的鄉土文學思潮取而代之，居主導地位。這種更替，標誌著臺灣當代文學從以個人爲本位走向以社會爲本位，從爲少數人服務轉向爲社會大眾服務，從以向西天取經爲主轉爲向東方回歸，向民族回歸，也顯示著臺灣作家在更高層次上的文學覺醒和對當代臺灣社會總體性認識越來越深刻。

鄉土文學思潮素有「壓不扁的玫瑰花」（註四三）之美譽，它的空前回歸有其深刻的外部原因與內部原因：

一是七十年代初期臺灣所經歷的外交危機、經濟和社會的轉型、政治權力重新分配的要求以及「不同文化霸權詮釋體系的競逐優勢」（註四四），極大地刺激了臺灣人民和作家、評論家民族本位意識的覺醒。發生於一九七〇年十一月的釣魚臺事件，便是典型案例。釣魚臺是位於臺灣省的一個海中小島，是漁民捕魚的重要地方。一九七〇年八月，美國將琉球群島交給日本時，竟將釣魚島列嶼一併奉還，作爲換取美日合作的籌碼。消息傳來，臺灣大學等校學生強烈抗議，留美學生也於次年元月底成立了「保釣會」分會。一九七一年四月，首先是成功大學，以後則有臺灣大學等校舉行保衛釣魚臺大遊行。這是戒嚴二十年來學生首次大規模上街遊行，它打破了臺灣親美媚日的政治傾向，這是一次反美抗日的民族主義運動和微型的五四運動，它極大地激發了海外同胞和臺灣人民群眾的愛國主義熱情和民族主義精神。這裡要特別指出的是一九七一年初在美國成立的「保衛中國領土釣魚臺行動委員會」，就有共產黨人參加，以致「保釣」蛻變爲「保毛（澤東）」。（註四五）

一九七一年十月二十五日，聯合國通過了阿爾巴尼亞「以中華人民共和國代替中華民國在聯合國的位置案」，臺灣當局被聯合國除名。一九七二年二月，尼克森與周恩來簽訂了〈上海公報〉。同年九月，日本承認中華人民共和國。一九七五年四月五日，蔣介石離開人世。這一系列的政治變化，給臺灣社會帶來空前的震動，徹底革新臺灣政治和社會的呼聲日漸高漲。一九七五年八月，以宣揚民主運動及本土精神爲主旨的《臺灣政論》雜誌創刊，接著一九七六年二月又由陳鼓應、王曉波等創辦了標榜「社會的、鄉土的、文藝的」以民族統一爲宗旨的《夏潮》雜誌。「這兩份政論刊物的創辦，突破臺灣十五年來政論雜誌眞空的局面，更把臺灣言論的空氣攪得活潑起來」。（註四六）在這種批判殖民文化、買辦思想和擁護鄉土文化、民族文化的環境翻轉異動中——具體說來，政治上的民主運動，社會上的工人運動、農民運動、環保運動、女權運動，校園裡則蔓延著民權運動，再加上文化上的鄉土文學運動，這些均促成文學界要求有更多的政治民主與創作自由。

二是臺灣的工業發展使貧富不均的現象愈來愈嚴重，下層勞動人民的生活每況愈下。六十年代工業的飛速發展，使臺灣由農業經濟向資本主義工商業經濟過渡。在過渡時，成千上萬的農業人口湧入大都市，使大批土地無人管理，農業人口迅速老化。臺灣經濟的繁榮，是畸形的繁榮，雖然沒產生西方國家那樣的大資本家，「但富的貧的差距也有天壤之別」。（註四七）愛國知識分子尤其是喜愛指點江山的青年學生，面對社會貧富對立的無情現實，喊出「關懷社會」和「服務社會」的響亮口號。他們走出校門，上山下海到工礦到農林和漁村深入調查，揭發危害工人健康的職業病，要求保護工人切身利益，把自己對現實的關注帶給下層人民。正是「大學生服務團」、「擁抱人民先鋒隊」等組織所採取的「洗滌社會」、「擁抱人民」的行動，在一定程度上促成反映現實、爲下層人民立言的鄉土文學的繁榮昌盛。

三是對臺灣文學逃避現實、脫離大眾及惡性西化傾向的反撥。鄉土文學既對「乒乓劈拍達達轟隆隆地打回來」（註四八）的反共八股深惡痛絕，又對「向外之心，媚外之風」日烈的現代派文學極爲不滿。吳濁流在五十年代中期就說：「我國的固有文學不消說需要近代化，但近代化不是西化，也不是日化，所謂近代化要將固有文化的優點及其性質繼承下來，不能拿西日文學來代替。」（註四九）鑒於西化文學提倡個人主義、形式主義和日益內向化，正如唐文標所說：「他們的文學，是嗜好的，而非需要的；是賞玩的，而非合成一體的；是小擺設的，而非可用的；是裝飾的，而非生活的。」（註五〇）鄉土文學作家便提倡社會寫實，動員文學爲社會上的經濟被剝削者的權益代言。這就難怪黃順興關心的農民問題，楊青矗注意的工人生活困境，和呂秀蓮所提倡的女性主義一樣，都在臺灣社會得到熱烈的迴響。

四是《臺灣文藝》等刊物不斷努力的結果。在鄉土文學發展進程中，吳濁流於一九六四年創辦光復後本土作家少有的雜誌《臺灣文藝》。該刊堅持「臺灣本土特殊性」、「文學與政治、社會、文化結合」的文學觀，帶動了鄉土文學的發展。雖然該刊在吳濁流時代，並無明顯論述鄉土文學的文章，但該刊所走的鄉土文學路線，是顯而易見的。吳濁流於一九七六年十月逝世後，由鍾肇政接任該刊。從五十三期起，《臺灣文藝》進一步堅持鄉土文學立場，爲鄉土文學搖旗吶喊，「其貢獻有下列數點：一、理清了臺灣鄉土文學的發展脈絡。二、透過作家及作品之分析，或文評家與作家之座談會，使大家更瞭解鄉土文學。三、對鄉土文學的『寫實本位』及『本土性質』，經過辯證而彰顯，並爲臺灣文學之發展，找到了『寫實路線』的方向，對日後臺灣文學之影響極深」。（註五一）一九六六年十月創刊的《文學季刊》，發表了陳映眞的小說〈唐倩的喜劇〉，尖刻地諷刺了正在臺灣盛行的邏輯實證論和存在主義，批評了臺灣文化界唯西方馬首是瞻的時髦病。於一九七三年八月問世的新《文季》，以激烈的態度抨擊臺灣現代主義文學，以專號的形式解剖歐陽子小說中存在的種種頹喪傾向，向文壇堂正地宣告了第一個現實主義文學團體的存在。一九六四年六月《笠》詩刊的問世，給詩壇帶來一股清新的風，形成了鄉土派的《笠》和超現實主義《創世紀》兩軍對壘的局面。一九七一年春創辦的《龍族》詩刊，標舉「中國」和「民族」，再次和一向凸顯「西方」和「自我」的《創世紀》形成鮮明對照。

在當代鄉土文學中，詩和散文的成就比不上鄉土小說影響大。六十年代以前，以一、二代鄉土作家爲創作主體的鄉土文學，一直處於被壓抑狀態；以三、四兩代爲創作主體，從歷史題材過渡到直面當代社會現實和人生的鄉土文學，在七十年代進入了鼎盛期。

宏觀鼎盛期的鄉土文學創作，具有下列特徵：一是深刻地解剖社會觀實，以強烈的社會責任感揭露社會中存在的各種矛盾和問題。其中黃春明、王拓、王禎和、宋澤萊的小說著重揭示了工商經濟入侵農村後所產生的悲劇性衝突。連命名都是直直直——決心直直挖，向生活深處開掘的楊青矗，他的作品主要反映了工人的苦難生活及其烏托邦式的人生理想；二是具有強烈的愛國主義和民族主義思想。像陳映眞的〈夜行貨車〉，黃春明的〈蘋果的滋味〉，均批判了帝國主義控制下的臺灣殖民經濟制度及其資本主義的思想文化道德對人民的毒害。鍾肇政寫於一九六一年至一九六三年的長篇小說《濁流三部曲》，則表現了臺灣同胞對祖先的認同和對祖國的嚮往。李喬的短篇小說〈孟婆湯〉，用我國神怪小說的傳統手法，採用曲筆抗議了美國兵的強權和暴行。三是具有鮮明的臺灣地方特色。這裡既有純樸的民情風俗畫，也有秀麗自然的風景畫。鄉土人物語言尤其幫了這些作家大忙。這裡講的鄉土語言，既是指「臺語」，也不完全是指「臺語」。像黃春明寫鄉土人物就不用本土話，不用本土話卻仍有濃郁的鄉土味，並將鄉土人物寫得栩栩如生，不能不使人佩服作者善於從生活中提煉語言的技巧。

鄉土小說盡管帶有泥土的芳香，但鄉土作家們並沒有將自己封閉起來。現代主義的頹廢內容誠然爲他們所不取，對有助於健康內容表達的技巧手段，他們卻不忽視學習。他們的作品，和歐陽子、白先勇不同的地方在於具有民族的、寫實的、前進的、知恥的現實主義特點。他們和日據時期、光復初期的鄉土小說最大的不同則是吸收了象徵、暗示、意識流、時空交錯等現代小說的各種技巧，無論是作品還是人物都具有鮮明的時代特色。黃春明《莎喲娜拉，再見》和王禎和〈小林來臺北〉（註五二）的發表，標誌著他們風格的轉變，同時也宣告了臺灣文學已從二十多年來的「純文學」進入了七十年代「使命文學」時期。（註五三）

在鄉土文學崛起過程中，形成了一支以葉石濤、陳映眞、尉天驄、王拓等人爲代表的理論隊伍。他們雖然還沒有形成完整系統的理論體系，但在一些重大的理論問題上，已有了較爲一致的看法。如對鄉土文學，不再像過去那樣狹隘地理解爲描寫鄉村生活、採用本地方言寫作的文學。鄉土文學經過五十多年的實踐和總結，已根據新的時代要求找到了比較科學的界說。如鍾肇政認爲：作家寫作「必須有一個立腳點，這個立腳點就是他的鄉土……，你在都市裡頭，也可以有一種風土」。這就是說，鄉土文學不只是以鄉村爲背景來描寫鄉村人物的鄉村文學，它也可以是以大都市爲背景描寫都市景觀的都市文學。王拓也認爲：鄉土文學「包括了鄉村，同時又不排斥城市。而由這種意義的『鄉土』所生長起來的鄉土文學，就是植根在臺灣這個現實社會的土地上，來反映社會現實，反映人們生活的和心理願望的文學」。（註五四）在陳映眞眼中，臺灣鄉土文學則是反現代主義、反全盤西化中成長起來的中國現實主義文學。它既包括王拓的漁村文學，也包括楊青矗的工廠文學。另一文學評論家蕭新煌則認爲，不能以省籍標準劃分鄉土文學的界限，把鄉土文學和臺灣籍作家寫的作品混淆起來。只要文學主張和創作方法相同，在臺大陸作家寫的作品也仍然是鄉土文學。（註五五）這些看法，均爲鄉土文學的創作實踐提高到一個新的理論高度，從而爲鄉土文學克服困境，結束摸索與彷徨的階段，邁進穩定與成熟的八十年代廓清了道路。

鄉土文學的復甦和再度崛起，不但挑戰了名不副實（國民黨的）「中國現代文學」或曰「自由中國文學」的概念，而且牽引出不少屬於文學流派嬗變問題，並爲八十年代各種方式的本土化運動打開一個全新的局面。從文化層面來說，經過鄉土派挑戰西化傾向，臺灣文化界秩序作了規模不小的調整。林懷民雲門舞集是先行者，它用中國歷史與民間文化爲臺灣文化藝術注入了大量的新鮮血液。由於鄉土派的政治挑戰，如陳映眞等人長期展示與主流意識形態不同的政治視野，由此擴大了知識分子的言論空間，對言論自由的實施有很大的促進作用。用在社會科學探討方面，如蕭新煌〈當代知識分子的「鄉土意識」〉所示，「臺灣意識」對知識分子思考和行動的方向產生了許多重大的影響。其中有負面影響，那便是某些鄉土作家由本土意識高漲到無限膨脹，像鄉土文學的後起之秀宋澤萊就變成一個「過於執」的本土論者，而與曾經幫助過他成長的強硬的中國民族主義者陳映眞分道揚鑣並成爲論敵。鄉土文學陣營還分爲統、獨兩派，由此改變了「鄉土文學」的面貌與詮釋方式，換言之，「就是『鄉土文學』的領導權與解釋權從『左派』轉移到『本土派』手中，而『鄉土文學』的名號也逐漸改爲『臺灣文學』，最後終於被『臺灣文學』所取代。」（註五六）

「『鄉土文學』運動的理念，起源於七十年左右臺灣知識分子對臺灣問題的初步回歸與反省，而結束於八十年代中期『國家認同』問題的尖銳對立與分化。」（註五七）這種分化與變化，與政治環境的變遷有密切的關係。在起步階級，鄉土文學運動與在野政治勢力互不聯結，各敲各的鑼。可到後來，鄉土文學運動的領頭人積極參與政治活動，將自己對現實的關懷轉移到參與選舉一類的政治活動中去了。政治比文藝的作用來得更直接、更有力，這就難怪宋澤萊只寫政論幾乎不再寫小說，而陳映眞的小說只不過是另一種形式的政論。當政治參與有了更多的方式與途徑時，與意識形態有緊密聯繫的現實主義思潮就迅速褪色。

第五節　藍綠對決的前世：鄉土文學論戰

在一九七七至一九七八年發生的鄉土文學論戰，表面上是一場有關文學問題的論爭，其實它是由文學涉及政治、經濟、思想各種層面的反主流文化與主流文化的對決，是「左與右，中華民族主義與『臺灣民族主義』的意識形態大亂鬥，是『藍綠對決』的前世」（註五八），同時也是現代詩論戰的延續。這是臺灣當代文學史上規模最大、影響最為深遠的一場論戰。

這場論戰結束後，編印了兩本代表完全不同傾向的書。一本是由「中華民國青溪新文藝學會」編印，彭品光主編的《當前文學問題總批判》（註五九），一本是尉天驄主編的《鄉土文學討論集》（註六〇）。前者由尹雪曼作〈消除文壇「旋風」〉序。這裡講的「旋風」，主要是指「鄉土文學」，由此可見此書的總傾向；後者也旗幟鮮明地選了許多反駁「總批判」的文章，同時附錄了不少「論戰」的原文。更值得重視的是這兩本書的作者名單，所反映的不同意識形態的媒體所集聚的不同思想傾向的作者群。

「總批判」的重要作者有：彭歌、余光中、趙滋蕃、魏子雲、季薇、王集叢、陳紀瀅、尹雪曼、尼洛、朱炎、鳳兮、誓還、墨人、侯健、應未遲、姜穆、鄧文來、司馬中原、羊令野、王藍、澎湃、周伯乃、葉慶炳、孫伯東等人。這其中有的是國民黨高級老黨工，如王藍、誓還、陳紀瀅、趙滋蕃（其中有的還是立法委員、國大代表）；有的還是新聞界的要人，如彭歌、尹雪曼；有的是主持高校文學系、所的國民黨代言人，如余光中、葉慶炳。其餘也多為國民黨軍政系統的幹部。正如郭楓在〈四十年來臺灣文學的環境與生態〉中所說：「在這場論戰中，他們充分展露黨工人員的團結力量。」（註六一）「討論集」的作家主要有：胡秋原、尉天驄、林義雄、陳映眞、葉石濤、王拓、何欣、楊青矗、王曉波、陳鼓應、趙天儀、侯立朝、曾祥鐸、黃春明、高準、徐復觀等人。這其中葉石濤、楊青矗是臺灣省作家；陳鼓應、王曉波是客串評論家和學者；陳映眞、高準等是民族主義者。有個別的則是這場論戰中的中間派。其中除胡秋原、徐復觀是資深的國民黨開明人士外，其餘都是中青年作家，與國民黨沒有往來或根本上就反對國民黨的獨裁統治，「這是一群在野的自由派作家的結合。」（註六二）

這場論戰是兩種政治勢力、兩種意識形態、兩種文學創作路線醞釀已久的較量。文學辯論是名，對臺灣的經濟體制提出批判，再以對經濟體制的價值判斷來攻訐政治體制的正當性和合法性是實。

鄉土文學論戰之所以採用文學的形式，是因爲這時的兩大報副刊在高信疆、瘂弦的策劃下成了強勢副刊。另方面創刊於一九七二年的《書評書目》以及和此刊唱和的《中外文學》的問世，還有關心知識分子命運的《仙人掌》的出現，均爲文學評論家提供了最佳的馳騁陣地。而且在戒嚴的一片恐怖氛圍中，借文學手段進行政治辯論，借鄉土文學之名作主流文化與非主流文化的對決，是一種迂迴策略。因爲如果發表批判貧富不均的政論，或像一九七八年底「臺灣黨外人士助選團」發表的〈國是聲明〉中呼籲「全面改選中央民意代表，司法獨立，軍隊國家化，解除戒嚴令，開放黨禁報禁」，「警總」馬上會派人前來干預乃至通緝作者。如先不談政治而改講文學應反映現實，應拒排西化回歸鄉土，應關心下層人民的苦難，然後得出臺灣的確存在農村破產情況的結論，這樣一來，政治的干預便改由「文明」一些的「文工會」執行。否則，文章還沒有出來就被「警總」消音了。（註六三）

下面是來不及被「消音」贊同鄉土文學人士的論點：

一、文學家應把關心貧困者作爲自己的道德標準，而工農大眾是經濟上受富人剝削的階層，作家必須關照他們、同情他們、描寫他們。在論戰中有濃烈政治傾向的《夏潮》雜誌，爲這股思潮推波助瀾時用十分明顯的階級觀點去分析臺灣社會。

二、沿襲二三十年代反帝、反封建、反殖民主義的口號，將臺灣經濟視爲「殖民地經濟」，反對臺灣工農群眾遭受帝國主義剝削。更有甚者，指責執政當局爲殖民政府。

三、反對、批評以聯合報系《中國論壇》爲陣地的胡佛等「自由主義學者」，甚至認爲他們是「洋奴買辦」。

不必諱言，不僅是鄉土文學的擁護者而且鄉土文學的批判者，都首先是從意識形態而非從文學本身出發去進行論爭的。這決不像有些人說的只不過是名詞之爭。與其說論戰雙方對鄉土文學的內容與形式有不同的理解，不如說雙方對臺灣社會的看法和所持的態度有原則性的差異。而參與論戰的人出身背景的不同和創作派別的不同，又加劇了論爭的緊張氣氛。

現在看來，批判鄉土文學的一方，在許多情況下是出於歷史夢魘的驚疑，特別是兵敗大陸的慘敗教訓使他們有些神經過敏。另方面也怕鄉土文學的興起侵犯了自己既得的利益，使自己從主導地位上跌落下來。對這場論戰的發生的背景，有人曾論述道：

「自一九七〇年以來，臺灣在經濟上有了畸形的發展，在文化上也出現了轉形的蛻化。所謂『畸形』是對外國資本家，尤其是對日本資本家的開門揖盜而言。所謂『轉形』是指在中華文化復興的虛僞口號下瘋狂地將中國人的心靈徹底出賣為外國人心靈而言。對此一趨向的反抗表現為若干年輕人所提倡的『鄉土文學』，要使文學在自己土生土長、血肉相連的鄉土生根，由此以充實民族文學國民文學的內容，不准自己的靈魂被人出賣……。於是鄉土文學，必然也會成為反映這些生活不斷下降的父兄子弟的寫實文學。他們把有時可望見顯要豪富們的顏色，幻成水中月、鏡中花的文學，斥之為買辦文學、洋奴文學。這種話一經說穿，文學的市場可能發生變化，已成名或已掛名的作家們，心理上可能發生『門前冷落車馬稀』的恐懼……，勢必要借政治力量來保護自己的市場。」（註六四）這段話，十分精闢地闡明了鄉土文學的本質以及鄉土文學論戰後來為什麼會離開文學本身的原因。

遠在一九七六年，鄉土文學在臺灣就重新冒頭。時任臺灣大學外文系客座教授的楊牧，於一九七六年二月接受採訪時表示：「近年來，臺灣鄉土文學廣受重視，他認為是自然的發展。」（註六五）同年八月，《夏潮》雜誌把「鄉土的」作為自己三大辦刊宗旨之一。一九七七年三月創刊的《仙人掌》，後來推出「鄉土與現實專輯」，其中王拓、銀正雄、朱西甯的文章，正式揭開了鄉土文學論爭的序幕。這就難怪同年九月，《中央日報》先後發表了朱炎〈我對鄉土文學的看法〉和華夏子的〈創作三民主義的文學〉等文，對鄉土文學論者提倡「社會文學」提出批評。《中央日報》總主筆彭歌在《聯合報》副刊「三三草」專欄中發表了〈不談人性，何有文學〉（註六六）的長文，則正式揭開了鄉土文學論戰的序幕。這篇由七篇短論拼成的文章，把矛頭直接指向鄉土文學的代表作家和理論家王拓、陳映眞、尉天驄。作者用老謀深算的眼光和犀利的文筆，尤其是大量引用蔣經國的話和三民主義資料，硬是要迫出這三人的「左派」原形。其中談到反帝而不見反共，即在《仙人掌》雜誌一九七七年第二期發表〈是現實主義文學，不是「鄉土文學」〉的王拓時說：這種唯物傾向容易「陷入階級對立，一分為二的錯誤。」

在談到陳映眞時，則認爲他作品中揭示的規律「其實只存在於共產黨的階級理論之中。」在談到尉天驄時，則認爲他的「高見對中國文學、歷史、文化的誣衊與損害」，比他自己詬罵的西化派還厲害。彭歌最後認爲鄉土文學作家有意「惡化社會內部矛盾」，暗示這種鄉土文學有可能「淪爲敵人的工具」。彭歌在這裡談的已不是文學，而是讓自己的文章眞正「淪爲政治的工具」了。

第二篇攻擊鄉土文學、充滿情緒語的文章是余光中寫的。本來，這次論戰的參加者多爲小說家，很少詩人上陣，再加上余光中長期在香港中文大學教書，可他按捺不住從遙遠的香港參加鄉土文學的論爭，這就不能不使人刮目相看。他在〈狼來了〉一文中以公開告密的方式煽動說：「北京未聞有『三民主義文學』，臺北街頭卻可見『工農兵文學』，臺灣的文化界眞夠大方。說不定，有一天『工農兵文藝』還會在臺北得獎呢！」此文以將近一半的篇幅引證毛澤東《在延安文藝座談會上的講話》，指責鄉土作家追隨毛澤東在臺灣搞「階級鬥爭」，余光中最後用咄咄逼人的口氣說：「說眞話的時候已經來到。不見狼而叫『狼來了』，是自擾。見狼而不叫『狼來了』，是膽怯。問題不在帽子，在頭。如果帽子合頭，就不叫『戴帽子』，叫『抓頭』。在大嚷『戴帽子』之前，那些『工農兵文藝工作者』，還是先檢查檢查自己的頭吧。」（註六七）這是公開把鄉土作家往共產黨陣營推而主張動武「抓頭」。這在臺灣三十多年來大大小小的文學論爭中，鮮見有如此露骨的政治指控。當年也有人爲余光中辯解，認爲「他所謂『抓頭』，並不是把他抓去殺頭。」（註六八）但這種辯解，有此地無銀三百兩的味道。

這兩篇帶有鮮明政治旨意的文章發表後，震撼了整個臺灣文壇。其後兩個月，指控者與被指控者展開了不同尋常的混戰。鄉土文學作家爲捍衛自己的民族立場嚴斥買辦文學努力作戰，可當時的新聞機構和報刊雜誌均爲官方所控制，圍剿鄉土文學的文章便如決堤黃河滾滾而來。據郭楓截至一九七七年十一月的統計，由《聯合報》、《中央日報》、《青年戰士報》、《臺灣新生報》發表社論八十篇、專論三十篇、方塊短評二十篇批判鄉土文學。其中前面講的〈狼來了〉，作者用「狼」咒鄉土文學家，他給對方「所戴的恐怕不是普通的帽子，而可能是武俠片中的血滴子。血滴子一拋到頭上，便會人頭落地。」（註六九）當時的一片白色恐怖氣氛，使論戰成爲一場朝野作家意識形態的決鬥。這就難怪鄉土文學的聲援者照批判者的做法離開文學主題去進行政治較量。像從〈狼來了〉中獲取靈感而寫作三評余光中詩的檄文（註七十），作者所持的解剖刀就不是文學。陳鼓應的出發點不過是以其人之道還治其人之身，用〈評余光中的頹廢意識與色情主義〉、〈評余光中的流亡心態〉這種加色標題，讓讀者看清余光中本人的「頭」就有問題，他憑什麼資格去檢查別人的「頭」？同樣，《現代文學》的重要骨幹王文興所發表的〈鄉土文學的功與過〉（註七一），除了攻擊鄉土文學的創作「交了白卷」外，亦未曾涉及鄉土文學的本質，和陳映眞等人的理論也未正面交鋒，而大談反對西方就是「反對文化」，「世界上只有軍事侵略，才會造成亡國，文化侵略和政治侵略都不能算是侵略，都不會危害到國家的安全。」

陳鼓應和王文興這一正一反遠離鄉土文學的極端筆戰例子，充分證明這場論戰「是一場文學見解上沒有交叉點的戰爭，只是兩種相對立意識形態的對決」（註七二）。侯立朝在一篇文章中，站在旁觀者的立場，也認爲鄉土文學論戰是一場加了色料的戰爭：「在這一次論爭中可以分爲兩方面：（一）一方是『鄉土文學』的鼓吹者，要以『鄉土文學』作武器，改變文風，衝擊社會。（二）一方是『鄉土文學』的批評者，批評鼓吹者的武器性文學觀，而未涉及作品。……爭論的焦點，很少集中在作品本身，而是集中在鼓吹者的論點上。結果形成了不是對作品的評論，而是鼓吹者與批評者的爭論，雙方的論點都是『加色的』，甚少涉及到『鄉土文學』本質的認識。」（註七三）拿王拓〈擁抱健康的大地——讀彭歌

《不談人性，何有文學》的感想〉（註七四）來說，除敘述自己投入鄉土文學的心路歷程外，主要是談自己對臺灣這些年來經濟發展的理解。談論時語言比過去緩和，給這場論戰在一定程度上降了溫，使得原來觀點的分歧變成觀察的角度不同而已。但論戰在別的報刊開展時，雙方仍呈短兵相接勢，火藥味極爲濃厚。其中尉天驄、陳映眞、黃春明爲鄉土文學辯護的文章分別爲〈欲開壅蔽達人情，先向詩歌求諷刺！〉（註七五）、〈建立民族文學的風格〉（註七六）、〈一個作者的卑鄙心靈〉（註七七）。

王文興在這場論戰中，由於主張全盤西化，成了眾多論者批駁的靶子。胡秋原曾逐條批駁王文興的言論，在長文〈論王文興的Nonsense之Sense〉（註七八）中也說了過頭話。有人還說王文興是「聯經集團三報一刊的文學部隊」中之一員，亦不符合事實。至於尉天驄在淡江文理學院舉辦的「二十世紀文藝思潮及中國文學前途」的座談會上提倡「工農兵文學」，典型地離開了「鄉土文學」本來的認識在鼓吹自己的文學主張，這顯然是出於一種激憤情緒：「知識分子既然可以寫他們的文學，工農兵爲什麼不可以寫他們的文學呢？……我們應該鼓勵我們的農人、工人、軍人努力創作。二、我們應該走出象牙塔，多關心工人、農人、軍人的生活，這樣有助於知識分子良心的發現。」；「假如說，大陸提倡工農兵，我們就放棄工農兵，不唯愚蠢，亦復膽怯。」（註七九）

尉天驄這番話，給鄉土文學栽贓爲「工農兵文藝」的「批評者」顏元叔、洛夫、朱西甯提供了再好不過的靶子。以至像下面這類攻訐，在報刊雜誌隔幾天就可看到：「現在，文壇上也有一小批披著人皮的『狼』，假『鄉土文學』之名，販賣『階級文學』的毒素，甚至張牙舞爪喊出『工農兵文學』的口號，他們的囂張，簡直視天下如無物。」（註八〇）這種攻訐顯然是借政治權勢壓人。但應該承認，將「鄉土文學」與民族精神、民族文學聯繫在一起，是使鄉土文學論者不被「政治解決」一個重要原因。

也是這一點，使原屬三民主義體系的作家、評論家分化出來站在鄉土文學一邊，或對鄉土文學表示同情。如胡秋原爲尉天驄主編的《鄉土文學討論集》作序時，就認爲鄉土文學有其存在的理由和價值，反對對鄉土文學作家進行迫害。他以保護鄉土作家又給「總批判」作者面子的折衷態度，給這場論爭打了一個句號。徐復觀、任卓宣、鄭學稼等人也憑藉他們在國民黨文化界的地位，幫鄉土文學說過話。還由於發生了「中壢事件」，這種政治形勢的變化和廣大群眾迫切要求民主呼聲的高漲，逼得「國防部總政作戰部」主任王昇在一九七八年元月「國軍」文藝大會上講話時，不得不承認「純正的『鄉土文學』沒有什麼不對，我們基本上應該『團結鄉土』。……應該團結這些人，不要把他們都打成左派，統統給戴上紅帽子。」（註八一）後得知尉天驄主編《鄉土文學討論集》時，又去信嘉勉，這均說明他們的通達。

正因爲鄉土文學論戰經軍界要人出來調解，要求「每個人都要平心靜氣，求眞求實的化戾氣爲祥和」，所以這場論戰才「和平」收場，不像中西文化論戰那樣釀成「政治事件」。至於說到誰輸誰贏，則很難判斷。不過，單就鄉土文學來說，並未因此弄得抬不起頭來。相反，鄉土文學作家洪醒夫，於一九七八年同時獲得第三屆《聯合報》小說獎和首屆時報文學獎小說類第二名，黃凡次年也得到時報小說獎首獎。

盡管洪醒夫和黃凡是鄉土文學的溫和派，遠未有後來崛起的宋澤萊那樣激烈，但這畢竟說明，「鄉土文學已是大勢所趨，誰也阻止不了的。」（註八二）鄉土文學論戰的眞正意義，也正在於回歸鄉土，文學要反映現實，要寫民眾、大眾生活，要繼承傳統，反殖民化，建立臺灣文學的民族風格，已成了許多作家的共識。拿現代派作家來說，他們正是在批評聲中開始認識到認同傳統的迫切性和關懷現實的重要性，以此來調整自己的創作路線。其次，這場論戰使鄉土文學思潮從理論上作了一次檢視，並形成了一支以本土作家爲核心的足以與現代派作家抗衡的鄉土文學創作隊伍。這個新的文學流派的出現，打破了過去現代主義一統天下的局面，尤其是自一九五〇年以來受內戰及世界冷戰結構影響形成「反共抗俄」的思想壟斷。兩種不同的創作路線，給八十年代以後作家的成長提供了一個新的藝術參照系。他們以後從事藝術革新，多半吸收現代藝術的不同長處建立自己的風格。

在鄉土文學論戰之後，對這一事件作回顧與檢視的文章有向陽的〈打開意識形態地圖〉（註八三）。該文繪製了鄉土文學論戰意識型態對立分布坐標（見表一，頁三二一）。

早先還有《聯合報》爲紀念該報創刊四十年撰寫的〈十五年後看鄉土文學〉、陳正醒的〈臺灣的鄉土文學論戰〉（註八四）及陳芳明以宋冬陽筆名發表的〈現階段臺灣文學本土化的問題〉。陳文對論戰的前後經過有詳實的交代，不足之處是未能進一步討論這場論戰的意義。宋文認爲這場論戰的意義在於：

第一，「鄉土文學論戰，代表臺灣作家對過去三十年臺灣社會經濟的一個總的認識。」（註八五）由於長期受政治環境的限制，臺灣省籍作家對他們所賴以生存的社會經濟條件，很少展開全面而公開的評估。這場論戰正好爲他們提供了一個徹底回顧與反省的機會。像王拓的文章，對臺灣文學與現實社會經濟之間交互關係的過程，便討論得極爲周延。

第二，「鄉土文學論戰，理清了三十年來官方文學與民間文學兩種不同路線發展」。這裡講的「官方文學」，「乃是根據國民黨文藝政策，配合政治上基本國策所寫出的文學作品」（註二九）。民間文學則是指鄉土文學。

第三，鄉土文學論戰最重要的意義，在於解構了官方主導的「戰鬥文藝」思潮。盡管國民黨的文藝政策仍未放棄「反共抗俄」的鼓譟，在一九七七、一九七八年官方還高喊清除新的三十年代文藝即鄉土文學的旋風，但收效甚微。可以毫不誇張地說，自鄉土文學論戰後，官方的意識形態的主導權已被鄉土作家們所逐漸取代。

第四，爲鄉土意識演化爲本土意識打下了基礎。原來鄉土意識中的鄉土，既指臺灣也指大陸。自蛻變爲本土意識後，這本土只包括臺灣而不含大陸，這便埋下了日後必然再度產生論爭的種子，導致了鄉土文學陣營的分裂。而「臺灣文學」這個名詞在論戰中正式得到確立，這既爲本土作家爭來了正宗的文學席位，同時也爲臺灣文學出現了前所未有的分裂思潮打開了缺口。更重要的是，鄉土文學論戰在某種意義上說來是政治意義大於文學意義。它是「臺灣戰後歷史中一次政治、經濟、社會、文學的總檢驗，一場新興的、強調農村土地生活經驗的、相信普遍正義原則的『人民論述』，群起對抗長期霸占絕對權力優勢的『官方說法』的關鍵論戰。」（註八六）其政治效應，在於政治上的反對勢力在這場論戰中作了一次較爲漂亮的演習。這場演習對臺灣社會中諸多政治內涵，如本土性、公平性、基層性、獨立性以及生態保育、經濟正義等觀念，添益附麗不少。

在確定文學應描寫社會等美學原則後，當局沒有鎭壓「鄉土文學」。極富反諷意味的是，現今被視爲鄉土文學經典作品王禎和的〈嫁妝一牛車〉、黃春明的〈鑼〉，均是在論戰前寫的。鄉土文學論戰後的創作，由於太鄉土，在作品中使用了不少令人難懂的閩南話，反而無法流傳開來。

鄉土文學論戰文章彙編成書的除上面說的兩大冊外，香港也出了一冊。論爭爲期雖然只有一年，但其延續性卻相當漫長。可以說一直延續到一九九〇年代。尤其是民進黨成立前的黨外運動至該黨出臺前

表一　鄉土文學論戰意識型態對立分布坐標

社會主義取向←官方論述→資本主義取向

中國立場	臺灣立場
無產階級文學	三民主義文學
工農兵文學	戰鬥文藝（反共文學）
普羅文學	人性的文學
社會主義文學	資本主義文學
社會寫實文學	現代文學
中國鄉土文學	臺灣鄉土文學
反封建、反帝國主義文學	反帝、反封建文學
中國意識文學	臺灣意識文學
在臺灣的中國文學	臺灣文學

民族取向←人民論述→土地取向

後，鄉土文學已蛻化變質爲「政治文學」了。從這個意義上來說鄉土文學論戰並不是以勝利告終。陳映眞就說過：「鄉土文學論戰並沒有形成一種新的啓蒙運動、新的思想運動，現在回想起來，它應該更進一步對整個戰後冷戰體制進行質疑和批判。」（註八七）特別是鄉土文學論戰消除自我後合併到主流的本土民粹主義運動中，其後果就是使「反國民黨」乃至「反中國」成爲唯一的「理論」或「思想」。既然所謂「鄉土」只是「反國民黨」「反中國」而無別的意義，那它只好與商品和鄉土聯繫起來共舞。（註八八）

第六節　查禁書刊的警察行為

臺灣從一九四九年五月開始了世界上最長的戒嚴時期。在軍事管制的體系下，在〈臺灣省戒嚴時期新聞雜誌圖書管理辦法〉（一九五〇年三月）、〈臺灣省出版管制法〉（一九五三年九月）的淫威下，在軍、警、特的嚴格監控下，用「局版臺業字」或「局版北市業字」管制案號查禁的圖書至少有三千種。查禁的原因一是爲維護蔣家政權的合法統治，對有所謂「爲匪宣傳」之嫌的作品一律查禁。二是維護善良風俗，反對誨淫誨盜。此點看起來光明堂皇，當局也的確查禁了某些不良讀物，但這種查禁常常因爲作品不符合主流意識形態而擴大化，因而出現了許多政治迫害和文字獄事件。這裡有不少冤假錯案，是白色恐怖在文化上的表現，純屬警察行動和暴力行爲。一部臺灣當代文學史，在某種意義上竟不幸地成了書刊查禁史。

在五、六十年代，反共是臺灣意識形態的主旋律，可弦繃得太緊了，反共竟反到自己人頭上，成了反「反共」的弔詭，如立法院院長張道藩的反共歌詞〈老天爺〉，因文中不斷罵「老天爺」而「老天爺」在民間據說是對總統另一指稱，因而遭軍方查禁。更離奇的是第一個喊出反共文學口號的原東北作家孫陵所寫的歌詞〈保衛大臺灣〉，裡面充斥「打倒蘇聯強盜！消滅共匪漢奸！」歇斯底里的叫喊，卻因爲歌詞名與「包圍打臺灣」同音而遭查禁，作者的另一長篇小說《大風雪》，也因爲書中所用的詞彙「大部分係共匪所用」而於一九五八年被禁止發行。另有應文嬋文案：出生於寧波的應文嬋，在臺灣任啓明書局經理時，於一九五〇年二月由香港啓明書局出版共產黨友人斯諾的《長征二萬五千里》即《紅星照耀中國》，一九五八年一月還由臺灣啓明書局翻印出售所謂「陷匪文人」馮沅君所著《中國文學史》，其中最後三頁提到「無產階級的文學」。一九五九年二月，臺灣警備總司令部以「爲匪宣傳」名義逮捕應文嬋及其夫君沈志明（任該書店董事），理由是違反「懲治叛亂」條例，揚言要判他們七年徒刑。

一九六〇年代中期，官方發布禁書手冊，其中魯迅作品爲禁書之首，計有《吶喊》、《彷徨》、《故事新編》、《野草》、《朝華夕拾》、《墳》、《熱風》、《南腔北調集》、《中國小說史略》等等。另有茅盾的《子夜》，巴金的《家》、《春》、《秋》、《霧》、《雨》、《電》，沈從文的《邊城》，丁玲的《太陽照在桑乾河上》，一九四九年前去世的郁達夫的小說《沉淪》，也在查禁之列。他雖然無緣做「陷匪文人」，但官方認爲他的作品屬黃色小說。查禁的還有性學論著《金賽研究報告》及《厚黑學》等，其名單之多，令人歎爲觀止。

查禁金庸武俠小說則完全是恐共心理作怪，說什麼《射雕英雄傳》的書名係從毛澤東「只識彎弓射大雕」的詩詞脫胎而來。《文星》雜誌和同名書店在高壓之下殉難小島，是當局怕秀才造反。六十年代前期查禁郭良蕙長篇愛情小說《心鎖》，是文藝觀保守所致。書中出現的性心理描寫，當時被蘇雪林等人視爲大逆不道。臺灣最大的文藝出版社「九歌」老總蔡文甫有驚無險，則純屬一齣鬧劇：那是一九六六年四月五日，《新文藝》出版「恭祝　總統當選連任特輯」，小說欄頭條刊出蔡文甫的作品〈豬狗同盟〉：郭明輝所養的母豬生了十八隻小豬，只有十二個乳頭，無法供全部小豬吸吮，鄰家母狗自動餵養小豬。在每月均由「警總」公布禁書目錄的年代，李姓保防官檢舉蔡文甫時稱：文中主角「郭明輝」係指「國民大會」，母豬生了十八隻小豬，是在影射「蔣總統」連任十八年。此案由「警總」查辦，治安人員紛紛出動在蔡文甫服務單位調查其言行，個別軍中好友向其暗示「案情嚴重」，後經總政治部第二處副處長田原說情，「國防部總政治部」執行官王昇勉強同意「存查」時仍表示該文污辱領袖不可饒恕。鑒於蔡文甫本人平時表現良好，與「匪諜」沒有任何牽連，才未追究蔡文甫的刑事責任，致使他未在柏楊之前進入綠島監獄，但由此取消蔡文甫參加第二屆國軍文藝大會的資格。此外，《聯合報》副刊的「船長事件」、大力水手漫畫事件，更是爲人所知曉的文字獄。

一九七〇年代仍是戒嚴體制下黨禁、報禁、書禁並且髮禁（一發現留長髮的，馬上會被警察拉去強行剃頭）的社會。據一九七七年十月臺灣省政府、臺北市政府、臺灣警備總司令部聯合編寫的《查禁圖書目錄》，其中遭查禁的三十年代作品有一百多種。較有名的有魯迅的《兩地書》，胡風的《野花與箭》，茅盾的《子夜》、《腐蝕》、《蘇聯見聞錄》，郁達夫的《茫茫夜》，姚雪垠的《長夜》，吳祖光的《嫦娥奔月》，何其芳的《畫夢錄》，沈從文的《月下小景》，老舍的《東海巴山集》，艾蕪的《夜景》，巴金的《家》、《春》、《秋》，王統照的《江南曲》，師陀的《結婚》，張天翼的《在城市裡》，張恨水的《啼笑因緣》，蕭紅的《牛車上》，等等。

在查禁書目中，留在大陸的作家作品占了絕大部分，但不等於說沒有查禁當地作家的作品。這時有查禁司馬桑敦《野馬傳》、包圍環宇出版社、封殺旅美作家於梨華、劉大任等海外文人被列入「黑名單」以及查禁陳映眞的小說《將軍族》、查禁吳濁流小說《無花果》和《波茨坦科長》、查封《詩潮》、搜查「筆鄉書屋」、查封《夏潮》、沒收香港《八方》雜誌等事件：

司馬桑敦的長篇小說《野馬傳》展現了在遼東和膠東地區一位曾做過小劇團演員的牟小霞及其周圍人物在抗日戰爭和國共內戰一系列行爲和故事。作者堅持對大事變進行細緻剖析，尋找出歷史的失誤與人性的缺陷。作品的內容不僅戰勝者不喜歡，連戰敗者也不歡迎。《野馬傳》於一九六七年在臺灣出版修訂本時，遭到臺灣當局的查禁。國民黨中央第四組爲《野馬傳》列出五大罪狀：罵盡東北接收人員，罵盡美式裝備中央人員，罵盡中國人，誣指南京中央政府爲抗日妥協派，鼓吹窮人革命。

一九六八年創辦的《大學雜誌》，鄭樹森加入該刊後有時候將題目橫排，這引起「警總」的注意，因爲在當時橫排是與「共匪隔海唱和」行爲。一九七一年五月出版的「保釣專號」，國民黨如臨大敵，他們生怕保釣運動會發展成一九四〇年代後期反政府的學生運動，因而成立了「寧靜小組」專門負責熄火。「中國青年反共救國團」還討論過《大學雜誌》對青年的「不良影響」。「保釣專號」出版後，「警總」突然包圍環宇出版社下屬的萬年青書店，這個書店重印過魯迅的兩部名作《小說舊聞抄》、《中國古典小說論》——後者並不是魯迅書的原名，是爲了逃避檢查臨時改的。最後他們將該書店的一位編輯何步正逮捕。

由臺灣培養的作家於梨華，於一九七五年從美國回到闊別二十多年的祖國大陸，一九七七年後又多次回國觀光、學習、探親，由此在創作中實現一次質的飛躍：貫穿著對美國幻滅、對臺灣失望而對祖國大陸卻多有認同的線索。臺灣當局聞知後，便由七個單位聯合組成「書刊審查小組」，將於梨華的《新中國女性及其它》、《誰在西雙版納》列入禁書之列，而著者也被「冷凍」起來。《書評書目》主編隱地在《青溪》雜誌上發表了一篇介紹於梨華新作的文章，該雜誌立刻被查禁。於梨華於一九七九年參加了兩岸作家首次在美國愛荷華大學握手的會議，又被御用文人打成「媚共作家」。

一九六八年五月，陳映眞赴美國參加愛荷華大學國際寫作計畫前夕，因「民主臺灣聯盟」案被「警總」保安總處以「組織聚讀馬列共黨主義、魯迅等書冊及爲共黨宣傳」等罪名逮捕。陳映眞被捕前的舊稿〈永恆的大地〉於一九七〇年二月由尉天驄以花名秋彬刊登於《文學季刊》。一九七五年十月，遠景出版社出版還在獄中的陳映眞小說《將軍族》。作品中不少的主人公係大陸移民，表現了外省人和當地人的密切關係。一九七六年初，「警總」正式查禁《將軍族》。

吳濁流的文學自傳《無花果》於一九七〇年十月由林白出版社出版，這是當時唯一寫出二·二八眞相的書。一九七一年四月十二日遭「警總」以（六〇）助維字第三三二〇號令查禁。理由是違反《臺灣地區戒嚴時期出版物管制辦法》第三條第六款：「混淆視聽，足以影響民心士氣或違害社會治安者」。具體說來，這本書有百分之十的篇幅描寫了在當時被視爲禁區的二·二八事件親身經歷和感受。一九八三年，美國的「臺灣出版社」出版了該書，一九八五年又由臺灣《生根》雜誌重新印行。

一九七七年九月，遠行出版社出版由張良澤編的六卷本《吳濁流作品集》，其中第三卷《波茨坦科長》係描寫戰後國民政府接收臺灣時官員嚴重腐敗，軍警紀律敗壞，導致人民生活陷入貧困的情形。出版後不久「警總」寄給張良澤公文副本，受文單位有：遠行出版社、張良澤、全省各公私立圖書館、全省書報店。其查禁理由爲：「作者歪曲現實，嘩眾取寵，動搖國本，故勒令出版社收回該書，不得發行。」

於一九七七年五月由高準創辦的《詩潮》，其方向不僅與主流詩壇不合拍，而且也與「鄉土文學」不完全相同，即它關心臺灣社會的同時，更關心整個的祖國。「警總」用斷章取義的手段，給該刊扣上「提倡工農兵文藝」的罪名，還拋出「狼來了」的紅帽子，以至該刊出版三個月即被查禁。這是臺灣白色恐怖時期被查禁的第一本詩刊，同時也成了引燃鄉土文學大論戰的導火線之一。

一九七〇年底，張良澤在成功大學上第一節課時，大講魯迅作品，爲全島高校講授魯迅之始，立刻被特務學生告密而中止。他又首次在臺灣高校講授臺灣文學，因此成功大學每年對他發放聘書之前，安全部門便會送一大疊張良澤「思想有問題」的材料給校長，要求停止聘用他。爲防止惹禍，張良澤只好把自己珍藏的一套《魯迅全集》，請別人代爲保管七年。一九七七年八月，張良澤與四位學生合夥開辦舊書店「筆鄉書屋」。該書店開張後，管區的警察派了四位警員氣勢洶洶衝進店裡對張良澤說：「有人密告你們偷賣共匪的宣傳品，現在要進行搜查，你們不要走開。」

創刊於一九七六年的《夏潮》從第四期起，總編輯由前臺灣共產黨員蘇新的女兒蘇慶黎擔任後，成了一份反帝國主義、反資本主義、反國民黨體制教育的批判性期刊，具有鮮明的社會主義傾向。不是純文學雜誌的《夏潮》，不惜篇幅推出王拓、楊青矗、宋澤萊等人的鄉土小說，陳映眞則借評論這些作品宣揚反抗國民黨統治的思想。鄉土文學大論戰爆發後，《夏潮》的主要成員均披掛上陣，和官方壓迫鄉土文學的做法作無畏的抗爭。鑒於《夏潮》與黨外運動聯繫緊密，因而該刊於一九七九年十一月遭停刊一年處分。「美麗島事件」後主編蘇慶黎被捕，《夏潮》也被查封。

一九七九年代由戴天領銜主辦在香港出版的《八方》雜誌問世不久後，寄到臺北時常常被沒收。該刊第二輯刊登過陳映真入獄前的作品，此外又有大陸來稿。該刊第三輯還刊登過楊牧爲民進黨前主席林義雄滅門慘案致哀的詩。該刊其中一位負責人黃繼持相當左傾，香港的國民黨特務爲此約該刊編輯古兆申見面，向他傳達臺北認爲《八方》是中共地下支持的文藝刊物，用文藝的旗號進行統戰工作。

禁書最大的副作用是出現僞書。書商爲了牟利，暗中翻印禁書。爲逃避檢查，他們不是篡改書名，就是將作者張冠李戴，這給臺灣學者帶來極大的困擾。也由於隨心所欲地查禁三十年代文藝乃至二十、四十年代文藝，造成圖書館有價值的藏書不斷減少。以如此貧瘠的學術土壤，如何能生長出現代文學研究家的喬木，以至長期以來難於出現水平高、資料豐富的新文學史著作，而一旦香港司馬長風的《中國新文學史》引進臺灣，哪怕史料錯誤甚多仍被大量翻印，以至達到「幾乎每一中文系老師和學生都擁有一冊。這與該書能提供三十年代文學、抗戰文學等較多的參考資料有密切的關係。」（註八九）

第七節　旋生旋死的評論刊物

如果我們認眞檢視臺灣當代文學評論刊物的歷史，會感到極大的失望，因爲此地既無像大陸那樣長達半個世紀（文革例外）仍按期出版的權威性刊物《文學評論》，（註九十）更談不上像大陸那樣許多省分和地區還有自己的評論刊物。即使某段時間出現過評論期刊，但也很快旋生旋死轉瞬無聲了。

這裡不妨從戰後一九四六年九月出版的綜合性文化雜誌《臺灣文化》談起。它雖然也發表文學創作，但文藝評論和學術論著占了很大的比重。尤其是從第五期開始，該刊重點放在臺灣文化研究上。它雖然稱不上是臺灣當代文學史上第一個評論刊物，但它是名副其實的戰後以文藝評論爲主（或爲特色）

的重要期刊。可就是這樣一個有代表性的刊物，它的出版時斷時續：一九四七年第二卷第三期出版後，正好趕上「二・二八事件」，只得停刊三期。第三卷出至八期後，又停刊四個月。一九五〇年十二月一日出版至第六卷第三、四期合刊後，終於告別文壇。這個期刊的興衰史，代表了以後出版的各種文學評論刊物或以評論為主刊物的命運。以國民黨到臺灣後創辦的《文藝論評週刊》為例。此刊週期七天，運轉是夠快的，但它並不是一本雜誌，而是借報紙的副刊園地即《公論報》的一角刊出。它從一九五二年二月七日創刊至同年九月停刊，共出版了三十一期。主辦者為「中國文藝協會」下設的「文藝評論委員會」，其成員有李辰冬、趙友培、王聿均、王集叢、王夢鷗、杜呈祥、許君武、何鐵華、潘重規、羅敦偉、黃公偉、石叔明、王偉俠、何容、葛賢寧等人。這個由黃公偉任主編，每星期四出版的週刊所發表的文章和差不多與此同時創辦的《文藝論壇》一樣，大多充滿「反共抗俄」的火藥味，有響徹雲霄的戰鬥口號，眞正的文學評論文字微乎其微。刊物的主辦者不過是假借《文藝論評》這塊「堂皇的招牌，來推行其對於文學包辦和統制的意願，以及讓某些對『戰鬥』內行、『文學』外行的『領導』有意無意的干涉文壇的創作自由」（註九一）和評論家的評論自由。

在臺灣，還有過面向文學習作者的文學評論刊物，這便是一九五八年三月問世的小開本《文壇》月刊。該刊主要是輔導文學青年從事文學創作。內容有文壇消息、寫作方法、名著介紹、批改示範以及刊登各文藝團體舉辦的文學函授學校學員的作品。它是當時另一種同名刊物的附屬品，卷數從第五卷第一期算起，出版至第七卷第三期（一九六〇年四月）後停刊，總計出版了二十七期。

七十年代初，《中華日報》獨排眾議，在副刊上開闢「文藝論評」專欄，為不爭氣的文藝評論打了一針強心劑，只可惜後繼乏人，過了不久便「灰飛煙滅」。一九七二年九月，由隱地、簡靜慧等創辦並主持的《書評書目》開始爲雙月刊，後爲月刊，約有一百五十頁的篇幅，可以連載較長的文章。它雖然有譯評，還兼有史料性質，但仍以文學批評爲主，如陳芳明在該刊以詩評引起文壇矚目，歐陽子研析白先勇《臺北人》的系列文章也在該刊亮相。詹宏志跨學科、跨文化的小說評論，亦曾在該刊連載了一年。陳克環按月評論《中國時報》的「當代中國小說大展」，計有四、五萬字之多。「《書評書目》上刊登的文學批評，談不上有什麼統一的觀點，和同時期的《文季》標榜社會關懷、後來的《仙人掌》從知識分子、文化前途著眼都不相同。《書評書目》文評的特色，毋寧是在創造了一個『自己人』的氣氛，批評者與創作者在這裡平起平坐，而且不管是朋友或敵人，往往都是私交成分夾雜在批評作品裡，這種『氣氛』使得《書評書目》上的批評嚴格來說不夠專業，然而卻也因此帶有後來逐步專業化的文評中所缺乏的激動與人情。」（註九二）該刊經費由洪建全教育文化基金會支持，常常製作各種特輯、專題，先後刊出有「兒童文學專題」、「五·四專題」、「報導文學專題」、「校園精神專題」、「以撒·辛格專題」、「漫畫專題」等。並舉辦過各種專題討論，如「評臺灣的報紙副刊」、「小說改編電影座談會」、「《中國時報》、《聯合報》副刊評議」、「詩人與歌者討論會」等。該刊共出滿一百期，於一九八一年九月停刊。小說家隱地主編此雜誌不久，於一九七三年創辦了書評書目出版社，於一九八一年三月二十三日停止出版業務後，由二十家左右的出版社贊助，於一九八三年十月新創刊了《新書月刊》（周浩正編）。《新書月刊》以報導和評介新書爲主，同時設有「啓蒙書」、「名家談讀書」、「密集短評」、「評鑒與欣賞」等專欄。主要撰稿人有梁實秋、林海音、無名氏、羅麗芳、鍾麗慧等。此刊的貢獻是爲一位無名女作者開闢書評專欄，後此專欄結集爲《龍應台評小說》被引爲文壇佳話。一九八五年九月該刊出版至第二十四期停刊。在此前後，各文學出版社還辦有以廣告式書評爲主的報紙。

到了一九七八年四月，以尹雪曼爲發行人、魏成長爲社長、彭品光爲總編輯的《文學思潮》月刊創刊。此刊屬「青溪新文藝學會」領導，內容有文學論壇、文學思潮、文學論著、文學動態報導、新書新作評介以及詩歌賞析、文藝史料，此外還有小說選粹和散文創作，後停刊。

在臺灣，文學評論刊物和評論著作一樣，均被出版商視爲「票房毒藥」。本來，實際從事當代文學評論與研究的人原就寥寥無幾，見諸報刊的評論也很有限，故辦一個純文學評論雜誌不談財力，光說稿件來源就問題不少。當然，有分量的評論文章不是沒有，但它們多半不是刊登在評論刊物上，而是刊登在泛文化刊物或評論、創作並重的刊物上。値得一提的是由臺灣大學外文系創辦，於一九七二年六月一日問世的《中外文學》，其評論隊伍主要來自《現代文學》的殘餘人馬，此外是以顏元叔所代表的使用新批評方法的年輕一代。該刊雖說是文學評論與創作並重，但卻是一份繼承五六十年代《文學雜誌》、《現代文學》的厚實的人文關懷、以獨樹一幟的文學評論爲特色的純文學刊物。其靈魂人物有朱立民、顏元叔、胡耀恆。它所開設的「文學論評」欄，以評介中外文學史、文學家、文學名著和文學理論爲主，尤其重視比較文學的研究。「西洋文學譯介」欄，重點推出外國優秀文學作品，尤以解構主義、傅珂和巴赫汀的理論以及女性主義影響最爲深遠。還設立過「文學講座」專欄，並不常出版「文學理論專號」、「女性與文學專號」、「女性主義文學專號」等。該刊編輯顧問大部分爲臺灣與海外的著名文學評論家，如夏志清、葉維廉、齊邦媛、顏元叔、李歐梵、王夢鷗、姚一葦、劉紹銘、葉慶炳等，這種陣容便決定了該刊是一本帶有學術性的文學刊物。在後來，它成爲結構主義以及後結構主義的各種批評理論的大本營。王德威發表在該刊一九八五年十一月號上的〈考蒂莉亞公主傳奇〉，便是以當代後結構批評觀點，批評前面提及的龍應台以新批評觀點寫成的暢銷書《龍應台評小說》。臺灣大學中文系在該年十二月舉辦過一場規模不小的「文學批評研討會」，《中外文學》用十四卷十二期和十五卷一期的篇幅，發表了論文十二篇，「除了三篇有關中國傳統批評以外」，其餘九篇可以說是臺灣「研習當代批評理論一次大規模展示」。（註九三）另外，一九八六年三月創刊的《當代》，以評介當前西方思潮為使命，曾在第四期專題介紹解構理論，第五期為女性主義專號。由蔡源煌任總編輯、青年評論家林燿德任執行主編，於一九八七年九月創刊的泛文化刊物《臺北評論》，以標榜後現代主義和後結構批評著稱於文壇。該刊設有「問題小說研討會」、「文學評論」、「專書研討會」等欄目。林燿德與詩壇前輩白萩、林亨泰、余光中、鄭愁予等人對談的《觀念對話》（註九四），就是在上面連載的。羅青還在上面發表了〈臺灣地區後現代狀況及年表初編〉。該刊後因經費問題，於一九八八年八月停刊。

第八節　副刊黃金時代的來臨

副刊是中國報紙的一大特色，它始於光緒年間即一八九七年十一月二十四日的《消閒報》。副刊文字的歷史，有一百多年，與中國現代化報紙的開端一樣悠久。二十年代臺灣出版的報紙受大陸的影響，如《臺灣新民報》就設有刊登文藝創作的副刊。相對新聞報導來說，副刊的內容比較輕鬆，題材也是五花八門，這種附張、附頁、附刊對正張刊登的國內外大事和本地新聞，起了一種補充和調劑的作用。

報紙副刊比文學雜誌最大的優勢是發行量驚人。臺灣最著名的大報，背後均有龐大財團支撐，如《聯合報》、《中國時報》。這兩大報的副刊在發展中形成了自己的模式和特色，將這一模式打破的是

「紙上風雲第一人」高信疆。

一九六八年，中國文化大學新聞系畢業的高信疆進入《中國時報》，擔任要聞記者，由於出手快寫的文章引人矚目，因而被競爭對手稱之爲「新聞界的紅衛兵」。一九七〇年，他主持《中國時報》「海外專欄」，以大串聯的方式廣泛邀請世界各地著名文化人及留學生爲專欄寫稿，引領風潮，成了「戒嚴禁錮時代裡，批判聲音的唯一疏洪道」（註九五）。李歐梵在一次大會上就說過，當局有關部門的海外學人聯繫工作，還不如高信疆一人來得及時和效率高。一九七三年，高信疆正式出任《中國時報》「人間副刊」主編，上任伊始就提出「熱愛臺灣，胸懷中國，放眼天下」不凡的編輯理念，並以「認識自己，參與社會，反哺大眾」作爲實踐這一理念的手段。他「下決心使報紙副刊不再具有文藝作品的浪漫性和娛樂的消閒性」（註九六），要將純文學副刊轉型爲文化副刊。他要讓副刊成爲廣大讀者認識時代、瞭解現實、體悟歷史、追尋個體生命和群體生命共同價値的一塊園地。也就是說，他要讓副刊文章與整個社會發生密切的聯繫。正因爲「人間副刊」辦得出色，高信疆改變了從前副刊「既與新聞無關，又與人生無涉，更談不上激動人心、傳承歷史、創造文化等等的趣旨」的呆板形象，（註九七）從而走出了舊有的「文藝」格局，開創了嶄新的「文化」天地，故很多讀者訂閱《中國時報》只是爲了看副刊，這是臺灣報刊史上從沒有出現過的奇蹟。

高信疆曾是詩人，參加過龍族詩社。作爲七十年代的媒體英雄，他主持的副刊版面，成了他揮灑創意和詩意的最佳舞臺。高信疆一大貢獻是把現代設計觀念引進報紙編輯作業，在副刊實施形象革命，聘請畫家爲重要文章繪圖，開風氣之氣。他通常不畫版，而由美術編輯以最高的審美觀點設計版面，與文字共舞。「人間」副刊版面革新飆到最高的時候，舉辦過「版面設計大展」，每天請一位名畫家到報社設計版面。在文壇叱吒風雲的高信疆，用柯元馨的話來說，「把前人視作『報屁股』的副刊，變身為開風氣之先的弄潮兒。」（註九八）「高式副刊」還特別重視報導文學和報導攝影，以及文化中國、古蹟維護、環境保育，還有敘事詩以及現代化與傳統等重大文類和議題。他不僅把編輯從被動變為主動，還從平面轉向立體。為了把附屬於報紙的副刊，硬拉到唱主角的前臺，他又馬不停蹄地主辦了時報文學週、文化週、藝術週、作家講座、作者對談、傳統文化講座，還有電影展、民歌演唱會等有聲有色的活動。此時高信疆的形象不太像文人，倒似一位呼風喚雨的導演，一個大汗淋漓的節目主持人。

高信疆是對世間的文藝才情極為賞識和充滿敬意的文化人，有他這種眼光和胸襟，臺灣的文化事業才能蓬勃發展起來。副刊的一個重要任務本是發掘新人，讓文壇後繼有人。高信疆除力促名作家張愛玲和鹿橋重出文壇外，還發現了洪通、肯定了朱銘以及推介了陳若曦描寫大陸文革的小說。後來活躍在文壇的作家如張大春、黃凡、林清玄，都是在「人間副刊」發表作品而廣為人知的。高信疆有識有膽，出獄後的李敖許多媒體都不敢登他的文章，可當高信疆約到李敖的作品後，臨時抽掉別人的文章換上李敖的新作，用最快捷的方式讓李敖重出江湖。柏楊重獲自由後，高信疆用盡快的速度前往拜訪，並開闢「柏楊專欄」，以營造一種文化評論的新氣候。不僅對外省作家，而且對臺灣前輩畫家陳澄波，高信疆在副刊頭一個推出這位因二·二八事件丟掉性命的文藝家的作品，這有衝破禁區的意義。「人間副刊」積極參與社會發展的重大事件和關注文化上引人矚目的事情，堪稱人文精神的典範。「人間副刊」所扮演的這種煽風點火角色，成了著名左翼評論家唐文標所說的當年臺灣十大文化事件之一。

「聯副」與「人間副刊」的共同之處都是採用單項約稿和廣向徵稿並重的方式來擴充稿源。不過兩家的作法不同，瘂弦約稿方式是雁往鴻來，而新潮人物高信疆嗜好給作者打電話，哪怕是昂貴的越洋電話。《聯合報》、《中國時報》這兩大報副刊主編，有一種瑜亮情結。瘂弦執掌的「聯副」，繼承的是「五四」以來的純文學傳統。它不似「人間」副刊那樣前衛而顯得較為沉穩。這種「文學的、社會的、新聞的」與文化副刊的不同風格，形成了各自不同的讀者群，如年輕人喜歡「人間」副刊的蓬勃向上，中年人則覺得《聯合報》格調高雅，有大家之風範。

棋逢對手、雙雄並逐的「聯副」與「人間副刊」，形塑了臺灣文學界意氣風發的黃金歲月。這一歲月的來臨，離不開兩大報副刊的激烈競爭，這表現在版面規劃、專題設計與作家的爭取上最為白熱化。在專欄作家的名單變動上，「聯副」幅度小，專欄的持續性遠比「人間副刊」更為長久。不打不相識的兩位摯友，就這樣各自聚合了來自不同民間的社會力量，形成「臺灣最具代表性的文化公共領域」。（註九九）兩大報或倡導報導文學，或鼓吹極短篇小說、政治文學，使副刊守門人由此成為文化界的風雲人物，其副刊也成了「文學傳播的權力磁場」。（註一〇〇）如七十年代末、八十年代初，臺灣媒體特別是《聯合報》副刊，開始以專輯特刊的方式迅速報導諾貝爾文學獎的新聞，《中國時報》的「人間副刊」以及《自由時報》等報刊也緊緊跟上，無不捲入爭奪諾獎新聞的狂飆，這對於臺灣文壇造成巨大的衝擊。以《聯合報》副刊為例，專輯中舉凡諾獎得主生平推介、代表作品翻譯、生活現況描述、得主專訪、作品剖析、各國學者評論、書目年表等，皆有嶄新而精準的呈現。以副刊整版篇幅刊登諾獎桂冠得主，特別是消息發布後數小時內即能快速電話專訪作者本人，正如陳長房所說：堪稱全球獨步，也創下中國報業文學性新聞專訪的輝煌記錄。除了副刊編輯的配合，這項成就歸功於加州大學任教的鄭樹森。媒體大篇幅的報導並評價諾獎得主，旨在探測文化的風速，深入新聞的心臟，不論是宏觀國際文壇的趨勢或脈絡，或是微視特定得獎作家的風貌，對於臺灣文學創作，都帶來影響。

辦報紙通常有兩條路線可供選擇：一是被動地反映社會潮流，另一種是主動地領導社會潮流。具有濃厚的社會運動家氣質的高信疆，無疑是後者的指標性人物。他高擎自由主義大旗，全力嘗試改變傳統文人副刊的性質，將其提升到報人副刊的層次；使副刊具有現代傳播的新思維，譬如新聞性、現實性、時間感和速度感等，更以主動約稿、計畫編輯等策略，擴大版面，爲《中國時報》創下空前的輝煌，新加坡華文報章也由此受到影響。七、八十年代，被稱作「副刊王」的王慶麟（瘂弦）與「副刊高」的高信疆，因報業的競爭而成「敵人」。盡管硝煙四起，龍戰在野，但兩人從來沒有翻臉過。最主要的原因，是兩人對文化和文學的想法接近。無論怎樣競爭，他們始終相信孔夫子在《論語》中說的「君子無所爭，必也射乎？揖讓而升，下而飲，其爭也君子！」他們無不認爲報紙重要，友誼也重要。他們就這樣強強聯手，在臺灣掀起了媒體風雲，創造了副刊的黃金時代。

高信疆始終是一道永遠的風景。在白色恐怖的時代裡，他不爲官方政策背書，是文化風潮的領航人，曾經引導臺北報界及文壇掀起新風潮，爲臺灣報紙副刊開創出嶄新開闊的格局。他又是臺灣思想文化界的一面鮮豔旗幟，扮演了「報春燕」的角色。他對準社會焦點的編輯方針，因常常出格而受到打壓和圍剿。一九八三年，他不堪政治力量的壓迫，遠赴美國威斯康辛大學做訪問學者。過了三年，他主動要求從工作多年的《中國時報》退休，直至二〇〇九年五月五日離開人間。

八十年代中期以後，媒體權力重新分配，副刊的文學霸權不斷被新興的文化雜誌、政論雜誌及出版社所建立的消費系統所剝離，因而不再成爲主導文壇權力的競技場。臺灣報紙副刊也不再是兩大報的天下，這是後話。

第九節　「三三」：張腔作家的聚集地

自一九五〇年代末期至一九八〇年代初期，臺北城南湧現出《文季》、《三三集刊》、《神州詩刊》等三本具有大中國意識的刊物及衍生出的文學社團，其活動範圍主要在木柵與景美社區周邊，成員則遍布臺北大中學校。以尉天驄為核心的《文季》，以朱西甯為「大家長」的「三三」，均以外省作家為主力；「神州詩社」則主要來自馬來西亞的僑生所組成。「這三者有一共同點，皆以民族主義為其領先指標，還相容並蓄地培育了所謂本省文藝青年的發展，各自創造了一番點染時代風貌的成績」。（註一〇二）

許多人認為「三三」是文學集團，但他們只是有共同的文學信念，一起吟詩作文，並不以集團或團體自居。嚴格來說，它只是一個系列刊物及其附屬的出版社和合唱團。《三三集刊》第一期《蝴蝶記》於一九七七年四月出版，出至一九八一年八月第二十八期《戰太平》休刊。《三三雜誌》自一九八一年九月至一九八二年八月，共出十二期。為出版胡蘭成《禪是一支花》成立的「三三書坊」，於一九七九年開始營運，至一九八九年與遠流出版事業公司合併，共出書二十本。「三三合唱團」成立於一九七七年，至一九八四年停止活動。所謂「三三群士」共五十位，主要作者有朱天文、朱天心、馬叔禮、仙枝（林慧娥）、謝材俊、丁亞民、林瑞及同輩的鍾信仁、銀正雄、慕植等人。「小三三」一輩有林燿德、楊照、李二筠、邱清寶、李疾等人。朱西甯為「三三」導師，從日本到臺灣「中國文化學院」任教，後在日本為「三三」籌集第一筆辦刊費的胡蘭成，為其精神領袖。一九七一年元月，號稱敲自己的鑼，打自己的鼓，舞自己的龍，走自己的路的「龍族」詩社在臺北宣告成立。這個蘊含有強烈「中國意識」的詩社，刮起一股回歸中國傳統的旋風，但並沒有人稱之爲「龍族現象」，就是溫瑞安領銜的「神州詩社」，也沒有人稱爲「神州現象」，倒是「三三」被稱爲一九七〇年代的一種「現象」。究其原因，它是臺灣文壇上的「大中國」或曰「右翼統派」的代表，可惜它是最後的「迴光返照」，所寫下的不是悲壯而更多的是「蒼涼的一筆」。

「三三」作者有眷村背景，受三民主義奶汁哺育，認同民族主義，偏向國民黨政權。仙枝說過：「我這一生得了中華民國是我的知心人。」朱天文也說：「我是向中華民族的江山華年私語，他才是我千古懷想不盡的戀人」。（註一〇二）這些此生此世不結婚的妙齡少女對「中華民族」立誓，「如同修女走上神壇，成爲耶蘇的新娘的意味昭然若揭。」（註一〇三）

《三三集刊》的創辦原因也就是「三三」的來歷：它可以是「縱排出乾卦，橫排出坤卦」，也可以是《詩經》中的「賦比興」，或者是「三達德」，再或是「一生二，二生三，三生萬物」，又或是正好生在三月三春潮方生兮的日子。不管讀者如何聯想，「三三」所講得最多的是「『三位一體』眞神的故事」以及「『三民主義』眞理的故事。」（註一〇四）

「三三」不像「神州」那樣組織嚴密，沒有像溫瑞安那樣善於招兵買馬、廣納賢才的領袖，「集刊」的主編採取共同主編制，仙枝、馬叔禮、朱天文、謝才俊、朱天心爲負責人，其活動不是討論會、演講會，就是參加合唱團。他們捨棄原先信奉的「橫的移植」而回歸傳統，背誦的是四書五經，讀當代人的著作則多爲新儒學代表牟宗三、唐君毅。當然，「三三」諸人最愛讀的還是曹雪芹的《紅樓夢》。朱天文認爲最有水平的「紅學」，當數張愛玲。一九八一年初出版的《三三集刊：補天遺石》，便以

《紅樓夢》爲評品對象，「三三」成員從各種不同的角度評品賈寶玉、林黛玉這些人物。從書序可看出，「三三」有如一個現代大觀園，那裡的人來去自由，各有所愛。年長的朱西甯，則不在「愛意與至情」中打轉，而是談井田制，談自古以來中國未有奴隸、「土」的文學與「民」的文學的差別、「王道」與「天道」如何互爲利用之類。從一九七七年八月起，朱西甯不寫小說而改寫以「中國人」爲中心的系列論文。（註一〇五）《三三集刊》還出現過「三三作家集體討論」的〈建立中國的現代文學〉長篇文章。這種專欄文字常用記實的方式幻化出沙寶、紅玉、金冠、早生旭一類的人物，其討論焦點是胡蘭成的《中國文學史話》。（註一〇六）「史話」作者所走的與新儒學苦學實證不同的禪悟道路，使年輕的「三三」諸人在思想上尋覓到了一個「大中國」烏托邦式的認同。

在一九七〇年代後期，現代主義文學思潮從高峰上跌落下來，以現實主義爲主心骨的鄉土文學思潮取而代之，居主導地位，「工農兵文學」也在暗潮洶湧，這引起了當局的警覺，下決心要消除這股文壇「旋風」。在本地的鄉土文學與緬想中國文化的懷鄉文學兩者之間，對國父孫中山非常崇敬，對蔣經國的政治魄力也非常欣賞的「三三」諸人，選擇了後者，這代表了外省作家的看法。這種「企圖創造一個大中國文化爲中心的行動原則的努力」（註一〇七），以及不贊成分離主義即「臺獨」，事後被人誤讀爲充當了「御用文人」或國民黨壓制鄉土文學的「打手」。（註一〇八）

作爲「想像中國」的「末世忠貞信徒」和「三三」作者群的溫瑞安、方娥眞、周清嘯，其「想像」方式主要不是「崇文」式的禮樂中國的幻影，而是「尙武」式的武俠中國的擬象。在溫瑞安等人的頭腦裡，「華人」與「華僑」的概念重疊。「華僑」本是兩岸中國民族主義意識形態下的產物，透過這個稱謂讓海外炎黃子孫認同中國，以使過去以血緣爲中心的海外方言群，盡快轉化爲以華語及中國文明的正統教義爲標準的「想像共同體」。這就難怪一九七四年從南洋到臺灣求學的溫瑞安，一路上寶島便有「投身入祖國的熱血行列」（註一〇九）的概歎。當時中馬未建交，無法到大陸的溫瑞安便把臺灣當成中國代表，而這個所謂「自由中國」提倡的是三民主義，故認同「祖國」的溫氏把國民黨「反共復國」的神話當作教義，一心一意想「爲中國做點事」，「事」未作成反被當局認爲是「共諜」而被查處，這是對一心報「國」的溫瑞安絕大的反諷。

在廣義上，「神州」諸人由於是「三三」的骨幹作者，因而兩個社團是你中有我，我中有你，但這兩個文學社團其區別也是十分明顯的：區別在「想像中國」的方式不同，在精神氣質上也各有千秋：「三三」對中國充滿了樂觀的想像，而「神州」對中國的情感卻以沉鬱著稱。正如朱天文所說：「三三」是漢民族的、太陽的，而「神州」是楚民族的、月亮的。「風起的時候，是楚漢際會之時，在劍影鏗鏘裡要劈出一個亮晃晃的漢朝天下。」（註一一〇）在師承上，「神州」鍾情批判胡蘭成的余光中，對其《龍哭千里》佩服得五體投地，而「三三」緊跟外表純眞而內在世故的胡蘭成，以致其文體有「張（愛玲）腔胡（蘭成）調」之稱。當然，這「張腔」與「胡調」不是半斤對八兩，而是「胡調」遠勝於「張腔」。「三三」把胡蘭成看得比張愛玲「更接近年少氣性」，（註一一一）胡氏幾乎爲「三三」每輯出版寫信加評點，並把自己最後幾年的文章用李盤的筆名交由「三三」發表。他的晚年爲這個社團做了最大的努力，這的確更能煽動起「三三」諸人的青春激情。也有人認爲胡蘭成是受張氏影響的第一人，王德威才會將其解讀爲「朱天文實爲張胡二人婚配的骨肉薪傳」。（註一一二）

「三三」成員「年少早慧，聰穎早熟」。（註一一三）在這一點上，與張愛玲相似，但張愛玲的模仿者、崇拜者畢竟太多了，因而當世故與性靈結合的「胡爺」突然出現時，便征服了他們。正是婉媚多

姿的胡蘭成，再加上「程度不一的天眞與潔癖之後，形塑了三三諸人文字『內在老成，外在天眞』的表徵。」（註一一四）

「三三」時間短促到只有四年（一九七七～一九八一年），卻在臺灣當代文學史寫下實踐張腔胡調美學風格這不平凡的一頁，這是它能形成一種文學現象的又一重要原因。且不說光芒閃耀的新星也是流星的林燿德最早起步於「三三」，（註一一五）單說朱氏姐妹朱天文、朱天心，還有蘇偉貞、楊照、袁瓊瓊、謝俊才、呂岸、鍾曉陽、蕭麗紅、汪啓疆、履彊、丁亞民、蔣曉雲這些活躍在一九八〇～一九九〇年代的作家，哪一個不與「三三」的哺育有關？他們的風格不同：有的「現代」，有的「後現代」；有的「寫實」，有的卻是「超現實」。其文類不限於小說、散文、新詩，還橫跨戲劇、電影等藝術門類，給當代臺灣文壇增添了一道奇異的光芒。

對中國純一不悔執著追求的「神州」，以各種方式顯示比中國生的作家更具中國性的「神州」，竟陰差陽錯被當局視爲「幫派」和「邪教」而鎭壓。溫瑞安回憶在臺灣求學的歲月時云：「偶談及眷戀之祖國山河，都被看做是『立場可疑』，實在令人長歎。」（註一一六）這裡說的「祖國山河」，係指長江、黃河、崑崙、江南。懷想它們，這在戒嚴時代確是犯忌的。對此，朱天文曾在〈大風起兮〉中婉轉地批評「神州」有武俠豪情而「沒有士的自覺，終究可惜了。」（註一一七）「神州」不信自身有危機，聽不進去，從此與「三三」往來減少。而到了溫瑞安、方娥眞被投入大牢後，豪放未與「士」結合的「神州」立即土崩瓦解。當胡蘭成於一九八一年病死日本，朱天文有「知音不在，提筆只覺眞是枉然」的傷懷。其它「三三」成員終則因文學觀點的分歧而分道揚鑣，導致「張腔作家的聚集地」（註一一八）的「三三」落幕，但人們將永遠不會忘記在分離主義剛出現時而十分中國的「三三」。

第十節 「文化統一中國」的先聲

兩岸作家從一九四九年底起，互不往來，不通音訊。他們第一次聚會，是在美國愛荷華大學。一九七九年九月十五日～十七日，由安格爾和聶華苓共同主持的愛荷華大學「國際作家工作坊」，邀請了世界各地華文作家，舉行「中國文學創作前途座談會」。其中最引人矚目的是來自大陸的蕭乾、畢朔望（註二一九），臺灣的高準，香港的戴天、李怡，以及從臺灣到美國定居的作家葉維廉、陳若曦、於梨華、李歐梵、鄭愁予、劉紹銘、歐陽子等人。另有《明報》特派記者也斯、臺灣《中國時報》特派編輯金恆偉、香港三聯書店經理藍眞等。

主持人聶華苓的致詞沒有兩岸常見的官腔，而是像談家常似的說：

今天我們大夥兒在一起，這是中國文壇一件很有意義的事。我們這些人，分離了三十年、二十年、十年……不論多少年，在我們的感覺上，那是一段很長、很長的日子。太長了！在那一段日子裡，中國人可以說是歷盡滄桑。我們每個人的歷史不同，經歷不同。我們對各種問題，對「中國文學創作的前途」的看法和態度自然也會不同。

但是，在目前這一刻，我們在一起，我們從不同的地區，有的千山萬水，從北京、從臺北、從香港、從新加坡、從美國各地，到愛荷華來。僅僅這一點就說明了：我們還是有相同的地方——那就是我們對整個中華民族的感情，我們對中國文學前途的關切。

現在，我們就從這份深厚的民族感作起點談談「中國文學創作的前途」，來表達多種意見，來聽聽多種意見。我們不是來交「鋒」，而是來交「流」，來互相瞭解，互相認識。我們今天不能得到任何具體結論。我們現在這一刻在一起，那就是結論！（註一二〇）

這是一次超越黨派、超越政治信仰的純文學會議，會議的關鍵詞爲「在一起」，潛臺詞是「文化統一中國」。既然政治統一中國遙遙無期，那就先從文化上統一中國做起吧。然而先不說文學觀念、文學制度上的統一，只說要讓具有國共兩黨政治背景的作家平等地「在一起」，談何容易。原邀請了瘂弦、王拓，臺灣當局不放行。那時戒嚴未解除，作家出國必須經過官方批准。盡管瘂弦很想去，在他自己主編的《聯合報》副刊發表過電話訪問聶華苓的報導，但還是未批准。原因很可能是聶華苓在臺灣擔任過《自由中國》編輯。該刊對「黨國」不忠，幾次向最高當局示威或施壓，甚至揚言要組反對黨。聶華苓雖然不是什麼事都捲了進去，但她這種經歷，當局早記在賬上。另一位被邀對象王拓，盡管還不是後來當上民進黨「立委」的獨派作家，但畢竟是從事反「政府」活動的「黨外人士」，當然不能放他出去。盡管王拓本人一直表示要參加，還在會議前夕托人帶去發言稿，但該稿在帶稿人離臺前，在機場被特工人員搜走。王拓早就申請過出國，國民黨中央黨部曾裝模作樣表示同意，王拓便寫了陳情書給「警備總部」，卻一直石沉大海。至於高準能準時赴會，是因爲臺灣「行政院新聞局」給愛荷華大學校長的電報中稱，王拓、瘂弦是因「個人原因」不能來參加，並沒有明確說這個會臺灣作家不許參加。更重要的原因是高準不是頭一批的邀請對象，不在「警總」的視線之內。他是由聶華苓在會議前夕直接打電話通知的，且他持的是旅遊護照，早先已辦好（註一二一）。爲了去後能順利返回臺灣，高準不從臺灣直接去，而是繞道香港抵美，並在會議期間聲明他不代表任何團體和地區，是以個人身分參加。

不管到會者如何表白，會議籌備過程如何曲折，聶華苓能把兩岸三地作家請去坐在一起開會，這就很不容易，也很了不起。這是打破兩岸長期軍事對峙導致老死不相往來的破冰之旅，是突破禁錮的創舉。這從會議結束後不久，《聯合報》報導說臺灣「中國文藝協會」既然宣布不參加這個會議，爲什麼高準私自「鑽出來」參加的這種反應，可證明這一點。

一九四九年後的中國文學，由於政治因素被分割爲大陸、臺灣、香港、澳門四大塊，互不溝通。各地區的文學走著自己的路，有著不同的經驗，需要透過交流，增加彼此瞭解。在這個「中國週末」上，最值得重視的是海外作家的發言。這些作家在臺灣求學期間，曾參加過體制內的文學建構。出國後，他們不再依附體制而存在，更不受兩岸意識形態束縛，因而講起話來沒有顧忌。葉維廉說：「今次中國作家能夠從世界各地聚合在這裡（愛荷華城），對中國文學的前途作開放的討論，無疑是一件極有意義的事。這次聚會也許可以成爲，我們已經期待太久太久的文化統一的開端。我們——住在中國兩個區域的同胞——雖然被分隔和沉默了三十年，我們的交往交談雖然被一些我們的意志無法掌握的事件所切斷，雖然我們這次只是初會，可是，我們並非陌路人，我們不僅血緣相親，而且心的底層有著相同的憂慮和瞻望，憂慮中國在十九世紀以來在外族的強權侵擊下潰滅，瞻望我們共同的努力可以復活一個新的文化中國，尤其是可以和唐宋相提並論的強大的文藝新中國。」（註一一二）葉維廉這段話，說出了東道主不便點明的話，難怪事後被臺灣官方評論家批評他不堅持反共立場，屬典型的風派作風，在客觀效果上和中共的統戰隔海唱和。（註一一三）

曾在大陸工作過的陳若曦，則在發言中開宗明義批評大陸文學：只注重共性，不注意發展個性。民主作風不夠，文藝應擺脫政治控制；大陸可借鑒臺灣的鄉土文學；對「地下文學刊物」不要查禁，這是將來「民刊的前奏」。後來的大陸文學，大有改進，已在不同程度上做到了陳若曦所說的這幾點。

來自香港的李怡，認爲不能離開政治前途空談文學前途。兩岸文學誰的成就高？李怡認爲臺灣的文藝成就「勝過了大陸三十年文壇」，因爲大陸一直強調文藝爲階級鬥爭服務，作品公式化概念化，故水平不高。李怡這一批評，一針見血。後來大陸文藝已掙脫了左傾教條主義的控制，其成就有目共睹。至於是否超過臺灣，李怡恐怕得重新判斷。

這次座談會交流多於交鋒，對不同主張和看法未能引起熱烈爭議。基本上各說各話，但仔細判斷，各地作家的文藝觀存在著分歧。如剛出國門的蕭乾，說話拘謹，仍擺不脫體制的束縛，認爲大陸文藝發展受到壓制源於「四人幫」。既不是臺灣「中國文藝協會」成員更不在大陸體制內的高準，認爲不能把謬誤完全歸咎於「四人幫」，對作家的束縛至少在反右派時期就開始了。大陸盛行的個人崇拜，也束縛了文藝生產力。在延安時期，艾青寫過一首歌頌領袖的詩，高準認爲是開了一個把領袖神化的惡劣先例。此外，高準對臺灣現代詩強調「主知」和「詩的純粹性」提出批評，而鄭愁予並不這樣認爲。許芥昱的發言，歸納了大家的意見，並重申交流的重要性：「比如有人提到臺灣和大陸交換材料，這就可以互相交流吸收。」（註一二四）

這次會議結束後未發宣言，也沒有作出結論。但透過首次交流，彼此增進了瞭解。大家均認識到：中國文學要健康發展，必須擺脫政治的束縛；作家應有充分的創作自由，包括批評政治的自由；文藝作品的內容應有利於健康、民主社會的建立，等等。

在臺灣，官方長期禁錮三十年代文藝乃至二十年代文藝。戒嚴時期頒布的〈出版物管制辦法〉，明文規定凡是大陸出版物一律查禁，這使得魯迅、巴金、茅盾、冰心、曹禺以及非左翼作家錢鍾書、沈從文的作品全被打成「匪僞出版物」而不許流通和閱讀。更可笑的是，禁書禁到國外。世界名著如果戈里的《死靈魂》、屠格涅夫的《初戀》，由於是大陸學者翻譯並在大陸出版，也被打入冷宮。鑒於凡是與大陸有牽連的書均不能接觸，這就難怪陳映眞說：「中國對我來說，只是那麼一張地圖」（註一二五）。那這張地圖，只能眼看而不能用腳行走。現在兩岸三地作家打破束縛，讓這張「地圖」活動了起來。那些害怕「地圖」上不同地區的作家會突破「不接觸，不談判，不妥協」這一僵化政策的「文探」們，便極力攻擊「中國週末」是被中共統戰的會議。《中國畫報》還翻出高準一九八一年在北京爲艾青點煙送火的照片大做文章。堅持蔣介石「漢賊不兩立，敵我不共存」（註一二六）立場的徐瑜，則寫了〈共匪的海外文藝統戰〉（註一二七），大罵愛荷華會議。對這種謾罵，稍有頭腦的人都會問：大陸作家都是「賊」，都是「匪」嗎？這次「愛荷華震撼」不是由兩岸的任何一家官方發動，充其量只是自由主義文學制度的一種設計，從政治上來說是「文化統一中國」的先聲。這個先聲不代表任何一個統治集團、統治階級的意志，只解構了臺灣當局兩岸有如冰炭難容、無法共存的神話，故才引起徐瑜們的警覺和批判。

「愛荷華震撼」還輻射到香港。香港中文大學於一九八一年底召開了以四十年代文學爲重點的「中國現代文學研討會」，臺灣有陳紀瀅、洛夫、瘂弦出席，大陸代表則多達十三位，香港有余光中等多人參加。由於臺灣名額太少，「許多著名的反共作家並未被邀請」（註一二八），因而又被臺灣官方人士攻擊爲又一個符合「中共文藝統戰」要求的會議：「造成大陸作家與臺灣作家共處一堂，坐下來談的錯誤印象，目的不過爲廖承志製造統戰績效，爲《人民日報》製造新聞標題而已。」（註一二九）其實，這不是大陸策劃的會議，中文大學也決不可能聽中共統戰部門的指揮。關心中國文學前途的境外作家，均希望盡快結束中國作家分離、分裂的局面。臺灣的反共評論家，從他們的「反共國策」出發，生怕「三不」政策受到挑戰，因而接二連三圍攻愛荷華會議、中文大學研討會。可後來隨著祖國大陸學者參與國際活動和各種外事活動日益增多，兩岸學者在第三地舉辦的國際會議上接觸已成必然。臺灣官方看到這種情況，不得不於一九八四年一月宣布臺灣學者可以跟大陸學者主動接觸交談。這一鬆動，盡管只是開了一道門縫，但總比單向的、受制的交往要好。以後兩岸文學交流，朝著雙向的、互補的、增援的方向邁進，與愛荷華會議開風氣之先有很大關係。

關於「增援」這一點，還可補充一個事實：當高準的《葵心集》被臺灣當局查禁後，引發參加愛荷華「國際寫作計畫」的二十五國三十五位國際作家向臺灣當局聯名抗議。爲了表示進一步支持，又給該詩集頒發愛荷華大學國際榮譽作家獎。可見，愛荷華「國際寫作計畫」號稱超越政治，其實並沒有也不可能完全脫離政治。至於他們的經費，主要來源於美國新聞處的贊助。不過，「新聞處」只贊助與美國建立外交關係的國家，臺灣香港均不是國家，故這兩地的作家不在他們的贊助範圍，其經費改由聶華苓夫婦從別處募捐而來（註一三〇），這便保證了兩岸作家以後每年均能在美國中西部的小城愛荷華進行文化交流。大陸後來參加「國際寫作計畫」的有艾青、王蒙等人，臺灣則有余光中、楊牧、吳晟等人，其中臺灣的本土派楊青矗還和大陸的張賢亮發生過有關意識形態的激烈爭論。

注釋

一　高　雄，大業書店，一九六九年。

二　臺　北：巨人出版社，一九七二年。
三　臺　北：《中外文學》第三卷第一期。另見《詩和現實》，臺北：洪範書店，一九七七年，頁四四。
四　臺　北：《創世紀》第三十一期，一九七二年十二月。
五　陳芳明：〈檢討民國六十二年的詩評〉，臺北：《中外文學》第三卷第一期。
六　臺　北：《中外文學》第一卷第六期，一九七二年十一月。
七　臺　北：《中外文學》第二卷第五期。
八　臺　北：《中外文學》第二卷第六期。
九　臺　北：《創世紀》第三十五期，一九七三年十一月。
一〇　臺　北：《中外文學》第三卷第一期，一九七四年六月一日，頁二二七。
一一　臺　北：《中外文學》第二卷第八期，一九七四年三月一日，頁一九二。
一二　臺　北：《中外文學》第三卷第一期。本節吸收了此文的部分成果。
一三　孟　樊：《後現代併發症》，臺北：桂冠圖書公司，一九八九年。
一四　臺　北：遠景出版社，一九七八年。
一五　初稿寫作於一九七二年十月至十二月，發表於《大學雜誌》，後經過修訂，收入《文學與社會》，臺北：文史哲出版社，一九八六年。
一六　陳映眞語。見臺北：《自立晚報》，一九八六年八月二十日。
一七　臺　北：《中華雜誌》第一七二期，一九七七年十一月。

一八　臺　北：《中華雜誌》第一七二期，一九七七年十二月。

一九　陳鼓應：《這樣的「詩人」余光中》，臺北：大漢出版社，一九七七年。

二〇　臺　北：《中央日報》副刊，一九七七年十一月二十九日。

二一　臺　北：《中央日報》副刊，一九七七年十一月二十九日。

二二　臺　北：《臺灣新生報》副刊，一九七八年一月七日。

二三　臺　北：《傳記文學》，二〇〇九年六月號。

二四　齊邦媛：《巨流河》，臺北：天下文化出版公司，二〇〇九年，頁四二〇～四二一。

二五　臺　北：《潮州文獻》第二卷第四期，一九七六年。

二六　參看劉心皇編著：《當代中國新文學大系：史料與索引》，臺北：天視出版公司，一九八一年，頁二三五～二四二。此節吸收了該書的成果。

二七　張曉風：《中華現代文學大系：散文卷》〈序〉，臺北：九歌出版社，一九八九年，頁二～六。

二八　臺　北：《葡萄園》第二十三、二十四期，一九六八年四月。

二九　臺　北：《笠》第三十七期，一九七〇年六月十五日。

三〇　臺　北：《笠》第四十一期，一九七一年二月十五日。

三一　臺　北：《藍星》，一九七一年。

三二　趙天儀：《裸體的國王》，臺北：香草山出版公司公司公司，一九七六年，頁九～三三一。

三三　參看羅門：《心靈訪問記》，臺北：純文學出版社，一九六九年，頁八九。

三四　「三明治散文」，語出自余光中的〈敲一顆鸍鹵〉，見《詩人與驢》一書，藍燈出版社，頁一二七。余光中說：「尤其令人不忍卒讀的，是一些現代詩論家的論文。這類論文，拋開矛盾的內容不談，即單看散文本身，也是夾纏不清，字彙往往是生硬的文言，句法卻往往像『直譯』過來的西洋論文，語氣往往像中國牧師在傳道。讀這類『文、白、洋』夾纏的『三明治文』，需要駝鳥的胃和聖人的耐性。」

三五　彭品光：〈文學不容劃分階級——我們反對所謂工農兵文學的觀點〉，臺南：《中華日報》副刊，一九七八年一月三十、三十一日。

三六　高　準：〈爲《詩潮》答辯流言〉，臺北：《中華雜誌》，一九七八年二月。

三七　臺　北：《聯合報》，一九七七年八月二十日。

三八　高　準：《文學與社會》，臺北：文史哲出版社，一九八六年，頁二七〇～二七一。

三九　臺　北：《聯合報》，一九七七年八月十七～十九日。

四〇　臺　北：《中外文學》第一卷第一期。

四一　洛　夫：〈與顏元叔談詩的結構與批評——並自釋《手術臺上的男子》〉，載《洛夫詩論選》，臺南：金川出版社，一九七八年。

四二　洛　夫：〈與顏元叔談詩的結構與批評——並自釋《手術臺上的男子》〉，載《洛夫詩論選》，臺南：金川出版社，一九七八年。

四三　對楊逵的美譽。見楊素娟編：《壓不扁的玫瑰花——楊逵的人與作品》，臺北：輝煌出版社，一九七六年。

四四　謝傳聖：《大陰謀》，臺北：聯經出版事業公司，一九七九年，頁四七。
四五　江　迅：〈鄉土文學論戰：一場迂迴的革命？〉，臺北：《南方》第九期，一九八七年七月，頁二九。
四六　郭　楓：〈四十年來臺灣文學的環境與生態〉，臺北：《新地文學》第二期，一九九〇年。
四七　陶百川：〈臺灣怎麼能更好？〉，香港：《中國人》雜誌，一九七九年十二月號。
四八　紀　弦：〈飲酒詩〉，一九五四年。
四九　吳濁流：〈我設立文學獎的動機和希望〉，臺北：《臺灣文藝》，一九六九年十月。
五〇　唐文標：〈詩的沒落〉，臺北：《文季》第一期，一九七三年八月。
五一　陳玉玲：〈《臺灣文藝》研究〉，臺北：《臺灣文學觀察雜誌》，一九九一年元月（總第三期）。
五二　《文季》第一、二期，一九七三年八月、十一月。
五三　呂正惠：〈七八十年代臺灣現實主義文學的道路〉，臺北：《新地文學》第二期，一九九〇年。
五四　王　拓：《是「現實主義」文學，不是「鄉土文學」》，《仙人掌》雜誌，第二期，一九七七年。
五五　參看蕭新煌：〈沒有土地，哪有知識分子〉，見《悲懷與智慧》（人文篇），頁一二三。
五六　呂正惠：〈八十年代臺灣鄉土文學的源流與變遷〉，載呂正惠《文學經典與文化認同》，臺北：九歌出版社，一九九五年，頁七八、八一。

五七　呂正惠：〈八十年代臺灣鄉土文學的源流與變遷〉，載呂正惠《文學經典與文化認同》，臺北：九歌出版社，一九九五年，頁七八、八一。
五八　陳允元等：〈臺灣新文學史關鍵字101〉，臺北：《聯合文學》第二期，二〇一二年。
五九　臺　北：青溪新文藝學會出版，一九七七年。
六〇　臺　北：遠流出版事業公司經銷，一九七八年。
六一　郭　楓：〈四十年來臺灣文學的環境和生態〉，臺北：《新地文學》第二期，一九九〇年。
六二　楊　照：《霧與畫》，臺北：麥田出版社，二〇一〇年，頁五五四。
六三　楊　照：《霧與畫》，臺北：麥田出版社，二〇一〇年，頁五五四。
六四　徐復觀：〈評臺北有關「鄉土文學」之爭〉，臺北：《中華雜誌》，一九七七年十月（總第一七一期）。
六五　桂文亞：〈詩話：楊牧訪問記〉，臺北：《聯合報》，一九七六年二月二十六日。
六六　臺　北：《聯合報》，一九七七年八月十七、十八、十九日。
六七　臺　北：《聯合報》，一九七七年八月二十日。
六八　陳芳明：〈海外作家五四座談會紀事〉，臺北：《聯合報》，一九七八年五月二十七～二十八日。
六九　徐復觀：〈評臺北有關「鄉土文學」之爭〉，臺北：《中華雜誌》，一九七七年十月（總第一七一期）。
七〇　陳鼓應：《這樣的「詩人」余光中》，臺北：大漢出版社，一九七七年。

七一　臺　北：《夏潮》第二十三期，一九七八年二月。
七二　彭瑞金：《臺灣新文學運動四十年》，臺北：自立晚報出版部，一九九一年三月，頁一六三。
七三　臺　北：《國魂》，一九七七年十一月（總三八四期）。
七四　臺　北：《聯合報》，一九七七年九月十、十一、十二日。
七五　臺　北：《中華雜誌》第一七二期，一九七七年十一月號。
七六　臺　北：《中華雜誌》第一七一期，一九七七年。
七七　臺　北：《夏潮》第二十三期，一九七八年二月。
七八　臺　北：《中華雜誌》第一七六期，一九七八年三月。
七九　尉天驄：〈文學爲人生服務〉，臺北：《夏潮》第十七期，一九七七年八月一日。
八〇　轉引自尉天驄：〈出版說明〉，《鄉土文學討論集》，臺北：遠流出版事業公司，一九七八年四月。
八一　轉引自曾祥鐸：〈參加國軍文藝大會的感想〉，臺北：《中華雜誌》，一九七八年二月（總第一七五期）。
八二　呂正惠：〈七八十年代臺灣現實主義文學的道路〉，臺北：《新地文學》第一卷第二期，一九九〇年六月五日。
八三　向　陽：《書寫與拼圖——臺灣文學傳播現象研究》，臺北：麥田出版社，二〇〇一年，頁一六四。

八四　原文以日文寫成，發表在東京出版的《臺灣近現代史研究》第三期，一九八一年一月。中文發表於臺北：《暖流》第八、九期，一九八二年八～九月。

八五　宋冬陽：〈現階段臺灣文學本土化的問題〉，臺北：《臺灣文藝》，一九八四年一月。

八六　陳明成：〈陳芳明現象及國族認同研究〉，臺南：成功大學碩士論文，自印，二〇〇二年六月。

八七　鄭鴻生：〈陳映眞與臺灣的「六十年代」：試論臺灣戰後新生代的自我實現〉，臺北：《臺灣社會研究季刊》第七十八期，二〇一〇年六月，頁一〇二。

八八　趙　剛：〈陳映眞對保釣可能提出的疑問〉，臺北：《臺灣社會研究季刊》第七十九期，二〇一〇年九月，頁三九七。

八九　林慶彰：〈當代文學禁書研究〉，載《文訊》雜誌社編印：《五十年來臺灣文學研討會論文集（三）》，「文建會」一九九六年，頁二一〇。

九〇　在臺灣，倒是有一種由姚一葦等六人任編委的《文學評論》叢刊，自一九七五年起先後由書評書目出版社、巨流出版社出版。但那是研究中國古典文學的重鎭，並非當代文學評論刊物。

九一　周慶華：〈《文學雜誌》的成就〉，臺北：《臺灣文學觀察雜誌》，一九九一年元月（總第三期）。

九二　楊　照：《霧與畫》，臺北：麥田出版社，二〇一〇年，頁五五七。

九三　吳潛誠：〈八十年代臺灣文學批評的衍變趨勢〉，見《世紀末偏航》，臺北：時報文化出版公司，一九九〇年，頁四一九。

九四　臺　北：漢光文化事業公司，一九八九年。

九五　周浩正：〈「顛覆者」高信疆：紙上風雲第一人〉，臺北：《文訊》，二〇一七年二月。本節吸取了他的研究成果。

九六　周浩正：〈「顛覆者」高信疆：紙上風雲第一人〉，臺北：《文訊》，二〇一七年二月。本節吸取了他的研究成果。

九七　高信疆：〈一個概念〈副刊編輯〉的兩面觀〉，臺北：《愛書人》雜誌，一九七九年十二月一日。

九八　柯元馨：〈高信疆生平行述〉，載季季、郝明義、楊澤、駱紳編：《紙上風雲高信疆》，臺北：大塊文化公司，二〇〇九年八月。本節吸取了她的研究成果。

九九　陳義芝：〈副刊轉型之思考：以七十年代末「聯副」與「人間」為例〉，「世界中文報紙副刊學術研討會」論文，臺北：國家圖書館，一九九七年一月十一日。另收入瘂弦、陳義芝主編：《世界中文報紙副刊學綜論》，臺北：行政院文建會，一九九七年十一月。

一〇〇　焦　桐：《臺灣文學的街頭運動》，臺北：時報文化出版公司，一九九八年版。

一〇一　曾萍萍：〈戰城南——分說景美、木柵的《文季》、《三三集刊》、《神州詩刊》〉，臺北：《文訊》，二〇〇六年十月，頁五五。

一〇二　朱天文：《淡江記》，臺北：三三書坊，一九七九年。

一〇三　張瑞芬：〈明月前身幽蘭谷——胡蘭成、朱天文與「三三」〉，臺北：《臺灣文學學報》

第四期，二〇〇三年，頁一五八。

一〇四 曾萍萍：〈戰城南——分說景美、木柵的《文季》、《三三集刊》、《神州詩刊》〉，臺北：《文訊》，二〇〇六年十月，頁五七。

一〇五 臺北：《三三集刊：廬笑》第七輯，一九七七年八月。

一〇六 臺北：三三書坊，一九八〇年。

一〇七 楊照：《文學、社會與歷史想像——戰後文學史散論》，臺北：聯合文學出版社，一九九五年。

一〇八 楊錦郁：〈始終維護文學的尊嚴〉，臺北：《文訊》一九九三年六月，頁八二。

一〇九 溫瑞安：《坦蕩神州》，臺北：長河出版社，一九七八年，頁一〇。

一一〇 朱天文：〈大風起兮〉，臺北：《三三集刊》第九輯，一九七八年。

一一一 莊宜文：〈在君父的城邦——三三文學集團研究〉，臺北：《國文天地》，一九九八年一～二月。

一一二 黃錦樹：〈世俗的救贖或超越之路：論張派作家胡蘭成〉，輔仁大學第四屆文學與宗教國際會議，二〇〇一年十一月。

一一三 張瑞芬：〈明月前身幽蘭谷——胡蘭成、朱天文與「三三」〉，臺北：《臺灣文學學報》第四期，二〇〇三年，頁一五三。

一一四 張瑞芬：〈明月前身幽蘭谷——胡蘭成、朱天文與「三三」〉，臺北：《臺灣文學學報》第四期，二〇〇三年，頁一五四。

一一五 林燿德：〈掌紋〉，臺北：《三三集刊》，一九七八年八月。
一一六 溫瑞安：《坦蕩神州》，臺北：長河出版社，一九七八年，頁一〇。
一一七 臺　北：《三三集刊》第十二期，一九八二年八月。
一一八 陳允元等：〈臺灣新文學史關鍵字101〉，臺北：《聯合文學》第二期，二〇一二年。
一一九 畢朔望，生於一九一八年，江蘇人。一九三八年後任漢口、重慶《新華日報》主編，解放後歷任外交部亞洲司專員、《國際文摘》主編、中國作家協會對外聯絡委員會負責人，已去世。
一二〇 也　斯：〈愛荷華的中國文學座談會〉，臺北：《詩潮》，一九八〇年十二月，第四集，頁二八。
一二一 慕蓮生：〈與詩人高準一席談〉，紐約：《新土》第十五期，一九七九年十一月。
一二二 也　斯：〈愛荷華的中國文學座談會〉，臺北：《詩潮》，一九八〇年十二月，第四集，頁三十三。
一二三 姜　穆：〈文藝統戰的迂迴道路〉，臺北：《文壇》第二〇六期，一九八二年二月一日。
一二四 也　斯：〈愛荷華的中國文學座談會〉，臺北：《詩潮》，一九八〇年十二月，第四集，頁四十四。
一二五 也　斯：〈愛荷華的中國文學座談會〉，臺北：《詩潮》，一九八〇年十二月，第四集，頁三十五。
一二六 秦孝儀主編：《總統蔣公思想言論集》第三十三卷，北京：中國國民黨革命委員會黨史史料委員會編印，一九八四年，頁一三九。

一二七　臺　北：《青年戰士報》，一九八一年七月一日。

一二八　姜　穆：〈文藝統戰的迂迴道路〉，臺北：《文壇》第二〇六期，一九八二年二月一日。

一二九　姜　穆：〈文藝統戰的迂迴道路〉，臺北：《文壇》第二〇六期，一九八二年二月一日。

一三〇　彥　火：《曠古的印記》，香港：勤＋緣出版社，一九九三年，頁五四。

第二章　脫穎而出的新文學論著

第一節　蘇雪林的《二三十年代的作家與作品》

蘇雪林（一八九七～一九九九年），安徽太平人。北京女子高等師範、法國里昂藝術學院、巴黎大學附設法語系畢業。在大陸期間歷任安徽大學、武漢大學等校教職。一九五二年去臺後任臺灣師範大學、成功大學教授。著有小說、散文、評論、傳記文學等數十部。古典文學論著有《中國文學史》（臺北：光啓出版社，一九五六年）、《屈原與九歌》（臺北：廣東出版社，一九六三年）、《天問正篇》（臺北：廣東出版社，一九六四年）、《楚騷新詁》（臺北：國立編譯館，一九七八年）、《屈賦論叢》（臺北：國立編譯館，一九七八年）等多部。現代文學評論著作主要有《文壇話舊》（臺北：傳記文學社，一九六七年）、《我論魯迅》（臺北：傳記文學社，一九六七年）、《二三十年代的作家與作品》（臺北：廣東出版社，一九七九年）等。

在臺灣，蘇雪林可以稱得上是爲數不多的研究中國現代文學的專家。遠在一九三二年，她就在武漢大學擔任「新文學」這門課程，並編有講義。一九五二年自海外回臺灣後，各報刊紛紛約她寫有關新文學的文章。一九五八、一九五九兩年，她替呂天行主編的《自由青年》連續寫了一年多這類文章，結集爲《文壇話舊》出版，十分受讀者歡迎。以後，她將過去在大陸發表過的文章，再將過去的講義增改潤飾，補上新寫的篇章，便成了《二三十年代的作家與作品》。該書由五部分組成，共七十二章，從胡適的《嘗試集》談到「國防文學」論戰。這裡既有「橫的敘述」，即以評介作家作品爲主，幾乎每位作家占了一章；又有「直的敘述」，對文學運動——諸如「革命文學」、「新興文學」、「第三種人」、「大眾語與拉丁化」、「國防文學與民族革命戰爭文學」論戰均有系統的評論。這樣一來，雖不具備新文學史的框架，卻具有新文學史的內容，使讀者可從此書的論述中一睹二三十年代新文學的全貌。該書寫作時由於三十年代文學作品未全面開放，故對作家生平的敘述不及後出的同類著作詳細，但對作家評價的篇幅相對地有所增加。在編排上，按體裁設編，將同派別作家放在一起，有助於讀者瞭解某一流派作家的概貌。著者還注意對作家人生觀和政治主張的剖析，同時也不忽視分析作品的藝術特徵，這與那種只把作家的生平和著作加以平面的排列，好似一本流水帳的寫法不同。在臺灣，許多人認爲像聞一多、葉紹鈞、鄭振鐸、田漢等左傾人士以不評介爲宜，可蘇雪林從藝術出發將他們加以介紹，不抹殺他們在現代文學史上的貢獻，這值得肯定。

但這並不等於說蘇雪林沒政治偏見，如認爲郭沫若「人品不高，藝術又惡劣」，因而對他實行嚴厲的抨擊。對魯迅，蘇雪林曾用四章的篇幅論述，有部分肯定，更多的是否定乃至攻擊。她肯定魯迅小說的藝術成就，否定魯迅雜文的藝術價值，污損魯迅的人格。她認爲魯迅小說「用筆的辛辣與深刻」、「句法的簡潔峭拔」、「體裁的新穎獨創」，說得十分中肯。尹雪曼在《五四時代的小說作家和作品》一書中，分析魯迅小說的四個特點時，就曾汲收過蘇雪林的研究成果。蘇雪林對魯迅的散文詩《野草》也評價頗高。不過，她說「《野草》受了李金髮詩的影響」，卻顚倒了史實。李金髮的第一本詩集《微雨》問世於一九二五年十一月，而魯迅的《野草》絕大部分作品發表於一九二五年七月以前，其中有六篇發表得更早，爲一九二四年。至於蘇雪林說魯迅的雜文在「放冷箭」、「使軟刀」，在「散布流言」、「掐造事實」，那就不是學術評價了。在〈普羅文人圍攻魯迅並招降〉一章中，她還編造出一段爲了招降魯迅，先得圍剿他一番的史實。總之，在這本書中，蘇雪林採用的先肯定其小說，後否定其雜文，再詆毀其人格的做法，不過是二十年代陳西瀅使用過的方法故技重演而已。（註一）

蘇雪林評介二、三十年代作家作品，常常過於相信自己的記憶，張冠李戴之處頗多。如第五十五章評述曹禺的《雷雨》、《日出》、《原野》時，講的都是人云亦云的東西。這還不算，她在複述《雷雨》的故事情節時，竟把未做過官的周樸園看作是「一個舊官僚」，還把繁漪的戀愛對象誤爲周沖（應爲周萍），又胡說周沖（應爲周萍）在和四鳳相戀。四鳳與周萍明明是同母異父的兄妹，也不是蘇雪林講的「同父同母的兄妹」。最後想出走的應是周萍和四鳳，而不是蘇雪林講的周沖。在敘述《日出》的內容梗概時，蘇雪林還臆想出陳白露耗盡積蓄，借高利貸無法償還而自殺的情節（應是因潘月亭破產無法再養她而自尋短見）。潘月亭亦不是「善於投機的餐廳經理」，而是大豐銀行的經理。蘇雪林對其他作家作品的敘述信口開河之處還不少。

總之，作爲斷代史的《二三十年代作家作品》，盡管沒有周錦同類書覆蓋面廣，但對周作人的論述甚詳，對丁玲作品的評述也有獨到見地，有相當參考價值。至於蘇雪林一九九一年出版的《浮生九四》（註二），盡管受胡適的《四十自述》（註三）影響甚大，但文風上所體現的攻擊性，則與胡適背道而馳。這點說來非常反諷，號稱一生「反魯」的蘇雪林，對論敵一個也不寬恕方面，竟與魯迅完全一致。

第二節　鄭學稼和他的《魯迅正傳》

鄭學稼（一九〇六～一九八七年），福建閩侯人。早年畢業於中央大學前身東南大學農學院，曾留學日本，先後任復旦大學、臺灣大學、政治大學、政工幹校教授。他的文學著作主要有《由文學革命到革文學的命》（南昌：江西出版社，一九四二年。重慶：勝利出版社，一九四三年再版）、《魯迅正傳》（重慶：勝利出版社，一九四二年；臺北：時報文化出版公司，一九七八年七月增訂再版）、《十年來蘇俄文藝論爭》（自印，一九六三年，新亞社代售）、《歐美小說名著精華》（與吳葦合著，臺北：中國文化服務社，一九四三年）、《我的學徒生活》（臺北：徵信新聞社，一九六五年）、《我的學徒生活續集》（臺北：帕米爾書店，一九八七年）。

鄭學稼最先學的是畜牧獸醫專業，後轉行研究社會科學，著作等身，有經濟學、日本研究、蘇聯研究、馬列主義研究、中共研究、歐洲研究、東南亞研究、政治學與社會史、文學等方面的著作七十餘種。由於他的論述以強烈的反共色彩著稱，因而在他六十歲生日時，曾獲蔣介石頒發給他的「反共成就獎狀」，又在七十年代獲英國學界的「傑出成就獎」。早年參加過中國共產黨的鄭學稼，脫黨後從事馬列主義、聯共黨史、蘇聯史和日本問題研究，從此走上和左派背道而馳及與共產黨為敵的道路。還在四十年代初期，他就和胡風發生過論爭，寫有〈論民族形式〉一文，批評、諷刺作為魯迅高足的胡風的「民族形式觀」。一九四三年底，胡風在國統區《時事新報》上發表的〈現實主義在今天〉，並不是如一九五五年反胡風運動時曾彥修（嚴秀）所說係針對毛澤東《在延安文藝座談會上的講話》而寫，而是對鄭學稼批評的響應。鄭學稼在復旦教書時認識胡風，兩人合不來。他之所以在這時寫《魯迅正傳》，是為了遏制該校師生及社會上左傾思潮的發展，為三十年代末和四十年代初掀起的魯迅熱潑冷水。正因為鄭學稼反魯（迅）、反共，所以他在復旦大學的同事，如那時的教務長、《共產黨宣言》第一版的譯者、魯迅的老友陳望道，當年紅色政權最高人民法院副院長張志讓，還有左翼作家靳以、胡風均反對他，使鄭學稼不得不黯然離開復旦大學。

《魯迅正傳》是鄭學稼影響最大的一部著作，而且是他所有著作中最暢銷的一本。它完稿於一九四一年二月十六日，次年出版後，在江西、廣東都有翻版。一九五三年元月香港亞洲出版社重排第一版，在臺北則有多種盜印本。

《魯迅正傳》從書名到內容對魯迅均持貶損態度。鄭學稼一貫認為：「魯迅是文學家，但不是思想家，更不配稱『中國高爾基』。」因而此書出版以後，遭到許多人的批評。如形中實左的曹聚仁在香港時就說鄭學稼的著作「顚倒黑白，亂說一氣」。王瑤等人亦根據陳紹禹在一九三八年七月由中國出版社出的《救國言論集》中稱鄭學稼為「托匪」，而指鄭學稼為「國民黨托洛茨基分子」。海外學者周策縱在《五四運動史》中也沿襲此說。鄭學稼在臺灣胡秋原主編的《中華雜誌》發表致周策縱公開信，為自己申辯，周不予理睬。鄭學稼曾詳細地說明過他認同托派思想但並非組織上的聯繫。他說他讀完大學分到上海商品檢驗局畜產品檢驗組當技術員，首次知道托洛茨基與第三國際的論爭。後在神州國光社分別認識史達林派和托派的某些成員，並由此知道中國托派對時局問題的意見。一九三八年三月十五日，鄭學稼應康澤之聘到武昌珞珈山中央政治學校特別訓練班第二隊任教，講授《日本史》、《蘇俄概論》。在武漢掀起的「反托派」運動中，鄭學稼和陳獨秀、張慕陶、王公度和葉青一起，被左翼報刊指為「托派」。鄭學稼認爲，王、葉和他本人均未在組織上參加托派。以他本人來說，「自北伐後，未參加任何政團——以後一直與任何政團無組織關係」。左派之所以給他戴上「托派」帽子，是因爲他在抗戰前出版的《蘇聯黨爭》、《蘇聯黨獄》爲托派辯護，並發表過批評史達林和中共的論文。一九四九年後，大批托派被捕，並未見有人交代鄭學稼在何時何地參加過托派，就是證明。這些均見諸於《陳獨秀傳》後面的「附錄」〈陳獨秀先生晚年與我〉，鄭學稼把自己與有所謂「托派總書記」之稱的陳獨秀前後往來的經過交代得一清二楚。他第一次會見陳獨秀是一九三八年反「托匪漢奸」的政治氣氛中。把「托派」與「漢奸」等同顯然文不對題。這未免有想借國人義憤之刀來鎮壓對手的嫌疑。這也算是當時患左派幼稚病文人的一種內功。彭澤湘曾在一九三九年四月當面質問周恩來，周回答說：「我們在文稿中已刪去『漢奸』二字，後見報時係工人同志加的。」一九三九年，鄭學稼兼在重慶對日作戰機構——特種經濟調查處工作，次年二月曾去探望患牙病的陳獨秀。該年下半年他和陳獨秀、胡秋原一起著文鼓吹中國應發展資本主義，這是「二次革命論」。鄭氏的文章題爲〈中國前途是資本主義並答批判者〉，發表在他任主筆的《西南日報》上。他和陳獨秀一樣認爲：資本主義發展後，必然有無產階級革國民黨的命，這引起國民黨理論家們的強烈不滿。他和陳獨秀在經濟上有往來，還和陳獨秀書信往返中探討時局變遷及中共黨史人物評價問題，並幫陳獨秀轉支票給他不止一次見過的張國燾。鄭學稼毫不否認他和托派分子往來密切，思想觀點上有許多相似之處，但他一直否認自己從組織上參加過托派——現在也還未有人指出他由誰介紹、在何地參加這些細節。

鄭學稼生性倔直，脾氣古怪。他爲了自己的祖籍福州和閩侯的改名與隸屬問題，和蔣介石當面頂牛，使蔣介石以後不再召見他。但他在臺灣有一小批追隨者和崇拜者。他在七十年代前期於政治大學講授《社會主義運動史》、《第三國際史》等課程。著名大陸文藝研究家周玉山上政治大學東亞研究所時，深受鄭學稼的影響，以其私淑學生的身分選擇了左聯作爲碩士論文。

鄭學稼赴臺後仍繼續研究魯迅，並於一九七八年增訂了《魯迅正傳》。增訂本除「增訂版序」、「初版序」外，依次爲：假洋鬼子、十四年僉事、吶喊、阿Q正傳、與「正人君子」的論戰、廈大和廣大、不准革命、思想的武裝、與新月派論戰、浪子之王、反民族主義文學、與第三種人論戰、評言志派文學、「自由談」的插曲、漢字拉丁化和雜感、朋友、叛徒、同志、反抗奴隸總管、關於國防文學的論爭、病死、蓋棺論定。

增訂版與舊版的不同之處在於：

一、刪去了諷刺魯迅的話；

二、盡量用可靠的記錄，敘述魯迅的一生；

三、詳述魯迅思想的演變，並因之與創造社、新月派、民族主義派、第三種人的論戰和評言志派；

四、晚年反抗「奴隸總管」周揚，並不滿「國防文學」；

五、新增許多附錄：魯迅的親屬、魯迅的收入、魯迅的書賬、魯迅與蔡元培、魯迅與顧頡剛、魯迅與內山完造、兩個高爾基不愉快的會見。

上述不少內容可幫助讀者瞭解魯迅思想的來源等；六、在篇幅上，擴展至二十二章，由原來的一一二頁增至六一一六頁。

增訂本不管與舊版有什麼不同，就批評魯迅的文章結構差，技巧不圓熟，以及否定魯迅不是「革命家」，不是「革命青年的導師」，不是「前進的中國思想家」而只是文學家這一點來說，是相同的。對魯迅的人格，鄭學稼也有諸多的詆毀。鄭氏在談到左聯成立時，還說瞿秋白、茅盾、周揚等人參加了成立大會，其實這些人當時在國外——蘇聯和日本，並未回國出席。但這本書的某些史料的運用仍有可取之處，如寫蔡元培參與反國民黨統治的活動，爲左派書籍出版提供方便，幫魯迅與中共高層人物聯絡，以及附錄中由對魯迅書賬的研究，找到魯迅左傾思想的根源，就很具新意。此外，該書肯定魯迅的論敵「第三種人」所提出的文藝創作自由的主張，以及對「民族主義文學」失敗原因的分析，均符合歷史原貌。鄭學稼的魯迅觀與左翼文人有重大原則分歧，大陸學者均一致認爲他屬「反魯派」，但他和同是反魯的蘇雪林並不完全相同，鄭學稼就不贊同蘇雪林對魯迅從人格到文格的全盤否定。鄭學稼這本書，在臺灣乃至海外影響甚大，連某些臺灣左派人士也推薦此書。如臺灣時報文化出版公司一九八五年版《魯迅正傳》的折口上，就印有陳映眞的摯友尉天驄〈推薦的話〉：「從三十年代開始，魯迅在中國近代史的地位就一直難以確定，譽之者頌之爲『中國近代思想的導師』，毀之者詆之爲『赤色的文棍』；這些都是政治主義下被歪曲的魯迅形象。受到這種影響，人們便很難從中國近代史的演變和中國知識分子掙扎於理想與現實的沉痛中去理解魯迅，以至於他的吶喊、彷徨、悲憤、委曲，和他的挫折、扭曲、虛無與感傷，都難以爲人瞭解。鄭學稼先生這本書根據第一手的資料來寫魯迅，不但使人接觸到中國近百年來的不幸，也同時使人體認到這一代中國知識分子的悲劇歷程。」

鄭學稼的《魯迅正傳》不僅是對魯迅本人的研究，他研究魯迅也不限於作品。他的研究是透過一個人去折射當時的社會思潮與文學思潮，因而到了一九四三年元月，鄭學稼又由勝利出版社出版了他的第二本文學著作《由文學革命到革文學的命》。此書按歷史的順序敘述文學革命後左翼文壇的發展概況。書名所說的「文學革命」，始於陳獨秀的「文學革命論」；「革文學的命」，係指毛澤東發表的《在延安文藝座談會上的講話》所起的歷史作用。鄭學稼認爲，是毛澤東的《講話》「砍殺」了「文學革命」大旗，這顯然是出自對《講話》的誤讀。對魯迅的曲解就更多。這本書不過五、六萬字，給魯迅扣的帽子就有一、二十頂，諸如什麼「假洋鬼子」、「奴顏婢膝的官僚」、「政治勢力的工具」、披著紅色外套的「趙七爺」之類。書中的史料也不大可靠，如說魯迅的父親「在考場中舞弊，被關在杭州監獄裡」，其實是祖父而非父親。書中還說他親耳聽蘇門答臘北部棉蘭的一位華僑告之：殺害郁達夫的凶手不是日本皇軍，而是出賣他的另一文學家王任叔（巴人）。這顯然經不起查證。日本人鈴木正夫曾訪問過許多日本駐蘇門答臘舊憲兵，結論應是：「殺害事件是由幾位來自武吉丁宜憲兵隊的憲兵們所策劃。有一個憲兵私下秘密決定，瞞過上司，叫幾個部下把郁達夫處決。……至於殺害郁達夫的動機，正如中國人士所說，是要消滅有資格在審訊戰犯時的證人。」（註四）。另有日本的小田嶽夫所著《郁達夫傳》，也可作旁證。

第三節　胡秋原：在論戰中建樹文學理論

胡秋原（一九一〇～二〇〇四年），湖北黃陂人。一九二五年考入武昌大學理預科，一九二七年改入武漢大學中文系，一九二八年入復旦大學中文系。一九二九年到日本，入早稻田大學經濟部。一九三二年冬，十九路軍成立「福建人民政府」，胡秋原在這次事變中任文化宣傳部主任。在事變失敗後轉往香港，後流亡國外。一九三七年，蘆溝橋戰起，胡秋原結束將近四年的流亡生活回國參加抗戰。一九五一年六月，由香港到臺灣。歷任《中華雜誌》社發行人、中國統一聯盟名譽主席。他的有關政治、歷史、哲學、文學與翻譯的著作多達一百多種。其中比較重要的文藝論著有：《唯物史觀藝術論》（上海：神州國光社，一九三一年）、《民族文學論》（上海：文風書局，一九四三年）、《少作收殘集（上）》（臺北：自由世界出版社，一九五九年）、《文學藝術論集》（二卷本。臺北：學術出版社，一九七九年）。

胡秋原從一九二八年以來寫的主要文藝評論，大都收集在這厚達一三三四頁、計有百萬字的《文學藝術論集》中。該書分爲三大部分。第一部分主要爲自由文學論，包括普列漢諾夫藝術理論的評價，與左翼作家的論爭等。其中〈文藝起源論〉、〈黑格爾藝術哲學〉、〈勿侵略文藝〉見於另一本《少作收殘集》。第二部分爲民族文學論。這裡講的「民族文學」係「國民文學」之意，與一九三二年胡秋原所反對的另一種「民族文學」名同實異。在這些文章中，他常用「現代化」一詞，這與當今流行的「現代化」一詞也是名同實異。他這時的文學主張，爲的是充分反映和鼓舞抗戰之精神。他還反對有些作家所倡導的中文羅馬化、拉丁化之說。第三部分爲去臺後寫的文章。他在這時期自稱與文藝疏遠了（註五），可仍寫了七十萬言的文章，成爲此書的重要部分。

胡秋原在學術上從不盲從他人，常提出自己獨到的主張，由此引起許多人的質疑與批評。可以說，他一生幾乎都與論爭、論戰有關。第一次是三十年代與魯迅發生的關於「文藝自由」的論戰。一九三一年十二月，胡秋原自詡爲「馬克思主義者」、「普列漢諾夫信徒」，寫了〈眞理之檄〉（註六），《文藝新聞》社發表文章與之爭鳴，胡秋原撰文答辯。同時他又以「自由人」身分發表〈阿狗文藝論〉（註七）、〈錢杏村理論之清算與民族文藝理論之批評〉（註八），批評左翼文藝運動，立即遭到左翼文藝理論家洛揚（左聯組織的筆名）等人的反駁。過去大陸出版的現代文學史，根據這次論爭把胡秋原打成「人民的敵人」。現在看來，胡秋原的論述有合理因素，如他認為「五・四」沒有完成反封建任務。他批判錢杏村文學理論上的觀念論、主觀主義和「左傾小兒病」，是對的。還有，胡秋原批評左翼作家對文學的政治性和階級性的片面理解，認為既有階級鬥爭，又有階級同化；既有階級忠臣，又有階級逆子，切中了無產階級革命文藝運動中的左傾教條主義。何丹仁（馮雪峰）就曾根據左聯的決議，寫了一篇〈關於「第三種文學」的傾向與理論〉，糾正了瞿秋白（易嘉）、起應（周揚）在這次論爭中的左傾錯誤，體現了實事求是的精神：「我們不能否認我們左翼的批評家往往犯著機械論的（理論上）和左傾宗派主義的（策略上）錯誤。我們要糾正易嘉和起應在這次論爭中所表現的錯誤，我們尤其要反對那乾脆不過的舒月先生的那種理論和態度。」（註九）

還應看到胡秋原與蘇汶雖站在同一戰線上與左翼文藝理論家論戰，但他們兩人的主張並不全部相同（直到論戰結束，兩人才相見）。蘇汶認為，「不是一切文學都是有階級性的」，而胡秋原是主張「一切文學都是有階級性的」。（註十）不過，從理論整體看，胡秋原要求文學藝術脫離政治而獨立、自由的思想，和馬克思主義文藝理論水火不相容，由此受到左翼文藝運動領導人的反彈。他的論爭文章，不利於左翼文藝運動開展，這對於左傾的周揚，無疑是一種補救。

關於三十年代這場論爭，胡秋原在一九六九年寫過〈關於一九三二年文藝自由論辯〉長文詳述當年論戰的經過及結果（註一一），還批評夏志清的《中國現代小說史》第五章有一段敘述不符，即他從未參加過左聯，自然不可能「退出左聯」；他在論戰前後均未受到過左派文人的迫害，對瞿秋白的批評他亦未曾「沉默」，曾寫過〈浪費的論爭——對於批評者的若干答辯〉（註一二）。在答辯中，他最後聲明：「對於眞正的革命家思想家，我從來就尊敬，對於整個普羅文學運動，也只有無限同情，至於對若干人的不敢敬佩，那也不能怪我。而中國左翼文壇是一天一天向比較正確的戰線上走，我也是承認的——雖然不見得如洛揚先生所在今春就自信的，『現在絕對正確』，我還說一點，譬如魯迅先生茅盾先生，我毫不躊躇地承認是中國的大作家，還有幾位新起的作者，我也認爲是前途很遠大的。」正因爲胡秋原有同情普羅文學運動的話語，再加上他於一九二五年加入過共產主義青年團，一九三一年底著文時又以馬克思主義者自居——據他自述，「我與馬克思主義有十年的纏綿」（註一三）歷史，因而有的國外學者總認爲他參加過左聯，如印度著名詩人泰戈爾之孫寫的《一九一八～一九三七：現代中國文學論爭》（一九六七年東京出版）就是這樣記載的。有人還煞有其事拿出一張當年的照片，說「後排左起第五個即胡秋原」（註一四）。胡秋原對此均作了辯駁。

胡秋原這種「自由人」身分，常常處於兩面夾攻的地位。第一次是在大陸極左思潮氾濫的一九七二年三月，《紅旗》雜誌發表了一篇題爲〈爲什麼要提倡讀一些魯迅的雜文〉的文章，稱胡秋原爲「托匪」。胡秋原寫了一文說明眞相：當年魯迅寫的〈答托洛茨基派的信〉，並沒有說胡氏是托派。給魯迅寫信的托派陳君，「現證實爲陳其昌」。「我從未加入過托派。……我不僅與托洛茨基派無組織的關係，在思想上亦從無受託洛茨基或其一派之影響（註一五）。他早年信仰過馬克思主義，「但我的馬克思主義來自普列漢諾夫」。（註一六）這一說明應是可信的。

第二次是發生在六十年代的中西文化大論戰。這是一百多年來中國的長期論爭題目。眾所周知，胡秋原一向反對復古及崇洋媚外，主張超越傳統派、西化等派而前進。關於這次論爭的詳細經過，見本書

第一編第四章第四節。

第三次是一九七七年發生的鄉土文學大論戰。論戰的導火線，是由彭歌在一篇文章中對鄉土派代表作家王拓、陳映眞、尉天驄作嚴厲的政治抨擊開始的（註一七）。在一片「狼來了」的淒厲聲中，鄉土派作家落在悲憤、焦慮和恐怖的緘默中。正是在這種情況下，胡秋原挺身而出，寫了〈談「鄉土」與「人性」之類〉（註一八），對彭歌的文章作了富於說服力的批評。他認爲，彭歌們指控陳映眞等人提倡毛澤東文藝理論因而是「左派」或「狼」是強加於人的。〈不談人性，何有文學〉，這標題在邏輯上就不通。因爲「由人性說到文學，這中間總還要有若干連鎖」，還要有一段推理過程。「就人性而言，贊成現狀固然是人性，不滿現狀也是合乎人性。」階級對立，是一種客觀存在，「不能說指出階級之事實就是錯誤或反人性。」又說：「任何盛世，都有人不滿。……杜甫不滿的詩更多了。即以作者此文所引的，自居易最欣賞的『朱門酒肉臭，路有凍死骨』而言，有兩個階級的對立，似乎也是以收入而不是以善惡爲標準，『三吏』、『三別』都涉及農兵（當時工人很少）。是否可說唐朝已經『狼來了』？」胡秋原主張文藝應反映農兵（還有『工』）的生活，不能一有這種主張就視之爲洪水猛獸，就給人戴紅帽子，說「狼來了」。

胡秋原的文章發表後，不少朋友寫信勸阻他不要爲有赤色宣傳之嫌的鄉土文學說話。還有一位作家，從香港寄馬克思的文章與陳映眞的文章要他對照，以證明陳映眞在臺北提倡馬克思主義。但胡秋原均不理這一套。他還在自己主持的《中華雜誌》上，刊出另一資深學者徐復觀〈評臺北有關「鄉土文學」之爭〉（註一九），從海外聲援正在受壓迫的鄉土文學。正如陳映眞所說：「胡秋原、徐復觀二位先生的文章之重要性，還不僅在於他們用嚴正的態度，恢宏的器識和豐富的文學知識批駁了批判者，衛護了好不容易在臺灣成長起來的中國的、民族主義的文學。更重要的是，胡秋原和徐復觀二位先生的文章，及時地廓清了一種疑慮，即大陸人要壓抑本省人的文學這樣一種不當的忿懣的情緒，因而避免了『增加外省人與本省人的界線，增加年長的與年輕的人的隔閡』的『不堪設想的』『後果』。」（註二十）

陳映眞所說的胡秋原的文章，即胡氏爲尉天驄主編《鄉土文學討論集》所寫的序言，表示鄉土文學「是一種値得歡迎的傾向」，極「不願看見有文藝政策來對付鄉土文學」，另方面尖銳地批評了極端西化的文學思潮，鮮明地提倡文學的民族性，主張文學可以寫「小人物」和窮人，可以寫「繁榮後面」存在的「廣大貧困與不幸」，可以反映「帝國主義、殖民地經濟、買辦獨占資本之事實」。這篇文章反擊了右翼文人對鄉土文學的圍剿和西化派對鄉土作家的誣陷，對臺灣文學沿著正確道路發展，起了重要作用。

胡秋原十分關心臺灣文學歷史的編寫。早在一九六四年三月十日，就建議《臺灣文藝》編輯部編寫從鄭成功至現在的《臺灣文學史》，並認爲該刊使用「漢詩」名稱不妥，由此和吳濁流展開爭論。（註二二）

胡秋原還寫過〈論楊逵先生及其作品〉、〈陳若曦女士的《尹縣長》〉等作家作品論。這裡同樣貫穿著他一向提倡的人道主義的民族主義文學精神，借文藝評論以重建中華民族的團結與尊嚴。

胡秋原一生的學術成就主要表現在史學方面，在文藝理論上的建樹同樣不容忽視。從立場上來說，他是一位民族主義者、愛國主義者。他主張學術問題應允許充分自由地討論，不自稱中派而自視爲「正派」。正因爲他反對極端主義，所以常常遭到別人的誤解，如在中西文化論戰時，《文星》雜誌給他戴紅帽子，說他是親共的，「在倫敦住中共招待所」、「做過《文匯報》主筆」，而另一些人則說他是不折不扣的右派。還有西化派說他是傳統派，而傳統派說他根本上是西化派。胡秋原對別人的一切猜疑中傷，均一笑置之，依然我行我素。他不時批評當局的政策，強烈反對稱大陸爲「匪區」，認爲大陸十億人民，都是我們的骨肉同胞，並不是什麼「匪」；強調中國是十億人的中國，並非一千七百萬人的中國（註二二），強烈抨擊臺獨和「獨臺」，堅決反對「兩個中國」的主張。一九八五年，他偕同夫人到大陸探親，會見大陸高層人士探討兩岸統一問題，回臺後被開除國民黨黨籍。但他仍不改初衷，認爲「臺灣一旦脫離大陸，無論有多少成功，在國際強權環伺下，都沒有安全可言，前途是黑暗的。」（註二三）

第四節　劉心皇的淪陷區文學研究

劉心皇（一九一五～一九九六年），河南葉縣人。畢業於中華大學教育系。「九・一八」事變起開始創作，一九四九年五月赴臺後歷任「中國文藝協會」理事、「中國青年寫作協會」總幹事、《幼獅文藝》主編和「國大」代表。出版有新詩集、散文集、小說、雜文集等多冊。文藝理論、歷史方面的著作有《抗建文學論》（武漢：抗敵週刊社出版，一九三九年）、《徐志摩與陸小曼》（臺北：暢流半月刊社，一九六五年）、《郁達夫與王映霞》（臺北：暢流半月刊社，一九六二年）、《現代中國文學史話》（臺北：正中書局，一九七一年）、《抗戰時期淪陷區文學史》（臺北：成文出版社，一九八〇年）、《魯迅這個人》（臺北：東大圖書公司，一九八六年），另編有《當代中國新文學大系・史料與索引》（臺北：天視出版事業公司，一九八一年）。

在臺灣爲數不多的三十年代作家中，劉心皇較早進入中國現代文學研究領域，取得了一定成績。從六十年代起，他就陸續出版有臺灣最早的中國現代文學史研究專著，以及海峽兩岸當時唯一的有關淪陷區文學的斷代史，這均奠定了他在臺灣研究中國現代文學的地位。他還在從事《抗戰時期後方文學史》的編寫工作，來不及定稿便辭世了。

《現代中國文學史話》不是現代文學史專著，但比起臺灣的同類著作分量要重。前面有胡適的代序〈中國文藝復興運動〉，全書共分五卷，第一卷爲〈新文學運動前夕〉：清末民初的文壇述論、鴛鴦蝴蝶派之盛衰。第二卷爲〈新文學運動面面觀〉：新文學運動面面觀（有七個附錄）、論新文學運動初期的新詩、論新文學運動初期的散文、論新文學運動初期的小說、論新文學運動初期的戲劇、新文學運動後的四個報紙副刊、從新文學的出版看出版界、劉半農之一生、郁達夫論（附錄：郁達夫與左派文人的一段恩怨、郁達夫與自由文人的關係、郁達夫的臺灣之行及其它、郁達夫二三事、關於《郁達夫與王映霞》的十個問題、關於《郁達夫與王映霞》的問題）、從張資平的三角戀愛小說談到黃色文藝、許欽文與「劉陶情殺案」、朱自清小傳、關於革命文學。第三卷爲〈三十年代文學對我國的影響〉：三十年代文學對我國的影響（謝冰瑩、玄默、梁實秋、殷作禎的意見，蔣夢麟談中國新文藝運動，胡秋原談三十年代以來中國知識分子之追求、失敗與教訓），關於「左翼作家聯盟」、反對「左翼作家聯盟」的運動（附錄：胡秋原〈關於一九三二年文藝自由論辯〉、殷作禎〈第三者的話〉）、關於「幽默、風趣、諷刺、輕鬆」之類、再談林語堂系的刊物、三談林語堂系的刊物、關於周作人（附錄：從雜文作家的抄書說起、不以人廢言、從周作人的自壽詩談起）、徐志摩與新月派（附錄：憶新月）、從李金髮到戴望舒、靠槍手起家的何家槐、《三十年代論叢》讀後。第四卷爲〈抗戰時期文藝述評〉：抗戰時期文藝述評、抗戰勝利後的文藝界。第五卷爲〈「自由中國」的文藝〉：「自由中國」初期的文壇。另有「後記」。

此書的特點在於把新文學作爲整個中國文學發展的一個過程來對待。如第一卷評述新文學與近代文學的繼承與革新的關係，說明新文學運動不是從天而降，而有一個準備孕育過程。該書的另一特點是對著者較熟悉的作家如劉半農、郁達夫、朱自清、周作人、林語堂、徐志摩作了較詳細的評介。〈抗戰勝利後的文藝界〉、〈自由中國初期的文壇〉，資料極爲豐富。「史話」的附錄也很有參考價值。如有關新文學運動的七篇文章，在其它書刊較少見，現由著者收集在一起，給研究者提供了不少方便。

劉心皇認爲新文學運動一直沿著胡適倡導的「活的文學」、周作人倡導的「人的文學」、「性靈的文學」，以及胡秋原等人最早呼籲的「自由的文學」這個目標向前推進。（註二四）其中劉心皇最推崇的是周作人的文學主張，這與大陸「文革」前出版的現代文學史著作完全否定周作人形成了鮮明對照。限於體例，「史話」的新文學發展線索未能系統地加以清理，給人有破碎之感。劉心皇最有影響——然而也引起別人尖銳批評的著作《抗戰時期淪陷區文學史》，便是他「搞寫作在坐牢邊緣」的「邊緣之作。因該書寫到的有些落水作家，還在臺灣。弄不好會被對方告以誣陷罪坐牢。他寫作此書的目的爲「師《宋史》〈叛臣傳〉、《清史》〈貳臣傳〉」，對抗日時期的「落水作家」加以評述，「以存史跡，而分忠奸」。該書共分三卷。第一卷爲「南方僞組織的文學」，批駁了反對抗戰的所謂「和平文學」論，並簡介了「落水作家」張資平、劉吶鷗、穆時英、汪馥泉、楊之華、章克標、陶晶孫、譚正璧、秦瘦鷗、張愛玲、關露、周瘦鵑、包天笑、路易斯等多人。第二卷爲「華北僞組織的文學」，介紹了華北僞文學組織產生的時代背景及其活動的情況，其中涉及到以周作人爲中堅的「華北作家協會」所開展的「中滿文藝作品交換」等活動，並評介了周作人、張我軍等眾多「落水作家」。第三卷為「東北偽組織的文學」。著者認為，東北文壇有的只是對日偽歌功頌德的宣傳品，這種判斷過於武斷。

該書所涉及的問題，是兩岸學者長期研究的空白。但嚴格說來，此書只是史料長編，而非嚴格意義上的文學史著作。且不說該書沒有在勾勒文學發展的輪廓上下功夫，幾乎未做作家作品評判工作，單在史料的取捨和運用上，就存在諸多問題。如把某些根本不在淪陷區的作家當作論述對象，便嚴重影響了該書的科學性。有些作家的介紹長達二十餘行，有些作家道出姓名後，僅稱其是「詩人」二字；有些介紹，則純屬野史，如在談胡蘭成時，夾進胡蘭成在《今生今世》對其前妻張愛玲的回憶，近一千五百字，顯得不倫不類。在史識方面，這位忠義文學史家，只把道德氣節作為文評的第一標準乃至唯一標準，這導致他忽視做辨偽工作。如把參加過敵偽組織的文藝活動，或在敵偽組織主持的報刊上發表過文章的作家，一律冠以「落水作家」的名稱，就容易混淆敵我。像章克標、譚正璧、周瘦鵑、張愛玲、包天笑等多人並不是漢奸，至少是證據不足。何況有些是打入敵偽組織的地下工作人員。像穆時英是國民黨中統局派進去的，當時被另一派系的軍統局所刺殺，是一樁長期未得到昭雪的冤案。又如關露，是奉命打入極司菲爾七十六號，為日本特務機關做情報工作。大陸解放後，曾將其誤為漢奸投入監獄十年之久。現在劉心皇又把她稱作「投敵附偽的落水作家」，這同樣是一種重大失誤。

劉心皇還有一本掛著「國立編譯館主編」名義的《抗戰時期淪陷區地下文學》，其存在的史料錯誤和《抗戰時期淪陷區文學史》如出一轍。陳信元曾寫過一長文批評，指出第一卷「東北地區文學」，時代背景占五十一頁（全書十分之一），地下文學活動的情況僅占四頁，而僅占四頁的地下文學活動情況，又完全「脫胎」於季剛的〈文壇滄桑外一章——敵偽時期東北文壇剪影〉。把柯靈列入落水作家，在另一處又稱柯靈是「南方地下文學的作家」，前後矛盾。介紹蕭軍，幾乎全是引用他人著述，且以趣聞軼事居多。還有許多作家的生平被弄錯。

劉心皇的研究盡管存在諸多失誤，但此書在打破禁區方面，仍起了領先作用。美國康奈爾大學教授Edward Gunn寫過一本題爲《不受歡迎的謬司》的著作，內容亦爲討論淪陷區文學，由哥倫比亞大學出版。書中對張愛玲、周作人、楊絳、李健吾、姚克、蘇青、柯靈等人的作品討論較劉心皇詳細，兩者可以對照起來讀。

劉心皇著述的得與失，在一定程度上反映了臺灣現代文學研究的現狀。他的研究工作大多是白手起家，且在搜集資料方面受到許多人爲的限制，再加上意識形態的偏見，使其一錯再錯。這裡不妨再以《魯迅這個人》爲例。此書把魯迅一九三〇年四月九日致李秉中信諷刺創造社、太陽社提倡的「革命文學」是拾人「牙慧」，在〈上海文藝之一瞥〉中指創造社爲才子加流氓，便由此看出魯迅與共產黨不是一條路的心聲，這完全是斷章取義，不看文章的全部傾向，分不清修辭手段與政治立場的區別。劉心皇發現魯迅與共產黨不合的「功績」是建立在什麼邏輯基礎上，由此可見一斑。

不過，《魯迅這個人》由於研究視角、方法與大陸學者不同（如認爲魯迅與左聯貌合神離，本質上是自由主義者），有些成果仍值得重視。如第四章〈魯迅遭通緝而未捕之眞相〉，探討了大陸魯迅研究界長期懸而未結的問題，認爲國民黨當局經過愼重考慮，不再用逮捕的鎭壓手段而改爲採取非常溫和的辦法：「就是爭取他，或是請他到國外養病。」這是一種合理的解釋，論證也充分，比起作者對魯迅所謂「反『左聯』」的主觀臆斷的考證來，更著重文學史現象的勾勒與文學歷史現象的浮現，眞正是新文學史家的操作。此外，作者關於魯迅沒拿俄國人盧布，但拿了國民政府的薪水，並用這個薪水去反國民黨、反政府的考證，屬於放到文學發展的歷史場景中去觀摩的研究，並無牽強附會的賣弄與做作。劉心皇還和鄭學稼私交甚篤。他每月至少和鄭學稼聚餐一次。他喜歡聽鄭學稼很多出格的以至連臺灣當局都認爲是「反動透頂」的言論。當鄭學稼要劉心皇幫其修改《魯迅正傳》時，劉心皇滿口答應，以便結成聯合戰線和香港的曹聚仁較勁。

劉心皇的魯迅研究雖然不免有先入爲主的偏見，甚至有許多違反歷史事實之處，然而比起蘇雪林以辱罵取代學術探討來，他的研究又有著他人不可替代的某些眞切感。至於他自印的兩本批判蘇雪林的專書《文壇往事辨僞》、《從一個人看文壇說謊與登龍》，以致讓蘇雪林只能以罵劉心皇「無恥文棍」來作鳴金收兵的掩護，其意義不在於他「揭露」蘇雪林說謊手段的成功，而在於這兩本書保存了這場文學論戰的豐富史料，也最早從歷史總結的層面彙集了當時對蘇雪林的各種負面評價，可以說是一次反面評價、研究蘇雪林的「總動員」。從此，長期在臺灣遭封殺的魯迅在蘇雪林也包括劉心皇的一片反魯聲中，得到另一種意義的解讀和傳播。

劉心皇從戰亂的時代中走過來，出版過《郁達夫與王映霞》、《徐志摩與陸小曼》、《弘一法師新傳》，但他未爲摯友徐復觀、孫陵、馮放民寫傳，也未爲自己寫傳，而他的作品卻帶有自傳色彩：因爲深受舊式婚姻之害，所以歌頌徐志摩、郁達夫的自由戀愛；因爲不屑於政治的黑暗，而嚮往蘇曼殊、李叔同的灑脫；熱愛魯迅的文與人，則表現了他的憤世。這位大半輩子以民間學者身分出現的作家，爲郁達夫、魯迅等現代作家樹碑立傳，也爲淪陷區文學史眞相揭秘的學者，死後全臺灣只有周玉山、秦賢次二人在報刊上寫悼念文章，其世態炎涼可想而知。他的工作能達到這個地步，已屬不易。正如臺灣學者多次申明的：「做，比不做好；有，比沒有好。」

第五節　尹雪曼和《中華民國文藝史》

尹雪曼（一九一八～二〇〇八年），本名尹光榮，河南汲縣人。西北大學畢業後，獲美國密西里大學新聞學院文學碩士。曾主編重慶《新蜀夜報》副刊，先後任上海、天津、西安、香港、臺灣各地報紙的記者，並在成功大學、中國文化大學文傳系等校任教，歷任青溪新文藝學會理事長、華欣文化事業中心常董兼《中華文藝》月刊發行人、「中國作家藝術家聯盟」會長。著有創作集多種，另有文學評論集《泛論文學與寫作》（臺北：星光出版社，一九七五年）、《中華民國文藝史》（主編。臺北：正中書局，一九七五年）、《中國文學概論》（臺北：三民書局，一九七五年）、《現代文學與新存在主義》（臺北：正中書局，一九七五年）、《五四時代的小說作家和作品》（臺北：成文出版社，一九八〇年）、《鼎盛時期的新小說》（臺北：成文出版社，一九八〇年）、《抗戰時期的現代小說》（臺北：成文出版社，一九八〇年）、《中國新文學史論》（臺北：中華文化復興運動推行委員會，一九八三年）、《從古典出發》（香港：鳳凰城圖書公司，一九八四年）、《現代文學的桃花源》（臺北：臺灣商務印書館，一九八四年）。另有六十餘萬字的《中國文學演進史》。晚年出版有《尹雪曼文學世界》（五冊。臺北：楷達文化公司，二〇〇六年）。

《中華民國文藝史》編纂經過如下：一九七一年二月九日，在「中央文藝工作研討會」通過《如何配合建國六十年大慶開展文藝活動案》的第三項「實施意見」第一款「共同策辦事項」第一目後，便依照其內容，有關人員於四月份擬訂出〈中華民國六十年文藝史〉編寫計畫。其後由編纂委員會副主任陳裕清代表主任委員谷鳳翔主持召開了三次會議，確定各章要目及撰寫人。第一章〈導論〉由陳裕清執筆。第二章〈文藝思潮與文藝批評〉由劉心皇、趙滋蕃、玄默、周伯乃執筆，〈前言〉及〈結論〉由王集叢撰寫。第三章〈詩歌〉由鍾鼎文、鍾雷、瘂弦、成惕軒執筆。第四章〈散文〉，由馮放民、林適存、孫如陵、洪炎秋、陸慶執筆。第五章〈小說〉由尹雪曼執筆。第六～八章〈音樂、舞蹈、美術〉由戴粹倫等十六人執筆。第九章〈戲劇〉由李曼瑰、俞大綱、鄧綏甯、王鼎鈞、丁衣執筆。第十章〈電影〉由唐學廉、唐紹華、黃宣威、鍾雷執筆。第十一章〈海外華僑文藝與國際文藝交流〉由邢光祖、蘇子、亞薇、黃思騁執筆。第十二章〈文藝活動〉及附錄〈臺灣光復前的文藝概況〉由陳紀瀅、宋膺、劉枋、朱嘯秋執筆。附錄二〈大陸「淪陷」後的文藝概況〉由所謂「匪情研究」專家蔡丹冶、玄默、王章陵、吳若執筆。

這幾次會議還作了下列決議：一是除〈導論〉和〈附錄〉外，各章以三個階段爲分段，第一階段自民國元年至民國二十年（「九·一八」事變）；第二階段自民國二十年至民國三十年（抗戰勝利）；第三階段自民國三十七年至西元一九七一年。二是全書以記載六十年來的文藝工作歷程爲主，以活動爲經，作品爲緯，「不以『批判』和『檢討』爲重心。在涉及中共運用三十年代之文藝作家時，則以記載與批判並行。」三是「文字力求客觀公正，採用的史料，也要求正確眞實」。（註二五）

一九七二年，各章稿件陸續寫成後，由擔任「中華文化復興運動推行委員會」執行秘書的尹雪曼負責審閱，他將書名《中華民國六十年文藝史》改爲《中華民國文藝史》。對大陸的稱呼，原用辱罵性字眼改換掉，這其實是換湯不換藥。一九七三年，尹雪曼在付印前又將小樣送交胡一貫、張柳雲、趙友培等人「詳細審查」，最後才定稿出版。

《中華民國文藝史》屬四十二人參加的官修集體創作。它從辛亥革命時期寫起，肯定臺灣新文學受大陸新文學運動的影響，力圖將日據時期的臺灣文學與國家民族論述結合起來。在返回文學現場時注意民族精神的塑造與黨國連結，站在三民主義立場突出具有愛國精神和民族氣節的作品，主張臺灣文化是中國文化的組成部分：

> 我們知道，臺灣的文化，本來就是中國文化的一支流，中國文化的延長。而臺灣文化當然也是中國文學的一支流，中國文學的延長。臺灣文學既然擺脫了日據時期加在身上的枷鎖，恢復原來之姿態，它的途徑是很明顯的。那就是循著中國文學的路線，建設臺灣「地方文學」，建設臺灣「鄉土文學」。（註二六）

這一看法，代表了兩蔣時期官方的一個中國政策。此外，該書評述對象不僅有文學，且包括了藝術；就是評述文學，不僅包括新詩等品種，而且也涉及了舊詩和禮拜六派的舊小說；不僅評論臺灣文學，而且也將海外華僑文藝和大陸一九四九年後的文藝（見附錄）納入評述範圍，這說明著者的視野是寬廣的。該書雖然有嚴重的政治偏見，政策性極強，但對魯迅的雜文成就，並未一筆抹殺。就是對擔任過僞職的周作人，也有實事求是的評價。對站在國民黨對立面的作家如陳獨秀、魯迅、郭沫若，均加以記載；對有許多進步人士或共產黨員參加的創造社及文學研究會，也照述不誤，尤其是對日據時期臺灣文學的內容分爲古典文學、新文學與日文書寫三個部分，這在當時來說，有突破禁區的意義。

但此書的缺陷也異常明顯。一是存在著把文藝史寫成政治鬥爭史的傾向，大陸部分尤爲突出。二是對三十年代左派文藝及一九四九年後的大陸文藝基本上取仇視、敵對態度，失卻了一部文藝史起碼應有的學術品格。編者原先提出的所謂「客觀公正」云云，不過是官樣文章而已。三是評價作家時在篇幅上比例欠妥，如只注重官方文學而很少涉及本土文學，這為後來本土文學的強烈反彈埋下了禍根。〈海外華文文學〉一章存在的問題更多。像「華僑文藝」，只談菲律賓，遠比菲律賓有成就的新加坡、馬來西亞均未提及。這裡以一個國家的文學代替整體華僑文學，顯然邏輯上欠通。何況菲律賓已獨立，作家們均加入該國籍。他們創作的已不是屬於中國文學支流的「僑民文藝」，而是「菲華文藝」。把作為「海外」文學的菲華作家作品寫進「海內」的《中華民國文藝史》，欠妥。四是述語內涵很亂，如該書反覆提及的民族主義、自由主義、人文主義、民主自由的政策、進步的人文主義、三民主義新文藝，正如香港新文學史家司馬長風在評論此書時所說：「這些主義的明確定義如何，內涵如何，有機的聯繫如何，都沒有說明。換言之，缺乏統一的理論體系。」（註二七）五是史料錯誤太多。如老舍的名作《四世同堂》錯為《五世同堂》，《火燒紅蓮寺》錯為《紅燒紅蓮寺》。茅盾的《清明前後》明明是劇作，卻被認為是「長篇小說」；《之子于歸》作者應為姚蘇鳳，卻張冠李戴為潘子農；王長簡與王以仁明明是兩個人，卻錯為同一人。沈從文當時健在，卻寫成在「文革」中「折磨而死」，等等。這裡面有與大陸隔絕多年及當時三十年代文藝作品未全面開放的客觀原因，但正如香港作家劉以鬯所說：將《四世同堂》寫成《五世同堂》，將著名劇作家「洪深」多達近十處印為「洪琛」，則是不可原諒的。（註二八）對許多作家的評述還缺乏新穎的史識，嚴格說來這只能算是一份文學史參考資料。遺憾的是，該書原定每隔五年修訂一次，後於一九七六年九月作了修訂預告卻未能實行。

編著《中華民國文藝史》，正如新文學史家周錦所說，這「實在是頂著石磨跳舞的事情」。編纂雖說是官修，可並無專人，也無專款。由於人力和財力的影響，只好「勉強成書」。書出後雖得到官方肯定，但也受到許多批評，尤其是書中評價不高乃至嚴重缺席的本地作家則拍桌子打凳板。但不管怎麼樣，《中華民國文藝史》作爲臺灣規模最大的一部現代文學史的問世，使尹雪曼嚐到了編寫新文學史的甜頭，他後來下決心自己寫一本《中國新文學史》。後因材料的限制，只寫成《中國新文學史論》。這本書列入「文復會」主編的「中華文化叢書」，二十五萬字左右，是尹雪曼用力最大的作品，但仍未有《中華民國文藝史》影響大。尹雪曼後來仍一直重視新文學史料的整理工作。一九八〇年十月，尹雪曼看到大陸出版的《中國文學家辭典》「現代第一分冊」後，見該書臺灣作家辭條極少，便下決心主編一部《中國文學大辭典》。此事終因人力、財力限制未能動工。

尹雪曼出於愛國熱情單獨編著的《抗戰時期的現代小說》，倒有些特色。該書不僅分析了靳以、巴金、老舍、茅盾、張天翼、姚雪垠、陳白塵、師陀、豐村、碧野、王西彥、艾蕪、田濤、張秀亞等作家作品，而且對抗日小說的發展作了全盤的勾勒，所列作品將近百部。這無論對弘揚民族自尊心還是對現代文學史研究，均有理論價值。

關於尹雪曼的文藝主張，如對三十年代文藝能否開放的問題，本書在第三編第二章中將有所評述，這裡不再重複。

第六節　周錦的新文學史研究

周錦（一九二八～一九九二年），字智燕，江蘇東臺人。先後畢業於臺灣師範大學國民教育專修科、私立淡江大學中文系。最初他酷愛中國古典文學，後來他把全部精力放在中國現代文學研究方面，先後出版有《朱自清研究》（臺北：智燕出版社，一九七六年）、《朱自清作品評述》（臺北：智燕出版社，一九七六年）、《中國新文學史》（臺北：長歌出版社，一九七六年）、《《圍城》研究》（臺北：成文出版社，一九八〇年）、《論《呼蘭河傳》》（臺北：成文出版社，一九八〇年）、《中國新文學大事記》（臺北：成文出版社，一九八〇年）、《中國新文學簡史》（臺北：成文出版社，一九八〇年）、《中國現代小說編目》（臺北：成文出版社，一九八〇年）、《中國現代文學作家本名筆名索引》（臺北：成文出版社，一九八〇年）。另由智燕出版社出版了他獨立編著的《中國現代文學作品書名大辭典》、《中國現代文學鄉土語彙大辭典》、《中國現代文學史料術語大辭典》、《中國現代文學重要作家大辭典》，總計十一冊，約一千萬字。另主編《抗戰文學選輯》、「中國現代文學研究叢刊」多種。

解嚴以來，周錦往返兩岸十多次。他大量搜集現代文學資料，還與國際友人共同創辦「中國現代文學研究中心」。作爲周錦代表作的《中國新文學史》，是臺灣首次以「史」的面貌出現的現代文學史專著，厚達九四〇頁。該書用六個篇章，對中國現代文學發展史作了較系統的評述。第一章〈緒論〉，敘述了中國新文學的發展歷程，和它的形式與實質。第二章〈中國新文學運動史〉，介紹了新文學運動初期的情況和這一運動的重大意義，有助於讀者瞭解新文學的發展方向。第三章至第五章，依新文學的發展階段分期加以敘說，在不影響史料的排比下作出自己的判斷。第六章因與當代文藝發展聯繫密切，故討論作家作品的文字較多。第七章爲〈中國新文學大事記〉，係作者多年史料的積累。第八章爲〈中國新文學重要論文〉選編，專收討論作家作品的論文，按發表時間逐年排比。在他以前還未有人做過這種工作，尤其是「五・四」以來的大部分作品在臺灣還是禁書的情況下，這種工作顯得特別有意義。最後附有〈本書人名索引〉，使該書除了縱的敘說外，又有橫的網絡。

由於當時各大專院校沒開現代文學課程，對中國新文學史的基本知識知之甚少，故周錦對不少重要資料採取了全文附錄的方式，多達二百五十頁。關於史料的取捨，作者力求做到全。但限於意識形態的原因，一些重要的左翼作家被打入了另冊，蒙上了濃厚的政治陰影，以〈日本軍閥對上海文壇的操縱爲例〉：

以軍部的文化特務內山做主腦，用書店作爲機關，先與清閑派文學拉上關係，再以古典藏書與文人學者來往，但這些對上海文壇影響不大。最惡劣的一件事，莫過於操縱魯迅，而魯迅到死也不知道被那個日本人利用了將近十年。

內山與魯迅完全建立的友誼關係，有種江湖的道義性質，所以剛愎頑固的魯迅倒也很放心。內山最成功的幾件事：首先是魯迅被左派人物攻擊得最厲害的時候，提供左傾書刊讓魯迅研究，勸說魯迅以牙還牙，實際上是要助長左派聲勢，好使日本軍閥「聯合防共」的口號容易被國民政府接受。其次是左聯的成立，共產黨固然要利用魯迅的偶像地方，而眞正促成魯迅取合作的態度的還是這個日本人。第三是後來把兩個日本軍方的文化特務，完全以左傾的面目安放在魯迅左右，並打入左翼文化圈子，那就是日本人「鹿地亙」和中國人「胡風」。胡風在左聯的活動比左派的人還要左，但當左聯意外地自動解散的時候，卻爲了向主子有所交代，迫不及待地提出了「民族革命戰爭的大眾文學」的口號，製造爭端，不希望中國境內的黨派眞有團結。

這段文字是全書寫得最不合理部分。首先周錦在沒有拿出任何證據的情況下，誣陷日本書商內山完造（即「內山」）為「文化特務」。同樣，也未加任何論證，就把中國左翼著名作家胡風及另一位日本人鹿地亙打成「日本軍方的文化特務」。對這種做法，連反共傾向異常鮮明的夏志清都看不慣。他對這一段文字評論道：「胡風編《七月》雜誌，一直標明了抗日愛國的態度……，這是大家知道的事實。」（註二九）其次，周錦對左派作家恨得咬牙切齒，這也不是一位學者應取的態度。周錦完全可以不贊成文人左傾，但不應該一提及左翼文人就從政治上乃至人格上加以詆毀。就是對非左翼文人如徐訏、無名氏，也難逃周錦的斧鉞，他認為《北極風情畫》、《塔裡的女人》是「抗戰期間最惡劣的小說」，這未免過於武斷。無名氏這兩部小說自然不是上乘之作，但還不至於達到「最惡劣」的程度，至少在作品的情節安排和人物刻劃上，都有其獨特之處。

周錦在「自序」中還說：「凡是出賣過國家民族的作家，事故發生前的文學成就照錄，至於其後的言行已為人所不齒，所以不列。」這種以道德氣節作文評標準，有其正確的一面，但因歷史上有污點便採取迴避、刪除的辦法，並不是實事求是的態度。以周作人為例，過去的忠義文學史家幾乎都眾口一辭要挖坑埋了他，可這並不能達到「人鬼兩清靜」的效果。至少他晚年寫的《魯迅小說裡的人物》（註三十），還有一定的學術價值。正確的態度應該是可以列出，列出時則可寫出自己的評價乃至批判意見。

《中國新文學史》的另一特色是將臺灣地區的作家寫進了新文學史。在〈新文學第四期的特出作家〉中，周錦將孫陵、姜貴、趙滋蕃、墨人、彭歌、余光中、琦君、於梨華、鍾肇政、謝霜天作為最優秀的作家，這不失為一家之言，但難得到許多人的贊同。把孫陵排在第一位，一來孫陵是臺灣的反共文藝「功臣」，可他的歌詞〈保衛大臺灣〉，充斥標語口號，能算是眞正的文藝作品嗎？二來周錦與他是至交，周錦寫文學史時孫陵曾提供過許多難得的史料，借這種私情將其擺在余光中等人前面，是做人情。還有，本土作家列得極少，這也不公平。

周錦寫於七十年代、出版於一九八〇年的《中國新文學簡史》，將中國新文學的發展區分爲「初創期」（一九一七～一九二七年）、「成長期」（一九二七～一九三八年）、「混亂期」（一九三八～一九四九年）、「淨化和復興時期」（一九四九年～）。這裡講的「混亂」、「淨化」顯然帶有政治含義，因而這種分期尙欠科學。此書最大的長處是注重文學史的闡述，作家作品論述充分。短處是文學運動、文學思潮的論述非常欠缺。分析作家作品時，又沒將其與社會條件、歷史背景結合起來。

周錦與別的現代文學研究者不同之處在於：十分重視原始資料的搜集、整理。幾十年來，他像苦行僧一樣，蟄伏在臺北內湖一座窄小的書齋裡，默默地從事中國新文學的史料整理工作。他從七十年代乃至更早開始編著的三鉅冊《中國現代文學作品書名大辭典》（一九八六年十月），所收的作品（含評論）範圍，從一九一九年起至一九八五年止。一九四九年以後的大陸作品，由於歷史的原因未能編入。編者不滿足於介紹，還對半數以上作品寫了評語，雖然這樣做不合體例，但畢竟表達了編者的閱讀感受和敢於批評的鐵漢作風。由於是個人獨立編寫，難免出現不少史料上的錯誤和重要的遺漏。關於這點，在《文訊》編輯部召開的座談會上，已有林慶彰、陳信元等人指出。他們認爲：該書目錄資料，不夠完整，有不少漏收、誤收之處。據比較保守的估計，該書所收錄的只有中國現代文學作品的五分之三。（註二二）

周錦生前有一系列的構想，計畫要完成：（一）中國新文學史；（二）中國新文學重要作家；

（三）中國新文學重要作品；（四）中國新文學重要資料；（五）中國新文學作家作品索引。（註三二）他只完成了一大部分專題，還留下不少未完成的項目。

第七節　施淑的左翼色彩

施淑（一九四〇年～　），本名施淑女，臺灣鹿港人。臺灣大學中文研究所碩士，加拿大英屬哥倫比亞大學亞洲研究系博士班研究。長期在淡江大學中文系講授中國現代小說、文學理論與批評等課程。評論著作有《理想主義者的剪影》（臺北：新地文學出版社，一九九〇年）、《兩岸文學論集》（臺北：新地文學出版社，一九九七年）、《歷史與現實：兩岸文學論集（二）》（臺北：人間出版社，二〇一二年）。

在戒嚴時期，施淑常去臺北牯嶺街舊書攤。在那裡，她發現了隱沒在白色恐怖裡的戰後臺灣思想的後街。從舊書攤中，她尋覓到五四以後，特別是三、四十年代零星的大陸作品，看到了文學史的禁區，走進一個左翼作家群活動著的思想和藝術的彼岸。那是作者未曾想像到的人間的苦難，其中呼吸到灼人的生命氣息以及理想主義的召喚。後來，她又在北美的東亞圖書館裡看到在臺灣不許借閱的禁書，從而瞭解到中國現代文學史的重要片斷。施淑在一九七二年寫下了第一篇現代文學評論，表現了她對端木蕻良及其小說中的土地、人民和歷史血淚的禮敬和感動。接下來在眾多的作家作品中，尤其是胡風、路翎這兩個文學巨靈，促使作者追蹤考掘理想主義者精神現象以及相關的左翼文學思潮。不僅在胡風的著作裡，而且從他翻譯的楊逵的《送報夫》、呂赫若的《牛車》中，施淑深刻感受到社會主義文藝運動所體現的國際主義精神。

在臺灣，研究三十年代文藝的著作出版了不少，但大都是從政治出發。與其說這些著作是在研究三十年代文藝，不如說是在批判乃至咒罵三十年代文藝。而施淑與這些論者不同。她把三十、四十年代文藝當作一門學問加以認眞探討、研究。在研究時，她拋棄官方的意識形態或政治要求去評價作家作品，從豐富的史料中提煉出不含政治偏見的觀點。如在〈歷史與現實——論路翎及其小說〉中，她透過路翎眾多小說的剖析，得出這樣的看法：「在路翎的小說人物中，勞動階層占著很大部分，他著力描寫的大都是工、農、士兵、流浪漢、小市民，和尙未從封建的紐帶解放出來的窮苦的女人。在刻劃這些人物時，路翎是帶著反思和思索的態度的。」對路翎這種創作態度，施淑是首肯的，而不像某些評論家認爲這是「煽動階級的仇恨」，是在實踐毛澤東《在延安文藝座談會上的講話》，是在提倡工農兵文藝因而應徹底否定乃至打倒。

由此也可見，施淑是一位在臺灣少見的左翼色彩濃烈的現代文學研究家。〈理想主義者的剪影〉成書之前，她在香港《抖擻》雜誌一九七七年一月號、香港《明報月刊》一九七五年六～八月號、《抖擻》雜誌一九七六年五月號連續發表了三篇現代文學研究論文，其論述對象淸一色是三十年代左翼作家：胡風、端木蕻良、路翎。這些論文大都是寫於臺灣還未開放三十年代文藝作品的七十年代前期或中期。這些文章，在發表時無法考慮臺灣刊物，因而只好在香港與讀者見面。後來，臺灣當局對三十年代文藝的政策略有鬆動，她便選擇了敏感性更強的〈中國社會主義文藝理論的發展（一九三二～一九三三）〉作爲自己的研究課題。寫完後因字數太多，只好將部分內容以摘要的形式刊登在剛復刊的《文季》第二期（一九八三年七月）上。發表時編者將原題〈二十年代左翼文藝理論之研究〉改爲無政治色彩的〈二十年代文藝理論的發展與反省〉，並爲了不使情治單位上門找麻煩，還加了一節不是施淑寫的結論：〈四、蘇俄文藝理論對中國的推殘〉。施淑出書時已刪掉此節。爲寫這篇論文，作者閱讀了大量的三十年代左翼文藝的原始資料，還有不少大陸建立新政權後出版的著作，這在當時是犯忌的。在文章的內容上，充滿了「無產階級文藝運動」、「社會主義文藝理論」、列寧的〈黨的組織和黨的文學〉、「辯證唯物論世界觀」等術語。如果不看作者署名，還以爲是大陸學者所寫。這在還未解除戒嚴令的臺灣，無疑需要有極大的膽量和魄力。

在研究方法上，施淑曾嘗試過用神話基型的批評方法與結構主義研究古典文學，這體現在她一九六九年由臺大文史叢刊出版的碩士論文〈九歌天問二招的成立背景與楚辭文學精神的探討〉中。後來研究現代文學，她改用左翼評論家慣用的社會學批評方法。她分析路翎的小說，是從文學的本質屬性即社會性出發，從社會歷史發展的高度出發，這無疑把握了路翎小說最根本的內容，找到了正確而恰當地觀察、剖析文學創作奧妙無窮的複雜現象的透視點。因爲路翎《卸煤台下》一類的小說，本是「黑暗的勞工世界」中的產物，自然不方便用唯美主義的批評方法去解釋。社會學評論還要求評論家把眞實性的考察放在首要位置。這裡講的眞實性，是指作品所體現的社會生活畫面，所刻劃的藝術形象和社會現實生活的實際情況所吻合的程度。施淑評論路翎的作品，便把眞實性當作判斷其作品價值的必要條件。如她這樣評論《黑色子孫之一》：「在處理上它是缺乏眞實性和說服力的，主要原因是路翎不曾對工人的覺醒和反抗思想的來由作任何交代，卻讓這些被壓擠在自發性的解放要求水平上的工人，或者帶著思想家的習慣，或者說出像社會主義課堂裡的議論。這樣一來，不論人物性格的發展或情節的變化，經常就陷於曖昧不可解了。」在施淑看來，只有符合社會現實的眞實內容和面貌，文學作品才談得上是社會生活的反映，才對讀者有認識和教育作用。

爲了達到對三十年代左翼作家的作品眞實性的準確測試，施淑還十分注重對社會現實的把握和對歷史的研究。像〈理想主義者的剪影〉一文，對二十年代至三十年代的社會客觀生活現狀和歷史的考察研究占有重要的地位，成爲她評論青年胡風文學道路的基礎。施淑不像結構主義評論者那樣，喜歡把研究對象符號化、模型化，而更樂意把自己的研究對象放在具體的歷史條件和寬闊的文化背景下去考察。如在〈中國社會主義文藝理論的發展〉評價左聯的功過時，就把左聯推行的無產階級文藝運動放在三十年代中國社會的發展變化及文化生態、文學思潮的廣闊背景去考察。作者論及革命文學論戰發生時，以當時文藝界對社會主義文藝理論的介紹和翻譯還十分貧乏作爲線索，深入挖掘下去，揭示出革命文學論戰爲什麼會反映出十月革命後到拉普成立時主要觀點的原因，這就增進了讀者對左翼文藝運動和蘇聯社會主義文藝理論相互關係的瞭解。

還應指出的是，施淑並不是簡單地用社會內容來求證左翼文學作品的眞實性。她對社會現實的研究和對歷史的認識，只是作爲評論眞實性的基礎，並沒有用它去代替作品的分析和研究。施淑的社會學評論，說到底仍是一種文學評論，它仍以一定的藝術鑑賞力爲基礎。可以毫不誇張地說，施淑的藝術鑑賞力，並不亞於使用別的研究方法的評論家的鑑賞力。如在〈論端木蕻良的小說〉中，她能辨別出端木蕻良小說具有濃厚的抒情性與敘述上缺乏故事的連續性的差異，她能從端木蕻良自稱運用了電影底片的剪接手法看出這一手法的長處和局限，並由此去總結端木蕻良小說的藝術特徵，故施淑的社會學評論方法決不是庸俗社會學方法。相反，它是和審美批評緊密結合在一起的。

施淑是一位學風嚴謹的評論家。她不輕意寫論文，要寫就力求與眾不同，有自己的獨特視角和觀點。如在〈中國社會主義文藝理論的發展〉一文中，她大膽肯定瞿秋白在文學大眾化討論時提出的「無產階級普通話」、「歐化文藝的大眾化」的主張，稱其為「兩個極有創見的構思」，這種評價均發兩岸學者之未發。當然，這是一個可以商討的學術問題。茅盾當年就曾根據局部的調查反對「無產階級普通話」，因為普通話本身是沒有階級性的，不應有無產階級與資產階級之分。但施淑認為，「事實上卻無法否認這種無產階級普通話的存在和發展的趨向，而且在瞭解上，它比當時一般『舊瓶裝新酒』的方言土語的使用看法，或周揚一類教條主義者，根據國際革命作家會議決議而發的『新的文字』之創造等空泛意念，是較接近問題的本質的。」可見，施淑是經過比較才得出自己的結論。事實上，瞿秋白主張這種普通話「容納許多地方的土話，消磨各種土話的偏僻性質，並且接受外國的字眼，創造著現代科學藝術以及政治的新的術語」（註三三），方向是對的，只是命名不夠科學罷了。施淑還考證出胡風在讀東南大學附中所結識的、給了胡風極大幫助的W君和V君，很「可能是宛希儼和楊天眞」。這從胡風在新中國成立後為紀念革命中光榮犧牲的同志所寫的長詩〈安魂曲〉中可以得到證實。可見，施淑的猜測完全沒有錯，由此亦證明她掌握的資料之豐富。

施淑文學研究中的左翼色彩，還可從附錄〈卡夫卡的再審判〉中可看出。這是一篇以卡夫卡小說藝術的評論為中心，介紹蘇聯及東歐國家馬克思主義文學理論的發展新趨向的文章。這類文章，在臺灣似屬首次見到。

在臺灣，有左翼色彩的評論家多半出自本土文學陣營，施淑也不例外。她的左翼傾向和本土色彩常常結合在一起。當文革結束後，施淑在七十年代末帶著困頓的心情，回到政治高壓依然故我的寶島。她再度站在歷史的十字路口，嘗試從歷史的廢墟中找尋日據時代臺灣文學的足跡，找尋殖民統治無法遮蔽的社會主義的、因而是追求人的自由解放的文學的聲音。郭楓在一九九〇年創辦《新地文學》時，就曾給她開了「施淑專欄」，專門給她提供發表臺灣本土文學研究的園地。其中〈臺灣的憂鬱——論陳映眞早期小說及其藝術〉、〈日據時代小說中的知識分子〉兩文（註三四），體現了她的理論素養和水平。後來她不滿足於本土作家研究，還將視野擴大到對岸，寫有〈大陸新時期文學散論〉的系列文章，另還有閱讀香港作家西西的札記。新著《歷史與現實：兩岸文學論集（二）》，則橫跨兩個世紀的大陸文學研究，在繼續深化中國社會主義文藝理論的同時，將《華文版每日》與日本在華占領區的文學統制關係作對比，其長文〈大東亞文學共榮圈〉（註三五）比較了大東亞文學與日本統治之下的文學之異同。此書不僅含有深厚的學養背景，也帶有作者對文學的深層感受。

注釋

一　參看《現代評論》第三卷第七十一期中的〈閒話〉：「我不能因爲我不尊敬魯迅先生的人格，就不說他的小說好，我也不能因爲佩服他的小說，就稱讚他其餘的文章。」

二　臺　北：三民書局，一九九一年。

三　上　海：亞東圖書館，一九三三年。

四　王潤華編：《郁達夫卷》，臺北：遠景出版事業公司，一九八四年，頁五一。

五　胡秋原：《文學藝術論集（上集）》「前記」，臺北：學術出版社，一九七九年，頁五。

六　上　海：《文化評論》創刊號，一九三一年十二月。

七　上　海：《文化評論》創刊號，一九三一年十二月。

八　上　海：《讀書雜誌》，一九三二年五月。
九　上　海：《現代》第二卷第三期，一九三三年一月。
一〇　胡秋原：〈浪費的論爭——對於批評者的若干答辯〉，上海：《現代》第二卷第二期，一九三二年十二月。
一一　臺　北：《中華雜誌》，一九六九年一月。
一二　上　海：《現代》第二卷第二期，一九三二年十二月。
一三　參看胡秋原：〈關於《紅旗》之誹謗答史明亮先生等〉，臺北：《中華雜誌》，一九七二年八月。
一四　參看胡秋原：〈關於一九三二年文藝自由論辯〉，臺北：《中華雜誌》，一九六九年一月。
一五　參看胡秋原：〈關於《紅旗》之誹謗答史明亮先生等〉，臺北：《中華雜誌》，一九七二年八月。
一六　參看胡秋原：〈關於《紅旗》之誹謗答史明亮先生等〉，臺北：《中華雜誌》，一九七二年八月。
一七　彭　歌：〈不談人性，何有文學？〉，臺北：《聯合報》，一九七七年八月十七、十八、十九日。
一八　臺　北：《中華雜誌》，一九七七年九月。
一九　臺　北：《中華雜誌》，一九七七年十月。
二〇　陳映眞：〈中國文學的一條廣大的出路——紀念《中國人立場之復歸》發表兩週年，兼以壽胡秋原先生〉，載《祝賀胡秋原先生七十壽辰文集》，臺北：學術出版社，一九八一年，頁二九三～二九四。

二一 參看吳濁流：〈請教胡秋原先生〉，臺北：《臺灣文藝》第一卷第三期，一九七四年六月；胡秋原：〈敬答吳濁流先生——關於新舊詩及臺灣文藝之提議〉，臺北：《中華雜誌》，一九七五年五月。

二二 轉引自酈驟節：〈我所知道的胡秋原先生——生活、論戰、遠見和重要學說〉，載《祝賀胡秋原先生七十壽辰文集》，臺北：學術出版社，一九八一年，頁八一。

二三 見臺北：《中國時報》，一九八八年十月十九日報導。

二四 參看夏志清：〈現代中國文學史四種合評〉，臺北：《現代文學》，一九七七年八月。

二五 程榕寧：〈《中華民國文藝史》編纂始末〉，臺北：《書評書目》，一九七五年十月號（總第三十期）。

二六 尹雪曼主編：《中華民國文藝史》，臺北：正中書局，一九七五年，頁一〇一〇。

二七 司馬長風：〈從《中華民國文藝史》談起〉，載《文藝風雲》，臺北：時報文化出版公司，一九七七年，頁一五九。

二八 劉以鬯：〈評《中華民國文藝史》〉，載《短綆集》，北京：中國友誼出版公司，一九八五年。

二九 夏志清：〈現代中國文學史四種合評〉，臺北：《現代文學》，一九七七年八月。

三〇 上海出版公司，一九五四年。

三一　臺　北：《文訊》專題企劃：〈一部開創性的文學工具書——《中國現代文學作品書名大辭典》會談〉，《文訊》第二期，一九八七年。
三二　周　錦：《中國新文學史》〈自序〉，臺北：長歌出版社，一九七六年，頁一～二。
三三　瞿秋白：〈大眾文藝的問題〉，上海：《文學月報》創刊號，一九三二年六月。
三四　臺　北：《新地文學》第一、三期，一九九〇年。
三五　臺　北：《新地文學》第一期，二〇〇七年九月。

第三章　文論界的新盟主

第一節　顏元叔：學貫中西，豪氣干雲

顏元叔（一九三三～二〇一二年），湖南茶陵人。一九五六年畢業於臺灣大學外文系。一九五八年赴美攻讀英美文學，一九六〇年夏獲碩士學位，一九六二年獲威斯康辛州大學英美文學博士學位。曾任教美國北密西根大學。一九六三年返臺後任臺灣大學外文系主任、《中外文學》發行人、該校教授。他除出版有散文集外，另有論文集《文學的玄思》（臺北：驚聲文物供應公司，一九六九年）、《文學批評散論》（臺北：驚聲文物供應公司，一九七〇年）、《文學經驗》（臺北：志文出版社，一九七二年）、《談民族文學》（臺北：臺灣學生書局，一九七三年）、《顏元叔自選集》（臺北：黎明文化事業公司，一九七五年）、《文學的史與評》（臺北：四季出版社，一九七六年）、《何謂文學》（臺北：臺灣學生書局，一九七六年）、《社會寫實文學及其它》（臺北：巨流出版社，一九七八年）。

顏元叔是一位有強烈愛國主義精神的學者。他學貫中西，思理神妙，幽默風趣，文采粲然，作品顯示出火辣辣的詩人性格和直通通的書生心腸，令人讀後回味無窮，係臺灣十大散文家之一。

作爲臺灣最早拿到英美文學博士返臺任教的學者，顏元叔是上世紀六、七十年代取代夏濟安臺灣評壇地位最具影響力的新盟主。他與夏濟安不同之處在於不局限於指導青年一代和幫其修改文章，還有理論的研討，當然也少不了實際批評。出身外文系的他，研究對象不局限於西方小說、戲劇，也包括中

國的舊詩、新詩和現代小說。他既是第二代「新批評」的發言人，也是「民族文學」、「社會寫實文學」的積極倡導者。當代文壇的眾多論爭，差不多都有他的份，在許多時候他還擔任主角。這是一位具有創建理論的雄心壯志的評論家，其批評方法用他自己的話來說是「大致是字質與結構的細讀分析，時而運用中西文化的比較觀，以便發明參證」。可當時的不少文學理論家尤其是詩評家，其批評方法並非如此，他們過分強調「知人論世」的重要性，評論作品將精力放在作者的身世和歷史背景的考察上，致使文學評論幾乎成了歷史傳記的代名詞。此外，社會學批評排斥心理學批評，且不重視結構的分析。有感於此，顏元叔對歐美「新批評」的「本體批評」、「內部研究」產生了強烈的興趣，他企圖將其引進以衝擊多年流行的偏重於文學外部關係的傳統批評方法。他透過發表論文、出版專著、教壇傳授和現代詩、古典詩及小說批評領域的實踐，把「新批評」方法的優劣處發揮到極致。這種極致，首先是「導致」了文壇上多年來存在過的外文系與中文系學者矛盾的加劇：外文系捨棄了本身應負的學術研究職責和評介世界文學的學術功能，取代了中文系在古典文學研究領域的發言權；部分中文系的學者爲了摘掉「封閉保守」的帽子，急於搬用西方文學理論的觀念和方法去研究中外文學。自六十年代後，軍中作家的主導地位已被外文系出身的作家取代。是顏元叔的文學評論進一步從理論上強化了外文系出身的作家在文壇上的重要地位。第二個「導致」是從事文學批評必須有「文學概論」式的學術訓練，要有一套名詞術語，要有不同於讀後感的「遊戲規則」。這「規則」，導致中文系與外文系的顛倒，正如余光中所說：「以前，是外文系多出作家而中文系多出學者。此後，輪到中文系多出作家了，外文系呢，卻出比較文學的學者。」（註一）

這不是誇大顏元叔的能量，而是因爲豪氣干雲的顏氏，一生認準目標便勇往直前，使其在當代文學理論家中居第一流兼領潮流的地位。沒有他這位啓蒙者、改革者、推行者、論戰者開創一代新風的批評的推動，戰後臺灣文學理論的步伐就要減慢許多。當年他以其銳氣十足的狂飆筆鋒及雄姿英態，創辦了後來成了當代文壇重鎮的《中外文學》。這個刊物在栽培陳映眞等新人以及介紹西方思潮的角色方面，有重要的貢獻。他還與時任文學院院長的朱立民，大刀闊斧改革外文系的教學系統與英語課程，將外文系的課程變得系統化又多姿多彩，讓學生對中西文學有全面的認識，以致被稱爲「朱顏改」。他又倡議成立比較文學博士班，譯介《西洋文學批評史》，將新批評觀點運用於古典詩歌領域，引起風潮與爭議。他研究日據時代文學，也介入當前文學創作，在文壇上引發極大的震動，在評論界掀起一陣陣狂潮。他曾叱吒風雲，引領整個世代臺灣文壇的風騷，這使得他超越夏濟安而成爲現代主義文學時期最重要的評論家。

作爲有遠見、有膽識、有擔當的開創者，顏元叔的批評文章的出現還象徵了另一種意義：臺灣的現代文學經過將近二十年的發展，終於在臺灣本土立定腳跟。顏元叔雖然對現代文學採取比以往較嚴厲的批評態度，但他以臺灣第一個高等學府外文系系主任的身分，用學院的嚴肅方式來分析這些作品，並且給予相當程度的肯定，特別是對白先勇的小說，另有對王文興小說的長篇評論〈苦讀細品談《家變》〉，徹底改變了許多人否定這部小說的偏見。王文興自己就說過，如果沒有顏元叔，《家變》就不會這麼轟動。呂正惠還認爲，這是顏元叔寫得最好的評論。他這方面的批評實踐，就表示了本土的現代文學已經得到文壇的正統地位。反過來講，顏元叔認識到了本地的現代文學成就，肯在這方面花費他的學術功夫，證明他是一個能夠掌握時代潮流的學者，因此也可以說是一九四九年以後，「開創了學院研究臺灣當代文學現象的第一人。」（註二）

下面，著重談談他在「新批評」領域所取得的成績。

顏元叔受「新批評」的影響始於他的博士論文〈曼殊菲爾的敘事觀點〉。系統介紹「新批評」學派的文章，則是發表於一九六九年一～三月的長篇論文〈新批評學派的文學理論與手法〉，以及《文學的玄思》一書中的壓卷之作即其詩學宣言〈朝向一個文學理論的建立〉。受到人們廣泛重視的是發表於一九七三年十二月的〈現代主義與歷史主義〉，（註三）此文很快受到王曉波、李國偉的喝彩。（註四）後來顏元叔又寫了不少文章，大都收集在《談民族文學》一書中。其中〈就文學論文學〉一文，顏元叔論及「新批評」的原則時指出：「第一，承認一篇文學作品有獨立自主的生命。第二，文學作品是藝術品，有它自己的完整性與統一性。第三，所以一件文學作品可以被視爲獨立的存在，讓我們專注地考查其中的結構與字質等等。」（註五）這三點，是顏元叔對「新批評」實質的把握。依據這種把握，顏氏認爲文學評論的對象既不是社會歷史背景或作者的生平資料，也不是作者心靈或讀者的反映，而應是作品本身。在他看來，文學作品是客觀存在的獨立自足的有機實體，是評論家從事評論工作的唯一依據，任何離開作品本身去強調作者的寫作動機或作品產生的時代背景，都會走向「感受謬誤」、「意圖謬誤」。顏元叔用形象手法說：「新批評家對作品與作家的關係的看法，類似兒子與母親：兒子生下來便有獨立性，脫離母親而存在；要瞭解兒子，便直接研究兒子；不可老是研究母親，想從母親的身上獲得兒子的答案。」（註六）因爲母親固然要影響兒子，但兒子也可擺脫這種影響走自己的路，他的生活道路只能由自己負責。這種道理運用在文學研究上，便是只有將作品本體作爲批評對象，才能眞正鑑別作品的優劣。因而批評家用力氣的地方，不在時代背景和作者經歷方面，而在象徵、影射、音響效果及意象結構、意象語的運用上，是「結構和字質」，「外加一點弗洛伊德及佛勒哲等人對人性的理論，作爲

文學內涵解說之助，如是而已。」（註七）

由此可見，主張以作品爲本位的「新批評」，其長處是善於對作品進行深入細緻的研究，把握文本內涵，發掘作品的底蘊，有助於提高文學批評的客觀性和準確性。如顏元叔的〈梅新的風景〉，對梅新的詩作一首首地從局部字質到邏輯結構加以剖析，就有許多眞知灼見。這種強調「義理」的批評，所重視的是評論者縝密的思維、敏銳的感受與文藝修養，這無疑是對過去偏向於「考據」批評的一種反撥。

顏元叔所提倡的「新批評」另一特點是注重文學的整體性，反對將內容與形式分開。在顏元叔看來，「本體」就是「骨架」（即思想內容）和「肌理」（即藝術形式）融合爲一的有機整體。內容只是經驗，完成了的內容即形式才是藝術。乍看起來，這好似一種形式主義的文學理論，其實，「新批評」理論家的著眼點並不單純是形式，他們還十分重視作品所體現的豐富深邃的人生意義。只不過他們認爲這人生意義只能從作品的各個元素有機組織起來的意象結構中去把握，要辨別作品內容的優劣，也只能依據那些抽象的哲學思想或政治思想是否已成爲形象的血肉。顏元叔分析葉維廉〈愁渡〉等詩，首先注意的便是詩的韻律美以及意象的組合方式是不是連貫，意象結構有無前呼後應，給讀者有無提供一定的聯想方向。爲此，他提出一個「定向疊景」的概念，以此作爲區分晦澀詩與明朗詩的分水嶺。他說：「晦澀詩的情感思想，四方亂射，令讀者無所適從，結果感到迷失與迷惘。艱深詩的情感思想，則有一定的發展或投射的方向，讀者可以按照這個方向領略探討，越是往前走，越見情思的風景層出不窮，這樣的詩便有『定向疊景』。」（註八）這裡對「定向疊景」盡管缺乏精確、科學的界說，但顏元叔從形式結構入手去判定作品所蘊含的哲理深度，這一方法是可取的。正是基於這一點，顏元叔認爲葉維廉的詩雖然結構嚴謹、用語精確，但「他在題材及主題上，是比較缺乏時代性的。我們常在現代西洋詩與中國詩中見到的那種悲劇感，或縮小而言，悲哀感，葉維廉的詩不多提供。」（註九）評論別的詩作的文章，他也力求使文本解釋，即透過對文本的剖析解釋文字的含義與「文學是哲學的戲劇化」、「文學批評生命」的觀點統一起來。後面兩個觀點，是顏元叔經過十多年的研究與思考所獲得的結論。前者是顏元叔自己形成的，後者則借助十九世紀阿諾德的理論去描繪文學對人生的功用，這正好與第一條用來描繪文學本質的理論相輔相成，與「新批評」的理論也沒有衝突。

顏元叔的「新批評」還特別注意批評的嚴密性。他與一般詩評家的不同之處，是專事字與字、句與句、行與行的分析，即西方批評家講的「精密賞析」。凡是經得起拆零分析的，有頭，有中腰，有尾，有起、承、轉、合的，他認爲這樣的詩就不是「一堆破碎的景象」，結構就不會給人崩潰的印象。他說：「最上乘的結構，應該全篇爲一個完整的有機體……而非滯留於零星的優美詩行或詩句而已。」這對有句無篇的詩人來說，無疑是一個針砭，洛夫就承認顏氏的批評「使我更進一步瞭解到文學作品結構的重要」，「確使我在警惕戒懼中獲益不少。」（註一〇）當然，顏元叔的結構說也引起過激烈的爭議。洛夫和羅門就認爲，結構有表象與內在兩層面。顏氏的結構說，只適於散文或一般論文，對詩並不完全適合，甚至對現代小說也不完全用得上。這種爭論雖然未能取得共識，但畢竟有助於批評嚴密化，有助於批評盡量走向客觀科學。

顏元叔用「新批評」方法寫成的詩評文章，一共有二類：一是宏觀批評，如〈對中國現代詩的幾點淺見〉。二是詩人詩作論，計有〈余光中的現代中國意識〉、〈梅新的風景〉、〈細讀洛夫的兩首詩〉、〈羅門的死亡詩〉、〈葉維廉的「定向疊景」〉，另有〈審詩雜感〉等。最值得重視的第一類文章所指出的現代詩的缺陷有：

第一，現代詩人對形式追求不夠。顏元叔曾從文學史與美學的不同角度探討現代詩的形式。他認爲，中國古典詩歷盡滄桑變化決不改變其嚴謹形式。今天的現代詩，學習西方時也應繼承中國古典詩這一傳統。從美學角度立論，他認爲有些詩人過於放縱形式，作品常給人以支離破碎之感。詩人應在內在的有機形式與外在的機械形式之間作調和工作。

第二，現代詩缺乏嚴謹的結構，既無中國古典詩所講求的「起承轉合」，也無西方詩所追求的「有頭有尾有中腰」。顏元叔最看不慣的是只見開幕不見結局的超現實主義之作。他反對照搬西方詩人所倡導的「下意識」、「反理性」和所謂「自動寫作」的方法。

第三，現代詩意象語孤立：意象語不連接，在文義格中各自孤立；缺乏意象結構，意象語各自爲政。詩人只重視個人的經驗，只強調以個人的「視景」入詩，致使讀者難於親近詩，這就難免走向晦澀。

第四，在語言方面，顏元叔認爲：現代詩用得多的爲乞求於字質稠密的「假文言」，和逃入文言文現成辭句之間的「假白話」，還有引用舊語、文白混成的非驢非馬的語言。他鼓勵詩人大膽使用有生命力的口頭語，給文學帶來新活力。

當時的詩壇風氣互相標榜和自我吹噓的多，很少有人能像顏元叔那樣挺身而出，直陳現代詩的弊端。他的觀點也許有矯枉過正之處，如指責余光中的長詩〈敲打樂〉結構失控，則未免太拘泥於「新批評」了，但總的說來顏元叔對新詩「並非有苛刻的要求，而是相當莊嚴的忠告。」（註一一）以致洛夫將這位「非常具有殺傷力」的批評家和關傑明、唐文標並列，稱其爲「三位現代詩的殺手」。（註一二）也有人在飯桌上稱其爲「屠夫」，這是因爲他不僅爲人有霸氣，而且文章寫得極爲凶悍。耿直孤高的脾性，使他動輒彈射糾發。正因爲他毫不留情地批評現代詩，又提倡過「社會寫實文學」，與鄉土文學精神有相通之處，所以在鄉土文學幾乎要取代現代主義文學時，顏元叔的處境就變得相當微妙和尷尬。「爲了自我澄清，他曾帶頭攻擊具有階級意識的『工農兵文學』，以便努力爲他所提倡的社會寫實文學留下一片清淨地。即使如此，反對鄉土的人仍然有人暗示說，他爲鄉土文學當了開路先鋒；而鄉土文學陣營的人，也不可能接受他那種溫和的立場。」（註一三）

不管人們如何評說，顏元叔一聲獅吼，統領一代風騷的「新批評」實踐，畢竟導致「比較文學」成爲臺灣文學評論的重要項目，其代表人物除顏氏本人外，還有葉維廉、張漢良、楊牧、袁鶴翔等人。但「顏元叔並不想停留在『新批評』的層次。在精神上，他其實綱舉目張毋寧是比較接近歷史學派的，然而在實踐上，他卻嚴重缺乏歷史學派所需的豐富社會知識。」（註一四）本來，一切新生事物不可能十全十美，「新批評」也不例外：

第一，顏元叔是一位不平衡的人，愛從一個極端走向另一個極端，即從過去忽視「作品本體」到完全強調「本體」自身，毫不考慮社會背景或作者生平、創作動機，這樣的「自圓其說」，其科學性很值得質疑。如顏氏認爲唐人李益〈江南曲〉的「早知潮有信，嫁與弄潮兒」的「信」係「性」的諧音，前面寫的「嫁得瞿塘賈」「之『賈』，發音爲『鼓』，有大腹便便的況味。」（註一五）這種解釋誠然新穎，也可說是自成一家之言，但這更多的是出於顏氏的再創作，與作品本意相去甚遠。又如他分析杜甫的詩只用「新批評」的方法，而完全不瞭解也不想去瞭解唐朝是什麼性質的社會，他甚至不知道那個時代的一些習慣用語。「他評當代臺灣作品，可是卻也無法帶進臺灣的歷史經驗來作注釋之言，他的『新批評』傾向，毋寧是一種欠缺而不是眞正的選擇。」（註一六）

第二，存在著用外來的理論硬套本地創作的弊病。如用亞里斯多德的結構理論去分析余光中《在冷戰的年代》等詩，就未必恰當。用它去衡量洛夫〈手術臺上的男子〉，更是南轅北轍。這就難怪引起洛夫本人及其友人的反批評——雖然這些反批評存在著意氣用事的傾向。

第三，對「新批評」理論的局限性認識不足（如它只適合於微觀分析而不長於宏觀研討），以至求新過切，這就帶來態度欠冷靜的毛病。

但不管怎樣，顏元叔對「新批評」的倡導和譯介西洋文論，將永遠記載在臺灣當代文學批評史上。以臺灣的詩評界來說，雖然以往引進過超現實主義、象徵主義及現代派，但多半爲創作理論，未能很好形成一套系統、影響深遠的批評學派。而由顏元叔領銜的「新批評」，卻首次形成了評論學派。僅就詩評領域而言，除顏元叔本人外，尙有溫任平等人。當然，如前所述，顏元叔對「新批評」的大膽移植有不成功之處。特別是到了後來，「新批評」在文壇已算不得舶來品中最具魅力的流派，他的文章從此不像過去「兵雄馬壯，字字鏗鏘」，其本人也不再成爲論壇中心的人物。使人無法原諒的是，在一九七七年十二月他發表的〈析杜甫的《詠明妃》〉文章中，顏元叔將杜甫詩「荊門」誤爲「金門」，「朔漠」誤爲「索漠」，這兩處硬傷遭到徐復觀等人的抨擊，（註一七）顏元叔雖然作了公開道歉，但有些人還是不原諒這位不可一世的評論家，甚至還有監察委員想提案彈劾，提醒「時下大學教授文理不通，應謀改善」，（註一八）有人還要「調查顏元叔配不配當大學教授」，（註一九）另方面媒體還將顏元叔的失誤當醜聞報導，（註二〇）迫得顏氏從此離開文壇的漩渦中心而改寫時而慷慨激昂，時而嬉笑怒罵，時而詼諧諷刺的散文以及研究莎士比亞和為中國人寫《英國文學史》。幾乎不再寫當代文評的顏元叔，後寫有〈向建設中國的億萬同胞致敬〉（註二一）這類時評，其巨大反響比他當年馳騁文壇有過之而不及。這位喝過湘江水的硬漢，看到中國在奧運會連獲獎牌便熱淚盈眶。在一九九三年紀念《中外文學》創刊二十週年時，顏元叔還遮蔽自己的「右眼」只剩「左眼」大聲讚美一位偉人在天安門城樓上所宣告的「中國人民從此站起來了！」由此呼籲「我們這一撮安適於西方帝國主義文化的黃色餘孽，也不宜太遲地摘掉餘孽的帽子，還來得及跳回到參加『振興中華』的行列中去吧！」這種激情表白帶有強烈的革命性和自我批判精神，真有精衛之堅韌、刑天之勇猛。但他在讚揚祖國改革開放的同時把大陸知識分子在政治運動中遭到的迫害從另一種意義上加以稱頌，這種對苦難漠視的殘忍以及罵自己和同事是「西方帝國主義文化的黃色餘孽」，並由早年引進英美新批評到晚年幡然醒悟撰文嚴詞批判「美帝」帶來的錯誤觀念及其影響，這顯得過分。林燿德稱「顏元叔頓時已化身臺灣『左爺』首席」（註二二），這種地位注定了他只能是孽子，是孤臣。

第二節　現代批評與傳統批評的交鋒

一九七六年二月九日至十日，夏志清在《中國時報》上發表了〈追念錢鍾書先生——兼談中國古典文學研究之新趨向〉，表示了對臺灣學者以西洋文學批評方法評論中國古典文學的隱憂。顏元叔在同年三月十日至十一日的《中國時報》上發表了〈印象主義的復辟〉，向夏氏提出質疑，在文中還流露了對印象批評的深惡痛絕情緒。夏志清以〈勸學篇──專覆顏元叔教授〉（註二三）反駁，顏元叔又寫了〈親愛的夏教授〉（註二四）作答。同時參與論戰的文章還有：黃維樑（香港）的〈中國歷代詩話、詞話和印象式批評〉（註二五）、黃青選的〈披文入情〉（註二六）、黃宣範的〈從印象式批評到語意思考〉（註二七）、趙滋蕃的〈平心論印象批評〉（註二八）。

夏志清以追念大陸學者錢鍾書爲名，對臺灣當時出現的中國古典文學研究之新趨向提出兩大疑問：第一，文學批評越來越科學化、系統化，幾乎要脫離文學而獨立。過分注重「方法學」，好像學會一套法術，文學上一切問題均可迎刃而解；評者缺乏深厚的閱讀基礎，情願信任方法，而不信任自己的感受力和洞察力，往往是不誠實的。第二，機械式比較文學倡行，大半有比較文學味道的中國文學論文，不免多少帶點賣人頭的性質。中西文學可比之處極多，但看到一兩點相似之處，就機械地寫長文硬比，反而弄巧成拙，貽笑大方。

顏元叔在〈印象主義的復辟〉裡，以一個特立獨行的學人，一條血性多情的漢子的身分，連珠炮似的向夏志清提出如下問題：一、比較文學是否值得研究；二、方法之學是否值得提倡；三、文學批評有無價值？在以火辣辣的中文寫的〈親愛的夏教授〉中，又提出三個問題：一、「新批評」應否在臺灣推廣；二、文學批評與文人傳記對文學孰重；三、學富五車與學術研究問題的晦暗關係如何？

這場論戰眞可謂是棋逢對手。夏志清學貫中西，不論是中國古典文學還是中國現代文學或英美詩歌，都有很深的造詣，且論著甚豐．在臺港暨海外均有極大的影響。顏元叔的資歷雖比其淺，但他對中外文學和臺灣當代文學的修養也很深厚，在文壇尤其是新一代批評家中有廣泛的影響，這位下筆如刀，彷彿有千軍萬馬的學者，是取代夏濟安之位以快速上來的當代文學理論批評的「新盟主」。

還在一九七三年，加拿大籍華裔學者葉嘉瑩在《中外文學》第十六、十七期連載〈漫談中國舊詩的傳統〉，批評了一些新派評論家以新法詮釋舊詩的一些弊端（註二九），如斷句錯誤，誤讀典故，無視中國文化的特殊背景等。她認爲，研究中國傳統詩歌，不排斥以西方現代美學批評去補充和擴展，但不能以此去取代中國的傳統批評；在把西方理論融入中國傳統批評理論之前，先要認識中國文學的特性和中國美學思想的特性，認識中國詩評的傳統。同年十二月，顏元叔發表了〈現代主義與歷史主義——兼答葉嘉瑩女士〉（註三十），認爲對古詩誤讀自古以來就存在，並非始於他用新法評詩。他強調批評中的現代意識，反對將傳統看作一串銅錢，數來數去還是一串。他認爲，批評舊詩，不等於把過去一成不變地推入現代。像《中央月刊》上的古詩連載，只把作者的生卒年月及作品寫於何時何地或因何而寫，寥寥交代數語便完事，至於詩篇的藝術特點和創作方法，一概略而不談，這種解說舊詩的方法便非常陳舊。顏元叔正是覺得傳統研究有局限性，企圖爲中國古典詩該被發掘而未被發掘的一面作一番補添工作，以使傳統具有生命活力。他認爲，印象主義批評，古典文學理論家已做過大量工作，我們要彌補的是客觀分析。顏元叔和夏志清於一九七六年展開的論爭，可以說是一九七三年那場顏、葉之爭的繼續，體現了現代批評與傳統批評之間的交鋒。

顏、夏的論爭，其論辯的機鋒，見解的精闢，論證的細密，爲評論界注進了新的活力。但他們的論辯，難免夾雜些個人情緒在裡面。就事論事，他們爭論的焦點在於現代學者從事文學研究與批評所應持的態度和方向。這就牽涉到文學批評性質的理解問題。夏氏認爲：「文學批評不可能是眞正科學化的」，在歷代的文學批評中，「眞正值得我們注意的見解，都是個別批評家主觀印象的組合，此外並無科學的客觀的評斷」。顏元叔的意見正相反：「文學批評是建立於分析活動的，也就是說分析文學各個層面，求得比較客觀的證據，作爲批評結論的支持，因此文學批評可以說是科學精神作用於文學現象的結果。」爲了證明自己的正確，他們均各執一端，盡量抓住有利於自己的一面。本來評論必須建立在閱讀的基礎上，評論前必須先經歷一個內在的藝術體驗過程。這一體驗是在一定審美理想的指引下，既感受作品同時又實現自身，既入乎其內又出乎其外，在客觀認識作品自身的同時又超越對象的過程。這其中必然有評論家的主觀印象。要沒有這個印象，評論家就失去了主體性，也就難於體現自己的評論個性。從這個角度來說，夏志清的看法並沒有什麼不對。而顏元叔放棄個別存在的文藝事實，不信任主觀的感受、認識，他所信奉的是科學原理和科學的分析論證手段，這樣可以防止文學評價成爲因人而異、「公說公有理，婆說婆有理」的隨意性傾向。顏元叔的理由，也不能說完全不能成立。因爲雙方強調的均是對方所忽視的評論過程中的某一階段或某一環節。

在文學評論的功能上，夏志清認爲評論家的任務「是幫助讀者欣賞和瞭解文學，在文學中尋找各種快樂，找尋人生體驗與意義」。顏元叔認爲，文學評論不等於文學鑒賞，它不應停留在文學欣賞的最初階段上，因爲文學評論是一種科學的分析和評價。這種論爭，也有「頂牛」的性質，因夏志清所強調的是文學批評的主要屬性爲表現性，而顏元叔的著重點卻放在文學評論的認識性上。實際上，他們所講的都是文學評論應擔任的職責，只不過他們強調的重點不同罷了。

關於中國傳統的詩話、詞話是否純屬印象式的批評問題，這應具體分析。中國傳統的詩話、詞話，其表現形式比較樸素、零散，缺乏嚴密的系統，有許多確是評論者最初階段的直覺印象。但從整體上看，傳統詩話、詞話仍是評論者透過客觀分析、比較得出後的結論，只不過是限於體例和篇幅，沒有將分析論證過程寫出。從整體上看，詩話仍有自己一整套的概念、範疇、規律和特徵，顏元叔將其一言蔽之曰「停留於直覺直感」，未免有將複雜問題簡單化之嫌。另方面，顏元叔也未能充分考慮到詩話作爲一種隨筆的文體特徵。既然是隨筆，那它多吉光片羽的動人警句，而不求過分清晰的表達，應是情理中的事。至於如何運用「新批評」方法，如何從事比較文學研究問題，夏志清所指出的隱憂，確是客觀存在。對此不加以重視和克服，以致認爲方法萬能，那就會失卻批評方法的更新意義。但夏志清對新方法在補救傳統評論的缺陷的意義認識不足，對臺灣推行的比較文學研究所取得的成就肯定不夠。他沒有看到，任何一種新批評方法的運用，都難免出現矯枉過正的傾向，都難免出現某種偏頗。

從這裡也可感悟到：顏、夏之爭，其實是兩代批評家之爭。夏志清所代表的是受傳統批評方法薰陶較多的前一代學者，而顏元叔所代表的是急於從西方批評觀念中找新出路的較年輕一代的學者。當然，這種區分是粗線條的，夏志清也沐浴過歐美風雨，寫過不少運用「新批評」方法的文章，顏元叔對傳統批評方法也不完全主張採取拋棄的態度。只不過顏元叔更多的是屬於當代意識的一派，而夏志清更多的是傾向於歷史意識的評論陣營之中。（註三一）一個急於改革臺灣文壇積重難返的封閉保守的評論格局，一個急於糾正方法更新帶來的新問題，這就難免出現各執一詞的現象。盡管人們很難具體裁判其中的是是非非，但他們吵起架來仍氣勢磅礴的論爭，對中西文化的碰撞和交融，對建設既有民族性又有現代性的文學理論提供了不少有價值的思想材料，這是可以肯定的。「不過眞正能爲顏元叔式『新批評』對症下藥的，其實不是夏志清，而是遠離臺北，蟄居南部的另一位批評要角——葉石濤。」（註三二）張瑞芬也指出，顏元叔所代表的臺北學院派觀點，與當時以吳濁流創辦的《臺灣文藝》爲主的鄉土視角、緊扣作品與時代背景的評論恰好相反，而顏夏兩人論戰後，尤其是鄉土文學論戰一結束，西方「結構主義」很快成了新寵，顏元叔的光環由此大幅消褪，這帶來文壇勢力顏頹夏長，夏志清知名度陡增，尤其他的《中國現代小說史》中譯本一九七九年在臺出版後，七十年代的「顏元叔現象」便被延續至八十年代的「夏志清現象」所取代。（註三三）

注釋

一　余光中：〈顯極忽隱，令人惆悵——悼念顏元叔先生〉，香港：《文學評論》二〇一三年四月，頁三一。

二　呂正惠：〈臺灣文學研究在臺灣〉，臺北：《文訊》，一九九二年五月號。

三　臺　北：《中外文學》第二卷第七期。

四　見臺北：《中外文學》第二卷第九、十期。

五　顏元叔：《談民族文學》〈就文學論文學〉，臺北：臺灣學生書局，一九七三年，頁四八。

六　顏元叔：《談民族文學》〈中國古典詩的多義性〉，臺北：臺灣學生書局，一九七三年，頁七〇。

七　顏元叔：〈現代主義和歷史主義〉，臺北：《中外文學》第二卷第七期。

八　顏元叔：《談民族文學》〈葉維廉的「定向疊景」〉，臺北：臺灣學生書局，一九七三年，頁二五九。

九　顏元叔：《談民族文學》〈葉維廉的「定向疊景」〉，臺北：臺灣學生書局，一九七三年，頁二五九。

一〇　洛　夫：〈與顏元叔談詩的結構與批評〉，《洛夫詩論選集》，臺南：金川出版社，一九七八年，頁二六二。

一一　陳芳明：〈細讀顏元叔的詩評〉，載《詩和現實》，臺北：洪範書店，一九七七年，頁二一七。

一二　艾　農：〈詩的跨世紀對話：從現代到古典，從本土到世界——洛夫V.S.李瑞騰〉，臺北：《創世紀》第一一八期，一九九九年三月，頁四四。

一三　呂正惠：〈做了很多別人沒有做過的工作——懷念顏元叔教授〉，臺北：《文訊》，二〇一三年二月，頁五九。

一四　楊　照：《霧與畫》，臺北：麥田出版社，二〇一〇年，頁五五〇。

一五　顏元叔：《談民族文學》〈析《江南曲》〉，臺北：臺灣學生書局，一九七三年，頁七五。

一六　楊　照：《霧與畫》，臺北：麥田出版社，二〇一〇年，頁五五〇。

一七　徐復觀：〈從顏元叔教授評鑒杜甫的一首詩說起〉，臺北：《中國時報》，一九七九年三月十二～十三日。

一八　本報訊：〈國學師資缺乏教育部應謀改善，顏元叔教授誤錄杜甫詩觸發監委靈感慨乎言之〉，臺北：《中國時報》，一九七九年三月二十日。

一九　徐復觀：〈敬答顏元叔教授〉，臺北：《中國時報》，一九七九年七月十六～十七日。

二〇　臺　北：《民生報》一九七九年三月：〈顏元叔把詩抄錯，文壇裡掀起風波〉；臺北：《中國時報》，一九七九年三月二十日。

二一　臺　北：《海峽評論》第二期，一九九一年。

二二　林燿德：〈小說迷宮中的政治迴路〉，載鄭明娳主編：《當代臺灣政治文學論》，臺北：時報文化出版公司，一九九四年，頁一八四。

二三　臺　北：《中國時報》，一九七六年四月十六、十七日。

二四　臺　北：《中國時報》，一九七六年五月七、八日。

二五　臺　北：《中國時報》，一九七六年六月六～八日。

二六　臺　北：《中央日報》，一九七六年六月十一日。

二七　臺　北：《中國時報》，一九七六年六月二十四日。

二八　臺　北：《中央日報》，一九七六年八月十四～十六日。

二九　原題爲〈漫談中國舊詩的傳統——爲現代批評風氣下舊詩傳統所面臨之危機進一言〉。

三〇　見《何謂文學》一書。

三一　參看陳孔立主編：《臺灣研究十年》，廈門大學出版社，一九九〇年七月，頁四二九～四三〇。本節參考了該文的部分觀點。

三二　楊　照：《霧與畫》，臺北：麥田出版社，二〇一〇年，頁五五〇。

三三　〈臺灣文學批評先驅、英語教育改革者顏元叔病逝〉，二〇一三年一月四日中國新聞網。

第四章　美學研究園林

第一節　七十年代美學研究一瞥

到了七十年代，臺灣的美學研究已進入一個興盛期。這種判斷有眾多的出版量作依據。當然，如果將觀察的重點放在幾位資深理論家身上，還不一定能得出這個結論。甚至於某些自成體系的美學論著，固然表現了作者的功力，不過，如果要開個研討會經眾人七嘴八舌的評說，也難免暴露出許多毛病。反之，新湧現的美學研究工作者，無論在文學的哲學還是中國詩學研究方面，都作出了貢獻。

多年來，臺灣的美學研究經過了由淺層到深層的過程。較早的美學研究，有的名曰「著」其實是西洋美學的譯介再加上自己的評述，或只是個人的某種中國美學資料的偏愛或偏見。不否認這些著作有開風氣之先的作用，但嚴格說來，還不能算是成熟的美學著作。這就難怪有人批評它們甚至措辭激烈提出質疑。

從七十年代起，新興起的是文藝美學的研究。文藝美學之所以在這一時期崛起，臺灣社會面臨科學技術現代化，一些研究文藝的專家隨之增強現代意識，強調不同學科的整合交叉和滲透。這種現代意識，對於更新人們的審美觀念，促進文藝學與美學的聯姻，有極大的促進作用。另方面，由於文藝美是美的最集中和最高體現，因此，美學要向深度進軍，必然會產生文藝美學這門新學科。其中文藝美學的開創者王夢鷗所著的《文藝美學》，在尋求文學美的性質的同時，提出了「適性論」、「神遊論」等美學主張。這些主張，或討論了文學美的主客觀關係，或探究了意境的不同品類，或闡釋了美感經驗過程中的心理活動，無不自成一家之言。尤其值得肯定的是，作者在闡發「適性論」的美學觀時，始終不忘記中國傳統文化。在研究方法上，則作了中西美學比較的大膽嘗試。

另一位美學家姚一葦，在這一時期又貢獻了二本新著：《美的範疇論》（註一）、《欣賞與批評》（註二）。他走的道路與王夢鷗不同。亞里斯多德《詩學》是他案頭必備、讀得最多的一部書。他寫美學著作，以亞氏論學的方法和態度爲楷模，從論模擬、完整開始，從藝術的表現方法與形式出發，掌握藝術的共同規律，從而建立一種內容與形式相統一、審美與創作相結合的美學體系。

七十年代的美學界，也不完全是學院派在壟斷，另有文學界人士參與。曾擔任過多年文藝刊物編輯的程大城，在這時推出了兩本論著：《藝術論》（註三）和《文學的哲學》（註四）。他和姚一葦有相似的一面，又有不同的地方。相似的是他走的是從藝術本位出發研究美學的路子，不同的是，他得出「藝術論」就是研究「人類生活和人類文化」的結論，與姚著所揭示的藝術奧秘不同。程大城認爲美是典型說和美是「心」、「物」合一說揉合構成，在繼承和發展中西美學思想上有獨到之處。蔣勳的由三十六篇美學隨筆組成的《藝術手記》（註五），所記的是「有關藝術史的研究、文化活動的探討」。探討時能上升到哲學的高度，把大部分篇幅用來分析美、美感經驗和審美標準，追求現實主義的、大眾的審美理想在寶島的實現。這不僅是作者個人多年鑽研美學的成果展現，也相當明白無誤的爲廣大讀者展現了鄉土文學論戰前夕社會、歷史的背景，使這本隨筆顯出不同尋常的意義。

在文藝美學盛行的年代，也有一些學者想獨闢蹊徑，其成績已略見端倪。其中值得注意的除何懷碩《苦澀的美感》（註六）外，尚有趙天儀的《美學與語言》（註七）。此書由四篇論文組成：〈布洛的美學及美感經驗的探求〉、〈文學語言與哲學語言的功能與價值〉、〈價值論的語言解析的意義〉、〈康德與席勒美學理論的比較〉。它雖爲論文彙編，卻以哲學的美學爲科學的美學和兩條線索貫穿全書，對西洋美學有著整體的把握。對康德以後的西方現代美學，如心理距離說美學、分析美學、語義學美學、符號學美學以及價值論與美學的關係，都有較詳盡的闡述。全書雖然不足十萬字，但有一定的學術分量。

黃維樑是香港學者，他在臺灣出版的第一本論文集《中國詩學縱橫論》（註八），也很值得注意。所謂「橫論」，是指第二篇論文〈王國維《人間詞話》新論〉；「縱論」，是指第一篇論文〈詩話詞話和印象式批評〉、第三篇〈中國詩學史上的言外之意說〉。美學理論色彩較濃的是第三篇。這些文章，談的是古代文學理論，採取的是美學角度去探討中國傳統詩學的術語和批評方法，故比一般談古代文學理論的文章顯得更有理論深度。

朱光潛一九四〇年代當過國民黨中央監委。他未能於一九四九年赴臺，使臺灣美學家感到十分沮喪。在五十年代大陸發生的那場美學論戰中，朱光潛獨戰那些號稱馬克思主義的美學家，這又使臺灣美學界興奮了一陣。陳繼法的《美學的厄運》，（註九）便反映了這種心態。該書在上篇系統地記述了一九五六年六月到一九六一年八月發生在大陸的一場美學論爭。記述時態度極不客觀，完全是戴著有色眼鏡評判論戰雙方的是非。這本書對大陸美學的評價，沿用的是「匪情研究」模式。這是臺灣出版的眾多美學著作中，唯一的一本與大陸學者持敵對態度的而非嚴肅的、科學的論著。它獲臺灣當局頒發的「新文藝金像獎第十四屆文藝理論銀像獎」，所看中的並不是它的學術價值，而是政治功能。

和《美學的厄運》形成鮮明反差的是席德進的《臺灣民間藝術》。（註一〇）該書努力淡化意識形態色彩，所走的是純學術研究的道路。作者按民間美術的不同形式，分十八章論述皮影戲、布袋戲、傀儡戲、神象、陶器、版印、彩繪、壁飾、磚刻、捏麵人、窗櫺圖案、壁畫、木雕、石刻、文字、服飾、家俱、器皿、年畫的藝術特色。論述時，不就事論事，而注意尋找臺灣民間藝術同祖國數千年的文化傳承關係，對共同的「民族美」作了具體的分析，顯出充分的說服力。長期在國外研究美學的徐進雄，將他一九七五年寫的《古代中國美的形成》作了重新調整，定名爲《細說中國美學》（註一一）出版。此書係單篇論文彙編，缺乏學術的嚴謹性，但對「超越行爲的美學」論述，則有獨到之處。

第二節　王夢鷗：將文藝學與美學聯姻

王夢鷗（一九〇七～二〇〇二年），福建長樂縣人。「福建學院」畢業，後就讀日本早稻田大學。曾任教廈門大學、日本廣島大學。一九三六年一度任職於中央研究院，後爲臺灣中興大學文學院院長、中央研究院研究員。先後執教於政治大學、輔仁大學、中央大學等校中文研究所。他著有包括傳統經學、古典文學、現代文學理論、文藝美學在內的著作，計四百萬字。出版有《唐人小說研究》（一～四集）、《初唐詩學考述》、《李益的生平及作品》。另有《文藝技巧論》（臺北：重光文藝出版社，一九五九年）、《文學概論》（臺北：帕米爾書店，一九六四年）、《文藝美學》（臺北：新風出版社，一九七一年）、《古典文學論探索》（臺北：正中書局，一九八四年）等，還有話劇劇本六種。

王夢鷗的著作，多從美學與藝術理論上對中國傳統詩歌、小說以及西方浪漫主義、寫實主義、自然主義作獨到的論述。在他的著作中，最重要的是《文藝美學》。這是一九四九年後在臺灣第一次出現的文藝美學書，分上、下篇。上篇除文藝審美的歷史概述外，還探討了文藝美學的研究對象。在第一章〈西洋的文學觀念〉中，他給文學下了一個定義，即認爲文學是「表現美的文字工作」。文學所以成爲藝術，靠的是它的審美目的性。文學的審美不同於自然的審美，在於前者是人爲的符號，後者是自然的符號。但在本質上來說，兩者是相通的。人們歷覽名山大川，遭逢外在事故，所得外在經驗，是將現實形象簡化、抽象化貯藏爲內心的符號，而人們閱讀文藝作品則將外在簡化抽象化了的符號轉化爲想像的形象而已，本質上並無差異。通常認爲，人爲符號必待學習，而自然符號則可不學而能之。王夢鷗的看法不同。他認爲人們耳目所得的符號都是直接的、不假學習的；只有我們欲知所見者爲何物，所辨者爲何音，即我們欲知那符號的內容，始有待學習而後知之。有鑑於此，王夢鷗主張將符號的內容與形式分開討論，亦即符號的形式，只要感官不出現障礙，就可不透過學習而得到它；至於符號的內容，情況較爲複雜：不論是從他人處學來和透過自己反省取得，對意義的瞭解都不可能一致。這就是說符號的意義不可能全知。談到文學，它給讀者的首先是符號的印象，其次是符號的表象，再次是完整的符號意義。但這符號的意義與其說是在作品本身，不如說是主觀所固有的某種符號與人相應而成的結果。一百個人盡管有一百個哈姆雷特，但在主客觀合目的性上是一致的，即人們通常用主觀所固有的最妥當的符號意義來適應客觀的符號意義。

王夢鷗這些論述，其用意是將文藝學與美學聯繫起來，把文藝當作美學的研究對象，爲文藝美學這門新學科的創立提供理論基礎。又由於文藝美學是門嶄新的學科，故強調不能囿於傳統眼光而應用符號學一類的新方法去研究它。

《文藝美學》的下篇爲〈適性論——合目的性原理〉、〈意境論——假象原理〉、〈神遊論——

移感與距離原理〉。這三章緊緊圍繞文藝美的構成及其條件進行闡述，構成了王夢鷗不同於他人的《文藝美學》體系，體現了此書的學術價值所在。

「適性論」著重探討主客觀之間的審美關係，而主客觀之間如何構成美並表現美以及怎樣欣賞再創造美，作者在「意境論」和「神遊論」中作了集中的闡述。意境本是王國維在《人間詞話》中提出的重要美學概念，現在王夢鷗借用它去統一「適性論」和「神遊論」。關於意境，王氏認爲「是由客觀物依其自身法則，呈現爲合目的性的結果，與主觀的目的性相配合而後成立的東西。」作者著重探討了包括「意象」和「物象」在內的「假想」形成的心理過程和表現過程，即「意象」形成後審美地外化爲有意味的「物象」（語言藝術世界），兩者共同融合構成以審美目的爲中心的藝術假象（「意境」）的過程。具體說來，它分兩個階段進行：

一是純然個體化精神過程的「意象」形成階段。這個階段既是作家賴以創作的根基，同時又是讀者欣賞時進行再創造的基礎。二是「意象」的物化階段，也就是將「意象」藝術地轉化爲「物象」的過程。王夢鷗這種觀點，與海外文藝理論家劉若愚的看法大體一致。

「神遊論」實際是前兩論的深化，它著重回答了兩大問題：一是「主觀的省察與客觀的授與，二者之間依循何種作用而能契合構成一種意境，亦即適性論中所說的『主觀相應』，究竟是怎樣相應的問題。」二是「構成意境之合目的性的客觀物不變，但因構成條件不同，便形成不同的意境。有如同一事物，於甲則觸目驚心，於乙則視若無睹；於甲則歎爲崇高悲壯，於乙則感滑稽幽默，在意境中所說的某種條件，究竟是什麼條件？」對這兩個問題，王夢鷗用立普司的移感說和布洛的距離說加以回答，回答時還作了一些發揮。

在六十年代中期出版的《文學概論》中，王夢鷗就吸收了中國古代文學理論與西方文學理論（如新批評、結構主義）的某些合理的內核去鑄造自己的文藝理論。他的特點是把「心意活動」與記號聯姻，統一於語言的層面，分置於內容、形式的概念之中。在他七十年代創立的《文藝美學》中，又提出了「語言美學」的概念，企圖「用語言哲學的方法論建構以生命哲學為核心的新的理論範式」（註一二）。這部他傾畢生之力完成的著作，幾乎全是圍繞著語言這一中心論題加以論證闡釋。在他之前，雖然有虞君質的《藝術概論》（一九六四年十月）論述過藝術的原理，包括藝術的定義、素材、形式、內容、思想、感情、想像、創作、鑒賞、批評等，但此書還不是一部系統的學術專著，另外還有作家論和畫家論。在戰後臺灣文學理論史上，真正較為獨特而完整的文學理論，應該推《文藝美學》。盡管此書仍然存在著強調命運說，甚至貶低《水滸》的價值視其為破壞力，以及過多介紹西方美學各種流派和作歷史回顧的弊端，使作者在對以語言哲學為基礎建立的文學理論進行總體描述時，來不及對「語言美學」作更深入的體系建構工作，但這本書對建立「文藝美學」這門新學科仍作出了重要貢獻。

在其它論著中，可以看到王夢鷗美學觀念的一個重要來源是嚴羽《滄浪詩話》中求形似之外的神韻說。但他沒有囫圇吞棗，而是注意到傳統理論批評的得失和西方文藝理論的缺陷。他力圖超越前人而強調作品的藝術性。在〈中國藝術之抽象觀念化〉這篇重要論文中，他認為凡將審美目的放在自然形似之內者，是淺薄的；現代審美思想應是模仿與寫實的調和，即藝術的抽象化、觀念化，以達到「一種無形象的純感情形式。」（註一三）這種理論，無論對繪畫藝術還是小說創作，均有指導意義。

最後應提及的是《文學概論》。在臺灣，這類書出過許多，但不少均是外國同類著作的移植或改寫，離學科的自律仍有相當的距離。王夢鷗這本著作不同，它有自己的體系和見解，最適應中文系學生使用。

《文學概論》的扉頁上，印了《現代綜合的考察》的副題。這裡講的「現代」，是指受西方「新批評」觀念的影響；「綜合」，則說明了此書融貫中西文學理論的企圖；「考察」，說明此書基本上是一部「認知」性的理論著作，而不是某種信仰的主張。該書接受了西洋文學理論的系統，由語言的「記號作用」開始，論及「語言美」、「韻律」、「意象」、「傳達」、「直述」、「譬喻」、「敘事」、「動作」、「情節構造」以致「批評」等重點，企圖用有系統的討論方式來取代過去即興的批評。著者以語言學的立場觀察文學現象，以「純粹的語言藝術作爲文學的定義」，把文學當作語言的藝術，認爲語言是它的本質，藝術是它的效用。對文學與哲學、文學與歷史、文學與社會等外緣問題略而不提，由此可見著者所受「新批評」的影響。

第三節　姚一葦：探索藝術奧秘

姚一葦（一九二二～一九九七年），本名姚公偉，江西南昌人。一九四六年畢業於廈門大學銀行專業，一九四六年到臺灣銀行工作。一九五六年在臺灣藝術專科學校擔任戲劇和美學課程，後任中國文化大學藝術研究所教授兼戲劇組主任。主要論著有：《《詩學》箋注》（臺北：中華書局，一九六六年）、《藝術的奧秘》（臺北：開明書店，一九六八年）、《戲劇論集》（臺北：開明書店，一九六九年）、《文學論集》（臺北：書評書目出版社，一九七四年）、《姚一葦文錄》（臺北：洪範書店，一九七七年）、《美的範疇論》（臺北：開明書店，一九七八年）、《欣賞與批評》（臺北：遠景出版社，一九八一年）、《戲劇與文學》（臺北：遠景出版社，一九八四年）、《戲劇原理》（臺北：書林出版社，一九九二年）、《藝術批評》（臺北：三民書局，一九九六年）等，另有劇作集多種。

在戰後臺灣文學理論園地裡，美學研究是其中風姿綽約、生機盎然的一簇。就文學理論而言，美學研究不如文學評論那麼密切聯繫創作實際而受人器重。但是，適應著當代臺灣文學創作蓬勃發展的需要，美學研究因其研究文藝的審美問題，能指導創作實踐和鑒賞活動，還是獲得了作家的重視和讀者的喜愛，因而也爲出版家所青睞。臺灣的一些出版社，就出版了不少有分量的美學研究著作。姚一葦的《美的範疇論》是其中一種。此書從具體的自然物與藝術品的分析入手，再檢討前人對這方面的研究，然後重點闡明怎樣認知美和增益美的創造能力問題，並對秀美、崇高、悲壯、滑稽、怪誕、抽象等六個美學範疇提出自己的看法。其中在談到探索藝術本質美學所扮演的角色時，姚一葦認爲藝術品屬人類智慧的創造物，因此必定表現爲人類的精神價值，形成人類精神文明的重要環節；而藝術總是特定的歷史、社會和時代的產物，必定體現特定的社會和時代的意義。因此，從人類學、歷史學、民俗學、社會學的觀點出發去論析藝術非常有必要。又因爲藝術品與藝術家自身的性格、教養及不同的生理條件、心理狀態關係密切，因而也可從心理學、生理學的角度去探索藝術。但是藝術品一旦問世，便成爲審美客體，而對「審美客體所作的論斷，正是美學的研究範圍」（註一四）。也就是說，應該把人類學、歷史學、社會學對藝術的研究與美學對藝術的研究區別開來。美學首先是把藝術作爲一種審美對象來研究，這是它與別的學科的不同之處。正是這種區分，使姚一葦的美學研究獲得了獨立的學術價值。

姚一葦是臺灣「用力最勤、雄心最大的一位美學家」。（註一五）他不滿足已取得的成績。如果說，《美的範疇論》所著重的是對於認識美和創造美的探討，那《藝術的奧秘》則更多的是對藝術內部特徵和構造的解剖。此書共分十二章，即〈論鑑賞〉、〈論想像〉、〈論嚴肅〉、〈論意會〉、〈論模擬〉、〈論象徵〉、〈論對比〉、〈論完整〉、〈論和諧〉、〈論風格〉、〈論境界〉、〈論批評〉。在作者看來，想像、嚴肅、意會，屬內容或與內容有關部分，其餘則屬藝術形式範疇。作者正是力圖從內容與形式相統一方面去闡述藝術的本體論、創作論、鑒賞論和批評論的。本體論著重說明藝術的表現不是抽象的敘述，而是體現一種人類行爲的要求；藝術表現同時顯示藝術家的人格；藝術家的人格是藝術品的內容，而同時要有與之和諧的形式相配合。在創作論中，作者著重強調藝術作品的內容具有藝術家想像的性質，並認爲藝術家的創造想像表現爲：一、想像的活動是一種意識活動，盡管不排除潛意識，但藝術家在組織、整理材料時仍有意識在起作用；二、想像的作用二重性，表現在組織秩序時知的作用和把握資料時感的作用。三、想像的活動因此不能脫離知識和經驗，但這知識和經驗必須化成藝術家身體與心靈的一部分，與他的血肉相連。在談到鑒賞和批評時，姚一葦提出了衡量藝術品價值高低的四個標準：創造性、眞誠性、普遍性、豐富性。他說：「凡創造性越高眞誠性亦高者，與凡普遍性越大、豐富性亦大者，其境界越高、價値越大。故凡只表現一己的情感、私人的際遇，無論其表現方式如何巧妙，均不能稱謂之偉大，誠如王國維所云：『道君不過自道身世之感，後主則儼有釋迦基督擔荷人類罪惡之意，其大小固不同矣。』是故一個偉大的藝術家必具備豐富的創造力，敢於突破前人的樊籬，同時必具偉大的人格，懷有悲天憫人的抱負，而且對於他所處的世界與人生有他自己的信條與哲學，方能創造藝術中的偉大境界。」（註一六）如果說，這裡講的「普遍性」與「豐富性」主要指的是作品的社會內涵的話，那「創造性」與「眞誠性」所強調的是作品的個人智慧和色彩風格。不管是社會內涵還是個人風格，只有透過作者與讀者的精神交流才能實現。在別的地方，姚一葦還將批評標準分成三類：

一是從理性的科學觀點出發的知識的批評標準；二是建立在倫理、道德、宗教規範之上的規範的批評標準；三是美學批評標準。這些標準並不絕緣分開，常常結合在一塊。姚一葦認爲：「多聞、明辨、篤實、謙遜」是作爲一個批評家的最起碼的條件。姚一葦自己的評論，便具有這種風格，但常常篤實有餘活潑不足，謙遜有餘闖勁欠缺。

姚一葦的藝術理論，深受他「箋注」過的亞里斯多德《詩學》的影響。他自己承認「影響我最大的一部書是亞氏的《詩學》」，《藝術的奧秘》的「體系亦係自亞氏的基礎上所建立起來者，雖然亞氏的論旨僅涉及〈論模擬〉與〈論完整〉二章，然而所採取的方法和態度則幾乎通過全書。」（註一七）比如在藝術與現實關係方面，姚一葦承認藝術是人生的模擬，只不過「這種模擬不是依樣畫葫蘆，它必須透過藝術家的主觀的世界，係自主觀的世界中所顯露的客觀世界。」在作品的內容上，反對遊戲文章和虛假作品，強調嚴肅性和意念，但他受了歷史循環論和機械唯物論的影響，減弱了其論著的學術價值。

作爲一位藝術理論家和功底深厚的戲劇評論家，姚一葦無論評論戲劇或別的作品，都提倡文學要反映人性本質，同時應加強藝術表現。他既重視文藝作品「表現了什麼」，同時也重視「如何表現」。所謂「表現了什麼」，是指文藝家對他自身依存的世界持或讚揚或批判的評價。這種評價有時雖然不自覺，但或多或少會流露出來。這種流露常常不限於現象的表面層，而是透過人類行爲的表面，揭開人性底層的某種性質，即所謂「人生觀照」。所謂「如何表現」，是指作者的人生觀不是赤裸裸的表現出來，而是透過語言、結構一類的形式表現出來。拿戲劇評論來說，姚一葦認爲戲劇與人生不可分，它是人生境遇的體認，同時也是人的願望的表露，亦有娛樂觀眾的功能。評論戲劇時，必須注意戲劇的主旨，分辨其是具體的問題還是抽象的心靈問題；另方面還要注意劇本的結構、人物形象的塑造乃至演出時的演員表現、舞臺設計與調度。正因為姚一葦所關懷的是表現什麼和如何表現的問題，所以他的評論常常以細膩的藝術分析見長，如〈論王禎和的《嫁妝一牛車》〉，就是從「如何表現」即作品的結構分析入手，把《嫁妝一牛車》的人物特點和語言風格以及創作意圖，十分明晰地指了出來。此外，姚一葦的評論還涉及了中國古典詩歌、當代臺灣新詩和電影、現代戲劇舞臺藝術和中國古代戲曲藝術等。

第四節　程大城的美學研究

程大城（一九二一～二〇一二年），河南夏邑縣人。抗戰時，他單獨隨縣政府撤退，成為流亡學生，從初中到省立開封中學，再考進西北大學政治系。一九四八年隨軍到臺灣，先任《臺北晚報》採訪部主任，一九五〇年後任《東南晚報》總編輯。著有《藝術論》（臺北：半月文藝社，一九六一年）、《文學原論》（臺北：半月文藝社，一九六四年），影響較大者有《文學的哲學》（臺北：世界書局，一九七五年）。

一九五〇年三月，程大城創辦《半月文藝》。這個刊物共出版了十一卷，到一九五五年停刊，它在臺灣當代文學史上有重大影響。司馬中原、朱西甯的初期作品，最先刊登在這個刊物上。程大城還將自己發表在此刊的文學評論集結為《文學評論集》，於一九六一年二月出版。此書後半部分評的是西洋文學作品，前半部分評的是臺灣五十年代作家的作品，如〈評王藍的《藍與黑》〉，〈評孟瑤的《幾番風雨》〉、〈詩人紀弦的道路〉、〈略論潘人木的小說〉，可見這是一本相當重要的當代作家作品評論集。同性質的書只有司徒衛的《書評集》、《書評續集》以及魏子雲的《偏愛與偏見》。不過其評論對象均是較後起的作家。後來將精力轉向美學研究方面的程大城，在運用西方現代科學知識，結合文學創作實踐，探討文學創造的心理機制及其表現原則方面，做出了一定成績。以《文學的哲學》為例，作者從情緒、知識、意志三部分的相互關係入手，探討作家從事文學創作時的心理因素。程大城認為，意志比情緒、知識更為重要。因為意志是人類生命的能力的動機，是心理能力——理解力與想像力發生作用的根本，同時它亦受生理支配。就人類本身來說，感應能力（聽覺、視覺、感覺）和印象能力，是維護生理的工具。正是依靠這種生理、心理能力，作家在進行文學創造活動過程時，才能得到美的愉悅。程大城在說明文學創作中的心理因素以及這些因素同文學創作的原則密不可分的基礎上，提出了具象——意象思維的問題。

程大城認為，「文學創作的使用語言的具象涵義將主觀事實或客觀事實完成的表現，便可肯定為具象表現」。這種具象可以表現為本質的具象表現，或情節的具象表現，或生命化的具象表現等多種方式。這些具象表現主要是訴諸於人類的美感經驗，得到情緒上的滿足，不同於學術的抽象的理論推導。因此，「文學的具象表現為其最高境界或原則。學術則反。」（註一八）從程大城「所描述的人類對於具象表現的感應，實際上具有思維價值。這個公式是：人類主觀的情緒或理念（概念——表現工具的具體表現——感應到抽象性的理念或情緒），我們姑且叫它為具象思維」。（註一九）

意象不同於具象。它既通過人類的生理能力，又通過人類的心理能力——想像力的作用。程大城認為，藝術的先決條件是想像力。「想像力的作為，它是將生理部分的印象能力的聽覺能力，或視覺能力對客觀界的現實性——形式錄印下來的『物象』，再反映於其範疇中建立『意象』為先驗職責。……一旦想像力完成了『意象』的作為，也就是盡其職責，於是心靈也就賞賜一份報酬似的情緒——美感情緒。」（註二十）程大城這裡講的「物象」，是透過印象能力作用而再現的「具象形式」；「物象」又透過想像的作用表現為「意象」。具象只具有思維的價值，意象在生理、心理活動的過程方面，比具象要複雜得多。這一過程，就是「意象思維」。據大陸美學家盧善慶的概括，程大城講的意象思維具有下列特點：

其一，意象思維，具有直觀的可感性。文學是語言的藝術；詩歌創作就是「利用語文具象的涵義使人類的心理能力的想像力發生作為，建立意象而直觀，獲致美感情緒」。

其二，意象思維，必須借助於語文的具象的涵義，才能發揮想像力的作用。抽象可以形容具象，但抽象涵義的語文不能代替具象涵義的語文。否則，就失去了詩味，成了哲學講義。

其三，意象思維，不僅含有想像力的作用，還含有理解力的作用。這是由於具象涵義的語文，訴於想像力建立意象以後，獲有美感情緒。同時，「意象與意象之間必然發生因果性的善惡、利害，或者是非關係而訴之於人類的心理能力的理解力發生論斷作為，因此獲有美的情緒。」

其四，意象思維的目的在於「明瞭其抽象部分的底蘊」，意象往往帶有象徵性。「人類必須先要能感應客觀世界的存在，及又能錄印其形象（Pattern）及又能反映其形象，以作為經驗並供人類考察其抽象部分，以明瞭其抽象部分的底蘊，人類始可征服統攝客觀世界成為生存條件完成生存的目的」。（註二一）

《文學的哲學》還從文學創作和欣賞的心理角度提出並論述了文學創作中的共鳴現象。在創作方法上，程大城不主張獨尊一派，而主張現實主義的創作方法與現代主義的意識流創作方法共同競賽、互相補充。此書的不足之處主要表現在第一編受康德思想影響過深，所以創見極少。另方面，著者「承認『上天賦予』人類的感覺能力、印象能力和理解力、想像力，把審美主體的感受問題歸之於先驗形式，這完全是錯誤的。」（註二二）

第五節　柯慶明：以生命意識為中心的文學理論

柯慶明（一九四六～二〇一九年），臺灣南投人。生於東京，後隨父母遷臺。畢業於臺灣大學中文系，美國哈佛大學研究，歷任《現代文學》主編、《文學評論》執行編輯、臺灣大學文學院副院長、臺灣大學出版中心負責人、臺灣大學中文系教授。著有《一些文學觀點及其考察》（臺北：雲天出版社，一九七〇年）、《境界的再生》（臺北：幼獅文化公司，一九七七年）、《境界的探求》（臺北：聯經出版事業公司，一九七七年）、〈文學美綜論〉（臺北：長安出版社，一九八三年）、《現代中國文學批評述論》（臺北：大安出版社，一九八七年）、《中國文學的美感》（臺北：麥田出版社，二〇〇〇年）、《臺灣現代文學的視野》（臺北：麥田出版社，二〇〇六年）等。

柯慶明雖然出過詩集和散文集，但他影響最大的是文藝理論研究。他擅長應用英美「新批評」精神，貫通中國古典文學和現當代文學，開闢出與眾不同的評論視野。〈文學美綜論〉，是柯慶明從事文學研究近二十年的結晶。此書表明了作者對文學的基本認識和關於文學研究的根本信念。柯慶明認爲：

作爲文學，應該從整個文學活動，亦即包括作者的創作、作品的結構以及讀者的欣賞所同時反映的心靈活動去加以體認和瞭解。它是一個以心鑄心、以心傳心、以心感心、以心應心的複雜歷程。它既是獨立的，那是指它於種種文化的活動中，自有其獨特而不能爲其它活動所化約或取代的意義而言；它也是不自足的，永遠是人類心靈狀態的一種呈現。而人類的心靈，永遠不是獨立而單獨的生活在所謂「文學」的自足世界中的。因此，文學永遠是人類彌足珍貴、也是一切人文精神之所寄託的自覺反抗精神，與心靈不可分割。雖然此一精神，還可以哲學、宗教、歷史、藝術……等種種形態出現。文學，遂因其媒介——語文的特殊，而特別成爲一種以意識，亦即以生命意識之昇華爲目的，生命意識之呈現爲內容的藝術活動。肯定文學是一種藝術，即強調了文學活動所具的美感經驗的特質；確認生命意識的呈現爲其內容，即充分掌握了文學心靈存在於倫理範疇，而當以生命意識之昇華爲其目的，則更自覺到文學活動所成就的，正是一種同時是美感亦是倫理的心靈感悟、轉化與提升之精神開展的歷程；也就是一個人類自覺的往文明的方向，掙扎著開拓其人格的過程。（註二三）

基於這種認知，該書首篇〈談「文學」〉是從文學是藝術的特質入手，而論證其精神意義的終端必極於倫理；在文學活動裡，倫理即是美感的成分，美感亦具倫理的價值。作爲該書的主幹第二篇〈文學美綜論〉由五節組成：界定文學的一種方式：文學美。文學作品的基本「內容」。文學美的意義：論創作。文學美的意義：論欣賞。文學活動的意義。附錄：文學與生命。這幾個部分，從生命意識的呈現與昇華的體認，全面地檢視文學活動——作者創作、作品結構、與讀者欣賞——所可能具有的特質與意義。雖然爲了討論的方便，該書所舉的例證大都爲抒情詩歌，但其精神亦適用於敘事領域。第三篇〈苦難與敘事詩兩型——論蔡琰《悲憤詩》與《古詩爲焦仲卿妻作》〉，就一方面嘗試區分抒情詩與敘事詩，更深一層看則將注意轉移到了敘事文體及其所呈現的特殊經驗形態的觀察上。該文以蔡琰的作品爲例，試圖闡述它們各自在中國文學史上所具的敘事詩之形成與類型的典範的深遠意義，同時也借此理清了〈文學美綜論〉一文中所未及詳細處理的抒情文學與敘事文學的區別。在第四篇〈論項羽本記的悲劇精神〉，則更將注意力放在敘述文體中所特別重要的悲劇與喜劇的精神與行爲形態的劃分。以〈項羽本記〉以及其相關的篇章爲例，從作者、作品與讀者三方面，探索反映在此一敘事文體中，創作、結構與欣賞三種心靈活動如何交互作用，終至達成文學活動的整體意義。由於〈項羽本記〉的豐富性，這篇討論遂又使讀者觸及荒誕滑稽的喜劇情節，如何被摻和在整體的嚴重凜肅的悲劇情境中，而終於達成了最後的崇高宏偉的悲劇意識，同時，更導引我們走到了文學與歷史的邊際境域，因而深切體認到文學瞭解與歷史瞭解的難分難割。第五篇〈試論王維詩中的世界〉，則是透過一位向來被視爲最具抒情詩的神韻理想，最擅長於所謂「純粹美感經驗」之捕捉與表達的大詩人王維的全部作品，來呈示「純粹美感經驗」並不那麼純粹。由此可見，該書的主幹雖然是第二篇〈文學美綜論〉，但其它各篇仍能對文學的基本性質，以及文學美的諸般形態：抒情、敘事、悲劇、喜劇、言志、神韻以及苦難的諦視與和諧的感悟等等層面仍有所涵蓋。此書不是完整的專著，但仍有統一的構思。（註二四）

柯慶明對文學本質的看法，有西方文學理論不可企及之處。正如李正治在〈四十年來文學研究理論之探討〉（註二五）中指出：西方文學理論自浪漫主義以來強調「虛構和想像」爲文學的特質，但柯慶明認爲如此易導致文學和謊言無別，故他主張「文學美」才足以界定文學的特質。在柯氏看來，「文學美」包含形式美與內容美。對內容美，柯氏從現象描述的觀點看，視內容爲一種生命意識的呈現。其所謂「生命意識」，指「生命對其自身之存在以及其存在之狀態的知覺」，它包含著兩種類型的意識，一是對空中的具體情境的意識，二是意識者的自身意識。生命意識，其實就是這種生命自身與時空中具體情境連結的意識。這種生命意識，通常可因其發展階段的不同，區分爲「情境的感受」與「生命的反省」兩種形態。在「情境的感受」這一階段的生命意識裡，我們又可因其意識對象的性質，而辨析爲「情境狀況的覺知」與「自我反應的覺知」。柯氏的生命意識說，有西方現象學和存在主義的投影，但整個理論的建構，卻是他獨立思考的結果，並無明顯的移植痕跡。「其說之深思博辯，可說是建立了一套『以生命意識爲中心的文學理論』。」（註二六）

柯慶明另一部重要著作是《現代中國文學批評述論》，討論了從晚清起至八十年代臺灣地區的現代中國文學批評。具體說來，作者分別評價了梁啓超、王國維、胡適、周作人、鄭振鐸、林庚、劉大杰、郭紹虞、羅根澤、錢鍾書、陳寅恪、聞一多、李長之、朱光潛、梁實秋及臺灣的臺靜農、鄭騫、王夢鷗、李辰冬、葉嘉瑩、張敬、葉慶炳、林文月、樂蘅軍、揚宗珍、曾永義、方瑜，以及夏濟安、陳世驤、王夢鷗、姚一葦、夏志清、顏元叔、葉維廉、楊牧、侯健等人的文學批評。

在這本書中，最值得重視的是對臺灣當代文學評論家的評論。這是前人從未做過的工作。雖然著述多於論，但有不少論非常精彩，有的論還帶有給這些評論家定位的成分在內。如說顏元叔是「最具影響力的批評家」，葉維廉「或許是唯一正面的批評了『文以載道』觀念的當代批評家」，王夢鷗的《文學概論》是「足以作爲今後『新批評』在中國發展的理論『工具』的文學理論的經典之作」。這些判斷均是建立在詳細的論證基礎上，有較強的說服力。從批評史角度看，有不少論述均體現了作者的史識，可惜作者沒完全突破當代文學評論不算學術研究的傳統偏見，將「現代文學批評」的概念局限在極窄的範圍，且不說談古典文學研究時占了許多篇幅，就是涉及新文學時，也僅僅局限在胡適、周作人和梁實秋等少數人身上，對鄉土派文學評論家則幾乎不涉及。柯慶明對中國現代文學批評尤其是臺灣當代文學批評作了拓荒的工作，這個成績應充分肯定。

除基礎理論研究外，柯慶明還有臺灣當代作家作品研究，如〈臺灣現代小說中的男性意識〉一文。此外，《臺灣現代文學的視野》一書還以《文學雜誌》為個案論及學院的堅持與局限，傳統、現代與本土以及臺灣文學的未來，還評論了臺灣現代主義小說及白先勇、葉維廉、臺靜農、林文月、王禎和、王文興、陳義芝、唐捐等人的作品。

第六節　高友工的美學思想

高友工（一九二九～二〇一六年），遼寧省人。一九五二年臺灣大學中文系畢業，一九六二年獲美國哈佛大學博士學位。歷任美國史丹福大學、臺灣大學、美國普林斯頓大學東亞研究學系教授。著有《唐詩的魅力》（與梅祖麟合著，上海古籍出版社，一九八九年）、《分析杜甫的秋興》（合著）、《美典：中國文學研究論集》（北京：生活．讀書．新知三聯書店，二〇〇八年），中英文學理論著述多見於臺灣《中外文學》、香港《九州學刊》及國外學術刊物。

宗白華、朱光潛在二十世紀中葉為中國美學建設打下根基，雖然在大陸出有李澤厚這樣的新人，但體大慮周的美學家無論在大陸還是在臺灣，畢竟不多。對比起兩岸的美學研究來，海外的華人學者對美學研究所取得的重大成績倒讓人刮目相看。陳世驤、高友工就是海外學術團隊中的領軍人物。還在六十年代，陳世驤提出在比較語境中建立中國抒情傳統的思路，高友工在繼承陳氏學說的基礎上，沒有走他瑣碎的字源考證和文本治史的方法，力求把抒情傳統放在中國文化史中的長河考察，建構一種覆蓋多種文體、匯通各個時代並在理論上力求無懈可擊的體系。他是陳世驤之後最重要的抒情論者，連不輕許人的顏崑陽都說：「二十世紀七十年代……高友工再深入研究律詩的演化，以至中國音樂、文學理論、書法、繪畫理論等藝術的抒情美典，彰明中國文化史的抒情傳統。其論述體大而思精，於臺港地區之中國文學研究的影響既深且遠。」（註二七）

比起海外評論家夏志清、葉維廉等人來，高友工的論著畢竟太少，以中文發表的尤少，然而質量頗高。上世紀七十年代他與康乃爾大學梅祖麟教授合作，運用現代語言學和文學批評理論分析唐詩，在漢學界引起轟動。他離開臺灣二十四年後，於一九七八年夏天回臺，在臺灣大學講授比較詩歌，並應邀在中華民國第三屆比較文學會議等處發表論文，其中〈文學研究的理論基礎——試論知與言〉（註二八），在文學理論界引起巨大的反響，一時有「高友工震盪」之稱。資深評論家徐復觀甚至說：這是「臺灣三十年所見最傑出之文學理論。」（註二九）這裡顯然含有誇大的成分，因爲高氏的文字蹩腳，理論亦很迂曲，但他所提的抒情精神或抒情美典確實影響深遠。他不鳴則已，一鳴驚人。

高友工兩篇論文雖同屬哲學範疇，但研究方向和內容實質卻不相同。〈文學研究的理論基礎——試論知與言〉，重點探討的是文學研究方法，觸及了分析性的與直覺性的兩種文學批評的歸屬，不妨看作是對西洋傳統的「知識論」的一種批評。〈文學研究的美學問題〉，其「主題是在文學研究的對象，但這對象卻不局限於文學作品本身，而把重心置於文學鑑賞時的美感經驗上。」作者的初衷是想「勾畫出一個『美學理論』的藍圖，一方面是接受了這分析傳統的語言和方法，但另一方面卻能兼容中西文化中的美學範疇與價值。」（註三〇）

高友工的論文博大精深，一般讀者不容易領會。他的文學理論的發表，至少爲臺灣文學論壇帶來下列三方面的新鮮氣息：一是不像某些評論家就文學論文學，不能將文學置於更大的文化間架上來觀察。他主張的「以文化思想爲文學批評之層次」的構想，故而能見其大，能其去狹。二是臺灣評論界多以文學性的語言爲討論工具，而高友工所持者獨爲分析性語言，這便避免了文學性語言所帶來的歧義，爲日後文學研究提供了一種新方法。三是他的論文雖然深奧，但不是「爲學術而學術」，而是注意將抽象的理論落實於人生，成就一種圓融的「人文精神」。（註三一）

高友工的美學思想，高大鵬曾將其概括如下：

一是肯定文學批評爲人文教育的核心。這點就消極意義來說，係指出文學研究涉及個人經驗及價值，此二者均不可化約爲其它「客觀」性之抽象存在，而人文教育的本義即在維護此一主觀性之價值。進一步說，人文教育之目的端在價值之追求，而文學藝術正是價值中的價值，可以藉以深化經驗，醇化品味，拓展視野，充實生命。在這個意義上，文學藝術自然成爲人文教育的核心了。高友工這一觀點，既有繼承西方「博雅教育」的一面，同時亦未違反我國溫柔敦厚的詩教傳統，保持了學術研究的客觀立場。（註三二）

二是肯定「經驗之知」以補「分析之知」的不足。「傳統『知識論』可以確切肯定的似乎只是分析活動的成果。這種成果（一種「分析之知」）在現代學術傳統中被視爲『知識』的主幹。這種『知識』的貢獻，很少人會懷疑。事實上中國過去的學術傳統也同樣承認這種分析性的知識。然而中國的哲學思想卻不以此『知識』爲最高『眞理』，甚至於一般所謂『眞理』也並不見得爲最高『價值』。至少這種『知識』絕不能與『智慧』等量齊觀。我自然無能力直接觸及『智慧』本義。但是我所提出『經驗之知』觀念，即是假設它或許與『智慧』一義是一脈相通的。至低限度要在『知識化』中予『經驗之知』一席地，才可能進而論『經驗』、『價值』以至『智慧』。」（註三三）在這裡，高友工沒像某些人那樣盲目崇洋：批評中國哲學缺乏分析性，否定傳統美學中的觀念和價值。他這裡提出的「經驗之知」，正可擴展「知識論」的領域。

三是肯定「言志」爲中國詩學的主流。「摹仿」說是西方文藝理論的奠基石，形成於秦漢之際的「言志」說則是中國最具民族特色的文藝理論的發端。「言志」說與「摹仿」說的差異在於：前者是本於心，以體現人的主觀精神、意志爲主導；後者是本於物，以再現客觀事物歷史的和現實的存在狀態爲依歸。高友工肯定「言志」說，當然不是爲了否定「摹仿」說，其針對性在於：「它可以使『五四』以來所受歐美之過度影響得一緩和，因爲在『模仿敘述』傳統，以及晚進實證主義的制約下，我們對於『寫實主義』幾乎到了一面倒的地方，換言之，外在情境幾乎成了文學唯一關懷的對象。當然，這是整個世界在『世俗』化的潮流中所不能免的，而對現實社會的關懷也確有不可抹殺之積極作用，然而，正如『志』有不同層次，人類主體性卻不必因此而遭到忽略。」（註三四）

四是肯定中國詩歌的抒情傳統。高友工認爲：在文學欣賞上，以直覺印象爲觀念單位，以等質通用性與延續關係爲結構原則。並由這兩種不同的結構原則，指出前者適合「和諧」的解釋，後者易於接受「矛盾」的解釋，進一步將「抒情過程」與「描述過程」的差異區分開來，同時由

「外緣解釋」肯定作品的解釋過程，因而確立起「體類」、「理想」與「風格」之瞭解的批評的意義，進一步詮釋各個不同文化所形成的「抒情傳統」與「描述傳統」的偏重，最終把討論導向對中國文化理想所形成的「抒情言志傳統」的舉例論析，以及將「抒情傳統」、「悲劇精神」加以對照，作爲中西文學主要的文化理想的歸趨的比較。（註三五）像這樣對文學批評作美學闡釋，確實達到了一定的理論深度。

五是肯定傳統批評價值。而不似某些學者獨尊新批評，貶低傳統詩話的學術價值，將其看作是主觀的、不負責的、「印象派」的批評，這與顏元叔的文學觀顯然不同。

〈文學研究的美學問題〉長達約六萬字，由「觀念單位：直覺印象」，「結構原則：等值通性的延續關係」，「外緣解釋：目的與境界」三部分組成。其理論建構之強勁和歷史敘述之全面、細緻，從此文引言即可看出：「經驗」的內在對立、「經驗」的結構、「經驗」在「人文研究」中的意義、美感經驗的「感性」與「知性」材料、美感經驗的「過程」與「領域」、美感經驗的「快感」基礎、美感經驗的美的境界、材料解釋的四層次、「創作經驗」與「美感經驗」、「再經驗」的意義、「創作經驗」與「再經驗」。

高友工的《美典：中國文學研究論集》早在二〇〇四年就有臺灣版。此書在對文學以至人文研究的本質作深入考察尤其對於其中所蘊含的美感經驗與詮釋過程作細密分析的同時，針對中國傳統的文藝現象提出「美典」的觀念，並對這一觀念作了體大思精的勾勒。這是一本從文藝的角度認識中國文化的經典著述，是高友工關於文學與美典諸多重要論述的結集。

高友工的學術論著之所以在境外能刮起一股旋風，按徐承的說法，是因爲他以改造下的結構語言學爲核心組織容納各派學說，並以此作爲中國美學研究的技術手段，在整體上凸顯了中國美學相較於西方美學的特殊性質，也對許多藝術現象做出了行之有效的解釋，盡管理論的先在性和立史的預設性導致他在美學史的具體細節上產生若干偏差。他積極謀求「建立主觀經驗的客觀條件和肯定相對價值的絕對地位」，而把中國美學史的建設規範化、合理化，對海外的中國文學、藝術研究起到了極大的推動作用，同時也爲國內學界提供了許多可以學習、參考的東西。（註三六）

總之，「高友工的計畫是抒情傳統建構史的一大高峰，除了在理論上爲中國傳統文學文論的表達格式提出了強有力的辯護、從知識論的高度論證了相關研究的合法化，並且嘗試在術語系統上找到和當代西方美學可以等值兌換的語詞貨幣，而離開傳統文學文論以獨特的修辭體類達成的拒絕和現代學術體制對話的自我封閉的自足體系。更重要的是較完整的建構了抒情傳統的（精神史式的）大敘事——以語言學——詩學——美學上層構架，以文學史爲下層構造——如此而爲一向欠缺一個總體的整合框架（甚至問題意識、問題感）的古典文學／文論找到可以安頓它們的各個環節的總體敘事。」（註三七）

注釋

一　臺　北：開明書店，一九七八年。

二　臺　北：遠景出版社，一九七九年。

三　臺　北：黎明文化事業公司，一九七三年。

四　臺　北：世界書局，一九七五年。

五　臺　北：雄獅圖書公司，一九七九年。
六　臺　北：大地出版社，一九七四年。
七　臺　北：三民書局，一九七一年。
八　臺　北：洪範書店，一九七七年。
九　臺　北：時報文化出版公司，一九七九年。
一〇　臺　北：雄獅圖書公司，一九七八年。
一一　臺　北：響人堂印行，一九七九年。
一二　黎湘萍：〈生命情調的選擇〉，北京：《文學評論》第二期，一九八九年。
一三　見〈文藝技巧論〉。另見葉維廉主編：《中國現代文學批評選集》，臺北：聯經出版事業公司，一九七六年。
一四　姚一葦：《藝術的奧秘》，臺北：開明書店，一九六八年，頁二。
一五　柯慶明：《現代中國文學批評述論》，臺北：大安出版社，一九八七年，頁一四三。
一六　姚一葦：《藝術的奧秘》，臺北：開明書店，一九六八年，頁三三四～三三五。
一七　姚一葦：《藝術的奧秘》〈自序〉，臺北：開明書店，一九六八年，頁七。
一八　程大城：《文學的哲學》，臺北：世界書局，一九七七年，頁六、五。
一九　盧善慶：〈文學創作的心理因素及其表現原則的探索〉，北京：《文學評論》第五期，一九八一年，本節主要吸收此文的研究成果寫成。
二〇　程大城：《文學的哲學》，臺北：世界書局，一九七七年，頁六、五。

二一　盧善慶：〈文學創作的心理因素及其表現原則的探索〉，北京：《文學評論》第五期，一九八一年，本節主要吸收此文的研究成果寫成。

二二　盧善慶：〈文學創作的心理因素及其表現原則的探索〉，北京：《文學評論》第五期，一九八一年，本節主要吸收此文的研究成果寫成。

二三　柯慶明：《文學美綜論》〈序〉，臺北：長安出版社，一九八三年。

二四　柯慶明：《文學美綜論》〈序〉，臺北：長安出版社，一九八三年。

二五　臺　北：《文訊》一九九二年五月號。

二六　李正治：〈四十年來文學研究理論之探討〉，載《政府遷臺以來文學研究理論及方法之探索》，臺北：臺灣學生書局，一九八八年。

二七　顏昆陽：〈從混融、交涉、衍變到別用分流、布體——「抒情文學史」的反思與「完境文學史」的構想〉，「抒情的文學史」國際研討會，臺大、政大，二〇〇九年四月二十五日。

二八　臺　北：《中外文學》第七卷第七期，一九七八年十二月。

二九　參看高大鵬：〈介紹高友工先生的文學思想〉，臺北：《書評書目》第八十期，一九七九年十二月。本節在有些地方吸收了此文的研究成果。

三〇　臺　北：《中外文學》第七卷第十一～十二期，一九七九年。

三一　參看高大鵬：〈介紹高友工先生的文學思想〉，臺北：《書評書目》第八十期，一九七九年十二月。

三二　參看高大鵬：〈介紹高友工先生的文學思想〉，臺北：《書評書目》第八十期，一九七九年十二月。

三三　高友工：〈文學研究的美學問題〉，臺北：《中外文學》第十卷第十一～十二期，一九七九年。

三四　參看高大鵬：〈介紹高友工先生的文學思想〉，臺北：《書評書目》第八十期，一九七九年十二月。

三五　參看柯慶明：《現代中國文學批評述論》，臺北：大安出版社，一九八七年，頁一四六。

三六　徐　承：《高友工與中國抒情傳統》，北京：中國社會科學出版社，二〇〇九年。

三七　黃錦樹：〈抒情傳統與現代性：傳統之發明，或創造性的轉化〉，臺北：《中外文學》，二〇〇五年七月。

第五章　比較文學的崛起

第一節　比較文學的墾拓與發展

比較文學在中國並不是新鮮事物。且不說魏晉以來就有過印度思想文化與中國文學的關係以及有關翻譯、媒介的論述，單就二十世紀二十年代末、三十年代初來說，比較文學作爲一門學科就已經出現。當時的清華大學，由英國新批評大師瑞恰慈以及中國學者吳宓、陳寅恪等先後開設了這方面的課。（註一）三十、四十年代則出版有朱光潛的《文藝心理學》、《詩論》和錢鍾書的《談藝錄》。大陸在五十、六十、七十年代，這項工作基本上停頓下來，而在臺灣，六十年代後期開始重視這門學科的建設。一九六七年，任臺灣大學碩士班客座教授的張心滄博士（劍橋大學）首次開設了這門課。一九六九年夏，原在臺大外文系畢業，後到美國執教的葉維廉和將出國任教的胡耀恆，應邀任臺大一九七〇～一九七一年比較文學客座副教授。一九七一年，在臺灣大學文學院院長朱立民及外文系主任顏元叔精心策劃下，臺大比較文學博士班正式招生。開始只有兩名學生收錄，以後六位學生取得博士學位。在臺大的帶動下，臺灣師範大學、淡江文理學院也開了這門課。其中淡江文理學院早在一九七〇年四月就創辦過以刊載比較文學論文爲主的英文版《淡江評論》。首任編輯是顏元叔。開始是半年刊，一九七八年改爲季刊。創刊後的次年，淡江文理學院還召開了以討論東西方文學關係爲主題的首屆國際比較文學會議。

一九七三年，中華民國比較文學學會正式成立，宣告臺灣的比較文學研究進入一個新階段，即由初期少數個人、分散、偶然的行爲，走向初具規模的專業化協作活動。這次會議選舉胡耀恆、葉慶炳爲正副理事長，胡耀恆、葉慶炳、顏元叔、余光中、李達三、侯健、齊邦媛、袁鶴翔、邢光祖爲理事。由臺灣大學外文系主辦的《中外文學》決定拿出一定篇幅刊登比較文學的論文，兼作該會的會刊。從一九七三年起，臺灣召開了多次比較文學會議。其中還舉辦了數次國際性會議：第一次會議以「比較文學在中國」爲題，時間爲一九七一年七月。第二次會議主題爲「文學理論與文學批評——東西方的比較文學研究」，時間爲一九七五年八月。第三次會議討論範圍較廣，計有「文學與社會環境」、「西方文學中的中國意象」和「亞洲各國文學比較」，時間爲一九七九年八月。第四次會議主要討論「東西主題學」、「比較文學理論」、「文類研究」和「翻譯研究」，時間爲一九八三年八月。第五次會議著重討論「現代主義與中西文學」，另有五個小論題：「中國比較文學中現代主義之地位」、「亞洲比較文學」、「世界文學中之儒家和道家」、「翻譯研究」、「中國文學的現代研究方法」。第六次會議主題爲「九十年代中西比較文學之回顧與前瞻」，強調當代文學批評與理論的運用，和中國文學邁向二十一世紀所面臨的問題，時間爲一九九一年八月。一九九〇年四月二十八日至三十日，世界比較文學學會在臺灣大學召開第三屆「理論會議」，主題爲「東西文學理論之概念」。另有國際比較文學會議在臺灣召開，如二〇〇九年五月由淡江大學英文系主辦的第十屆研討會，其主題爲〈翻譯風險：文學媒介的新脈絡〉。

臺大學者鼓吹的「新批評」一開始就先聲奪人，在顏元叔還有歐陽子據以評論現代小說及現代詩的引導下，成爲七十年代文學研究的顯學。除此之外，結構主義與記號學也不斷隨著比較文學的發展被引進。一九七六年六月，東大圖書公司出版了由古添洪、陳慧樺（即陳鵬翔）編的《比較文學的墾拓在臺灣》。這是臺灣首次出版的比較文學論文集，共收論文十四篇。主要內容爲探討比較文學的定義、在臺灣的墾拓情況。此外是借用西方文學理論的概念和方法來研究中國文學。重要的文章有朱立民的〈比較文學的墾拓在臺灣〉、袁鶴翔的〈略談比較文學〉、葉維廉的〈中西山水美感意識的形成〉、古添洪的〈直覺與表現的比較研究〉、余光中的〈中西文學之比較〉、侯健的〈三寶太監西洋記通俗演義〉等等。這本論文集，作者陣容強大，文章既有理論探討，也有作品評析，顯示出比較文學工作者踏踏實實地墾拓的實績。接著，李達三（約翰·迪尼）於一九七八年五月由聯經出版事業公司出版《比較文學研究之新方向》。著者在解釋「新方向」三字時說：「因爲我相信東西比較文學研究無論在時間或空間上，都處於轉捩點的十字路口上。或者東方襲用西方的理論與方法，或者是我們鼓起勇氣，向前邁進，以中國特有的觀點，找出新的方向。」書中除簡述了東西比較文學史外，還研討了比較文學的基本觀念、思維習慣。一九八四年，作者增訂了此書，使它更具學術價値。

一九七五年，淡江文理學院西洋文學研究所出版了紀秋郎、李達三等編的《爲中國學者而編的英美文學及比較文學書目選注》。其中所開英文書目三千五百多項，有著者和書名索引，有內容簡介和書存何處的說明。一九八二年，時報文化出版公司出版了鄭樹森的《文學理論與比較文學》。書中的論文雖然只有四篇，可介紹了包括結構主義、現象學、讀者反應理論在內的西方流行的最新文學理論，因而引人矚目。

臺灣大學外文系以及從這個學校畢業出來的一小批海外學者，是比較文學學界的重鎭。他們的成果，集中反映在一九八三年以來由東大圖書公司陸續出版的《比較文學叢書》。第一批有下列八種專著：葉維廉的《比較詩學》、張漢良的《比較文學理論與實踐》、周英雄的《結構主義與中國文學》、王建元的《雄渾觀念：東西美學立場的比較》、古添洪翻譯兼論述的《記號詩學》、周英雄的《樂府新探》、鄭樹森的《現象學與文學批評》、張漢良的《讀者反應理論》。另有三種論文彙編：鄭樹森的《中美文學因緣》、葉維廉的《中國文學比較研究》、陳鵬翔的《主題學研究論文集》。海外學者葉維廉為這套叢書寫了總序。他認為，這些編著反映了兩個主要方向：一是企圖在跨文化、跨國度的文學作品及理論之間尋求共同的文學規律、共同的美學據點的可能性；二是對近年來最新西方文學理論的評介，包括結構主義、現象哲學、符號學、讀者反應美學、詮釋學等，並試探它們被應用到中國文學研究的可行性及其可能引起的危機。未能收入這套叢書而又有比較文學內容的專著還有：鄭清茂的《中國文學在日本》（一九六八年）、葉維廉和楊牧等著的《中國古典文學比較研究》、裴善賢的《中印文學研究》（一九六八年）、侯健的《二十世紀文學》（一九七六年）及《中國小說比較研究》（一九八三年）等。

比較文學之所以能得到較快的發展，一個重要的原因是學者們認識到比較文學有利於開拓眼界，增進中西文學的相互瞭解；必須用現代的眼光，結合傳統的治學精神並使用現代多學科方法，去重新審視中國文學，找出它不同於西方文學之處，並用這種結果去驗證、調整各種現代文學研究方法和理論，以此去豐富與充實世界文學。

盡管臺灣的比較文學多半是在外籍教授或留洋學者倡導和幫助下進行的，一開始就染上了「西方化」尤其是「美國化」的色彩，但不少學者在運用西方的各種批評方法研究中國文學方面，還是做出了一定的成績。如侯健的〈三寶太監西洋記通俗演義〉，（註二）用的是神話原型方法詮釋作品和考察創作心理。顏元叔的〈薛仁貴與薛丁山〉，（註三）是用心理學批評方法分析人物形象和作品中的心理描寫。周英雄的〈懵教官李爾王〉、（註四）張漢良的〈「楊林」故事系列的原型結構〉，（註五）則是用結構主義、符號學等方法剖析作品的母題、形象和情節等問題。還有的學者嘗試採用象徵批評方法，有的企圖將現代語言科學和美學結合起來分析古典詩歌和現代詩歌。雖然這些分析由於過於繁瑣使人不得要領，但他們或成功或失敗的探索，都有助於積累經驗，更好地建立比較文學這門學科。

臺灣學者研究比較文學，和西方學者一樣分本科範圍和非本科範圍。本科範圍主要是指考察不同國家的作家或作品之間關係，或淵源的影響研究，如張振翱的〈抒情詩的近代傳統〉以及覃子豪六十年代初寫的〈論象徵派與中國新詩〉。另有主題學研究，如上面提及的顏元叔的〈薛仁貴與薛丁山〉等等。類型學研究則以葉維廉的〈中西山水美感意識的形成〉（註六）爲代表。翻譯學研究與影響研究有關，但文章不多。「非本科範圍研究，主要考察文學本身之外的其它關係，如文學與自然科學關係、文學與社會科學關係、文學與其它藝術部類的關係，等等。」在這方面，「卓有成果的，是對於文學受制於哲學、神學、社會學心理及政治思潮等的研究。許多學者從多種社會科學的角度出發，來比較中西文學傳統，發現西方是以希臘、羅馬、希伯來及基督教一脈相承的文化，而中國是以儒、道、佛爲文化背景，這決定了不同的文學與善美傳統觀念。葉維廉的〈中國古典詩和英美詩中山水美感意識的演變〉和《無言獨化：道家美學論要》就是這種文學成果。」（註七）

總之，臺灣的比較文學研究已形成了一支比較堅實的隊伍，在結構主義、記號學、現象學、詮釋學、讀者反應理論、後期結構主義方面出現了一批有分量的成果。比較文學之所以成爲專門學科，臺灣學者可說是開路人。九十年代以來，他們和大陸同行切磋學藝，交流心得，以圖得到更蓬勃的發展。一個重要變化是：不再把中國古典文學作爲主要研究對象，而朝向文化研究方向發展，把後殖民理論引進臺灣文學研究，將「臺灣」而非「中國」作爲理論化的研究對象。

第二節　比較文學「中國學派」的提出

鑒於國際學術界對中國文學缺乏認識，比較文學研究的範圍局限於歐美，顏元叔乃大力提倡中外比較文學。他的具體做法是：創立「中華民國比較文學學會」、創立英文的比較文學刊物 Tamkang Reviem、在淡江大學召開第一屆臺灣舉辦的國際比較文學會議、創立臺大比較文學博士班。他甚至和朱立民、胡耀恆、葉維廉等上電視介紹比較文學，又和中文系教授葉慶炳、戲劇學者姚一葦等人，到臺灣各地推廣比較文學，執著的精神有如傳教士。（註八）為了檢閱比較文學的成績，當時在臺灣大學比較文學博士班攻讀的陳鵬翔（陳慧樺）和古添洪在給東大圖書公司合編《比較文學的墾拓在臺灣》這「國內第一本比較文學論文集」時，在序中首次正式提出建立比較文學中國學派的宣言：

> 我國文學，豐富含蓄；但對於研究文學的方法，卻缺乏系統性，缺乏既能深探來源又能平實可辨的理論；故晚近受西方文學訓練的中國學者，回頭研究中國古典或晚近文學時，即援用西方的理論與方法，以闡發中國文學的寶藏。由於這援用西方的理論與方法，即涉及西方文學，而其援用亦往往加以調整，即對原理與方法作一考驗，作一修正，故此種文學研究亦可目之為比較文學。我們不妨大膽宣言說，這援用西方文學理論與方法並加以考驗、調整以用之於中國文學的研究，是比較文學中的中國派。

對「中國派」的具體內涵，古添洪後來在〈中西比較文學：範疇、方法、精神的初探〉（註九）中說：「『中國派』在方法學，在範疇上，顯然是兼容並蓄。我們容納了『影響研究』、『類同研究』與『平行研究』並提出了『闡發研究』。對於前三者，我們都加以適當調整，以適合於『中西比較文學』。對於後者，我們也從理論上維護了其合法性。」古氏認爲，在上述四種研究裡，「影響研究」最爲合法，成績也無可置疑。對於後三者，雖然挑戰愈來愈大，然而並不失其合法性。「中國派」之成爲「中國派」，除了對法國派、美國派加以調整運用並作出闡發研究外，主要是調整背後的精神，那就是「文化模式」的注重。在歐洲比較文學裡，無論是法國派或美國派，都沒有特別注重文學背後的文化模式。當然，「中國派」並不排斥西方比較文學原有的精神，那就是法國所提倡的比較文學史（諸國文學影響史）的精神，美國派所提倡的比較文學與文學批評冶於一爐以尋求文學進一步瞭解的精神。毋寧說，這兩種精神要憑藉文化的相對性及多樣模式並用的情況下，才能有穩固的世界性的基礎。文化永遠是文學的基石。

關於中西比較文學的研究方向，有過熱烈的討論乃至激烈的爭辯，但打旗稱派爲數甚少。除陳鵬翔和古添洪亮出「中國學派」這一旗號外，陳、古在臺大深造時的一位美籍老師李達三也寫過一篇宣言式的短文〈比較文學中國學派〉（註十），認爲中國學派應採取「不偏不倚的態度」，對法國和美國學派起「一種變通之道」，吸收法美兩派的長處，避其失誤，「以東方特有的折衷精神」，「循著中庸之道前進」。李達三還提出「中國學派」形成的四個目標：在中國文學中，從理論和實踐上找出特具「民族性」的東西，發揚光大以充實世界文學；擴展非西方國家「地區性」的文學運動；以中國自己的術語，按自己的條件，道出爲人忽視的非西方的各種文學寶藏；採取一種複合化的研究方法。

在建立中國學派的理論體系上，李達三作爲一位居住在東方的美國人，比某些中國學者顯得更加熱心和積極。再加上臺港不少比較文學學者都是他的學生，故他的研究在臺港地區影響甚大。自七十年代末他從臺灣轉到香港中文大學英文系任教後，他更常常以比較文學中國學派的發言人自居，並編有比較文學基本術語兩百個、重要書籍及論文的書目選注，爲建立中國學派提供參照系，還寫了一些論文爲中國學派催生、宣傳。對於李氏建立比較文學中國學派的某些信念，陳鵬翔和古添洪均無異議。但對於建立中國學派的步驟和理論，李達三和他的學生陳、古二人並不完全相同。而且李達三從未談到過陳、古二人爲「中國學派」此一術語的創始人，還寫有專文批評陳、古所理解的「中國學派」爲大規模地把西方理論和方法來套中國文學，閉口不談陳、古二人曾提到過要修正、擴展西方理論模子和方法的努力方向，這引起陳鵬翔的駁議。（註一一）

無論是陳鵬翔、古添洪還是李達三扯起的「中國學派」這一旗幟，均受到不少具有強烈民族意識的中國學者的贊同。在六十、七十年代，當世界比較文學組織對東方（主要是指亞洲）和第三世界文學有意冷淡時，「中國學派」的提出無疑具有政治號召力。「而後來的發展亦的確證明了這一口號的政治力強過它的實質。中國大陸在八十年代亦提出了這一口號，接著是中國（大陸）比較文學學會的成立，進入國際比較文學學會組織，和國外交流頻繁。」（註一二）

總之，臺灣學者舉起「中國學派」的旗幟，是深感一些論者受西方文藝思潮影響過深，爲了破除西方學者的歐洲中心論，必須另闢蹊徑與法國、美國學派相抗衡。另方面，一種表面上反傳統又不想將傳統放一把火燒光的矛盾心理，也是造成「中國學派」提出的原因。臺灣學者在西風勁吹的時候，仍想保持強烈的傳統感，仍願意保持中國學者的本色，並認爲只有扎實的中國文學基礎，比較文學的研究才不會模糊中國的特色，其願望良好。不過，「中國學派」的提法是否完全科學，當時就有人提出質疑。如資深文學評論家尹雪曼在一九七七年十二月發表了〈我看比較文學〉，表示不贊成這種主張。他說：「這樣會不會引起西方學者的批評，說這又是中國學者的『文化本位中心主義』呢？……這樣的一個比較文學上的第三世界，我覺得不僅有被西方學者批評為『文化本位中心主義』，並且似乎不可能有更突出，更偉大的成就。」（註一三）

第三節　圓融客觀的侯健

侯健（一九二六～一九九〇年），山東荷澤人。臺灣大學外文系畢業，後出國到長春藤盟校的賓大英文系修習十八世紀英國文學，再轉學至紐約州立大學石溪分校獲哲學博士學位。歷任臺灣大學外文系主任、文學院院長、《中外文學》主編。一九四七年在青島《民言報》副刊發表處女作，曾主編青島《島上文藝》、《正視旬刊》和臺灣的《學生英語文摘》、《文學雜誌》、《中外文學》。主要著作有《從文學革命到革命文學》（臺北：中外文學雜誌社，一九七四年）、《二十世紀文學》（臺北：眾成出版社，一九七六年）、《文學．思想．書——文學瞭望之一》（臺北：皇冠出版社，一九七八年）、《文學與人生》（臺北：九歌出版社，一九八〇年）、《中國小說比較研究》（臺北：東大圖書公司，一九八三年）。另有譯著《英語文粹》、《柏拉圖理想國》，編有《中國古典文學論叢》（三冊，中外文學雜誌社）。

以研究小說理論和文學批評見長的侯健，其治學方法主要採自西洋。他學養淵博，古今中外作品有所涉及，論述兼取中外精華，以體大慮周、圓融客觀著稱。

侯健研治的領域除整理中國文學史，論述民國以來的新文學運動外，一向以英美文學爲主，其中比較文學的成就最大。他在攻讀博士學位時，曾在探討爾文·白璧德的晚期思想及其對中國的影響做出成績。他後來的文學觀，深受安諾德和白璧德的影響。他的評論方法最終必歸結於一部或一篇著作的全部技巧與道德內涵立言，這正符合白璧德上承詹森博士以學問爲根底，以作品爲探討對象的原則。當然，他在方法上並不受某一家的約束。因爲他深信文學評論的任務在於闡釋的獲得價值判斷。凡有助於讀者理解作品，而加以判斷思想的認識和道德的價值，就是可以使用的方法。收集在《文學·思想·書》近二十篇綜論與個論的文章，都是建立在這個信念基礎上。他在〈作家、批評家與文學的程途〉中，認爲作家僅僅有「誠」還不夠，還必須要有「敬」。這裡講的「敬」，是指「從客觀的標準，由外而積漸入內」。這表現了侯健所具有的倫理關懷的批評態度。他認爲評價優秀作品的標準只能是「高貴的思想情操與優美的技巧」。作爲一個批評家，決不能滿足於欣賞闡釋。批評家固然對作家有責任，但他同時對讀者有更大的責任。文學雖不是說教的講臺或達到某一特定目的的短期工具，但作家也決非像夜鶯在黑暗中對自己歌唱。必須讓文學與社會維持關係，尤其是與道德維持關係，重視文學作品中的道德意義，才不致喪失文學之爲文學的本質。「『健康與尊嚴』，依然應該是從事創作與研究者的最高課題與標準。」

侯健是典型的學院派評論家。他研治英美文學，其目的是希望借鑒西洋的文學理論與方法，來重估本民族的文化遺產，以求改革、創新我們自己的文學，使中國文學眞正躋身於世界之林。基於這種思考，他一向重視提倡民族文學。他認為，民族文學是可以成立的名詞，只是不能過分狹隘、自囿和急功近利。為了和「民族主義的文學」區別開來，他偏向中庸的「民族文學」。「所謂中庸的民族文學，意即遵循儒家知其兩端而取其中的文學，亦即在日爾曼沙文主義和國際主義之間，取其不依附兩者的中庸。我們知道前者過於重視時、空因素和由之產生的短暫目標，終至流為宣傳，後者則否定人之為人的時、空、文化根本，都是偏頗的。中庸的民族文學則相信自己的文化，特別是其中積極而又為人類所同的大綱目，再將這些與一時一地的特殊情況結合，使作品達到長期的道德涵養效果。」（註一四）侯健這種主張，一方面是為了使文學遠離政治，不被某些人運用於特定目的，弄得只有破壞不能建設；另方面他認為偉大的作品其動人力量在於文學的普遍性、永遠性與普遍的人性。他這種態度，和歌德是相近的，但在現實生活中，並不切合實際。小集團的功利主義固然要反對，但文學完全與功利分開，與政治脫離，恐也難做到。

在後學看來，侯健「是一位望之儼然，即之也溫的長者」。（註一五）基於對中庸之道的偏愛，他從不寫華而不實乃至熱情奔放的文章。他的學術作風表現得醇厚恢宏、中正和平。比如顏元叔與葉嘉瑩這兩位學者對於古典詩歌研究方法的論爭，他就不贊成拉一個打一個，而主張各行其道，不應該統一觀點，「一言而為天下法」。他認為學術界所需要的，是包容而不是排斥，是開明的態度，而不是有你無我的無休止爭鬥。

臺灣學界認為，所謂新文藝大抵是西方文藝作品及理論的產物，有意識地加以研究並成為高等學校的課程，則開始於七十年代。重鎮是臺灣大學、《中外文學》月刊外加《淡江評論》（英文）。在這些重鎮中，侯健的比較文學研究無疑占有重要的地位。他無論是「援引西方神話理論名家傅瑞耶與魏惺閣的觀點，印證《三寶太監西洋記通俗演義》的神冑英雄追求神話」，還是從變態心理學的角度，探討《野叟曝言》裡乾坤逆轉、豔情齷齪的情節，「或對比十八世紀遷流曼衍的理性主義，來剖析《閱微草堂筆記》；無論是研討《好逑傳》與《克拉麗薩》中兩種社會價值的愛情觀」，（註一六）還是衡估蒲松齡的《樂仲》與費爾定的《湯姆．瓊斯》的異同等，均可看出他博雅精緻的深厚的比較文學修養。在當代文學批評家中，他比別人運用過多種不同的西方文學批評方法，而不像有些評論家只以「新批評」方法運用著稱，盡管侯健也寫過「新批評」的代表作〈有詩為證：白秀英和《水滸傳》〉。在這篇文章中，他徵引過許多西方文學的材料，但他的主要目的不是作文學比較，而是借《水滸傳》詩詞的運用闡釋文學形構的特質問題。他的比較文學的代表作除前面提及的〈《好逑傳》與《克拉麗薩》〉外，還有《中西載道言志觀的比較》。此文沒局限在作品結構與社會文化背景，以及文學與作者及環境關係等問題的論述上，而全面地匯通了中西兩大文學傳統，看出其文學觀念的根本同與異。

侯健還是臺灣眞正有意識引進，並身體力行實踐神話基型的批評方法來探討中國文學作品的代表人物。他發表於一九七三年的《三寶太監西洋記通俗演義——一個方法的實驗》論文中，批評了劉大傑、郭箴一以及胡適等人受囿於西方浪漫主義以來的寫實、自然主義的觀念，對小說文體的認識有過多的成見，以及胡適等科學主義與斯賓塞的不可知論式的信仰的不科學。這就難怪胡適們對《西洋記》的評價不公正。侯健認為《西洋記》是有藝術價值的。他從神話或原始類型的方法，對《西洋記》的故事情節和語言運用藝術作了充分的肯定。他還運用了傅瑞也的小說分類，說明《西洋記》的文學形式多種多樣，簡直是一部百科全書。侯健一方面肯定《西洋記》的作者「匠心獨具為傳統小說放異彩」，一方面又指出它和西洋現代小說理論在許多地方不謀而合。可見，侯健運用這種批評方法，確實解答了不少前

人未解決的問題，難怪齊邦媛稱其為「眞正的比較文學學者」。（註一七）

第四節　葉維廉：尋索「共同的文學規律」

葉維廉（一九三七年～　），廣東中山人。臺灣大學外文系畢業，臺灣師範大學英語研究所碩士，美國愛荷華大學文學碩士，普林斯頓大學比較文學博士。歷任美國聖地牙哥加州大學比較文學系專任教授、《創世紀》詩雜誌編委。著有多種詩集和數種散文集，評論集有：《現象．經驗．表現》（香港文藝書屋，一九六九年。後改名為《中國現代小說的風貌》，由臺北晨鐘出版社一九七〇年出版）、《秩序的生長》（臺北：志文出版社，一九七一年）、《中國古典文學比較研究》（臺北：黎明文化事業公司，一九七八年）、《飲之太和》（臺北：時報文化出版公司，一九八〇年）、《比較詩學》（臺北：東大圖書公司，一九八三年）、《與當代藝術家的對話》（臺北：東大圖書公司，一九八七年）、《歷史．傳釋與美學》（臺北：東大圖書公司，一九八八年）、《解讀現代．後現代》（臺北：東大圖書公司，一九九二年）、《中國詩學》（北京：生活．讀書．新知三聯書店，一九九二年）、《葉維廉文集》九卷（合肥：安徽教育出版社，二〇〇二年）。重要主編選集有《Modern Chinese Poetry》（英文．愛荷華大學一九七〇年）、《中國現代作家論》（臺北：聯經出版事業公司，一九七六年）、《中國現代文學批評選集》（臺北：聯經出版事業公司，一九七六年）。

葉維廉以詩人、散文家、學者、翻譯家的多重身分活躍在海內外文壇。在學術方面，他最著名的是比較詩學研究及其構築的傳釋學詩學體系。在〈花開的聲音序〉中，葉維廉曾談到自己文學上有三個根：第一個根是從「五・四」以來便開始猛讀的新文學。這新文學，對新生中國有強烈的期望與嚮往，表現出來的是對中國未形成的遠景的過早樂觀，如郭沫若、徐志摩的作品；巴金、茅盾的作品不與現實脫節，富於強烈的批判現實主義精神；魯迅的作品，對傳統與現代的結合作深刻的思索。後一類作品，對葉維廉考慮如何從傳統吸取養分，從而滋潤與壯大現代，起了重要作用。第二個根是傳統中「萬物齊一」的美學觀點。中國傳統的「天人合一」思想，所強調的是自然界本身的秩序，有蓬勃的生機，不用人的本位去強加軒輊。西方美學家嗜好分析性，先將宇宙分割後究其因果。華夏美學不是這樣。葉維廉在長期的教學與研究實踐中，感到道家美學中「空納——空成」的感應——表達程序應大力發揚光大。第三個根是西方現代文學。葉氏對以艾略特、龐德爲代表的西方現代詩有很深的造詣。葉維廉在揚棄他們的局限性的同時，極力效法他們將傳統文化與外來文化兼收並蓄的精神。

這三個根，既是葉維廉從事現代詩創作的根基，也是他從事比較文學研究的重要精神支柱。在這三種文化精神的薰陶下，他意識到應追求和深入研究不同的文化系統及其理論，不應受單一文化的束縛。他吸收了語言學家沃夫的「文學模子」理論，提出不同文化系統決定著不同的「美感運思及結構行爲」，形成互不雷同的「文學模子」。他指出：我們在進行兩種不同文化背景的文學比較時，決不能生搬硬套固有的文學模子。「必須從兩個『模子』同時進行，而且必須尋根探固，必須從其本身的文化立場去看，然後加以比較加以對比，始可得到兩者的面貌。」葉維廉在這裡提出的「模子」的尋根探固的比較和對比的理論，正有利於解決法國學派之爭，因「模子」問題正好兼及了歷史的衍生態和美學結構行爲兩個方面。

葉維廉從事比較文學研究的目的十分明確：那就是企圖在跨文化、跨國度的文學作品及理論之間，尋找共同的文學規律、共同的美學據點的可能性。在這個努力中，他不拜倒在西方文學理論權威腳下，他只希望從不同文化，不同的美學的系統裡辨別出不同的美學據點和假定，從而找出其間的不同點及可能溶合的路線。他除於一九七五年八月爲《中外文學》編過「比較文學專號」外，還於一九八三年爲東大圖書公司編輯出版過一套《比較文學叢書》。他在爲此叢書所寫的總序中，借艾布拉姆斯所提出的有關一部作品形成所不可缺少的條件，即世界、作者、作品、讀者四項，略加增修，列出文學理論構架形成的六種領域：觀感運思程序的理論、由心象到藝術呈現的理論、傳達與接受系統的理論、讀者對象的理論、作品自主的理論以及文化歷史環境決定的理論。葉維廉指出，中西比較文學研究的首要任務，「就是就每一個批評導向裡的理論，找出它們各個在東方西方兩個文化美學傳統理論裡生成演化的『同』與『異』，在它們互照互對互比互識的過程中，找出一些發自共同美學據點的問題，然後才用其相同或近似的表現程序來印證跨文化美學匯通的可能。」〈批評理論架構之再思〉這篇論文進一步強調所有理論均不可能永恆不變，因爲沒有任何一種理論能夠涵蓋那川流不息、千變萬化的存在經驗。既然所有理論都受文化、歷史的一定限制，那末，在重構批評理論基礎時，就要使批評理論從各種封閉的、完全受制於特定社會文化的詮釋圈子中解放出來，以期獲得更開放的視野和心態。而要達到這一目標，進行不同文學模子尋根的對照比較，就是批評理論的解構和再構的主要途徑。

從一九七一年開始，葉維廉致力於探索中國傳統美學在古典詩中的呈現與英美現代詩的匯通問題。《飲之太和——葉維廉論文集》，便反映了他這方面的成果。此書共收論文十一篇，主要有〈從比較的方法論中國詩的視境〉、〈中國古典詩與英美現代詩——語言、美學的匯通〉、〈嚴羽與宋人詩論〉等，另外還有一些散篇。這些文章認爲中國古典詩詞重視讓事象具體本樣地直接呈現，具有多重暗示、多線發展等特點，是跟文言對於語法的超脫以及詞性自由相關的；而古詩詞所用的文言語法，又積澱著中國的傳統生活風範與審美意識。相比之下，由於西方人的思維重分析演繹，語言趨向嚴謹細密，這就使我們接觸英美現代詩時，常常感到要費很多心機才能進入作者所締造的藝術世界，與中國詩之「不隔」、「無礙」完全不同。不過，葉維廉也指出二十世紀以來英美現代詩打破傳統的語法與表現方式，追求中國古典詩那種任無我的「無言獨化」的自然作物本樣地呈露、時間空間化、空間時間化、多重暗示性、不作單線的追尋等特點，從而認爲這兩個不同文化背景不同時代的詩的操作程式，仍有其匯通之處。在〈中西詩歌山水美感意識的演變〉中，葉維廉詳細地從中西兩種不同文化根源的模子考察，從它們兩者在歷史中衍生態和美學結構活動兩方面的比較對照中，發現中西山水詩相當重要的根本歧異，不但在文類的概念上不同，在整個觀物應物的表現程序上都有突出的區別。「中國詩人意識中『即物即眞』所引發的『文類』的可能性及其應物的表現形式幾乎是英國自然詩人無法緣接的。」〈中國古典詩中的傳釋活動〉（註一八），用今人周策縱的一首《絕妙世界》舊詩作起點，提出文言文用字、用詞和詞法所構成的傳意特色，然後觀察一般中國古詩中作者傳意和讀者應有的解讀、詮釋活動。此文一方面是作者的〈語法與表現〉（註一九）一文的延伸，另一方面是爲了打開中國古典傳釋學哲學基礎的探討。〈秘響旁通〉，此文的標題來自劉彥和《文心雕龍》〈隱秀篇〉。其意是指創作和閱讀過程中出現的極其豐繁的聯想審美活動。葉維廉在這裡提出文學創造中「秘響旁通」的活動經驗，文意在字、句間的交相派生與迴響，是爲了說明中國古代文學理論所重視的文、句外的整體活動：「我們讀的不是一首詩，而是許多詩或聲音的合奏與交響。中國書中的『箋注』，所提供的正是箋注者所聽到的許多聲音的交響，是他認爲詩人在創作該詩時整個心靈空間裡曾經進進出出的聲音、意象和詩式。」

葉維廉的比較文學研究，除本科範圍外，還有非本科範圍的研究。上面提及的他對中國古典詩和英美詩中山水美感意識的演變的研究，就涉及哲學、禪學、社會心理對文學的影響。《無言獨化：道家美學論要》（註二十），也是從別的社會科學角度去研究文學。葉維廉認爲：中國傳統裡最值得我們反省的還是道家的學說，道家的思想也是絕對能跟現代各種哲學觀念連接起來並行不悖的，西方的解構主義和我們道家的某些想法也是不謀而合，但也有不同。如求自然得天趣，是中國文學藝術的最高美學理想，這裡面便有道家哲學的影響。

將這種美學理想與西方有代表性的象徵主義美學觀念作比較，便會發現兩者基本觀念上有很大的不同。這種不同是由不同的文化背景、社會心理、語言特點造成的。葉維廉這種研究以及他在詩創作中力圖將詩的形式和道家的精神結合在一起的實踐，向人們展示了用科際整合方法研究文學藝術和比較文學的方向，很能給人啓發。

從以上的分析中可以看到：葉維廉研究比較文學，以道家美學爲核心的同時努力吸取西方現象學、詮釋學的長處。他那以語言哲學爲基礎的文化、政治哲學、美學層層遞進的研究方法，顯示出其獨特的眼光，這就不難理解他爲什麼不讚賞狹隘的歐洲中心主義。他的一系列論文，均力圖將東方文學尤其是中國文學納入比較的軌道，以糾正過去歐洲中心論的偏頗。他既不無端地拋棄外國的東西，也不無端地吸收外國的文論。雖然他力主不同文化背景的平行研究，但對容易導致大而無當的「美國學派」做法保持一定的距離；雖然他從不忽略比較文學研究的「可靠性」，但他並不全盤接受「法國學派」那種單純尋找事實聯繫的影響研究。他雖然也積極介紹結構主義、現象哲學、注釋學等西方最新的文學理論，但介紹的目的是試探它們被應用到中國文學研究上的可行性及其可能引起的危機。臺灣文學界公認他「對東西方比較文學方法的提法和發明，具有最突出最具影響力及領導性的貢獻」。

注釋

一　瑞恰慈開的是「比較文學」、「文學批評」，吳宓開的是「中西詩的比較」；陳寅恪開的是「中國文學中的的印度故事的研究」。

二　臺　北：《中外文學》第二卷第一期，一九七三年。

三　顏元叔：《談民族文學》，臺北：臺灣學生書局，一九八四年。

四　鄭樹森等編：《中西比較文學論集》，臺北：時報文化出版公司，一九八〇年。

五　臺　北：《中外文學》第二卷第十一期，一九七四年。

六　臺　北：《中外文學》第三卷第七、八期，一九七五年。

七　溫儒敏、盧康華：〈臺灣的比較文學研究〉，《中國比較文學年鑒》，北京：北京大學出版社，一九八七年。本節吸收了此文的成果。

八　彭鏡禧：〈懷念恩師顏元叔教授開風氣之先〉，臺北：《文訊》，二〇一三年二月號（總三二八期），頁五五。

九　臺　北：《中外文學》第七卷第一期，一九七九年。

一〇　此文發表在臺北：《中外文學》第六卷第五期，一九七七年十月，後收入李達三所著《比較文學研究之新方向》，臺北：聯經出版事業公司，一九七八年。

一一　參看李達三：〈中西比較文學研究現代的發展：「中國學派」的黃金年代（1977-

1987）〉，見「中華民國第五屆國際比較文學會議」一九八七年八月論文。陳鵬翔：〈建立比較文學中國學派的理論和步驟〉，臺北：《中外文學》第十九卷第一期，一九九〇年六月。

一二　袁鶴翔：〈從慕尼克到烏托邦——中西比較文學再回顧再展望〉，臺北：《中外文學》第十七卷第十一期，一九八八年四月。

一三　轉引自田滇（劉菲）：〈看尹雪曼民族意識的逆轉〉，臺北：《中華雜誌》第一七六期，一九七八年三月。

一四　上官予：〈在風格層次之上——侯健教授訪問記〉，《文學·思想·書》，臺北：皇冠出版社，一九七八年，頁二六。

一五　陳長房：〈典型長存——敬悼侯健教授〉，臺北：《文訊》，一九九〇年十月號。

一六　陳長房：〈典型長存——敬悼侯健教授〉，臺北：《文訊》，一九九〇年十月號。

一七　轉引自〈比較文學學者侯健去世〉，臺北：《文訊》，一九九〇年十月號。

一八　臺　北：《聯合文學》第一卷第八期，一九八五年。

一九　原題〈中國古典詩與英美現代詩——語言與美學的匯通〉，見《飲之太和》，臺北：時報文化出版公司，一九八〇年。

二〇　鄭樹森編：《中西比較文學論集》，臺北：時報文化出版公司，一九八〇年。

第六章　匯流在「民族鄉土」旗幟下

第一節　鄉土文學陣營的分裂

一九四九年起陸續渡海來臺的作家中，有一小部分是文學評論家，像張道藩、李辰冬、胡秋原、劉心皇、王集叢、王平陵、蘇雪林、陳紀瀅等人。但這些評論家，其中有的創作成績大於評論成績，一些人則以論戰而不以具體的作品評論著稱，還有一些只是在大陸發表過少數評論文章，嚴格說來還不能算評論家，特別是那些以政工為業的官員。但不管怎樣，他們與一些以純文學創作為主的作家還是有區別的。他們抵臺後，仍然繼續借文學評論之名鼓吹「反共抗俄」的主張。即使資歷較淺的如彭歌，也以政治掛帥著稱。與這些從大陸去臺的評論家形成鮮明反差的是鄉土文學評論家：葉石濤、陳映真、王拓、尉天驄等人為主力，另有從美術界過來的蔣勳。以政論和思想史研究著稱的徐復觀、胡秋原站他們這一邊。鄉土派的評論不與官方文藝政策取同一步調，甚至還唱反調；他們幾乎不評論大陸遷臺作家，而多為評論鄉土作家作品。在政治立場上，大陸遷臺評論家堅決擁護現政權，而鄉土派評論家則與現政權離心離德，其中一些人還有濃厚的左翼色彩，對某些紅極一時的外省作家大寫火藥味甚濃的批判文章，對臺港現代詩取討伐態度，認為文學應做社會的良心，應寫下層人民的苦難生活。這兩類評論家，雖然生活在同一地區乃至同住一條街，也幾乎是「老死不相往來」，像寫過長文痛斥鄉土文學的臺大歷史系教授張忠棟和外文系教授王文興，即使見了鄉土作家也話不投機。

陳映眞在鄉土文學評論家中是個異數。他是臺北縣人，在主張臺灣是中國的一部分，臺灣文學是中國文學一個分支方面與陳紀瀅們沒有原則的分歧。但在認同現政權方面，陳映眞與大陸遷臺作家、評論家有質的不同。另一例外是尉天驄，如以省籍劃線，他不算本土評論家。但以評論觀點衡量，卻是地道的鄉土文學評論家。由陳映眞與尉天驄的例子也可發現：比起老一代評論家來，較年輕的一代，省籍界限自六十年代以後不再像「戰鬥文藝」猖獗的五十年代那樣壁壘分明。以《現代文學》出身的評論家而論，其中有外省的，也有本省土生土長的。在這個文學團體內，彼此和平共處，未發生過筆戰，這是因爲他們的文藝觀點基本一致。但這並不等於說他們今後再無分歧。特別是臺灣社會劇變時，省籍問題的矛盾又會尖銳起來。在七十年代鄉土文學論戰中，省外評論家與省內評論家多半不在一個營壘。到了八十年代，「本土意識」惡性膨脹後，出現「臺灣意識」與「中國意識」的明顯對立。這種對立表現在本省評論家與外省評論家身上，並不限於文學思潮的衝突，還表現在文學權力乃至政治權力的競爭上。文學一旦與政治結合，「本土意識」的含義便有了改變，它成了某些思想極端的評論家要求「臺灣文學」走向獨立、從中國文學中分離出走的一個重要理論支柱。當然，並不是所有本土評論家都要求臺灣文學走向獨立，這其中有少數人是堅決反對的，相當一部分是隨大流的，但從總體上看，多數本土評論家不贊成將「臺灣文學」納入「中國文學」的軌道。哪怕是與民進黨勢不兩立或不贊成臺獨的人，都不樂於承認自己是中國人，是在臺灣的中國作家。這種情況的存在有其複雜的歷史背景和心理上的原因。日據時期的臺灣作家、評論家，無論在政治上還是經濟上、文化上，均飽受日本軍國主義的壓迫剝削。日本投降後，臺灣文人似乎可以當家做主了，但在舊軍閥陳儀的統治下，他們也未過上太平日子。尤其是「二．二八」事件，使臺灣作家、評論家心靈上蒙上一層陰影。再加上他們長期受的是國民黨反共教育：對方是「共匪」，大陸是被「竊據」——即使是反抗國民黨教育的人，對大陸情況畢竟不瞭解，「文革」十年浩劫又給他們中的某些人對社會主義的嚮往澆了一大盆涼水，這樣要他們的「臺灣意識」服從「中國意識」，還要作長期的耐心等待。

呂正惠曾指出：由本土反對派所發起的「臺灣文學論」，起源於一九七九年在高雄發生的美麗島事件後的省籍矛盾。到了八十年代中後期，卻由於大陸反臺獨的聲浪浩大，「臺灣文學論」者便大造「中國威脅論」使自己的主張逐漸爲一般人廣泛接受，適用性在擴大，不再是狹窄的本土論。「鄉土文學」的「鄉土」從此被「臺灣文學」的「本土」所取代，原有的左翼色彩消褪。另一方面，「新左派」則取代了鄉土文學左翼，但尊奉西方馬克思主義和後現代主義，有別於七十年代左翼的「鄉土」色彩。換言之，在許多本土派的眼中，「臺灣文學」不再屬於「中國文學」。（註一）這就不難理解，爲什麼王拓、宋澤萊的創作或評論會有明顯的分離主義傾向。其中詩評家陳芳明在八、九十年代還大寫「放膽文章」，積極爲臺獨運動製造理論根據，以致受到當局的注意和《夏潮》雜誌的批判。他的《在美麗島的旗幟下》、《在時代分合的路口》與林雙不的《大聲講出愛臺灣》，於一九八九年二月遭當局查禁。

陳芳明由早先強調「舞自己的龍，走中國的路」到主張臺灣文學應脫離中國文學，影響了眾多的年輕一代的本土作家、評論家，使他們中的一些人越來越和陳映眞對立。「臺灣結」與「中國結」的對立的發展，持極端觀點的人愈來愈多，詩人兼評論家向陽對此曾評論道：

臺灣文學的形成固然無懼於長年被撕扯、被搖撼的政治壓力，不斷在暗鬱中努力茁長，但在臺灣政治生態體系的劇烈變動下，亦無可避免的會受到政治體系及其改變的牽動，而產生「迷走現象」。以七十年代「鄉土文學」論戰之際，臺灣鄉土文學作家陣營的組合來看，當年並肩作戰的鄉土作家葉石濤、鍾肇政、王拓、陳映眞、尉天驄、楊青矗、王曉波等。在由「鄉土文學」轉型爲「臺灣文學」細胞分裂過程中，如今已分屬在野文學界的不同陣營，主張臺灣文學具有獨異的臺灣性格之作家，扛起了「臺灣文學」的鮮明旗幟，反對者則從「中國文學」的角度抨擊臺灣文學爲反祖國、反民族利益的政治化文學。（註二）

向陽的觀點和葉石濤是一致的。他這裡講的「迷走現象」，是指陳映眞的「在臺灣的中國文學」論。不過，把臺灣文學硬從中國文學中拉出去，又何嘗不是一種「迷走」和出走。

向陽說的鄉土文學陣營分裂爲中國意識文學生產場與臺灣意識文學生產場兩種次級場域現象，和政治生態發生裂變是雷同的，如民進黨成立後，工黨分其枝；工黨成立後，勞動黨分其枝。「但就文學層面來說，臺灣作家顯然過度反映了政治市場所顯現的迷走指標」。過度反應的後果之一，使有些文學功底很不錯的評論家變成了政論家，或將自己的評論寫得充滿意識形態色彩，乃至有的評論家從文壇走向了政壇，如陳芳明。第三編介紹的另幾位從鄉土文學陣營中分裂出去屬「南部詮釋集團」的評論家，計有葉石濤、鍾肇政、彭瑞金、宋澤萊、高天生、向陽，但他們之間意見並不完全一致，有的溫和些，有的取激進態度，鬧得本土文學陣營不安寧，不團結。

第二節　陳映真：左翼文壇祭酒

陳映眞（一九三七～二〇一六年），另有筆名許南村，臺灣臺北縣人。一九五七年入淡江文理學院外文系，文學活動始於大學時代。一九六一年大學畢業後曾任中學教師，並先後參加《筆匯》、《文學季刊》的編輯工作，曾任《人間》雜誌發行人。主要作品見於十五卷本《陳映眞作品集》（臺北：人間出版社，一九八八年）。評論集有《知識人的偏執》（臺北：遠行出版社，一九七六年）、《孤兒的歷史・歷史的孤兒》（臺北：遠景出版社，一九八四年）、《陳映眞文集・文論卷》（北京：中國友誼出版公司，一九九八年）、《陳映眞文選》（北京：生活・讀書・新知三聯書店，二〇〇九年）、《陳映眞全集》（臺北：人間出版社，2017年，二十三卷）。

徐達文在〈引起禍害的文化逆流〉（註三）一文中，開列了一個「五六十年代的臺灣異端作家與離心文人」的名單，其中有李敖、陳映眞、於梨華、林漾以及所謂「覺醒前的陳若曦」。陳映眞之所以名列其中，無非是他的思想與流行的觀念不一致，難怪詹宏志在〈文學的思考者〉（註四）中，曾這樣評論陳映眞：在臺灣，陳映眞是一位很特殊的作家。在文藝界一片的思想荒蕪中，他單獨思索著身處的時代與社會，思想於中，形於文學，使他的文學與他的思想有著相互爲用的密切關係，也因而成爲臺灣小說家中，最可以深探其思想哲學的作家。「由此，我們也不難理解陳映眞爲什麼會在白色恐怖如影隨形的一九六〇年代末，嚴厲批判風靡當時文壇的現代主義，譴責它的精神荒廢和思想墮落。爲什麼他會是光復後第一個意識到臺灣現代文學史的斷層現象，意識到失去日據時代臺灣和大陸的左翼文學思想傳承，對創作的根本傷害。更不難理解他爲什麼會在鄉土文學論戰中，站在第三世界文學的立場，思考世界性的冷戰思維結構下，臺灣文學該何去何從。而後又以〈「鬼影子知識分子」與「轉向症候群」：評漁父的發展理論〉這篇鉅作，對臺灣文化思想界進行總體批判。」（註五）

一九五九年九月，陳映眞在〈筆匯〉發表處女作〈麵攤〉，迄今已半個多世紀。他那讓所有受欺辱的人重新得到尊敬的寫作宗旨，與對社會裂變所作的反映，使他的小說在六、七十年代風行一時。至於他的文論，分爲五個部分：自述、鄉土文學論戰、批判分離主義和殖民主義、對當代消費社會的思考、海峽兩岸關係問題。陳映眞以他在臺灣文壇上廣泛的影響，以他「最後的烏托邦主義者」的身分，以他別人難以並肩的深厚的左翼文學思想修養，以他爲鼓勵文學新人所寫的評介文章，均使臺灣鄉土文學派眞正有了盡職和稱職的當之無愧的評論家。陳映眞所發掘的問題，洞察社會的慧眼和文學思考的能力，不僅可以從他的作品也可以從他的論文，尤其是從下列觀點中得到印證。

一　文學來自社會反映社會，文學與社會有密切的關係

青年陳映眞讀過一些禁書，思想左傾（註六），對馬克思主義曾產生過強烈共鳴（註七）。六十年代他還在惡劣的環境中秘密地讀過有馬克思主義者之稱的理論家盧卡奇的著作。當時他是從日本版讀到的。到了一九八二年赴美時，則讀到了大陸出版的二卷本盧卡奇文學論文集（註八）。讀了後陳映眞擊節讚賞，稱它是一個「光輝的體系」，並承認自己的小說受過盧氏現實主義文學理論的啓發（註九）。其實，不僅在小說創作上，而且在文學主張上，陳映眞也是東歐左翼文藝家的信徒。比如他寫於一九七

七年的〈文學來自社會反映社會〉，其觀點與盧卡奇的「文學要反映社會現實」的反映論有驚人的相似之處。陳映眞認爲：「文學像一切人類精神生活一樣，受到一個特定發展時期的社會所影響」，「一個時代的『時代精神』一定有它作爲時代精神的基礎的根源的、社會的和經濟上的因素」。他總結道：「七十年代以前，臺灣無論在社會上、經濟上、文化上都受到東西方強國強大的支配，也相應地呈現出文學對西方附庸的性格」。「七十年代以後，因著國際政治和國內社會結構的變化，開始了檢討和批判的時代……在這個變化下，文學在創作上以現實主義爲本質的所謂『鄉土文學』的思潮，展現對西方附庸的現代主義的批判，提出文學的民族歸屬和民族風格，文學的社會功能；在文學史上，前行代臺灣省民族抵抗文學的再認識和再評價，使日治時代民族抵抗文學中反帝反封建的意義得到新一代青年的認識」，「新一代青年將沿著這一條曲折迂迴的道路，開發一種以臺灣的中國生活爲材料，以中國民族風格和現實主義爲形式，創造全新的文學發展階段。」

這裡對文學與生活關系的論述雖然還不夠系統和全面，但已表示出作者是一個素樸的唯物論者。作者正是用這種觀點去分析現實社會，去分析文壇的情況，去總結三十年來文學的發展經驗教訓。可以說，「文學來自社會，反映社會」，既是陳映眞最基本的文學主張，也是臺灣鄉土文學的理論基礎。

二　文學應關心民衆疾苦，應給被侮辱、被壓迫的人前進的力量

陳映眞認爲，關心民眾的疾苦，關心自己民族的獨立與自由，是幾千年來中國知識分子的重要傳統與操守之一。這一代在臺灣的中國作家，嚴肅地秉承了這個傳統。他們相信，中國文學和世界上一切

偉大的文學一樣，侍奉於人的自由以及這自由的人爲基礎而建設起來的合理、幸福的世界。因此，中國的新文學，首先「要給予舉凡沮喪的，被侮辱的、被踐踏的、被忽視的人們以溫暖的安慰，以奮鬥的勇氣，以希望的勇氣，以再起的信心。」陳映眞這裡講的勇氣、信心等等，其實就是現實主義文學的能動積極的社會反作用。爲了強調這一作用，陳映眞在〈關懷的人生〉中批評了「甲類的作家」：「他覺得藝術的世界是少數人精英的世界。藝術由少數——所謂『創造性的少數』——創造，也只能由少數人去欣賞」。同時，他肯定「乙類的藝術家」：「認爲藝術的快樂和感動，應該和無數創造和維持了這個社會，卻幾千年來從來沒有分享過藝術的快樂和感動的人們分享之」。爲了實現這一點，陳映眞提出作家應「用盡量多數人所可明白易懂的語言，寫最大多數人所可理解的一般經驗」。他把這一點稱之爲「文學的民主主義：讓更多的人參與文學生活，寫更廣泛的人們，讓更廣泛的人有文學之樂」。陳映眞所主張的這種文學，是一種眞正自由的文學。因爲它不是爲食不厭精的貴族階級服務，不是爲騎在人民頭上的統治者服務，而是爲了最廣大的人民群眾服務，爲這些國家的力量服務。他這裡講的是鄉土文學的根本問題，也是臺灣文學的發展方向問題，具有巨大的指導意義。

三　建立文學的民族風格，喚起中國的民族主義的自立自強精神

從「民族本位」的思想出發，陳映眞極力維護和發展本民族的文學，在一九七七年明確地提出了「建立民族文學風格」的口號（註十）。他認爲：「一個民族的文學教育，總是首先而且主要地把自己民族的文學，當做主要的教師和教材，使那個民族的文學之獨特的民族風格，得以代代傳續。」陳映

眞這樣批評文壇：「我們的民族是富於文學資產的民族。然而，在大部分我們這一代作家還是文學青年的時候，卻只能在一大堆外國的、世紀末的作家和作品中，如饑如渴地把別人的東西，當做自己的『傳統』。」作者因而「總是感到無由言說的愴痛。」

爲了避免這種「愴痛」和更好地建立文學的民族風格，陳映眞特別強調民族語言的運用。他認爲，應用大眾語言取代傳統的貴族語言，以民族語言取代殖民地的外國的語言的歷史。他自己在創作實踐中，便深深體會到：中國完整的文化和語言系統，是多麼值得珍視和寶貴。他希望大家都能向自己的文化、文學和語言傳統去學習，「以善用這可貴的資源。」對反對利用這可貴的資源的三種觀點，即「你們有偏狹的地域性」，「你們搞寫實主義，寫社會上的小人物，是揭發黑暗面，搞階級文學，搞工農兵文學！」「你們不談人性，何來文學？」陳映眞均一一作了批駁。

這裡還應提及陳映眞以「許南村」筆名發表的〈試論陳映眞〉。此文是作者因「閱讀毛澤東、魯迅著作」被扣上「涉嫌叛亂」的罪名而被捕、坐牢期間（一九六八～一九七五年）寫成。這是作者對自己走過來的創作道路的反思和總結，被認爲是臺灣評論界不可多得的作家論：「跟此間尙有浮沉於空洞的形式主義的文學批評界，恰是一個尖銳的對照」，「其眞摯、嚴厲、深刻等優秀質量」「値得人們欽敬鼓舞」。（註一二）該文嚴於解剖自己，認爲「基本上，陳映眞是市鎭小知識分子的作家」。文章強調指出：「從題材上看，陳映眞的小說還有一個特點，那就是他對於寄寓於臺灣的大陸人們的滄桑的傳奇，以及在臺灣的流寓和本地的中國人之間的人的關係所顯示的興趣和關懷」。作者最後深切地期望：「爲在臺灣的中國人所共同關切和喜愛的當代文學、音樂和藝術，使分離或有相分離的危機的中國人重新和睦，爲中國的再生和復興而共同努力」。這種呼籲，充分展示了陳映眞在文學觀、社會觀、民族觀等方面理論認識的深度和高度。

四 「第三世界文學論」

在臺灣本土作家內，有一派在強調「臺灣意識」，有一派則高揚「中國意識」。後者以陳映眞爲代表。八十年代前期，陳映眞在「中國文學」和「第三世界文學之比較」等文章中開始主張「第三世界文學論」，並認爲這種理論與臺灣本土文學論相對立而存在。

陳映眞本是「中國意識」特強的作家，他之所以不把「臺灣文學」直接叫做「中國文學」，一方面是因爲臺灣文學有它的複雜性和特殊性，另方面也因爲陳映眞對中國大陸的認識。他曾說：「十多年前，我是個激進派。當時，我從中國大陸的各種發展中去尋找各種問題的答案」（註一二）。後來他改用「第三世界文學」的用語。但這用語本質上不與「中國意識」發生矛盾。只要經過合乎邏輯的詮釋，把臺灣文學視爲「第三世界文學」後，「臺灣文學是中國文學的有機組成部分」這一結論仍在。正如陳映眞自己解釋時所說：

> 中國，像其它第三世界國家一樣，面對著深刻的國內和國外的問題。在這樣的國家中，民眾總是在文學、藝術中尋求各種急待解決的問題的答案。……因此，中國近世文學，與第三世界的近世文學一樣，是現實主義的、革新的、干涉生活的文學，對於一些嚴重的政治、經濟、文化、道德

諸問題，提出「直接」、「有力」的表現。在五四以後的大陸與臺灣，在「四人幫」洗劫後的中國，在目前的臺灣。現實主義的、干涉生活的精神仍是我們整個中國文學的主要傳統。（註一三）

陳映眞把「五四以後的大陸與臺灣」以及八十年代後的大陸與臺灣，看成是統一的整體，並不是有意要抹殺各自社會經濟條件和意識形態的差異，而是從共同的文學主流著眼，說明其方向的一致。至於臺灣社會與大陸社會的不同，尤其是臺灣所受跨國公司污染的情況，陳映眞在另一處已指出：「在臺灣，一個與它的生產力不相應的大眾消費文化社會正在形成。」（註一四）

陳映眞的「第三世界文學論」雖然很難被「臺灣意識」濃厚的作家所接受，但作爲臺灣光復後無情地批判國際資本主義跨國體制的一位重要作家，他下列的忠告很値得臺灣本土作家重視：「跨國企業這些巨大而深刻的影響，並不是以船堅炮利加在弱小國家的領土。它是以甜美的方式——『進步』、『舒適』、『豐富』、『享樂』……這些麻醉人的心靈的消費主義，加在我們的生活和文化上，需要一點批判的知識，才能透視它的眞相。」（註一五）這一忠告，對臺灣作家分析、批判跨國公司體制提供了一種重要思想武器。

陳映眞的「第三世界文學論」，是建立在他對臺灣社會的深切瞭解基礎上的。他對臺灣歷史的解釋雖然與一些本土作家有巨大的差異，但鑒於臺灣文學是第三世界文學不可缺少的組成部分，因而陳映眞的理論在某種意義上說與臺灣本土文學論沒有什麼不同。特別是他對本土作家提出的建議和批評：「第三世界文學的特點就是非常善於利用自己民族的特點和傳統，再糅合現代批判的思想，就變成活潑而充滿生命力的東西，這是我們可以向第三世界學習的一個重點。臺灣的現代主義是太嚴肅了，太板著臉孔，太懷著深重的心情。」（註一六）像這樣發自內心的忠告，很值得願意向第三世界的作家取經的臺灣作家深思。正因爲陳映眞與臺灣作家容易心靈相通，因而他的第三世界文學論，一度曾被本土論者暫時接納。這種被接納，一是因爲當時南北兩派對敏感的政治問題未公開明確表示，另方面也因爲本土論與第三世界文學論有表面的相似之處。

正如周青所說：「這兩種觀點的矛盾，是雙方對共性與個性的關係，普遍性與特殊性的關係，存在著不同的看法。分歧在於『出發點的差異』。……由於認識上的相左，陳映眞對於葉石濤所提出的『臺灣意識』有不同的看法」，然而，他們的不同只是出發點的差異。他們的觀點，「可以這樣理解：表現特殊性的『臺灣意識』本身，就包含著普遍性的『中國意識』，兩者不能分隔開來。……南北兩派的大方向都認同民族文學，……大家可以在民族思想的基礎上，努力把臺灣鄉土文學推上世界水平的高度，爲中華民族爭光。」（註一七）

可到了八十年代以後，由於獨派評論家陳芳明發難批駁第三界文學論，並引來一批人圍攻陳映眞，陳映眞顯得不像南派那樣人多勢眾，頗有孤獨之感。然而，陳映眞這位「戰神」（註一八）不怕被孤立。到了解嚴後，他在報上公開聲明反對臺獨的一切文化文學之建構，（註一九）這馬上引來獨派陳芳明及李敏勇激烈的反駁。這種反駁，（註二十）只能從反面證明陳映眞的主張是一種不可忽視的存在。

陳映眞的作家作品評論文章，除前面提及的帶「夫子自道」性質的〈試論陳映眞〉外，給人留下深刻印象的還有對王拓、宋澤萊小說的評論及對吳晟、施善繼、蔣勳詩作的分析。這些文章有的寫得也許不夠精煉，有的對意識形態與作品表現形式的關係分析得不夠準確，但這仍未影響上述評論文章的學術價値。

到了九十年代，陳映眞著重於整理、總結臺灣第二次大戰前和戰後的文學思潮和脈絡，包括日據時代白話與文言之爭、四十年代末的寫實文學爭論、七十年代的鄉土文學論戰以及近年來的臺灣文學上的統、獨之爭。他還打算主持編寫一套較爲客觀的大陸現當文學概論和作品介紹，以促進兩岸的文學交流，後因生病而擱淺。

從以上論述可看出，陳映眞不僅是一位作家，而且是一位思想家，其文藝思想是光復後復甦的社會主義文藝理論又一次回歸，不同的是比歐陽明當年提出的「人民文學論」更系統和深刻。作爲「二十世紀中國文學極具代表性的作家，他對臺灣的思考，是與他對中國、亞洲、第三世界在全球現代進程中的獨特體驗與思考高度結合在一起的。在他與臺灣形形色色分離主義文學與思想的鬥爭中，充分體現了他的人道主義與國際主義精神」（註二二），以及他這位「左翼文壇祭酒」（註二三）對第三世界的認同與關懷。

第三節　尉天驄：鄉土文學論戰中的驍將

尉天驄（一九三五～二〇一九年），江蘇碭山人。一九五六年入政治大學中文系。大學期間，曾接辦即將停刊的《筆匯》，並做了大膽的革新。以後又與陳映眞等人創辦《文學季刊》，停刊後又於一九七三年八月再創《文季》季刊。尉天驄除主持上述刊物外，還擔任《中國論壇》的實際編務，曾任政治大學中文系主任和教授。著有《文學札記》（臺南：新風出版社，一九七一年）、《路不是一個人走得出來的》（臺北：聯經出版事業公司，一九七六年）、《民族與鄉土》（臺中：慧龍出版社，一九七九年）、《理想的追尋》（臺北：新地出版社，一九八五年）、《荊棘中的探索》（臺北：新地出版社，一九八六年）、《第二次世界大戰後臺灣的社會與文學》（臺北：帕米爾書店，一九九二年）、《回首我們的時代》（臺北：印刻文學生活雜誌出版公司，二〇一〇年）等。另編有《鄉土文學問題討論集》（臺北：遠流出版事業公司經銷，一九七八年）、《棗與石榴》（臺北：印刻文學生活雜誌出版公司，二〇〇六年）。此外，還有短篇小說集、雜文集等。

尉天驄是從主編文學刊物走上臺灣文壇的。在辦刊過程中，他不僅發現和培養了一批作家，而且也鍛鍊了自己，使自己的文學主張從稚嫩走向成熟。正如陳映眞所說：「從《筆匯》到今天，是一段漫長的歲月，以私人說，固然經歷了一些事物，就臺灣的中國新文學說，也是一段發展和成長的時期。在這個時期中，以及以後可以預見的時日中．尉天驄這個名字，代表著團結，代表著熱情，也代表著進步」。（註二三）陳映眞這段話，並不是出於私人感情，而是確切地闡明了尉天驄在文壇舉足輕重的地位。以文學批評而論，尉天驄一直站在民族的立場分析文壇上的是是非非，以自己敏銳的觀察和深刻的思想寫下了一系列引起強烈反應的文學論著。尤其是在鄉土文學論戰期間．他相繼發表了〈我們的社會和民族精神教育〉、〈文學爲人生服務〉、〈鄉土文學與民族精神〉、〈欲開壅蔽達人情，先向詩歌求諷刺〉、〈建立文學中的健康精神〉，不僅有力地反駁了對鄉土文學的污蔑，而且在反駁中對鄉土文學中的理論問題做出了有深度的論述。

一 提出鄉土文學的現實主義定義，澄清了人們對鄉土文學的狹隘理解

鄉土文學的概念，歷來眾說紛紜。尉天驄另有自己的解釋：「鄉土文學絕對不應該僅僅停留在懷舊的、夜郎作風上；因爲三民主義是在爭取國家的獨立和民族的生存；所以，我們所說的鄉土文學也必然是反對分裂的地方主義的；當然，它也必然地要反對崇洋媚外的買辦作風的。這樣說來，鄉土文學也就不是指專寫農村或工廠生活的作品了，只要是愛國家、關心民族前途的作品，都是鄉土文學。」（註二四）這種理解，由於沒將意義局限在農村，因而不容易在情感上和知識上造成一種「城鄉對立」和「地域主義」的分裂主義思想。

二 提倡文藝要扎根於臺灣現實，要關懷國家和民族的命運

尉天驄在〈文學爲人生服務〉（註二五）中說：「我是贊成和主張『文學爲人生服務』，因此，談到今天中國文學就不能不提近百年來的中國所遭遇到的是什麼命運。」又說：「我們希望我們的文學不要再以異國的、留學生式的文學爲主；也希望在臺灣的作家不要身處危難而仍然成天做新式的鴛鴦蝴蝶派的夢。我們要關心我們的現實，寫我們的現實，這就是鄉土文學。它最主要的一點，便是反買辦、反崇洋媚外、反逃避、反分裂的地方主義。」尉天驄堅持文學要反映現實，服務於社會的方向，反對作家只關心一己之悲歡而不關心民族的命運和國家的前途，這客觀上促使了一味向西方取經的作家檢討自己的

創作方向，同時也爲陳映眞、黃春明等一批現實主義作家的創作提供了理論基礎。

三　反對抽象的人性論

尉天驄在爲許潮雄譯《寫給戰爭叔叔》代序〈什麼人唱什麼歌〉（註二六）等文章中，論述了文學與人生、文學與階級、人品與文品的關係。他透過不同立場的作家對戰爭所作的不同描寫的對比，毫不含糊地認爲「什麼人唱什麼歌」，「站在什麼立場說什麼話」，即思想傾向的不同必然會產生不同內容的作品。在評王文興《家變》的文章中，他在鼓吹「社會文學」的同時，直率地指出人性是有階級性的：「我們不談人性則已，要談就必須先檢查它是產生自哪一階層，哪一立場。」（註二七）他還透過不同風格詩作的比較，認爲「有閒錢的人可以把『賞雨茅屋』當成美的標準，乞丐卻只能用三字經在雨中咒罵；這些雖然讓人覺得粗俗不堪入耳，也是沒有辦法的事。因此，爲了不讓一些老爺、太太、少爺、小姐們感到殺風景，京戲裡苦得沒飯吃的趙五娘仍然得在頭髮上帶著一些金釵玉簪，而蒙冤受屈的玉堂春仍得容光煥發。」在別的文章中，尉天驄還分析了《紅樓夢》中林黛玉的葬花詞，認爲不同階層的人會有不同的評價。貴族和小姐對此也許會覺得很有詩意，可下層人民劉姥姥就無法欣賞，除非將其社會地位提高到與林黛玉一個層次。再如北海岸遭到石油污染，站在遊客立場上看認爲這不失爲一種景色，而漁民看了後卻要罵一聲「幹你娘！」所以，「對事的看法，不是人人一樣的。要看站在什麼立場。站在這個立場，有這個看法；站在哪個立場，有哪個看法。」從作者的的政治地位、經濟地位和欣賞者的立場觀點、思想情感去論證文學的階級性，這在臺灣文學批評史上均是鮮見的。不管尉天驄是否受過魯迅或其它人的影響，這均體現了他樸素的唯物論思想。

四　旗幟鮮明地主張工農兵也可以有自己的文學

在鄉土文學論戰中，一些人指控鄉土文學是大陸「工農兵文藝」的翻版。對此，尉天驄毫不示弱地加以駁斥。他在一九七七年五月六日淡江文理學院學生舉辦的「二十世紀文藝思潮及中國文學前途」座談會上說：「有人說：鄉土文學搞到最後，會變成工農兵文學。工農兵文學不傷害別人，有什麼不好呢？一些自由主義者平常講自由，工農兵文學還沒有出現，即表示深惡痛絕，這能說是自由嗎？（註二八）尉天驄向當局爭創作自由，爭「工農兵文學」的自由，是一種犯忌的舉動。雖然他小心翼翼地將自己主張的「工農兵文學」與大陸的「工農兵文學」加以區別，但這仍沒有掩蓋他與官方所提倡的只爲少數人服務的貴族文學勢不兩立的立場。應該說，尉天驄這番話並不僅是對別有用心者的誣陷和迫害的反擊，而且也表露了他不歧視農民、工人、軍人，願爲他們服務的文學主張。有無「工農兵文學」，是鄉土文學論爭的一個焦點。除去意識形態指控，七十年代的鄉土文學的確存在一種不同於主流文學的「工農漁文學」。作品以工人、農人和漁民這類底層人民爲表現對象，如楊青矗的《工廠人》系列四卷小說，十分真切地反映了臺灣勞工的心聲。洪醒夫一九七一年發表的《跛腳天助和他的牛》以及宋澤萊一九七〇年代後期發表的「打牛湳村」系列小說，表現了農村生活及其變遷。王拓一九七六年問世的《金水嬸》，係細說漁民生活的圖像。難能可貴的是，這些作家不怕右翼文人扣上「工農兵文藝」的紅帽子，堅持爲勞苦大眾發聲。

不論是「工農兵文藝」，還是「工農漁文藝」，這些創作代表著臺灣文學發展的另一種方向，因而得到了有正義感的作家的同情和支持。尉天驄在「雪壓冬雲白絮飛」的形勢下不低下自己高昂的頭，敢於慷慨陳詞闡明自己不合當權者口味的文學主張，表現了他作為理論家的藝術勇氣。正是他這種沉著應戰的作風和不怕政治壓力的堅定立場，鼓舞了處於劣勢的鄉土文學家，從而形成了鄉土文學的堅強陣營，保證了這場論戰不輸給對方。

尉天驄除在鄉土文學論戰中寫過有影響的論文外，還對許多本土作家及古今中外的作家做了富有獨立見解的評論。在本土作家中，他對自己的親密戰友，另一位政治上、文學上的「在野統派」陳映眞的作品評論最多，計有〈知識人的偏執．序〉、〈死亡與救贖——談陳映眞筆下的人物〉、〈一個作家的迷失與成長〉、〈從浪漫的理想到冷靜的諷刺〉等。在這些文章中，他對陳映眞走過的創作道路做了認眞的檢視與總結，對陳映眞的藝術追求做了準確而有見地的歸納。他指出：「《筆匯》時代的陳映眞是一個具有浪漫氣質的虛無者，也同其它浪漫主義和虛無主義者一樣，作品裡充滿了生命的狂熱和詩一般的憂鬱。」（註二九）「但是由於年歲的增長，由於對現實的體認，後一階段的陳君變了，首先他批評了自己的過去，對那種頹廢的、病弱的現代主義提出了批評。」（註三十）尉天驄還分析了陳映眞由彷徨和不安過渡到比誰都具有愛心和信心的感情歷程，並對其創作成就給予高度的評價。對另外一些作家、評論家，如白先勇、王禎和、葉石濤及文壇新秀吳念眞、朱天心，還有英國著名現代詩人艾略特、日本作家芥川龍之介、美國詩人惠特曼和小說家海明威以及我國古代作家李白、杜甫、曹雪芹等，尉天驄均做出過較為客觀的評價。但對現代派作家的作品，如王文興的小說《家變》、歐陽子的小說《秋葉》、余光中的詩作《雙人床》的評價，常常道德評判有餘而藝術分析不足。他將王禎和作品中描寫的小人物在社會轉型期表現的無奈感歸結爲作者的宿命論思想，（註三二）也說明他的評價尺度過多偏向社會功能和道德教化作用，而對作品的審美評價重視不夠。

尉天驄最富於學術價值的著作是《第二次大戰後臺灣的社會與文學》。此書共分六部分——

壹：歷史經驗中的臺灣。

貳：戰後的國際影響與臺灣。

參：四十年來臺灣文學的發展。（一）臺灣文學中的矛盾性。（二）五十年代的臺灣新文學。（三）六十年代的臺灣新文學。（四）市民社會的流行與婦女文學。（五）七十年代以後的臺灣文學。（六）消費文明下的屈辱與憤怒。

肆：臺灣新文學中的小說。

伍：綜論臺灣新文學的性格與思潮。（一）臺灣的歷史狀態。（二）臺灣新文學的性格。（三）現代主義的積極性。（四）反政治主義的潮流。（五）現代主義的局限。（六）尋根的鄉土文學。附錄：五十年代臺灣文學藝術的現代主義。

陸：對臺灣文學的悲歎與展望。

從上述目錄可看出，這是一部帶史論性質的專著。作者研究戰後臺灣文學，用的仍是社會學評論方法。作者在分析每一階段的文學前面，均有大段的枯燥無味的時代背景介紹及社會剖析。僅第一、二大部分，就長達三十四頁。所不同的是，作者的觀點比過去略有調整，如不僅看到現代主義的局限性，還看到了現代主義思潮崛起的必然性及其積極意義。書中有不少獨到見解，如對反共文學沒落原因的分析，就很有說服力。作者把臺灣光復以後的新文學性格概括為：「移民性格、殖民地性格、漂泊性格、工業化的消費性格」，所顯示的也是一種左翼評論家的批判態度。正因為他有這種看法，所以他對臺灣文學的發展持一種悲觀態度：

「在臺灣這塊類似租界的寶島上，不但沒有了現在，同時也將失去了未來。……大家只好陶醉在聲色犬馬之中，一步步走向沒有光的地方！」這種看法，和當年唐文標對現實社會的批判在精神上是一致的。雖然調子過於低沉，但畢竟反映了一個有良知的評論家的切身體會。

第四節　陳少廷：臺灣新文學史的開拓者

陳少廷（一九三二～二〇一二年），臺灣屏東人。臺灣大學政治研究所畢業，歷任世新學院副教授、美國哥倫比亞大學研究員、《大學雜誌》社社長、《臺灣時報》總主筆、政治大學國際關係中心特約研究員。二〇〇〇年擔任總統府國策顧問，著有《極權主義的解析》、《中外監察制度之比較》、《拉斯基政治多元論》、《知識分子與政治》。文學著作有《臺灣新文學運動簡史》（臺北：聯經出版事業公司，一九七七年）。

關於臺灣文學史的撰寫，早在六十多年前臺灣本土作家黃得時、楊雲萍就呼籲過。但一直沒有人真正動手寫，要寫就是回憶錄式的文字。面對這一狀況，既非文學系也不是歷史系出身的陳少廷，便於七十年代中期根據黃得時的〈臺灣新文學概說〉（註三二）一文的構架、觀點，再加上他本人收集的資料，編寫了這部《臺灣新文學運動簡史》。

全書除黃得時的「序」和「自序」、「引言」外，共分七章：臺灣新文學運動的歷史背景、臺灣新文學運動的萌芽、臺灣新文學運動的開始、臺灣新文學運動的成長、臺灣新文學運動的高潮、戰爭時期的臺灣新文學、臺灣新文學運動的歷史意義。另有附錄二種：臺灣光復前的文藝概況、臺灣新文學運動文獻資料目錄，還有「後記」。

《臺灣新文學運動簡史》誕生在七十年代保釣運動後不久，時值中華民族高漲時期。作爲文化界、社運界影響不小的《大學雜誌》社長，作爲一位愛國的民族主義先鋒人物，陳少廷強烈的熱愛祖國、熱愛民族、熱愛鄉土的思想情感充分體現在「簡史」中。在他看來，歷時二十五年的、截至光復前一年的臺灣新文學運動，「優秀的作家輩出，他們的作品，無論在量和質方面，都是相當可觀。這些創作，充分反映了在日帝統治下，臺灣同胞所受的迫害和痛楚，顯示了臺灣同胞，爲了維護人性尊嚴，和追求自由與幸福，所經歷的堅忍的奮鬥過程；所以，這些作品，也可以說是一部臺灣同胞的自由奮鬥史。尤其在異族的殖民統治下，這些知識分子所表現的熱愛鄉土故國的民族精神，特別令人欽佩！他們以無比的熱情與毅力，借著一支筆，伸張民族的正義，表露了同胞的手足之愛。這一段光輝的歷史，是值得大書特書的。」（註三三）這段文字說明，陳少廷首先是從政治角度去評價臺灣新文學史，是出於一種民族自尊心去寫這本「簡史」的。本來，惟有當過亡國奴的人，才明白故國值得常常懷念；惟有嚐過異族侵略滋味的人，才懂得民族精神的可敬可佩。這樣理解臺灣新文學史，自然抓住了光復前臺灣作家作品的精神實質。如果改用藝術至上的觀點評價臺灣新文學史，必然會歪曲這段光輝動人的歷史。陳少廷先前在

《大學雜誌》上發表的〈五四與臺灣新文學運動〉（註三四）以及由該刊組織的〈日據時代臺灣新文學與抗日運動座談會記錄〉（註三五），所張揚的亦是臺灣同胞的愛國主義精神。

和愛國主義精神相聯繫，陳少廷十分強調臺灣新文學運動深受大陸文學運動的影響。在第三章中，作者敘述了臺灣文學家引進祖國新文學的情況，強調胡適的《文學改良芻議》和陳獨秀的《文學革命論》對臺灣文藝界的導向作用，並突出介紹了臺灣作家張我軍從大陸引進文學革命所作的貢獻及其所倡導的臺灣文化不應與中國文化脫節的觀點。「由此趨向觀之，足證臺灣新文學運動源於中國新文學運動；其關係恰如支流之與主流，乃是息息相關，不可切割的。」（註三六）在〈引言〉中，他堅定地認為：「從大處著眼，臺灣新文學運動可以說是我國五四運動的一環，也是『五．四』文學革命的一個支流。」（註三七）談及戰爭時期的臺灣新文學，他舉巫永福的新詩《祖國》為例，說明臺灣文學具有祖國意識。在談到臺灣新文學運動的歷史意義時，他認為「臺灣新文學運動因臺灣光復、重歸祖國懷抱而永遠結束了。臺灣的文學本就是源於中國的文學，臺灣重歸祖國，自然就再沒有所謂『臺灣文學』可言了（鄉土文學應當別論）」（註三八）。限於當時的政治氣候，後一句話說得不夠恰切，但作者的意思還是十分明確的：臺灣文學盡管有它的特殊性，但這特殊性不應淩駕於中國文學的共性之上。臺灣文學本來就是中國文學的一個支流，否認臺灣新文學運動是中國新文學運動的一個組成部分的觀點，是違反文學史實的。正因為陳少廷的文學史觀不是模稜兩可，所以才遭到分離主義理論家陳芳明的攻擊。陳芳明在和另一位本土評論家彭瑞金對談時，竟誣稱陳少廷的書「是抄自黃得時的文章」，「很可笑的是……黃得時還給他寫序，臺灣人容忍這樣的作品那麼久」（註三九）。讀了「簡史」的人都知道，陳少廷是一個做學問嚴謹的文學史家，他並不諱言參考了黃得時的文章，在〈後記〉中作了公開的說明，在「附錄」

中又注明了出處，寫文學史，難免要吸收時賢的研究成果。什麼叫借鑒，什麼叫抄襲，只要不懷惡意的人便一眼可看出。陳芳明反感陳少廷的地方，並不在於陳少廷引用過別人的觀點和資料，而在於陳少廷十分強調臺灣文學和中國的關係，「認爲臺灣文學是從中國文學來。」（註四十）他諷刺陳少廷的做法是「『官能民族主義』，看歷史只在滿足自己的快感而已。」（註四一）對此，陳少廷作了反駁：「我認爲，臺灣文學的『革命』深受中國『五・四』新文學運動之影響，乃爲不爭之事實。中國作家如魯迅、胡適等對臺灣作家的賴和、張我軍等都有相當的影響。」（註四二）

評價一部文學史著作，不應脫離時代環境。陳少廷撰寫《臺灣新文學運動簡史》時，官方還在禁止本土作家打出「臺灣文學」的大旗，人們只好用「鄉土文學」這一名稱去取代它。正因爲臺灣文學史的撰述屬敏感領域，陳少廷原擬納入附錄的「臺灣文學期刊內容介紹（包括被查禁之刊物及「地下刊物」等多種）」、「臺灣作家生平介紹」及陳逸松等人的照片，經出版機構審查委員會建議只好「割愛」，原稿凡涉及左翼作家及作品的評介，亦全部刪除。至於附錄部分採用官方出版的《中華民國文藝史》一書中的〈臺灣光復前的文藝概況〉，並不是陳少廷的本意，是由出版單位的主編決定的，爲的是「避免無謂的『質疑』」。（註四三）陳少廷當年撰寫「簡史」時就這樣既要步步設防，又要衝破重重阻力，其艱難可想而知。可深綠人士胡民祥不瞭解這一點，先後寫有〈評《臺灣新文學運動簡史》〉（註四四）〈不要容忍陳少廷——再評《臺灣新文學運動簡史》〉抨擊陳著。（註四五）

陳少廷的「簡史」出來後，老作家鍾肇政曾撰文〈從兩本新書談起——並簡介陳少廷著《臺灣新文學運動簡史》〉（註四六）作充分肯定，並表示對這位政治學者寫文學著作的「敬佩之心」。令人遺憾的是，陳少廷沒有完全抵擋住外來的壓力，在該書出版十一年後受分離主義思潮的影響，懺悔過去「把臺灣新文學視爲中國文學之支流，乃是不當之論。要言之，日據時代的臺灣新文學是臺灣文學，不是中國文學」。（註四七）這種朝秦暮楚的做法，不是一個嚴肅的學術工作者所應取的態度。由此也可見，陳芳明攻訐他人的同時高喊要清除大陸出版的臺灣文學史著作的影響，「寫一部沒有政治陰影的臺灣文學史」（註四八），其實是借清除他人爲名讓未來的臺灣文學史蒙上一層臺獨的「政治陰影」而已。

第五節　寧折不彎的黃春明

黃春明（一九三七年～　），宜蘭縣人，畢業於屏東師專，曾任小學教師、記者、廣告企劃，並編輯製作兒童電視及紀錄片，爲吉祥巷工作室負責人和黃大魚兒童劇團負責人，創辦《九彎十八拐》雙月刊。出版有《兒子的大玩偶》、《鑼》、《莎喲娜拉，再見》、〈我愛瑪莉〉、《看海的日子》等小說集多種，其作品代表了臺灣鄉土文學的最高成就，在世界華文文學界亦頗負盛名。他擅長描寫小人物的故事，小說曾多次改編爲電影。另有《等待一朵花的名字》等散文集，兒童文學集多種。

每位作家都有自己的文學觀念，用以觀察人生，指導創作。在臺灣，如今文學觀念可謂五花八門，呈多元化的趨勢，其中現代主義、後現代主義占有重要地位。但也有的作家不願隨波逐流，幾十年如一日堅持寫實主義路線，黃春明就是這樣一位作家。

黃春明很少寫理論文章，創作談之類的文字也不多見。但從他的文學創作中，可看出他的文學觀念：主要有三點：

一　爲小人物樹碑立傳

黃春明的小說創作，多以受侮辱、受壓迫的小人物爲主。如《兒子的大玩偶》中出現的刊樹，爲生活所迫做了非人非鬼非物的「廣告人」；打扮怪異，身前身後掛了兩張看板，前面百草茶，後面是蛔蟲藥，走起路來像木偶。一走過花街時，連妓女們都拿他來開心，可見他的職業是何等卑賤，這就難怪人們投給他的是白眼。但爲了生活，坤樹忍受著一切。這表現了作者對坤樹命運的深切同情。對這位不僅是社會的玩偶，而且回到家中還得當獨生子的玩偶的小人物，作者注意表現他深沉的父愛及對妻子的體貼和慰藉。

黃春明寫小人物，有些地方受了魯迅的影響。像風格與《兒子的大玩偶》相似的《鑼》中主角憨欽仔，其打鑼的職業雖不像坤樹那樣「丟人顯眼」，但他常吃不飽，只好偷木瓜充饑，可快到手的木瓜掉到糞坑裡，這種滑稽場面使人想起魯迅筆下的阿Q偷蘿蔔那一幕。還有，憨欽仔打鑼的飯碗被喇叭車搶去了，他卻說老子正不想幹呢。這種精神勝利法，也酷似阿Q。魯迅並沒有把阿Q寫成壞人，黃春明同樣寫出了憨欽仔善良的一面。

黃春明筆下的小人物，除上面說的流入城鎮的破產農民坤樹、憨欽仔外，還有仍生活在農村、與土地相依爲命的青番公（《青番公的故事》）、甘庚伯（《甘庚伯的黃昏》）。這類人物的塑造和題材的選擇，使黃春明成爲地道的鄉土作家。

二　爲中華民族而創作

黃春明在一篇闡述自己創作道路的〈一個作者的卑鄙心靈〉的演講中，曾把有悠悠五千年歷史的中華民族比喻成「一棵神木」，而把自己比作神木的一片葉子。他說：「我仍然希望成爲一個作者，作爲神木的一片葉子，和大家一起爲我們的社會、爲我們的國家，爲我們的民族獻身！」這裡說的「國家」，是指中國；「民族」，則是指中華民族。正因爲黃春明對中華民族有深厚的感情，所以二十多年前獨派「前衛出版社」出版臺灣作家全集時，他勇於向出版社表明拒絕被收編進「臺灣作家」行列。和這一點相聯繫，他的不少作品均有反對崇洋媚外的內容。〈我愛瑪莉〉對洋奴買辦的代表大衛・陳所作的無情嘲諷，就是突出的一例。這位英語教師不僅名字西化，而且把討好洋人作爲自己向上爬的手段，以致把洋老闆返美國後留下的名叫瑪莉的母狗視若如寶貝，讓自己的家人受盡狗罪。當妻子責問他：「你愛我？還是愛狗時」時，這位地道的洋奴，竟歇斯底里叫讓「我愛瑪莉！」黃春明正是透過這個愛洋狗勝過愛妻子的故事，生動地說明崇洋媚外如何腐蝕了某些人的心靈，使他們拋棄了家庭，丟掉了民族尊嚴。而這，正是臺灣社會暗藏的一個可怕的毒瘤。

《蘋果的滋味》則是一篇帶有寓言意味的小說。這是一齣笑中含淚的「喜劇」：建築工人江阿發被美國上校駕車撞傷後，得到一筆可觀的瞻養費，還住「白宮」一樣的醫院，吃肇事者送來的三明治和蘋果。這蘋果盡管味道不錯，但吃起來未免「酸酸澀澀、嚼起來泡泡的有點假假的感覺」。這段象徵性的文字不難使人聯想到臺灣當局用自己作代價換來的美援，正像江阿發用自己的一雙腿換來的「蘋果」

一樣，其滋味是不好受的。正因爲此小說批判美援文化，遭到當局的嚴重「關注」，史稱「削蘋果事件」。（註四九）

黃春明最具影響的文章，是二〇一一年在臺南市的臺灣文學館舉行的「百年小說研討會」上發表的〈臺語文書寫與教育的商榷〉（註五〇）。此演講共分三部分：百年臺灣話、混血語言的力量、從生活中學習。他用漫談的形式先回顧在漫長的戒嚴歲月裡，講方言的學生會被老師用粉筆畫圈圈在臉上，回家後才可以洗掉；有的學生則被罰款，還有的被掛上「我不說方言」的牌子，故他鄭重聲明不反對臺語文的書寫，事實上當今臺灣報紙的標題也出現了「白目」、「強強滾」、「嗆聲」等閩南詞語。但如果純用方言寫作，會使人看不懂。像宋澤萊就曾用臺語寫小說，但因爲作者寫得辛苦，讀者也讀得辛苦，故後來沒有繼續下去。爲了方便交流，與世界接軌，黃春明不主張叫美國的臺灣小孩學閩南話，我們講話「要用國語、普通話」，「堅持講大家聽得懂的話」，「講閩南語和愛臺灣不是等號關係」。早在游錫堃當宜蘭縣縣長時，找黃春明推行臺灣話，黃春明建議不用臺灣話這個稱謂，科學的說法應是閩南語，因把閩南語說成是臺灣話，對客家與原住民等族群不公平。黃春明認爲，只要學校不禁止講臺語，臺語就能自然發展。談臺語最好不要扯上政治。臺語文畢竟很複雜，三言兩語說不清，不希望別人誤解他的想法。（註五一）像他這種溫文爾雅的講話，竟然受到在場的成功大學臺灣文學系副教授蔣爲文的強烈抗議，以致獲刑兩年（註五二）。這是進入新世紀以來文壇上發生的重大事件，是文學界統獨鬥爭白熱化的表現，詳見本書第四編第一章第二節。

第六節　林載爵論臺灣文學的兩種精神

林載爵（一九五一年～　），臺東人，畢業於東海大學歷史系，後到英國劍橋大學歷史系博士班學習。歷任東海大學教師、哈佛大學訪問學人、《歷史月刊》總編輯、聯經出版事業公司總編輯兼發行人。出版有《東海大學校史（一九五五～一九八〇）》（臺中：東海大學出版社，一九八一年）、《臺灣文學的兩種精神》（臺南市立文化中心出版社，一九九六年）、傳記《譚嗣同》（臺北：臺灣商務印書館，一九七八年）。

林載爵的文學研究得力於中國及西洋近代史的專長。憑著這種專長，還在七十年代林載爵就開始研究臺灣文學。他第一篇論文題爲〈臺灣文學的兩種精神：楊逵與鍾理和之比較〉（註五三）。後又連續發表了〈日據時期臺灣文學回歸〉（註五四）、〈黑潮下的悲歌——詩人楊華〉（註五五）、〈黑色的太陽——張深切的里程〉（註五六）、〈賴和：灰色的絕望〉（註五七）。他出版的論文集，以頭一篇論文的題目作書名。此書由八篇文章組成，論述的是日據時代的臺灣文學，討論到的作家有楊逵、賴和、鍾理和、楊華、張深切等。另有長篇論文〈日據時代臺灣文學的回顧〉，實爲現代臺灣文學發展簡史。

與林瑞明同屬「五年級」學者的林載爵，是在這個世代中最早發表研究臺灣文學論文的人。他研究日據時代的臺灣文學與別的學者不同之處在於：十分重視臺灣文學與祖國大陸文學的血緣關係，而不像某些人那樣離開當時的歷史背景和歷史條件，借題發揮大談臺灣文學的「主體性」、「獨立性」。如在〈黑色的太陽——張深切的里程〉中，他認爲「徹底的民族主義者」是張深切最光輝燦爛的一面：「他更近一步堅毅的認同了祖國，以為祖國的革命成功必能提攜臺灣的革命成功，一體同心地密切結合與祖國的共同命運，認清共同的敵人，從事絕不妥協的反抗行動。」「堅毅地認同祖國」，正是《臺灣文學的兩種精神》一書的主旋律。在〈日據時代臺灣文學的回顧〉中，作者毫不含糊地認為臺灣新文學運動「是受祖國新文學運動的影響而產生的，所以實際上可說是中國新文學的一大支流」。作者說這一番話是一九七四年五月。到了「臺灣結」與「中國結」論爭激烈的九十年代——尤其是某些臺灣文學史研究工作者前言不對後語地修正自己原先看法的時候，林載爵仍不改初衷，一字不易重述這個觀點。

作為歷史學者，林載爵十分尊重「臺灣近代史是中國近代歷史不可分割的一部分」這一事實。基於臺灣文學作為中國文學一個不可分割部分的觀點，基於「作為中國的臺灣同胞」的立場，林氏不僅承認臺灣新文學運動受祖國新文學運動的影響而產生的事實，而且一開始論述日據時代的臺灣文學問題時，就注重中國本土的新文學運動與臺灣新文學運動異同的比較。比較時，他不滿足於臺灣淪為殖民地，故新文學運動開展得比大陸遲緩這一表面原因，而是由表及裡，找出「由於致力於激烈的武力抗暴，因而減少了對文化革新的努力」等內在原因，使林載爵的論述具有更強烈的說服力量。

林載爵對中國文化的認同觀點，不是外加進去的，而是從史料的梳理與歸納中得出來的。他研究文學，不預設立場，而是尊重研究對象，從史實出發得出符合邏輯的結論。如他認為「臺灣雖已淪為殖民地，但在文化的承襲上，仍源自中國」，就是從一九二二年起的白話文運動，以及一九二四年的文化革命發難等事件上去看出這一現象的。他言必有據，論從史出而不是以論帶史，體現了一位歷史學家的實事求是精神。

和彰顯日據時代臺灣作家的主要關懷、認同問題相聯繫，林載爵還十分注重臺灣作家作品所含的政治與社會意義。爲此，他分別以楊逵、鍾理和爲代表，以「抗議」與「隱忍」兩種精神點明其特徵。在作者看來，「楊逵是抗議精神的代表，鍾理和以最完全的形式表達出悲天憫人、默默隱忍的另一種精神」。對這兩種精神，作者概括得準確，也選擇得典型，再沒有比這兩位作家更能體現臺灣文學的兩種不同精神了。也許有人會認爲，作者沒有「細讀」楊氏、鍾氏作品，認眞分析這兩位作家的藝術技巧。其實，作爲一位歷史學家，他的任務並不是分析作家作品的人物塑造手法和結構的技巧，而是透過典型作家的解剖找出臺灣文學精神之所在。這正是林載爵不同於中文系出身的學者的地方，也是他的學術個性之所在。

林載爵研究日據時代臺灣文學的另一個學術個性，表現在他對史實的全面掌握上。文學史本屬歷史學科。有歷史學家的參與，可將這門學科建設得更加完備和扎實。林載爵這本書，史料的豐富與翔實，是其一大特色。他研究日據時代臺灣文學，尤其注意第一層位的文學史料的收集，即作家本人的著作，文學團體活動的參與者的撰述。如論楊逵時，採用了楊逵本人的《送報伕》、〈實在的故事的答問〉的材料、觀點及王錦江在〈《臺灣新文學雜誌》始末〉中的有關回憶。在談《臺灣文藝》雜誌創辦時，又徵引了賴明弘的回憶材料。這些材料並非道聽塗說，對它們的搜集及有針對性的引用，無疑提高了林載爵研究日據時代臺灣文學的科學性與嚴謹性。但第一層位的文學史料常常可遇不可求，因而林載爵又不時用第二層位的文學史料，如談臺灣白話文運動時，引用了同時代非當事人楊雲萍在〈北部新學新劇運動座談會〉中的講辭。楊雲萍的講辭自然不及張我軍的第一層位史料價值高，但楊雲萍本人與五四新文化運動和臺灣新文學運動基本上同處一個時代，他所瞭解的情況和掌握的資料比後來者更直接，因而引用他的回憶仍有助於說明臺灣新文學運動的眞相。此外，林載爵還十分注重第三層位的文學史料，如在

〈五四與臺灣新文化運動〉一文中，引用了李國祁等人根據前代遺存的史料進行取捨加工而寫成的《清代臺灣社會的轉型》的史料及結論。在使用這些史料時，林載爵注意地域因素對價值判斷的影響，即多採用臺灣本地學者的研究成果，對大陸學者的臺灣史研究成果也不排斥，但採取較愼重的態度。因爲一般說來，本地學者得地利之便，他們的研究成果被優先採用是情理之中的事。

林載爵曾有較長時間在外沐浴歐美風雨，可這沒有使他變成碧眼黃鬚兒。他研究日據時代的文學，採用的仍是中國傳統的社會學方法，具體表現在以反映民族鬥爭或民生疾苦作衡量作家作品成就高的主要標準，而非像某些新潮評論家那樣一味以人性覺醒、個性張揚來套血淚斑斑的臺灣文學。在談一九三四～一九三五年間臺灣文藝界的複雜心情時，林氏也未淡化文學與社會背景的聯繫。相反，他努力挖掘作品的社會歷史內涵，體現了作者強烈的社會責任感。這不是說作者僵化保守，比如他在敘述三十年代的文學歷史時，極注意抓住一些典型現象來帶動全篇，或透過某一位作家的心理變化反映當時的文學氛圍，這均是一種不同於傳統文學史寫法的敘述方式。本來，文學史在某種意義上來說是人的心理發展史，無論是江文也還是呂赫若，是楊逵還是賴和，他們的創作均是一種心靈活動，用機械的社會決定論顯然不足取。但作者並沒有由此走向另一個極端，將作家的心靈、心理、理想孤立起來，如在談江文也「夢幻中的古老與原始」時，便將外界環境、社會思潮、重大歷史事件聯繫起來，這樣就使讀者感到眞實可信。

在日據時代的臺灣研究中，先前已有陳少廷、葉石濤的專書，另有後起之秀許俊雅的成果。林載爵的書雖然出得遲些，但他的研究成果仍有獨立的價値。臺灣文學史的研究正是由於有林載爵這樣的歷史學家參與，無論是分期的看法還是史料的鉤沉、框架的設置，才日益豐富起來。

作爲學者，林載爵的成果未免貧乏；作爲出版家，他的事業卻非常豐盛。他主持的聯經出版事業公司在臺灣人文書籍出版方面堪稱一流。除出版「臺灣研究叢刊」外，另有高行健及秘魯作家尤薩的作品，都是未得諾貝爾文學獎前聯經就爲他們出版的。林載爵爲了網羅全世界所謂「最優秀」的華文作家，把出版社原先的「深藍」定位抹去然後出版綠營陳芳明的《台灣新文學史》，這也算是一種「與時俱進」吧。

第七節　還吳濁流愛國真相的王曉波

王曉波（一九四三～二〇二〇年），貴州人，一九四八年隨父母到臺灣。臺灣大學哲學研究所碩士。一九七三年發生「臺大哲學系事件」，遭「警總」約談並偵訊，後與陳鼓應等一起被校方解聘。八十年代投入黨外運動，並爲統一中國吶喊。「臺大哲學系事件」平反後，返回臺灣大學哲學系任教授。曾任哈佛大學訪問學者、臺灣史研究會理事長、《海峽評論》總編輯、中國文化大學哲學系教授。著有《先秦法家思想史論》、《哲學與思想》、《臺灣史與臺灣人》、《民族主義與民族運動》、《自啼集——中國前途與兩岸統一的思考》、《浩然集——李扁路線總批判》等。

從日本占領臺灣起，臺灣知識分子就有「祖國派」與「臺灣派」之分。在那時，兩派的共同敵人是日本軍國主義，在抗日問題上所採取的策略盡管不同，但仍能並肩作戰。光復後國共兩黨內戰，再加上一九四九年後臺灣與大陸隔絕，這影響到「臺灣派」與「祖國派」在臺灣民主運動中，如何看待祖國統一問題上存在著分歧。

在「二・二八事件」之後，「祖國派」不滿蔣氏父子的血腥統治，轉而對大陸新政權寄予厚望。因而「祖國派」的許多人被國民黨看作共產黨的同路人而遭鎮壓。一些倖存者看到大陸反右派、「文革」傷害了大批知識分子，「祖國情結」由此消褪，但王曉波等人從根本上沒動搖對祖國的信仰和期待。到了「文革」結束後，「祖國派」主張兩岸不應再敵對，由此被臺灣當局稱作「統一派」，並將其視爲「眞正的敵人」（註五八）。

一九八六年三月十四日，臺灣軍方負責人宋長志宣布查禁《被出賣的臺灣》、《苦悶的臺灣》、《蔣家治臺秘史》、《無花果》等四本書。查禁《無花果》（註五九）的理由是：「本書嚴重歪曲事實，挑撥民族情感，散播分離意識，攻訐醜化政府，居心叵測，依法查禁在案」。前兩本書確是宣揚「臺獨」的，而《無花果》情況比較複雜。圍繞《無花果》被查禁，「祖國派」與「臺灣派」聯合奮起辯護，但辯護理由南轅北轍。

《無花果》不是小說，而是自傳，也可視作一篇誠實且懇切的隨筆，它對讀懂吳濁流著名小說《亞細亞的孤兒》有很大幫助。正如林海音所說：吳濁流不是一個麻木的「亞細亞的孤兒」，而是「一個鐵和血鑄成的男兒」。他寫自己的心聲，「也等於寫在日本竊據下臺灣人的心聲」。（註六十）像《無花果》用主要篇幅表現了日本軍國主義統治下知識分子的家族根源及其苦悶的後半生。作品沉痛地控訴了日本侵略者在政治、經濟、文化及人格上對臺灣人的壓迫和侮辱，尤其是給知識分子所造成的嚴重精神傷害。結尾部分寫作者於戰爭末期在絕望中帶著憧憬，到祖國大陸尋求新的出路而後返回臺灣的心路歷程。

用新聞紀實方式報導臺灣民眾熱烈歡迎接收大員歡騰景象的《無花果》，也如實地寫出了國民政府在收復臺灣後政治、道德和紀律上的種種腐化現象，以及臺灣人民對國民黨的失望，這正為「二二八事件」埋下了禍根。國民黨對《無花果》的不滿，正在於吳濁流用他那支無情的筆，對戰後政局和社會面貌的無情解剖，以及寫出了臺灣人民對當局的絕望和悲憤。

胡秋原主編的《中華雜誌》，提倡中國民族主義，主張民族的團結與和諧，倡導消除民族內部的隔閡與矛盾。站在公正的立場，探討歷史的眞相，也是該刊一直努力的目標。本著這樣的原則，《中華雜誌》刊出「祖國派」核心人物王曉波為吳濁流辨誣的文章。王氏認為：《無花果》頁一二五以前所述與臺灣當局無關，後面作者則以新聞記者身分記述了日本投降後，臺灣人民「興高采烈而至得意忘形」的情景：

> 在等待復等待中，國軍終於在十月十七日光臨了。全島六百萬的同胞都齋戒沐浴，誠心誠意去迎接。臺北市民不管男女老幼，全部出來，整個都市幾乎要沸騰。在長官公署前面，日本的中學生、女學生、高等學校的學生、民間團體、紳士、甚至大學教授都出來，立在大馬路兩側，乖乖的排列著。在這些行列前面，大鼓聲、鑼聲以及長長的行列浩浩蕩蕩地走過去。學生、各團體、三民主義青年團、獅子陣以及高舉著光復的旗幟在前頭，意氣揚揚地往松山的方向行進。范將軍、謝將軍、嗩吶、南管、北管，十多年來隱藏起來的中國色彩的東西接二連三地出籠了。至於那五十年間的皇民運動，僅只一天就被吹走了。

這裡寫的臺灣完全歸複祖國，從五十年的殖民生活解放出來的動人場面，是難得的歷史鏡頭。作者在否定「皇民運動」中所表現出來的中華民族氣節，任何人均可體會出來。哪怕是「外省郎」的王曉波，重讀這段對祖國孺慕之情躍然紙上的文字，「猶如有泫然欲淚之感」，難道國民黨也要查禁這段熱烈歡迎祖國派來親人的文字嗎？

王曉波認爲，吳濁流對陳儀的暴政有批評，對「軍國」這批良莠不齊、作風惡劣的官僚，其所注目的金子、房子、女子、車子、面子的「五子」現象，是痛心疾首，無法容忍的。在《無花果》中，作者還提到陳儀的財經政策失敗、處理臺籍日軍的失敗以及行政人員和效率問題，還有物價飛漲米珠薪貴而導致一九四七年「二二八事件」的產生。吳濁流所表達的部分接收大員無能及發國難財，導致臺灣人民對祖國由期望而失望，由失望而怨憤，愈積愈深，終至爆發。這種看法，一些官員也說過，連白崇禧也譴責過陳儀措施欠妥，皆應懲罰。

盡管吳濁流對國民黨暴政不滿，但在《無花果》的結論中仍對臺灣前途抱樂觀態度。他對當局的批評出於善意，是恨鐵不成鋼，他沒有「挑撥民族情感」，更沒有「散布分離意識」，因而王曉波以一個愛國知識分子的身分，呼籲當局爲了臺灣社會內部的民族團結，也爲了政府和臺胞的和諧相處，「解禁《無花果》，平反吳濁流！」（註六一）

王曉波的文章刊出後，引起了熱烈反響。有本省人也有外省人，有當年去臺的憲兵團團長和退役軍人，也有目擊事件發生的本省作家，他們紛紛投書《中華雜誌》，表示支持王曉波的觀點，其中較重要的有「臺灣派」的老作家巫永福、葉石濤的文章（註六二）。

另一些已從「臺灣派」轉變成「臺獨派」的人，在評價《無花果》時發出噪音。如對臺灣文學史料有深入研究的張良澤，還在官方查禁《無花果》之前，就不顧吳濁流強烈的中華民族意識，而只抽取其臺灣人的意識加以強調：

在臺灣人的抗日衛土戰鬥中，臺灣人的祖國——「明、漢族之國」並沒有支持一槍一彈，因爲那本來就是虛幻的歷史陳跡。甚至連「明族精神」或「漢族精神」也都煙消雲散了，剩下的只有臺灣先民的「義民精神」而已。（註六三）

張良澤由此把吳濁流對國民政府的失望拔高爲「吳濁流的祖國夢才告壽終正寢了」。（註六四）這才是名副其實的「挑撥民族感情」，煽動本省人與外省人對立，而吳濁流批評的是陳儀政府，這個政府並不能完全代表中國。不能不說，吳濁流沒有臺灣人的意識，但他是由臺灣地方意識進入中華民族意識的，而張良澤卻硬要把吳濁流的作品局限在臺灣意識的層次，並將這種地方意識和政治上的「住民自決」主張合流，這不僅是對吳濁流作品的「窄化」和「矮化」，而且是對吳濁流思想的嚴重歪曲。

義正詞嚴的王曉波，在文章中指出：確有「攻訐」當局言論的吳濁流，絕對沒有「分離意識」：「對吳濁流文學熟悉的人都知道，吳老是一位具有強烈民族意識的客屬臺籍作家。在他的作品中，反映了從日據時代以來臺灣人的命運和現實，當然具有『臺灣人意識』，並且，他的作品還是從在臺客家人社會出發的，所以，也反映了閩南系臺灣人所沒有的『客家人的意識』。而統一閩南系臺灣人意識和客家系臺灣人意識的，乃是漢民族意識。這也是各地方主義匯合成一民族主義的規律。」（註六五）吳濁流這種思想在《無花果》及其它作品中均表現得很清楚，就是張良澤也不否認吳濁流說過「臺灣人的大部分是漢民族的後裔，是從大陸移住到這裡來的」；建設安康富饒的臺灣，「是不分外省人或本省人的」。逆轉前的葉石濤也說：「吳老有濃厚的『中原意識』，這是誰也不能否定的」。（註六六）把吳濁流這樣一位「漢節凜然」的作家，描繪為徹底告別「祖國夢」的分離主義者，是佛頭著糞的行為。還吳濁流的本來面目，也算是另一種「為臺灣人伸冤」。王曉波又指出，張良澤在另外的文章中用各種理由為西川滿的軍國主義辯護，「滅臺灣威風長日本志氣」，這和「出賣良心的趨炎附勢之徒」有何區別？（註六七）

「祖國派」的另一代表人物陳映眞與王曉波採取同一立場，認為吳濁流是「中國偉大的愛國主義者和優秀的文學家」，「莫說禁一本書，即殺其人、奪其志、囚其身、盡焚其書，都不會一絲一毫減少吳濁老原有的清輝」（註六八）。至於海外分離主義者對吳濁流愚拙的攀附，無損吳濁流偉大的愛國主義者形象。

在反抗國民黨文化專制，由此否認國民黨執政的正當性，「祖國派」與「臺灣派」是一致的。在如何理解「臺灣意識」問題上，兩派卻針鋒相對。即「祖國派」的王曉波、陳映眞把本來具有反日內涵的「臺灣意識」轉型為反國民黨時，並沒有由對祖國的「親近感」和「期待感」溶化為「失望感」和「疏離感」，更沒有像「臺灣派」的張良澤那樣，在「疏離感」的基礎上發展成分離意識或「獨立意識」。

吳濁流是一個頗富爭議的作家，爭議在於如何看待他對「二·二八事件」的評價及隨之而來的臺灣人意識。只要細讀文本，就可發現他認為「二·二八事件」是近四十年來省籍問題的總暴露，但應將這種「總暴露」冷處理，不應由此加劇外省人與本省人的矛盾，更不應由此引申到「臺獨」。

以政論家著稱的王曉波，在鄉土文學論戰中發表有聲援鄉土文學的〈中國文學之大傳統〉，另寫有〈臺灣文學之父賴和先生平反經過〉、〈重建臺灣人靈魂的工程師——論陳映眞中國立場的歷史背景〉、〈殖民地傷痕與臺灣文學〉、〈臺灣文學裡的中國意識〉等論文。他後來主持《海峽評論》雜誌和海峽學術出版社，發表和出版了許多「繼承臺灣同胞愛國主義傳統，發展中華民族和平統一理論」的文章和著作。

注釋

一　呂正惠：〈八十年代臺灣鄉土文學的源流與變遷〉，載呂正惠《文學經典與文化認同》，臺北：九歌出版社，一九九五年，頁八二～八三。

二　向　陽：〈可被撕扯可被搖撼，不可自我迷失——臺灣作家應以創作臺灣文學爲榮〉，臺北：《臺灣文學觀察雜誌》，一九九九年九月（總第二期）。

三　香　港，《萬人日報》，一九七七年九月十二日。

四　臺　北：《中國時報》，一九八三年八月十八日。

五　施　淑：〈盜火者陳映眞〉，載陳光興等主編：《陳映眞思想與文學》，下冊，臺北：臺灣社會研究雜誌社出版，二〇一一年，頁六四四。

六　陳映眞：〈答友人問〉，見《陳映眞作品集（八）》，臺北：人間出版社，一九八八年。

七　參看劉紹銘：〈陳映眞的心路歷程〉，見《陳映眞作品集（十五）》，臺北：人間出版社，一九八八年。

八　中國社會科學院外國文學研究所編：《盧卡奇文學論文集》，北京：中國社會科學出版社，一九八〇年七月、十一月。

九　羅夏美一九九〇年四月十八日訪問陳映眞時陳氏所言。轉引自羅夏美：《陳映眞小說研究》〈前言〉，臺北：《臺灣文學觀察雜誌》第二期，一九九〇年。

一〇　陳映眞：〈建立民族文學的風格〉，臺北：《中華雜誌》第一七一期，一九七七年。

一一　郭雲飛：〈知識人的偏執．序〉，臺北：遠行出版社，一九七六年。

一二　陳映眞一九八二年二月五日接受香港《亞洲週刊》訪問時所說。見禾心譯：〈論強權、人民和輕重〉，臺北：《大地生活》第六期，一九八二年四月。

一三　〈訪陳映眞談傷痕文學〉，臺北：《大地生活》第一卷第九期，一九八二年七月。

一四　〈訪陳映眞談傷痕文學〉，臺北：《大地生活》第一卷第九期，一九八二年七月。

一五　李瀛：〈寫作是一個思想批判和自我檢討的過程——訪陳映眞〉，臺北：《夏潮論壇》第一卷第六期，一九八三年七月。

一六　陳映眞：〈臺灣知識分子應有的覺醒〉，臺北：《前進廣場》第八期，一九八三年十月一日。

一七　周　青：《臺灣鄉土文學與愛國主義》。

一八　陳允元等：〈臺灣新文學史關鍵詞101〉，臺北：《聯合文學》第二期，二〇一二年。

一九　陳映眞：〈習以爲常的荒謬〉，臺北：《自立晚報》，一九八七年九月九日。

二〇　參看李敏勇：〈落實本土是一件嚴肅的課題〉，臺北：《臺灣文藝》第一〇八期，一九八七年十一月。

二一　薛　毅：《陳映眞文學．編後記》，北京：生活．讀書．新知三聯書店，二〇〇九年。

二二　鄭明娳主編：《當代臺灣政治文學論》，臺北：時報文化出版公司，一九九四年，頁一六四。

二三　陳映眞：〈那殺身體不能殺靈魂的，不要怕他〉，載《民族與鄉土》〈代序〉，臺中：慧龍出版社，一九七九年。

二四　尉天驄：〈鄉土文學與民族精神〉，臺北：《國魂》第三八一期，一九七七年八月。

二五　臺　北：《夏潮》第十七期，一九七七年八月一日。

二六　臺　北：《仙人掌》第二期，一九七七年四月一日。

二七　《文學，休走》，頁三八。

二八　轉引自李行之：〈五四與我們同在〉，臺北：《夏潮》第二卷第六期，一九七七年六月一日。

二九　尉天驄：《木柵書簡》（之二）。

三〇　尉天驄：〈一個作家的迷失與成長〉。

三一　尉天驄：《民族與鄉土》，臺中：慧龍出版社，一九七九年，頁一八九～一九〇。

三二　臺　北：《臺灣文物》第三卷第二、三期，一九五四年八～十二月；第四卷第二期，一九五五年八月。

三三　陳少廷：《臺灣新文學運動簡史》，臺北：聯經出版事業公司，一九七七年，頁五。

三四　臺　北：《大學雜誌》第五十三期，一九七一年五月號。

三五　臺　北：《大學雜誌》第七十九期，一九七四年十一月號。

三六　陳少廷：《臺灣新文學運動簡史》，臺北：聯經出版事業公司，一九七七年，頁六。
三七　陳少廷：《臺灣新文學運動簡史》，臺北：聯經出版事業公司，一九七七年，頁二一。
三八　陳少廷：《臺灣新文學運動簡史》，臺北：聯經出版事業公司，一九七七年，頁九。
三九　〈陳芳明、彭瑞金對談：釐清臺灣文學的一些烏雲暗日〉，一九八七年七月二十八日於聖荷西陳芳明居室與彭瑞金對話。
四〇　〈陳芳明、彭瑞金對談：釐清臺灣文學的一些烏雲暗日〉，一九八七年七月二十八日於聖荷西陳芳明居室與彭瑞金對話。
四一　〈陳芳明、彭瑞金對談：釐清臺灣文學的一些烏雲暗日〉，一九八七年七月二十八日於聖荷西陳芳明居室與彭瑞金對話。
四二　陳少廷：〈對日據時期臺灣新文學史的幾點看法〉，高雄：《文學界》，一九八七年終刊號。
四三　陳少廷：〈對日據時期臺灣新文學史的幾點看法〉，高雄：《文學界》，一九八七年終刊號。
四四　署名許水綠，《新潮流》週刊，一九八四年七月，第四～五期。另見胡民祥：《詩歌聲裡》，臺南市文化局，二〇一三年。
四五　署名許水綠，《臺灣新文化》第十七期，一九八八年二月。另見胡民祥：《詩歌聲裡》，臺南市文化局，二〇一三年。
四六　臺　北：《書評書目》，一九七七年十二月一日（總第五十六期）。

四七　陳少廷：〈對日據時期臺灣新文學史的幾點看法〉，高雄：《文學界》，一九八七年終刊號。
四八　〈陳芳明、彭瑞金對談：釐清臺灣文學的一些烏雲暗日〉，一九八七年七月二十八日於聖荷西陳芳明居室與彭瑞金對話。
四九　陳允元等：〈臺灣新文學史關鍵詞101〉，臺北：《聯合文學》第二期，二〇一二年。
五〇　臺　北：《文訊》，二〇一一年七月，頁七〇～七三。
五一　〈談臺語文遭嗆，黃春明：成大怎有這種教授？〉，臺北：聯合新聞網，二〇一一年五月二十六日。
五二　臺　北：《聯合報》，二〇一二年四月二日記者修瑞瑩的報導。
五三　臺　北：《中外文學》，一九七三年十二月號。
五四　臺　北：《文季》第三期。
五五　臺　北：《夏潮》第一卷第八期，一九七六年十一月號，頁六四～六七。
五六　林載爵：《臺灣近代人物集》，臺北：自印，一九八三年，頁一一五～一三二。
五七　林載爵：《臺灣文學的兩種精神》，臺南市立文化中心，一九九六年，頁三四四～三四六。
五八　王曉波：《走出臺灣歷史的陰影》，臺北：帕米爾書店，一九八六年，頁二九五。
五九　《臺灣文藝》，一九七〇年十月十日，後由臺北林白出版社出版。
六〇　林海音：〈鐵和血和淚鑄成的吳濁流〉，臺北：《臺灣文藝》第五十六期，一九七七年十月。

六一　王曉波：〈文學不是「拍馬屁」〉，臺北：《中華雜誌》一九八六年四月。

六二　巫永福：〈也爲吳濁流的《無花果》辨白〉，載《巫永福全集：評論卷》，臺北：傳神福音文化公司，一九九六年；葉石濤：〈光復當初的臺灣知識分子〉，臺北：《中華雜誌》一九八六年四月號。

六三　張良澤：〈戰前臺灣的日本文學——以西川滿爲例〉，臺北：《臺灣公論報》「臺灣文化專刊」。

六四　張良澤：〈從《無花果》看吳濁流的臺灣人意識〉，臺北：《臺灣公論報》「臺灣文化專刊」。

六五　王曉波：〈殖民地傷痕與臺灣文學〉，臺北：《文季》，一九八四年四月。

六六　巫永福：〈也爲吳濁流的《無花果》辨白〉，載《巫永福全集：評論卷》，臺北：傳神福音文化公司，一九九六年；葉石濤：〈光復當初的臺灣知識分子〉，臺北：《中華雜誌》一九八六年四月號。

六七　王曉波：〈殖民地傷痕與臺灣文學〉，臺北：《文季》，一九八四年四月。

六八　陳映眞：〈誤解和曲解無損吳老〉，臺北：《中華雜誌》，一九八六年四～六月號。

第七章　海外文評家的品格與氣質

第一節　「逍遙海外」評論家的自由與不自由

在世界華文語系的文學總體中，臺灣作家的角色比大陸地區來說要顯得複雜多變。他們中的不少人具有多重身分，如彰化施家三姐妹之一的施叔青，就可以看作是「香港美籍臺灣作家」。在評論家隊伍中，也有類似情況，如生於香港、畢業於臺灣大學外文系的劉紹銘，曾先後在香港、臺灣出書，任教於香港、新加坡、美國等地，以他的經歷和文學影響，可稱得上是一位「香港美國籍臺灣文學評論家」。在香港，還有林以亮、李英豪、周英雄、黃維樑等一批評論家，或在臺灣上學，或在臺灣任教，或在臺灣出版發表過研究臺灣作家作品的論著。至於「美籍臺灣文學評論家」，更是不少。夏志清、葉維廉、楊牧、劉紹銘、李歐梵、王德威均屬這類情況。唐文標由美國加州大學終身教授到後來成爲臺灣政治大學教授，也可算半個「美籍臺灣文學評論家」。關傑明最有影響的批判臺灣現代詩的論文是在臺灣發表的，且引起了詩壇巨大的震動，因此亦不妨看作是新加坡籍臺灣文學評論家。

有人認爲這些評論家既然加入了外國籍，就不能再稱其爲臺灣文學評論家。可臺灣歷年來編的各種「大系」仍把他們收進裡面。這種做法是有眼光的。自然，對海外文學評論家的範圍不宜無限擴大。凡屬臺灣地區的海外文學評論家，必須大致具備下列條件：一是身在海外心在臺灣，與臺灣文藝界有諸多聯繫，如重要論著在臺灣發表、出版，或在臺灣得獎，或經常回臺參加文學問題的研討會或論爭。二是原先在臺灣讀書（或畢業後）已是臺灣重要作家、評論家。他們後來研究中國文學包括研究臺灣文學，對臺灣文壇產生過重大影響。

海外的臺灣評論家是個有獨特貢獻的評論家群。他們多半崛起七十年代，長期「逍遙海外」，這比禁錮在一地的評論家享有較多的自由，如一九八四年，當臺灣還沒有解除戒嚴時，李歐梵等七位旅美教授應「中國作家協會」的邀請，在大陸做了三個星期的訪問。事後他們以〈坦白的建議〉爲題，向大陸文藝界提出十二點意見，分別在香港和臺灣刊出。（註一）「建議」主要觀點爲反對政治干預文藝，不同意批判白樺的《苦戀》；大陸應從歐美吸收更豐富的馬克思主義和非馬克思主義的文藝理論；大陸作家不能過分偏好寫實、道德化和政治意識；應允許自由結社，創辦民間刊物。正是這種自由，帶來海外文評家至少包括下列幾方面評論的獨特性：

首先，他們利用自己熟悉西方文藝的長處，或常爲臺灣文壇引進西方最新的文藝理論、文藝思潮，或爲臺灣文學刊物製作西方文學專題、大陸文學專輯，爲文壇輸進新的精神食糧。尤其是到了六十、七十年代，他們爲臺灣文學創作和文學理論的發展推波助瀾，影響不可低估。

其次，決定這種文學理論發展的外部條件的獨特性。海外文學評論家的成就及局限自然取決於他們自身的素質，但是他們的發展受到外部條件——臺灣、海外、大陸三者關係的制約。這三角關係中三方面力量的強弱、消長以及關係的親疏，都將影響乃至改變他們的評價尺度。拿「臺灣結」與「中國結」這對長期糾纏不清的矛盾來說，海外評論家因身在海外顯然比臺灣評論家超脫一些。又由於他們與臺灣文藝界的聯繫多半爲間接，這樣他們評論起臺灣文學來不像本土作家那樣有較多的派系因素。

第三，理論表現的獨異性。他們處於異域社會背景，東西方文化的碰撞直接影響著他們的文學觀。

他們的審美理想既不可能是封閉的，更不可能是單一的。像葉維廉，就不似其它評論家那樣過分迷信西方的文學理論。他主張西方美學與中國傳統美學結合起來，提出了「同異全識並用」的觀點。楊牧稱鄭愁予為「中國的中國（而非外國）詩人」，這也是對西方詩壇作了深刻的觀察並對中西詩歌作了具體比較後下的斷言。洛夫在七十年代現代詩論戰中，稱對詩的民族性最為敏感的往往都是深受西洋文學薰陶的人，譬如關傑明」（註二），這是經過正反兩方面比較得出來的結論，完全符合海外評論家的實際。

海外評論家雖然有其優勢，但他們面臨的困境及由此帶來的某些不自由，並不是一般作家和讀者所能理解的。

海外評論家長期生活在異域，這就有如移栽的花朵，雖然炫人眼目畢竟缺乏本土的陽光雨露，難於像本土的同類那樣長得枝繁葉茂。首先，時空的阻隔，是難於逾越的障礙。他們對臺灣文學運動和創作缺乏本土評論家那樣切實的感受和親身的體驗。「霧裡看花」雖然美，但畢竟看得不夠清晰和確切。他們盡管不時回臺灣開研討會、講學或參加文學評獎活動，這是他們彌補遠離臺灣生活、創作實際的好機會，但去了後常常是浮光掠影式瞭解，或像一位海外女作家打的比方：有如滷豬肉，外層鹹裡面淡，深入不進去。事實上，不少評論家已面臨和中國文化斷層，個別人還由此在立場上產生了逆轉，如一九七四年九月初到美國時的陳芳明，「是一個不折不扣的大中國沙文主義者」，（註三）可自他在西雅圖讀到日文版史明所寫的《臺灣人四百年史》，首次看到「臺灣民族」的字眼和「臺灣意識」的概念，他那「不帶任何一隻左派細菌」（註四）的腦子不禁充滿了困惑，驚懼之中慌忙把書放回架上，久久難以釋懷；接著看到另一本由柯喬志寫的臺獨著作《被出賣的臺灣》，還觀看了中國的《白毛女》、《紅色娘子軍》等影片，以及在臺灣根本不能閱讀的《毛澤東語錄》等書籍，這一切均吸引著像饑餓人的陳芳明去狼吞虎嚥，以致在左右夾攻下，被史明、柯喬志所俘虜而發生精神上的自焚，最終成爲「左獨」派。

比起大陸、臺灣的評論家來，海外評論家多了一層所謂「走向世界」的機會。但要將華文文學（更不用說華文文學評論）打入西方，不說占主流地位（這是根本不可能的），就是占一席地位，也非易事。華人在外國，相當於「少數民族」；華文文學，則是「少數民族文學」；華文文學評論，更是「少數民族文學」的末流。國外文壇照樣有山頭主義，何況發表華文文學的園地極有限，發表華文文學研究（更不用說臺灣文學研究）園地則幾乎沒有。在這種情況下，海外文學理論家的論著只好返回臺灣或大陸發表、出版。但他們受到政治要求各不相同甚至完全相反的新聞出版或海關的檢查乃至扣壓。這樣一來，他們的文稿比大陸、臺灣的評論家又多出一層障礙。這就難怪他們的論著，在臺灣或大陸遭到不同程度的刪改。他們不想任人宰割，便拿到自由度較高的香港發表、出版。這便受到一稿多投的指責，並由此出現內容不同、長短不一的多種版本的怪事。

大陸、臺灣的作家、評論家，在當地一般都有相應的「協會」或由「協會」辦的機關刊物，作爲互相交流的園地。可海外的評論家，彼此距離非常遙遠，平素極少聚會，缺乏相應的組織。即使有組織，中國政權長期分裂的陰影也會投射進來，如一九七〇年代在海外開展的保衛中國領土釣魚島運動，將海外知識分子分爲三派：一是同情或認同社會主義祖國的統派，二是主張臺灣不是中國一部分的獨派，三是不統不獨的中間派。前一種有劉大任、郭松棻、聶華苓、陳若曦、於梨華、李渝、李黎。其中劉大任等人信仰社會主義，認爲「眞理就在海的那一邊」，接著便在文革期間訪問大陸。郭松棻和夫人李渝也於一九七四年踏上神州大地，陳若曦夫歸乾脆留在大陸任教。於梨華則在一九七五年的《人民日報》發表長文歌頌新中國，抨擊腐朽墮落的資本主義制度，因而這些人被臺灣當局列入「黑名單」。後來這些人中的大部分看到「文革」的殘酷武鬥後，又對社會主義祖國感到失望乃至幻滅，在一九八〇年代重新選擇解嚴後的臺灣出書。

在上述三派中，獨派極為活躍，這獨派又有極右的「臺獨聯盟」和極左的「獨立臺灣會」，另有公開的臺獨盟員和秘密的左派知識分子，再加上第三勢力，其熱鬧程度決不會比臺灣某些社團遜色，這影響和挫傷了海外評論家的積極性及其評論的客觀性。好在海峽兩岸的敵對情緒有所緩和，海外華文作家井水不犯河水的關係也有了變化。這對「逍遙海外」的評論家來說，自由度必然有所增加。一旦他們和兩岸作家、評論家打成一片、溶為一體，人們再指責他們「君子遠庖廚」的可能性就將逐漸減少。

第二節　夏志清的小說評論

夏志清生平見本書第一編第六章第三節。

夏志清的研究範圍比較廣，除在本書第一編中談到過的《中國現代小說史》外，另有一本重要著作《中國古典小說》。此書是名著《三國演義》、《水滸傳》、《西遊記》、《金瓶梅》、《儒林外史》、《紅樓夢》等長篇小說的評論集。雖不是「史」，但第一章長達三十三頁的導言，概論了中國古典小說內容和形式上的特徵。此書還體現了作者一貫重視精讀文本及多方徵引比較的特點。至於其弱點，比如提倡背書、推崇信條、輕蔑思想、貶斥理性在此書中也有所體現。夏志清擅長於複述故事情節，而對於表現了較複雜深奧人生問題的作品，他就難於深入進去。對儒釋道三家思想，他的認識很有限。如在〈文人小說家和中國文化〉中，竟將道家與講符咒風水的道教混淆在一起。在〈新小說的提倡者：嚴復與梁啓超〉一文中，把大乘佛學等同於拜佛迷信，也犯了望文生義的毛病。〈《玉梨魂》新論〉（註五）卻有例外。《玉梨魂》本是民國白話小說之前的言情鉅著。對徐枕亞其它作品的弱點，夏志清均能一一道出。

比起古典小說的研究來，對臺港作家作品的評論更能顯示夏志清的所長。他曾寫過專文評論於梨華、白先勇、金溟若、陳若曦和一些新銳作家的小說以及吳魯芹、余光中和琦君的詩文。他在一篇序中說：「臺灣的作家是相當寂寞的，倒不是他們沒有讀者，而是沒有書評人關心他們作品的好壞，不斷督策他們，鼓勵他們。」（註六）可見，夏志清評論臺灣作家作品，是出於一種責任感和使命感。研討小說史而能注意當前創作實際，這非常難能可貴。綜觀夏志清的小說評論，所體現的是以寫實主義爲基礎的人文主義精神，與其兄長夏濟安的文學觀相接近。他們的小說觀，既不封閉，也不前衛，在部分吸收十九世紀的傳統小說理論基礎上，滲進了本世紀的文學理論精華。在《夏志清文學評論集》中，有五篇是專門討論臺灣作家作品的。《時代與眞實——雜談臺灣小說》，雖說是在一九七九年二月下旬奧斯丁市德州大學舉行的臺灣小說研討會上即興講的結語，但內容充實，言之有理，充分顯示了他讀書多、記性好、反應快的特點，無疑是他厚積薄發的結果。〈眞正的豪傑們〉，爲祝賀《聯合文學》創刊而作。但作者並沒有應景，而是對李渝的〈豪傑們〉作了認眞的剖析。其餘三篇長文分別討論了彭歌、蔣曉雲、梁錫華（香港）的作品。彭歌在文壇中辛苦耕耘了近四十年，可很少人對其作出總的評價，夏志清的〈志士孤兒多苦心〉，算是其中難得的一篇。對蔣曉雲、梁錫華這些非資深作家，夏志清也能將目光投向他們。不管他這些評論是否夾雜有人情成分和表現了不平之氣，但若有人要研究這兩位作家的作品，夏志清寫於一九八〇年的〈蔣曉雲小說裡的眞情與假緣〉、寫於一九八五年的〈梁錫華的才子書〉，是不能不注意和參考的。

夏志清無論是研究中國現代小說，還是〈一九五八年來中國大陸的文學〉評論當代作家作品，均重視小說家對人生有無自己的全面瞭解，能不能夠「照實的去描寫生命，去探索人心的隱蔽處，去灼照人生中愛的道路」。他衡量一部作品的價值，不是看作者的宣言，而是看作品中的實際表現，即看作者的創作意圖有無化爲形象的血肉，形成自己的風格。他在批評以方法新穎掩蓋內容陳舊的在美國出版發表的不少中國文學評論時，強調作爲一個批評家必須具有洞察力和感受力的才能。其實，這也是他評論作家作品時所依據的一個重要標準。

夏志清的文學觀，在不少方面受了周作人「人的文學」主張的影響。他用「人的文學」與「新文學的傳統」作爲兩本評論集的書名，便是極好的佐證。但他並不是簡單重複周作人，而是把周作人「人的文學」改造爲以人道主義爲本的「人的文學」。在批評立場上，他不贊同評論家太注重於作品本身的技巧和藝術價值，而缺乏對自己國家文化、命運之關切。在借鑒外國文論方面，夏志清主要師承的是艾略特。他在抨擊以現代化爲名的僞現代批評時，用艾略特早年的論文〈完美的批評家〉中所強調的個別批評家印象組合的重要性作爲針砭。他在〈追念錢鍾書〉的文章中，再次引用了艾略特這篇文章，「一方面強調一個批評家對任何作品的印象，應該是『主觀的與其個人的——難道還是他人的印象不成？』，另一方面也表示我所服膺的批評家即是能『建立印象爲法則的批評家』，『由於他嘗試以原理原則爲參證，他會脫離純粹的印象，走向客觀的肯定』」。夏志清這個觀點，和提倡「新批評」的第一代批評家夏濟安、陳世驤、王夢鷗、姚一葦等人是一致的。（註七）

《聯合報》小說獎於一九七五年出現，過了兩年後，《中國時報》設立了規模更大的「時報文學獎」，這是年輕一代作家進入文壇的超級星光大道。它對推動文學評論的發展，起了重要的作用。作爲海外現代中國文學研究的掌門人的夏志清，對這兩大報文學獎的評論「動作最大、表現得最熱心、認眞。兩大報文學獎一揭曉，夏志清必定同時交出上萬字的評審報告書。以夏志清對英美及中國現代小說的熟悉程度，肯耐心細讀細評多數出自文壇新人手筆的文學獎參獎作品，對創作者的鼓勵刺激自然不在話下。」（註八）正因爲夏志清在臺灣文壇扶持新人方面有重要貢獻，故余光中總編的《中華現代文學大系：臺灣一九七〇～一九八九》評論卷，以夏志清的〈現代中國文學史四種合評〉作壓卷之作。夏志清的追隨者和崇拜者在港澳和海外也很多。不過，雖然許多人視其爲權威，也有不少人稱其爲「學閥」（註九）乃至「學霸」。臺灣鄉土文學派反對他固不用說了，就是像鄭振寰這樣的批評家也不迷信夏志清，一再爲文批評夏志清所標榜的「行動圖書館」，即先強調背書而輕思想的治學方法誤人子弟，還指出夏文以鬆散冗長著稱，常常言不及義。他的學問不少是「假學問」，並順便批評了臺港文壇崇尚權威而不崇尚眞理的壞學風。（註十）鄭振寰的批評是說理的，有許多地方也說到了點子上，比如夏志清由於長期在國外對臺灣的本土化完全不瞭解，故他對鄉土小說評起來便出現「隔」。由於他一貫對體育不感興趣，故評起小野以少棒球比賽爲題材的〈封殺〉，也很難進入作者所締造的藝術世界。（註一一）盡管有這些缺陷，這仍未動搖夏志清在臺港暨海外文壇的地位。這除了由於夏志清政治思想上的反共傾向而得到臺灣官方支持外，還因爲夏志清這頂「權威」的帽子並不完全是紙糊的假冠，他還有不少眞學問。如夏志清較早發現張愛玲受弗洛伊德影響，指出張氏小說中意象的豐富，在中國現代小說史上是鮮見的；又指出張氏視覺的想像有時可以達到濟慈那樣「華麗」的程度；更重要的是認爲張氏小說裡所表現的是隱藏於人生中的蒼涼意味，並說「蒼涼」是張愛玲最喜歡用的詞彙。夏志清這些論述，爲後來出現的「張學」打下了根基。特別是他作爲張愛玲在臺灣出版事務的全權代理人，爲張氏的全集出版奔走而成功，這「不僅促成張愛玲小說的流行、『張學』研究的蓬勃發展，更催生了一群王德威口中的『張派』作家。」（註一二）此外，他爲中西方文化交流所做出的成績（他是第一個在美國召集學者研討臺灣文學的人，那是一九七四年在波士頓亞洲研究學會的年會中）、爲《中國現代小說史》這門學科的建設所作的開創性貢獻，以及他批評王拓只認臺灣的小鄉土而不像他認爲「『鄉土』應包括中國所有的區域——江南，四川，東北」（註一三），人們是不會忘記的。

第三節　葉維廉的文論秩序

葉維廉生平見本編第五章第四節。

葉維廉和余光中一樣，均是外文系出身的學者型詩人，和余光中不同的是，他不四方出擊，只專注詩創作和文學理論研究。從現象學到詮釋學的運用，他不僅出入自如，而且能結合中國文化進行反思。他的詩論和詩作一樣，在臺灣詩壇具有廣泛影響。據臺灣學者的研究，葉維廉是「是『純詩』理論的服膺者與實踐者，他利用文學的音樂性與意象的擴展性，造成一首詩的無限延伸，且在詩中展示出細微而自成體系的秩序，一種超乎名理而又能掌握事物本樣的純粹世界」。古添洪認爲葉氏一貫的風格與詩情是源於他的「名理前的視境」。所謂「名理前的視境」就是只覺其「如此」而不知其是「什麼」；只覺萬物形象的森羅，而不加以「名」及「理」的識別。名的識別是賦形象以後，如屋、樹；理的識別有兩個層次，前一層次是概念化、關係化、實用化，如把「人」的形象概念爲「理性的動物」，把「房屋」

與「太陽」關係化爲「太陽在我家房屋的東方上升」，把「樹」實用化爲「樹是木材，可製造家具」。後一層次是道德化與感情化：道德化是把道德的情操從形象中掘出或從人心處附上，如孔子看到蒼翠的松柏在凜冽的氣候中屹立而慨歎：「歲寒然後知松柏之凋也。」感情化是把感情從形象中引出或從人心處附上。如李璟的「風裡落花誰是主？恨悠悠」（此處仍有恨悠悠的言詮尾巴）。物象的意義性就是從形象的世界伸入至道德界與感情界；如果是形象自然的伸入，那是詩的、蘊含的；如果硬把道德、感情加在形象上，那就是非詩的、說明的（葉氏的「純詩」理論，就力圖避免這些）。

據楊昌年對葉維廉「純詩」理論的概述，可以看出葉氏的「純詩」理論，既是對西方現代主義藝術理論的張揚，同時又在某種程度上融合了東方古典美感的經驗。一個浸淫在西方文學理論中的學者，能不忽視本民族的藝術經驗，應該說是難能可貴的。（註一四）

葉維廉的「純詩」理論僅是其詩學觀的一部分。在其它詩歌理論問題上，葉氏還有許多精湛的見解。比如如何評價現代主義在臺灣詩壇崛起，葉維廉並不認爲西化詩就是簡單的在複製西方艾略特。他並不否認西化詩人曾深受艾略特等人的影響，從中借鑑過他們的技巧和策略，但這並不是當年現代詩運動掀起的主要原因。在葉維廉看來，現代詩是對「戰鬥文學」及其派生的「反共詩」的一種反動。「反共詩」的出現有其政治歷史的原因，「但在形式上來說簡直恐怖極了，那種詩的寫法跟左派寫的完全一樣，只是政治目標不一樣罷了！」（註一五）這裡用「純詩」觀點評「反共詩」，超越意識形態比較左派右派詩的同質性，不僅帶有客觀性，還同時具有深刻性。這使人聯想到夏濟安等人也提倡過「純文學」，其目的是不願文藝受政治的剛性支配，像當時一樣大家都按官方旨意把文藝當作「反共復國」的武器。就不滿「戰鬥文學」、「反共文學」這一點來說，「純文學」或「純詩」的主張不妨看作是一種特殊的「反『反共文學』」。在白色恐怖下，「反『反共文學』」要冒極大的風險，一旦察覺，輕者坐牢，重者殺頭，所以只能用曲線救文藝的方式抵制官方「戰鬥文藝」的召喚。為了不使對方看出破綻，便給自己加上許許多多藝術上的理由做掩護。正是出於這種策略上的考慮，葉維廉對當時語言的失真和內心情感無法完全表達出來異常不滿，卻又礙於現實環境，無法從政治上進行超越，便只好提倡不受政治干預的「純詩」，並在這種理論的指導下用象徵的語言形式去表達內心的苦悶。

葉維廉的詩學觀不僅受西方的影響，同時受中國傳統的薰陶。他本人對道家的鑽研頗深，在創作中也不常將道家的精神和詩的形式結合在一起。在葉維廉看來，中國傳統文化中最具現實意義的是道家學說，道家思想可以跟現代各種哲學觀念連接起來並行不悖，西方的解構主義和道家的某些觀念也不謀而合。葉維廉自己研究文學，就常用若即若離的辦法：明明知道不得不用語言來看世界、看歷史，但也不能被語言捆住。本來，任何人詮釋歷史，不論他處於什麼時代和環境，都不能沒有自己的主體性。純客觀是很難做到的。在西方，有「後設歷史」可供參照，但也難找到十全十美的辦法來處理歷史問題。葉維廉無論是研究中國現代文學史還是臺灣現代詩史，他均希望這種研究具有深厚的歷史感，這裡所依靠的便是道家的歷史學說。（註一六）

葉維廉還在臺灣師大攻讀碩士學位時，就曾以艾略特的批評理論作為自己的研究對象。在一九五〇年代末和一九六〇年代初，他先後發表了〈《焚毀的諾墩》的世界〉、〈艾略特方法論〉、〈艾略特的批評〉和〈靜止的花瓶——艾略特與中國詩的意象〉。在這些文章中，葉維廉介紹了艾略特提倡的浪漫主義、心理時間、詩的戲劇性、意之象、逃避個性和情意等。葉維廉研究艾略特時發現了艾氏評論中產生矛盾的緣由，艾略特與中國詩不可分割的關係。關於前者，艾氏原先大力攻擊過華茲華斯為代表的浪漫主義詩人，後來卻把華氏當作英詩人中的佼佼者。對爾頓，艾氏是先貶後褒。對這種矛盾現象，葉維廉爲之辯護說：「一個對於經驗感受特殊的詩人，在他一生不同的階段中必然會發現不同的世界」；又認爲詩人的認識過程是一種「追索——認可——揚棄」的過程。這裡所依據的是《易經》和道家所謂變的道理，亦即梁啓超所謂今日之我與昨日之我爲敵之義。」（註一七）葉維廉指出中國詩「缺乏語格變化、時態及一般『連結媒介』的特性」，因而產生不同尋常的壓縮效果，「而這種壓縮方法……正是艾氏的詩之方法的注腳。」葉維廉以孟浩然〈宿建德江〉等詩，進一步證明自己的觀點。這些觀點，恩普遜等人也有過類似的論述，但「不管怎樣，葉維廉把中國詩這方面的特色和艾略特的詩法比較，是非常恰當的。」（註一八）

葉維廉還有一些重要的詩學論文收在《秩序的生長》。此書共分三部分，第一部分爲〈開始時，追探與試探〉，多爲他在臺灣師大研究所時期寫的論文，除前面講的艾略特研究外，尚有對中國現代詩的批評和田納西·威廉斯戲劇方面的探討。第二部分爲他留學時期寫的論文，思考比過去周密。第三部分爲〈漏網之魚：維廉詩話〉，是他創作過程中留下的吉光片羽。其中〈論現階段中國現代詩〉，對一九五九年前後的詩歌作了綜合的論析。他指出：當時的一些現代派詩人，一方面高呼反叛傳統，一方面大量吸引歐美「現代派」所宣揚的現象說、立體主義、意象派、表現主義、達達主義、存在主義等等。由於「現代派」詩人對西方各種主義不分青紅皂白全盤引進，於是使現代詩運動顯得複雜、混亂。在他看來，現代詩人的基本精神表現在下列幾方面：一、現代主義以「情意我」世界爲中心；二、現代詩的普遍歌調是「孤獨」或「遁世」；三、現代詩人並且有使「自我存在」的意識；四、現代詩人在文字上具有「破壞性」和「實驗性」的兩面。這種分析，非常符合現代主義詩人的實際。至於現代主義在臺灣現代詩史上的地位，葉維廉這樣評價「現代主義的來臨中國是一種新的希望，因爲它很可能幫助我們思想界衝破幾乎是牢不可破的制度，而對世界加以重新認識，加以重新建立。」葉維廉還於一九六一年寫了〈詩的再認〉，後來成爲《七十年代詩選》的序言。此文主要探討詩之本質，其中探討詩的眞實性時，提出了「意義之伏魔」這一極爲晦澀的說法。據陳芳明的解釋，它既可以理解爲「詩應是不含任何意義的」，也可以理解爲「詩的意義應是無限的」或「詩中的意義要隱藏起來」。（註一九）而當時「現代派」詩人的理解取前一種。這就難怪他們的詩義有多解。此文第三節還討論了現代詩所表現的四種情懷：矛盾語法的情境、遠征的情境、旅行者或者「世界之民」的情境及孤獨的歌者。這四種情境，後來都被「創世紀」詩社一些詩人全盤吸收。其中矛盾語法的技巧，常常把兩種「似眞且謬」的意象結合在一塊，產生出互爲暗示的相剋相生的作用，用得好的確帶來極大的張力，但濫用諸如「沒有飛翔的翅膀」、「寂靜的巨響」之類的意象，則使詩失去了新意。

葉維廉的詩論，對臺灣「現代派」詩人影響極大。像洛夫對詩的純粹性理解，和葉維廉所倡導的「純粹經驗」便有難解難分的關係。所謂「純粹經驗」，是指一首詩的完成應未受到知性的污染，詩人和自然界溶合在一起，沒有特定的時空性，文字也幾乎沒有分析性的元素。這種理論，自然不失爲一家之言，但完全按這種方法寫詩，容易限制詩人的創造性。「創世紀」另幾員大將如張默、碧果等詩人，也從葉維廉詩論中吸收過不少營養。葉維廉對「實驗與感覺」的論述，還被「現代派」詩人奉爲創作經典。不過，葉氏的詩論並未在實驗與創新、感覺與詩之間劃等號，他還指出了這兩種技巧的局限性，可惜一些詩人並未聽進去。尤其是到了一九七〇年代中期，葉維廉的詩學觀有了較大的轉變：不再堅持原先的反傳統態度，詩風也由極度晦澀難懂向明朗清晰過渡。在《秩序的生長》「詩話」的末尾，葉維廉說：「有許多人問我是象徵主義者，還是超現實主義者，還是印象主義者，我認爲，我既是中國人，對中國這類視境又極其深愛的，雖則在寫詩或有意或無意地用了象徵，但很自然的會以外象的跡線映入內心的跡線這種表現爲依歸……」。（註二十）這表明了作者向中國現實投入的願望。從向艾略特取經到向東方回歸，向中國靠近，這就是葉維廉詩論的秩序，同時也是他廣義的詩學即文學理論的秩序。

對許多讀者來說，讀懂葉維廉的文學理論，可能是個難題。難懂的文學理論文章不可一概而論。一種是故弄玄虛，搞名詞術語展覽，文字艱澀，使人望而卻步；另一種是思想深奧，意蘊豐富，不用連自己也似懂非懂的名詞唬人。它初讀時覺得思辨性太強，但一經接觸便產生想讀下去，探討其中奧秘的魅力。讀一遍並不能立刻領會其精神實質，但愈讀愈發現新鮮的感受是如此之多。葉維廉的文學論著大半屬於後一類型。因此，讀葉氏的著作，既要有耐性，還要有悟性。當然，葉氏論著並非全是艱深的，也有寫得明白易懂的，如《解讀現代．後現代》一書後面談散文和散文詩的論文。其中〈閒話散文的藝術〉，是用諸如「元配夫人」、「我算老幾」一類談話方式寫就的，讀來不費勁，但這不等於說你就立刻可以進入葉維廉文學理論的幽奧之處。比如說，爲什麼在臺灣，發生過眾多的文學論戰，可散文從未有引起軒然大波的事件？爲什麼批評家甚少在散文領域建造大的美學理論？散文的寫法果眞「沒有幫規」，「愛怎樣寫，就怎樣寫」嗎？對這些重大的理論問題，他分層次作了不同程度的探討。對這些問題進行考辯，進行理論溯源或縱深思辨，是眞正建構具有科學意義上的散文體系的根基。

第四節　楊牧文學評論的智慧之光

楊牧（一九四〇～二〇二〇年），本名王靖獻，一九七二年前筆名爲葉珊。臺灣花蓮人，東海大學外文系畢業，美國愛荷華大學碩士，柏克萊加州大學文學博士。歷任美國華盛頓大學中國文學暨比較文學專任教授、臺灣東華大學人文社會科學院院長、中央研究院中國文哲研究所所長、政治大學臺灣文學所講座教授。著有詩集《水之湄》（臺北：藍星詩社，一九六〇年）、《楊牧自選集》（臺北：黎明文化公司，一九七五年）、《有人》（臺北：洪範書店，一九八六年）等，另有散文集數種。評論集四種：《傳統的與現代的》（臺北：志文出版社，一九七四年）、《文學知識》（臺北：洪範書店，一九七九年）、《文學的源流》（臺北：洪範書店，一九八四年）、《隱喻與實現》（臺北：洪範書店，二〇〇〇年）、《失去的樂土》（臺北：洪範書店，二〇〇二年），另與鄭樹森合編過《現代中國詩選》（洪範書店，一九八九年）。

臺灣著名學者徐復觀、陳世驤是楊牧的老師。這些老師深厚的中西文學修養及嚴謹的治學態度，曾給楊牧極大的影響。楊牧自稱有歷史癖，寫起文學批評文字總要刨根問底，決不淺嘗輒止。他認爲，作家雖無法判定自己創造的藝術世界是否永恆，但他勤奮回顧傳統的力量，他對於文學源流的警覺和肯定正是支持他超越時尚面向未來的力量。他這種觀點，不僅貫穿在《文學知識》第二輯歷史批評如〈王國維及其《紅樓夢評論》〉、〈上徐復觀先生問文學書〉中，也貫穿在第一輯〈現代詩二十年〉、〈現代的中國詩〉等文章中。

楊牧求學時攻讀的是西洋文學，課餘則沉浸在中國古典文學的芬芳裡。基於這種愛好和修養，使他論詩——尤其是中國的現代詩時，不像有些論者那樣只強調「現代」而不注意「中國」二字。對紀弦五十年代所倡導的「橫的移植」，他十分反感，建議人們徹徹底底將其忘卻，把「縱的繼承」拾起。在西化之風勁吹的時候，他呼籲人們「停止製作貌合神離的中國現代詩，積極創造一種現代的中國詩。」（註二二）這裡講的「現代的中國詩」，所強調的是「中國」的質地和精神，而『現代』只是它的面貌」。鄭愁予的詩，最符合楊牧這種美學標準，因而他寫了長文〈鄭愁予傳奇〉這樣稱讚他：「鄭愁予是中國的中國詩人。自從現代了以後，中國也有些外國詩人，用生疏惡劣的中國文字寫他們的『現代感覺』，但鄭愁予是中國的中國詩人，用良好的中國文字寫作，形象準確，聲籟華美，而且絕對地現代的。」（註二三）單純從文字角度評價鄭愁予的詩風，雖然還不夠全面，如未很好看到鄭詩中所表達的地道中國式的思想和感情，但這段評價仍十分中肯和精闢。爲了向鄭愁予一類詩人學習，楊牧建議「現代的中國詩不妨以詩經文學的節制爲標準，大體上採取新古典主義的回歸精神，但同時爲了避免新古典主義的局促趨勢，佐以楚辭文學的自由和奔放」。

和不喜愛打旗稱派一樣，楊牧決不迷信泛泛的名詞和主義，堅定地肯定自己的傳統，以便去創造一個中國詩的新時代。在〈文學的辯護〉中，他認爲在西方文壇，許多評論家都爲詩辯護：「一部西洋文學史，簡直可以說是一部爲詩辯護的歷史」。而在中國，不管是政治家還是思想家、文學家，都十分重視詩，因而用不著去爲詩辯護，「這是中國的人文精神裡最令人愉快驕傲的地方。」在〈論一種英雄主義〉中，他反駁了某些論者講的只有西方才有史詩的看法，認爲中國不僅有史詩風範的大英雄人物，而且有反映這種「德行寓於謙柔與虔敬」的英雄人物的史詩，只不過這種史詩所體現的現實觀與人生觀與西方不同罷了。在〈文學與理性〉一文中，他引用陸機〈文賦〉中「緣情」與「體物」的主張，希望作家們照這兩條路線去經營。在〈詩與散文〉中，他用韓愈、蘇軾等人的作品去「作爲現代散文追求音樂性時候的模範」。

楊牧論文，主張作家、詩人創作時「不受外在地理環境的影響，甚至不受外在人文環境的影響。」（註二三）堅持自己所認知的中國，「試圖在那世界建立不受干擾的藝術系統。」這裡講的「外在人文環境」，主要指的是社會制度和意識形態；「干擾」，則是指來自官方的行政命令。楊牧認爲，作爲一位詩人，必須有骨氣，不和官方同流合污，要敢於爲人民請命，不讓權貴收買自己的道德信仰，力主進取，不隨波逐流。這並不等於說楊牧有出世思想。相反，他相信文學不能脫離政治，詩和別的人文課目一樣，都和政治有關係。

楊牧除寫詩外，主要精力用在中國古典文學的教學上。他專攻的是《詩經》，並寫過〈驚識杜秋娘〉（註二四）那樣引起過臺灣學術界爭論的文章。爲了不分散力量，他一度曾想遠離臺灣當代文學評論界。在他從事文學評論的早期，一方面用「新批評」方法去探求文學內部的結構，一方面用傳統方法考證文學的源流。後來他才逐漸認識到，一個從事現代詩和散文創作的人，要不介入當代文學論壇幾乎是不可能的。因而他將自己的評論領域擴展至中國近、現代文學和當代臺灣小說、詩歌、電影。僅《文學知識》中就收有下列文章：〈夏菁的詩〉、〈張系國的關心與藝術〉、〈七等生小說中的幻與眞〉、〈留學生朱湘〉等。當然，他最擅長的還是現代詩評論。如〈林泠的詩〉一文，用「私我神話」去概括林泠詩作的藝術個性，用「婉約優柔和純眞矜持」去說明林泠詩的風格和體裁，便準確地傳達出林泠「以小精靈的世界推展出一個抒情詩的宇宙」的藝術匠心。對林泠的評論和對鄭愁予、陳義芝等作家的評論，楊牧所運用的與其說是文學評論方法，不如說是文學欣賞方法。也就是說，他是以一個鑒賞家的眼光去評論別人的作品的。他雖然出身於學院，且又長期在學院工作，但他的當代文學評論並無學院派的玄學傾向。且不說他的評論文字如優美的散文，單就他評論的創造個性來說就非常鮮明突出。像〈一首詩的完成——給青年詩人的信〉，由十八篇書信體散文組成。作者用娓娓動聽的語言向讀者講述詩的定義及其寫作方法、詩的內容與形式的關係，以及詩人應具有的歷史意識與社會參與的熱情等。這本書可看作楊牧創作道路的總結，對他自己和對廣大讀者，均具有啓發意義和借鑒價值。楊牧不像某些人那樣激烈地反傳統，亦反對中國新詩走西方現代主義的道路。他認爲：「一個詩人下筆的時候，必須領悟到《詩經》以降整個中國文學的存在；而在今天我們這個地緣環境裡，和順著這地緣環境所激溢出來的文化格調裡，我們也領悟到臺灣四百年的血淚的笑靨——這正如同盎格魯·撒克遜的特殊格調，對艾略特的啓示乃是無所不在的。」這些書簡的誠懇感人之處，簡直不亞於美里爾克的〈致青年詩人書簡〉。

楊牧在寫詩歌評論的同時，也寫小說評論。他爲王文興的小說集《龍天樓》所寫的序，和夏志清對白先勇《臺北人》之前作品的分析，是臺灣當代文壇上最早出現的現代小說批評。楊牧從事文學批評，受過「新批評」的影響。這種影響有如出痲疹，「發過也便好了」。他後來的貢獻主要體現在比較文學研究方面。代表作有〈公無渡河〉及〈唐詩舉例〉。他在這些文章中，並不認爲比較文學的任務只在求不同作品間的某些相似之處。他強調的是文學間共同（或不同）特徵的揭示和思考，以引導某一種文學理論的建立，進而瞭解各種文學的特殊精神——不論是強調「和諧」還是「衝突」都一樣有價值。正是這種不同的立論方式，使他在比較文學研究領域作出與他人不同的貢獻。

楊牧的散文評論，主要見諸於《文學的源流》。此書除詩論外，有一半篇幅談散文的創作與批評。

他提出，散文也具有它的三一律：一定的主題、篇幅之內，面面顧到；一致的語法，音色整齊，意象鮮明；一貫的結構，起承轉合，無懈可擊。他在《中國時報》文學獎第二屆散文類的評審意見〈記憶的圖騰群〉中指出：「根據這個三一律經營出來的散文，無論是爲教誨或愉悅我們，價值功能都不在詩和小說之下。好的散文免除了小說的冗長枝節和俗氣，同時排斥詩的晦澀；反之，更兼有小說的敘事趣味和詩的詠歎風格。又因爲好的散文已經在篇幅上受了傳統的節制，在文字上沖淡直率，最易接受。則論文學的教誨和愉悅功能，散文時常更有淩駕詩和小說的潛力。」楊牧不但從理論上總結出散文的創作規律，而且運用自己比較文學的學識，縷析中西散文的差異：散文之爲文類，只有在中國文學傳統裡才看得出它顯著的重要性。西方文學以詩、戲劇、小說爲主，散文卻是中國文學中顯著而重要的一種類型，地位遠超過其同類之於西方的文學傳統。楊牧還在體裁上的突破、文字上的寬容、講究音樂性、追求完美的結構方面提出散文的創作態度和方向，又從整個文學史發展的角度立論考察中國現代散文的源流。他在新世紀出版的《隱喻與實現》，無論是談詩歌還是評當代作家張錯；是談陳義芝的詩還是論楚戈的作品，均表現了「欲求『溫柔敦厚』的詩旨或是作家的狷介與風骨」（註二五），這同樣是以自己的文學評論智慧之光參與了臺灣的文論的建樹。

第五節　劉紹銘的曹禺評論及其他

劉紹銘（一九三四年～　），廣東惠陽人。生於香港，筆名有二殘等。一九五六年到臺北，以自費生資格考入臺灣大學外文系。一九六一年赴美，一九六六年獲美國印第安那大學比較文學博士學位。曾先後任教於香港中文大學、新加坡大學（一九七一～一九七二年）、夏威夷大學、美國威士康辛大學東亞語文學系，現爲香港嶺南大學榮休教授。除出版過多種小說集、散文集外，另有評論集《曹禺論》（香港：文藝書屋，一九七〇年）、《小說與戲劇》（臺北：洪範書店，一九七七年）、《傳香火》（臺北：大地出版社，一九七九年）、《涕淚交零的現代中國文學》（臺北：遠景出版事業公司，一九七九年）、《激流倒影——香港文學評論精選》（香港：天地圖書公司，二〇〇五年）、《文字的再生》（香港：天地圖書公司，二〇〇六年）。此外還編有《臺灣本地作家小說選》、《臺灣短篇小說選》等。

劉紹銘身兼小說家、散文家、學者、翻譯家等多重身分。他既是海外評論家，又是香港作家。他少年時代在香港做童工，十四歲開始在香港發表小說，後成了兩岸三地文學交流的推動者。一九八一年四月他回大陸訪問，一九八六年八月和西德漢學家一起發起召開包括大陸在內的國際華人文學研討會。

在劉紹銘的評論著作中《曹禺論》是最專門化的：只論曹禺而不涉及其它。此書由自序及下列論文組成：〈《雷雨》所受的西方文學的影響〉、〈從比較文學的觀點去看《日出》〉、〈《原野》所倡導的原始精神〉、〈廢人行：論曹禺的《北京人》和柴霍甫的《依凡諾夫》〉。此書篇幅不大，但其觀點卻很值得注意。他不像大陸的眾多文學評論家，高度肯定曹禺的藝術成就，而是認爲《雷雨》屬失敗之作。它的主題淵源於希臘悲劇，技巧上師承於易卜生的「鬼」，是典型的「拾人牙慧」。問題還不在於「題材和技巧是拾人『牙慧』得來，而是曹禺對這種『牙慧』，未能善加運用而已。」（註二六）劉紹銘研究《雷雨》與《日出》的論文在美國用英文刊出後，香港的評論家林以亮認爲劉氏「不應在曹禺的身上花這麼大的功夫，因爲他的作品淺薄得不能入流派。」（註二七）劉紹銘同意林以亮對曹禺所下的這種否定性的判斷，但並不認爲把功夫花在曹禺身上是浪費。「不錯，曹禺淺薄，但在中國劇作家中，他是最受讀者和觀眾歡迎的劇作家。而且，研究中國近代文學史的，不提話劇則已，一提話劇，曹禺不但占一席位，而且占極其重要的一席位（與他齊名的田漢和洪深，現在重讀，遠較曹禺「淺薄」）。」（註二八）可見，劉紹銘對中國現代話劇史上的幾位大家，均十分鄙視。既然是這樣「淺薄」的劇作家，卻又要寫洋洋大文研究他，這似乎難以自圓其說。作者說這樣做是爲了「以正視聽」，防止「對文學批評毫無修養的人瞎捧一番」。可見，作者酷評曹禺，在潛意識深處是爲了顯示自己良好的文學修養，尤其是對西方文學的修養。應該承認，作者對西方文學的瞭解比大陸學者深刻。從比較文學角度研究《日出》，也是前人未做過的工作。但作者否定過多，對曹禺藝術成就的評價顯然有矯枉過正之處。

劉紹銘由於長期生活在海外，所以他對臺灣文學問題的看法與本地作家不盡相同。他認爲，在臺灣這樣的社會，「最好的文藝政策是沒有政策。或等而下之，各自爲政的政策。臺灣十多年來的出版事業的發達，文學並不因幾家重要的刊物停辦而窒息，都是拜此半放任主義所賜」。（註二九）對臺灣當代文學史上出版的各種「選集」和「大系」，他也非常不滿。作爲一個海外學者，他非常希望讀到有關臺灣當代文學的史料，可這些名目繁多的「選集」或由一兩家大報、大公司包辦的「大系」，大都有濃厚的山頭主義傾向。這類「大系」無法滿足他的歷史感。他衷心希望臺灣當代文學評論家氣量要大些，要做到「有容乃大」，不搞「山頭主義」。

劉紹銘和夏志清均是研究中國現代文學的學者，且是好友。但劉紹銘的政治傾向性不似夏氏那樣鮮明。他始終認爲，文學問題不宜用政治方法介入。對作家來說，最好是少談政治乃至少談理論，以便把精力放在創作上。對當時發生的鄉土文學論戰，他不以爲然。他認爲，「文壇上一有『論戰』，尤其是牽涉到政治色彩的，受損害最大的是不搞理論而專門從事創作的人。」（註三十）他自己不寫論戰文章，專埋頭於學術研究。他這種看法和做法，自然有可商榷之處。因鄉土文學論戰並不完全是人爲的，而是兩種意識形態和兩派文學力量長期對峙的必然結果。這正說明劉紹銘對臺灣文壇，還缺乏深刻的瞭解。

對大陸文藝界，劉紹銘的看法也有一個發展過程。開始，他由於不瞭解情況並受海外政治宣傳的影響，總認爲「大陸的文壇是一盤爛賬」（註三一）。後來他透過對大陸的實地考察，他的評論已與八十年代以前有所不同。如他肯定了《棋王》作者阿城的藝術才華，認爲他的作品不再有「八股氣」，創作觀念已脫離了「話題化」。

劉紹銘的理論代表作是用英文寫成的〈現代中國小說之時間與現實觀念〉（註三二）。此文用比較方學探討了臺灣當代文學與「五．四」新文學不同的價値觀念。由於臺灣與眾不同的政治環境與社會生存狀態，作家一般不去碰最敏感的政治問題以求安全感，「當最切己的問題〈如臺灣之前途，本省人與外省人之間的愛恨關係〉成爲政治禁忌時，當幽閉恐懼環境下的人類經驗變作『公開的夢魘與私人的夢幻』時，道德寓言自然應運而生，成爲年輕人表達現實意識最好的應變文學方式。」文章深入分析了七等生等作家作品的內涵，對人們加深理解這些作品的思想內容和藝術價值提供了極好的線索。

劉紹銘身在海外，仍和臺灣文壇保持著聯繫。論私交，他和鄉土作家黃春明最熟，這便於幫助他研究陳映眞等鄉土作家的藝術特性。對其他作家和評論家，如歐陽子對《臺北人》的評論，對張系國的《昨日之怒》，他都曾發表過很好的意見。

劉紹銘不僅是評論家，而且是翻譯家。夏志清的《中國現代小說史》在臺灣出版時是他編譯的。他和夏志清、李歐梵合編的《中國現代中短篇小說選》，入選了二十位作家的四十四篇作品，大體上代表了一九一九至一九四九年間中國小說的成就。大陸作家趙樹理、丁玲他們也不加排斥，和張愛玲等作家一起入選。

在歐美漢學界，以一九四九年前的文學現象作研究對象的中國現代文學學者甚眾。相比之前，已有四十多年歷史的當代臺灣文學，研究論著及作品選介在九十年代以前卻很少出現。改變這種情況的，不能不首推旅居美國的評論家劉紹銘。還在七十年代初，當西方漢學家對臺灣文學知之甚少時，劉紹銘就在德國漢堡大學的《中國手冊》上寫出專論，向西方讀者大力推薦臺灣小說。過後不久，哥倫比亞大學約請夏志清主持《二十世紀中國短篇小說選》，劉紹銘做了夏氏的助手（副主編），協助其完成這項工作。到了一九七六年，劉紹銘為哥倫比亞大學出版社編譯了西方第一部臺灣小說選《中國臺灣小說（一九六〇～一九七〇）》（一九七六年英文版），首次將張系國、陳映眞、七等生、黃春明、王禎和的作品介紹給西方讀者。夏志清曾為此書的出版寫了一篇長序。他承認，是劉紹銘大大拓展了他及他的文友們對臺灣小說的興趣。他說：這本選集的影響，可由在美國首次召開的臺灣小說研討會中看出。當時的學者們為參加在奧斯丁市德州大學舉行的研討會，紛紛從此書選取評論對象，並把它作為必備的參考書。」（註三三）美中不足的是，這部小說選只局限在六十年代，對五十、七十年代以及日據時代的作品，未能顧及。後來印第安那大學出版社一九八三年推出了劉紹銘編的《香火相傳：一九二六年以來的臺灣小說》，彌補了這個不足。也許限於篇幅，龍瑛宗、呂赫若、朱西甯、蔣曉芸這樣著名的作家未能入選，選進去的女作家代表性也還不夠。（註三四）

劉紹銘自七十年代以來發表的有關臺灣小說的研究文章，其評論對象大都和上面提到的選集那樣是六十年代出現的新作家。對這些作家，一是他個人有興趣，二是手頭資料比較全。他不僅評小說，也評詩。由於他是評論家兼翻譯家，使他在評臺灣詩人的作品時，不僅用評論家的眼光，而且用翻譯家的眼光去讀詩，這樣，瘂弦的「貓臉的歲月」、「用鐵絲網煮熟麥子」等「險句」在他手中得到較合理的解釋。他還對整理與出版日據時代臺灣文學資料和出版由臺灣學者編寫的《臺灣文學史》著作，提過很好的建議。在《傳香火》中還有一篇〈葉維廉譯詩的理論與實踐〉（註三五），對瞭解葉維廉作爲一個翻譯家的成就以及如何翻譯中國現代詩，都很有幫助。〈唐人街的小說世界〉（註三六）一文，則是鮮見的對美華文學進行綜合探索的文章，對人們瞭解海外華文文學提供了許多新的信息。

劉紹銘還於一九八七年出版了隨筆與書評集《遺愚衷》。其中二十五篇隨筆，以敏銳的觸角，矗立於西方文化之巔。以知識分子的諍言，檢討制度與人、文學獎與文學批評的風氣。在寫作題材上，從奧威爾的影響到東歐作家的崛起，從海外學人到中國作家；從大陸的朦朧詩、「遊學生」文學到臺灣的現代文學、鄉土文學乃至香港文化的狀況均有所涉及。書評主要是評論海外最新出版的學術專著或有影響的著作。這些文字都不長，但文風辛辣坦率，深入淺出，雅俗共賞，讀來很富啓發性，如《讀書豈能無史》、《朦朧休走》。

第六節　推動中國小說現代化的李歐梵

李歐梵（一九三九年～　），河南太康縣人。一九六一年臺灣大學外文系畢業後赴美芝加哥大學攻讀國際關係獲碩士學位，一九七〇年獲博士學位，曾在美國達特茅斯學院、香港中文大學崇基學院、美國普林斯頓大學、印第安那大學等校任教，後任芝加哥大學遠東語文學系教授和遠東研究中心主任、哈佛大學教授、臺灣中央研究院院士，現為香港中文大學講座教授。中文著作有：《西潮的彼岸》（臺北：時報文化出版公司，一九七五年）、《浪漫之餘》（臺北：時報文化出版公司，一九八一年）、《中西文學的徊想》（香港：三聯書店，一九八六年）、《鐵屋中的吶喊》（香港：三聯書店，一九九一年）、《現代性的追求》（臺北：麥田出版社，一九九六年）、《中國現代文學與與現代性十講》（上海：復旦大學出版社，二〇〇二年）、《未完成的現代性》（北京大學出版社，二〇〇五年）。還有《浪漫一代中國作家》、《康橋踏尋徐志摩的蹤跡》等。

李歐梵的研究範圍主要是中國文學及文化研究，其中現代小說和中國電影他用力頗多，他以重新評價五四一代浪漫作家而引起學術界的重視。其學術處女作《西潮的彼岸》中的「西潮」，係取自蔣夢麟的自傳《西潮》。在臺灣，西化的潮流一直難以阻擋。六十年代初，李歐梵正是隨著留學的狂潮，負笈「西渡」，到西方物質文明的勝地美國去深造。然而，在西潮之下浸沉了十多年之後他的思想已發生了巨大的變化。即不再像過去那樣盲目崇拜西方，而努力思考如何解決中西文化認同的危機，如何重新發崛並鑒定自我的問題。他這種「浪子回頭」的心情，並不表示他今後必定崇中抑西，「而是希望以我既已吸收的西學為基礎，來重新體認中國文化。我所用的尺度也許是西方的，但是我要求得的結論，卻與中國息息想關。」（註三七）這本書所收集的他在留美期間寫的文藝雜文，均是「在眞實的境遇中有感而發」（註三八）。

以研究中國現代文學著稱的李歐梵，從一九六二年初到美國即開始研讀在臺灣還是禁書的《魯迅全集》。對魯迅的研究，他所下的功夫頗深，《鐵屋中的吶喊》曾引起較大的反響。此書共有十章，由三大部分組成。第一部分敘述魯迅的家世和早期的文學活動，著重介紹了魯迅由日本留學歸國後，在北京埋頭整理國故的經歷。第二部分是全書的主幹，著重探討魯迅在文學方面取得的成就。論及範圍有小說、散文詩及十六本雜文集。其中對《野草》與雜文的探討時有新見。最後一部分主要寫魯迅的文學活動，包括左聯的成立與解散、兩個口號的論爭等。雖然作者仍以分析魯迅作品爲主，但在第九章卻涉及了一些左翼文學內部複雜的人事關係。在這方面，夏濟安在《黑暗的閘門》中已有較詳細的敘述，李歐梵在其基礎上補充了一些新材料。李氏沒有將魯迅描繪成完美無缺的英雄，他強調魯迅思想充滿矛盾鬥爭的一面。在李氏筆下，魯迅不僅是高聲吶喊的鬥士，而且是有著複雜豐富情感的人。在現實生活中，魯迅有愛也有恨，有希望也有絕望，對中國傳統有繼承的一面，也有叛逆的一面。他是在克服各種矛盾中前進的一位先進知識分子。全書寫得最動人的是討論魯迅遺產的最後一章。此章用夾議夾敘的筆法提供具有反諷性的史料，對中國現代文學坎坷曲折發展的歷程發表了一通感慨。對魯迅與馬克思主義美學及蘇聯文藝理論的關係，他做了前人未做的工作：將蘇聯文學理論的原文與魯迅的譯介逐一作對照，發現魯迅時有誤譯、誤解之處，並對這種誤讀的原因和動機作了探討。值得注意的是，作者雖然不同意神話魯迅，但並不否認魯迅的崇高地位。此書的最大價值在於將魯迅從神壇上請下來，對他的作品重新評價，並從學理層面研討文學與革命的關係問題。至於書名，李歐梵補充說明了「鐵屋子」這一典故的雙重含義：它既指中國社會和文化的實際狀態，又指魯迅本人精神世界的意義結構。這個解釋，其源出自夏濟安所寫〈魯迅作品的黑暗面〉一文。李歐梵在中譯本自序中也承認，他受到這篇論文的「影響甚大」。除夏濟安外，對李歐梵影響較大者還有首創捷克學派的普實克。對這兩位學者，李歐梵在吸收他們成果的同時也作了創造性的發揮。

這裡還應提及的是第六章，從文學的角度論證魯迅雜文的獨特價值。不少西方學者乃至臺灣的魯迅研究工作者，往往出於政治偏見，否認具有強烈的戰鬥性與論辯性的魯迅雜文的藝術價值，甚至不承認它是藝術創作。李歐梵基本上擺脫了這種思潮的影響，對魯迅的十六本雜文集在中國現代文學史上的貢獻及其影響作了富於獨創性的論述。他認爲，魯迅既承繼了中國散文的優秀傳統，又作了勇敢的超越；既使自己的雜文具有「現代性」，同時又不妨礙自己獨特風格的形成。作者用「抒情——隱喻模式」來概括魯迅早期雜文的獨特性，稱讚魯迅透過意象派和格言方式去表達未及系統化的思想，使魯迅的雜文抹上一層哲理色彩，並超越了它描繪和批判的表層現實，達到了更高的境界。這是魯迅對中國散文所作出的獨特貢獻。此書的不足之處表現在僅描繪輪廓而來不及進一步作深入的探討。對魯迅作爲「革命家」與「思想家」的一面，則有所忽視。

《浪漫之餘》是一本現代文學評論集。共收十五篇文章：〈浪漫之餘〉、〈技巧與視界〉、〈中國現代文學的現代主義〉、〈從《原鄉人》想鍾理和〉、〈三十年代文學的研究〉、〈一支小調譜成的文學新曲——評王禎和小說〈香格拉里〉〉等篇。這個集子題名爲《浪漫之餘》，一是指作者當時研究的近代文學史上「五·四」以後的各種思潮和創作形式，在這集子中的第一篇文章中討論得較爲詳盡；另方面也表示作者度過了「浪漫」的階段，「無論在心情上和學術研究上，已不再有『五·四』初期文人的那種浪漫心態……這個集中有幾篇討論幾個作家和作品的文章，我都是一本至誠而寫的，我更希望年輕一輩的作家能夠青出於藍，爲中國文學創作出偉大的作品來。」（註三九）李歐梵評周錦主編的中國現代文學研究叢刊，也正是這個意思。在〈三十年代的文學研究〉一文中，他不僅評書，還談到三十年代文學作品的開放問題。他認爲只有開放「三十年代文學」，才能使臺灣新一代作家和讀者對過去的文學有通盤的瞭解，這樣才不愧爲「龍的傳人」。不過，他談的「三十年代文學」的概念，是廣義的，泛指一九二七～一九三七年間的文學。比起臺灣的文學當權派來，他的觀念更爲開放，認爲「談開放三十年代文學，也就是開放整個現代文學——從五四到現在。」（註四十）當時的一些文壇守舊派，見開放「三十年代文學」是大勢所趨，便趕緊爭奪解釋權，把「三十年代文學」嚴格控制在三十年代範圍之內，並將重點放在非共產黨員作家或雖留在大陸但後來受過批判的作家身上。李歐梵不贊成將面搞得過窄。他由開放「三十年代文學」進而主張「開放整個現代文學」，這是個大膽的倡議。關於中國現代文學史的研究方法，他主張「仔細推敲各種思潮、社會政治環境、作家個人身世及各種文學作品的相互關係，文學上的『表現方式』及其演變是研究文學史最重要的關鍵問題」，（註四一）而這些問題往往爲臺灣學者所忽視。當時臺灣的現代文學研究者，在方法的革新上最多停留在「新批評」方法的借鑒上，對結構主義及其衍生的其它方法，重視不夠。對此不滿的李歐梵，對周錦主編的二十本《中國現代文學研究叢刊》沒有引用任何一本英文或日本的有關著作，不迎接國外學者的挑戰，不注意中國現代文學研究國際化的趨勢，埋頭用老式的「點將法」研究作家作品，更爲反感。

李歐梵還寫過一些篇幅雖不長，但頗有新意的雜感式文章。〈「刺蝟」與「狐狸」〉（註四二），是借用英國的歷史家柏林所寫的《刺蝟與狐狸》一書所提出的名詞將其象徵化，並去除其貶義，然後用到中國現代文學創作上。該文認爲，如果將魯迅與茅盾相比，「魯迅顯然是一個大『狐狸』，他的短篇小說讀來像抒情的散文，但卻涵意深遠，他在文學技巧上的反諷手法，也可以說是『狐狸型』的。……反觀茅盾，卻是一個『刺蝟型』的作家，他的小說在語言和技巧上比不上魯迅，但幾乎部部有一個大架構……茅盾思想上的架構，是一種受到馬克思主義影響的寫實主義，但他與一般左派作家不同」，茅盾「偏重描寫革命前夕人性的腐敗和社會的解體，讀來頗有悲劇的意味。」李歐梵認爲臺灣作家與大陸作家不同，前者注重於「孤狸型」，其優點是語言的精煉和獨創；後者偏重於「刺蝟型」，其優點是結構上的完整。「在中國古今小說中兼具『刺蝟』與『狐狸』的優點的，我認爲只有一部《紅樓夢》」。一篇短小的文章議論了這多不同時空的作品，且論點精闢，在臺灣的文學短論中皆不多見。

李歐梵多年身在海外，變成了一個所謂「不中不西、又中又西的人」。這就是爲什麼《中西文學的徊想》書名會近似譯文，其意思是自己的種種想法都是徘徊在中西文化之間而輾轉「徊溯」的產物。李氏在經過一番認同危機之後，終於感到還是應該面對現實，肯定自己「邊緣人」的地位，向中國文學的「內陸」做點積極的評判工作。這本書的體例仍有點雜亂：從前兩本書中抽來幾篇舊作，外加上一些新寫的論文、隨筆。不過，作者在編排時考慮到了內容的一致性，反映了他近年來所關心的兩個主要問題：中國——尤其是大陸的當代文學，和世界——特別是東歐和南美的文學。「而這兩個主題，在我的心目中往往是互相溶匯的；後者對於前者更具有啓發性。」（註四三）

在中國現代文學介紹方面，李歐梵對中國小說現代化的啓蒙者，即二十年代末、三十年代初在上海崛起的新感覺派小說曾大力推介。他先是應《聯合文學》雜誌的約請，在該刊一九八七年十月號（總三十六期）上刊出由他策劃的「新感覺派小說」專輯，轉載施蟄存、穆時英、劉吶鷗等三家十篇小說。又於次月十二月由允晨文化公司出版了由他編選的《新感覺派小說選》。他論述現代文學，常常有大膽的看法。比如他在〈偉大的作品的條件——談文學創作上的「構思」〉（註四四）中說：

> 我認爲中國現代文學最大的危機是由兩種因素造成的，一是狹義的社會性和愛國思想，一是創作上寫實主義的傳統。

李歐梵編選《新感覺派小說選》，正是爲了突破寫實主義的一統天下。本來，創作方法要多元化，不滿足於寫實主義傳統，這是對的。但要完全否定寫實主義，並把它當作「最大的危機」之一，則未免危言聳聽，且不符合中國現代文學發展的實際。至少在臺灣，就有「不可救藥的寫實主義者」呂正惠會反對，更不用說其它鄉土派文學理論家和作家。李歐梵還將自己的研究範疇擴大到大陸「五七」戰士所寫的反極左路線的作品，寫有《人妖之間》的評論和〈高曉聲《李順大造屋》的反諷意義〉等論文。

一九九〇年代以後，李歐梵轉向現代文化研究，強調不屈從於政治、不附屬於歷史的「純文學」才是有價值的文學，強調晚清文學在想像中國都市、創立中國現代性方面所作出的貢獻。其著作《上海摩登——一種新都市文化在中國（一九三〇～一九四五）》（註四五），在促進現代派研究的同時，拓展了現代文學的都市文化視角。和夏志清不同的是，他把現代主義文學進一步吸收到普通生活的敘事之中，再輔之於想像的社群理論、「公眾領域」理論，由此建構起一條與眾不同的「頹廢」文學史敘事策略。在他看來，「頹廢」正是審美現代性對啓蒙現代性的反叛和超越。他這裡說的「頹廢」，是指「頹加蕩」，它包含文明腐敗、解體、變態和「去其節奏」的意識，即「從建立的秩序中滑落」，並以各種混雜觀念和形式取代原有的秩序，這是建立新秩序的必然途徑。在「五四」新文學創作中，「頹廢」的含義演變成與一本正經對立的詞。「頹廢」在左翼評論家眼中是負面的，是要批判和掃蕩的。李歐梵卻肯定它，並從魏、晉、唐、晚明的某些作品到曹雪芹到王國維的《人間詞話》，到魯迅的散文詩，到一九三〇年代劉吶鷗的小說和張愛玲所揮灑的「蒼涼手勢」，再到北京王朔的「痞子文學」、香港李碧華的新狹邪體小說、王安憶敘述世紀末嘉年華場景的《長恨歌》，還有臺北朱天文的《荒人手記》，由此總結出與「晚清現代性」合拍的文學史線索。他強調曹雪芹是中國文學史上寫「頹廢」小說的樣板。魯迅的短篇小說和散文詩的精華，給讀者最難忘的正是「頹加蕩」的美感。他這些論述，深刻地影響了大陸學者，使李歐梵成為中國啓蒙主義文學史敘事不可忽略的外部推動力量。

不過，作爲一位海外學人，他具有某些海外文評家的通病：「外文」能力在增強，「中文」水平在下降。如他不止一次把「始作俑者」、「罄竹難書」當正面詞用：「我的妻子李玉瑩其實也是這本書的始作俑者」（註四六）。其實，「『始作俑者』是貶義詞，李教授又亂用一番」（註四七）。李歐梵的另一段話更不像話：「歐洲對我的意義何在？眞是罄竹難書。」（註四八）這個成語專指罪惡，怎麼可以形容好人好事？李在另一處又云：「除了召開會議之外，受邀請參加其它會議的次數則多，眞是罄竹難書了。」（註四九）由此看來，李歐梵是當年周作人自詡的「國文粗通，常識略具」的學者，其語文水平離「院士」還有差距。

注釋

一　分別刊香港《明報》和臺灣《時報雜誌》第七十九期。臺灣作家彭歌、侯健讚揚這封公開信的內容，政論家毛鑄倫寫了〈文藝作家的不朽盛事〉，一九八四年六月六日《臺灣日報》則發表社論〈這是什麼樣的心態與立場〉，批評公開信的內容。尉天驄、陳映眞也寫了〈讀七教授《坦白的建議》有感〉，認爲中國文學不能走現代派的道路，應堅持爲民請命的現實文學傳統，大陸作家重視道德化和政治意識沒有錯。中國文學形式和技巧的創新不能完全從西方文學中找出路，對大陸的「意識派」和「朦朧詩」，不應一味讚揚。

二　洛　夫：〈略論「民族性」、「詩的語言」及「時代性」〉，載《人與社會》，一九七三年四月。

三　陳芳明：〈涉渡——序林衡哲選集〉，載陳芳明《鞭島之傷》，臺北：自立晚報出版部，一九八九年，頁七三。

四　陳芳明：〈向左偏一點點〉，高雄：《臺灣日報》副刊，一九九七年四月二十八日。

五　見《四海集》，臺北：皇冠出版社，一九八六年。

六　夏志清：《文學的前途》，臺北：純文學出版社，一九七四年，頁一四三。

七　參看柯慶明，《現代文學批評述論》，臺北：大安出版社，一九八七年，頁一一八。

八　楊　照：《霧與畫》，臺北：麥田出版社，二〇一〇年，頁五四二。

九　劉紹銘：〈經典之作——夏志清著中國現代小說史中譯本引言〉，載《中國現小說史》，香港：友聯出版社，一九七九年，頁二一。

一〇　鄭振寰：〈從治學方法看文學批評〉，臺北：《書評書目》，一九八〇年七月；〈學而不思則罔——再論治學方法與批評〉，臺北：《書評書目》，一九八〇年十一月號。

一一　楊　照：《霧與畫》，臺北：麥田出版社，二〇一〇年，頁五四二。

一二　蘇益芳：〈論夏志清在臺灣文學批評界的經典化現象〉，載《第七屆青年文學會議論文集》，文訊雜誌社出版，二〇〇九年，頁三二一。

一三　夏志清：《夏志清文學評論集》，臺北：聯合文學雜誌社，一九八七年。

一四　楊昌年：《新詩賞析》，臺北：文史哲出版社，一九八二年九月，頁四〇七～四〇八。

一五　林燿德：《觀念對話》，臺北：漢光文化事業公司，一九八九年，頁一二八、一二九～一三〇。

一六　林燿德：《觀念對話》，臺北：漢光文化事業公司，一九八九年，頁一二八、一二九～一三〇。

一七　黃維樑：《中國詩學縱橫論》，臺北：東大圖書公司，一九八八年，頁一一七～一一九。本節吸收了他的部分觀點。

一八　黃維樑：《中國詩學縱橫論》，臺北：東大圖書公司，一九八八年，頁一一七～一一九。本節吸收了他的部分觀點。

一九　陳芳明：《鏡子和影子》，臺北：志文出版社，一九七四年，頁二〇三、二〇八。本文吸收了他的部分觀點。

二〇　葉維廉：《秩序的生長》，臺北：志文出版社，一九七一年，頁二二四。

二一　臺　北：《聯合報》副刊，一九七六年二月十三日。

二二　葉維廉主編：《中國現代作家論》，臺北：聯經出版事業公司，一九七六年，頁七六。

二三　轉引自林燿德：《觀念對話》，臺北：漢光文化事業公司，一九八九年。

二四　臺　北：《中外文學》，一九七四年二月號。

二五　李奭學：《書話臺灣》，臺北：九歌出版社，二〇〇四年，頁二九五。

二六　劉紹銘：《曹禺論》〈自序〉，香港：文藝書屋，一九七〇年五月，頁二。

二七　劉紹銘：《曹禺論》〈自序〉，香港：文藝書屋，一九七〇年五月，頁五。

二八　劉紹銘：《曹禺論》〈自序〉，香港：文藝書屋，一九七〇年五月，頁六。
二九　劉紹銘：〈地下文學與鄉土文學〉，臺南：《中華日報》，一九七八年二月二日。
三〇　劉紹銘：〈何謂文壇上的「喧賓奪主」〉，臺北：《聯合報》，一九七八年三月七日。
三一　劉紹銘：〈地下文學與鄉土文學〉，臺南：《中華日報》，一九七八年二月二日。
三二　原載一個英文刊物，後由張漢良譯成中文，載臺北：《中外文學》第二卷第二期，一九七三年七月。另見余光中總編輯：《中華現代文學大系（臺灣一九七〇～一九八九）》評論卷，臺北：九歌出版社，一九八九年。
三三　夏志清：《時代與眞實——雜談臺灣小說》，臺北：《聯合報》，一九八一年二月二十二、二十三日。
三四　參看林闆：〈香火相傳——劉紹銘的臺灣小說英譯選〉，香港：《文藝》季刊，第九期，一九八四年。
三五　原載臺北：《中國時報》，一九七六年十一月二十九日。
三六　臺　北：《聯合報》，一九八〇年四月二十八日。
三七　李歐梵：《西潮的彼岸》〈前言〉，臺北：時報文化出版公司，一九七五年，頁三。
三八　李歐梵：《西潮的彼岸》〈前言〉，臺北：時報文化出版公司，一九七五年，頁三。
三九　李歐梵：《浪漫之餘》〈自序〉，臺北：時報文化出版公司，一九八一年。
四〇　李歐梵：〈三十年代文學的研究——評中國現代文學研究叢刊的二十本書〉，臺北：《書評書目》，一九八〇年。

四一　李歐梵：〈三十年代文學的研究——評中國現代文學研究叢刊的二十本書〉，臺北：《書評書目》，一九八〇年。

四二　臺　北：《聯合報》，一九七九年八月二十七日。

四三　李歐梵：《中西文學的徊想》〈自序〉，香港：三聯書店，一九八六年。

四四　臺　北：《中國時報》，一九八〇年九月二十二日。

四五　北京大學出版社，二〇〇一年。

四六　李歐梵：《蒼涼與世故》小序，香港，牛津大學出版社，二〇〇六年。

四七　黃仲鳴：《不正則鳴》，香港：次文化堂出版社，二〇〇九年，頁五、八。

四八　李歐梵：《我的哈佛歲月》，香港：牛津大學出版社，二〇〇五年，頁八〇。

四九　李歐梵：《我的哈佛歲月》，香港：牛津大學出版社，二〇〇五年，頁一四六。

第八章　小說、散文評論新貌

第一節　社會寫實主義及「藝術論戰」

在情緒化和戰鬥氣氛甚濃的五十年代，評論家們忙於配合政治任務，根本無暇顧及小說藝術問題的探討。加上「五四」以來的新文學革命，十分強調思想內容的重要性，致使許多小說批評只注重小說的題材、內容，而不重視或根本忽視小說是用什麼手法和技巧寫成的，哪些地方寫得好。這時期的臺灣現代小說批評和這種文學觀念相反：不是以內容決定作品的優劣，而是以文學技巧形式和藝術價值作爲判斷的標準。白先勇與旅港作家胡菊人《論小說藝術》（註一）時，就認爲「小說art，是種藝術，絕對要以藝術形式、技巧判斷是否完整，這是個比較靠得住，比較客觀的批評方法」，而不應該以「文以載道」的觀點認爲作品的好壞全由內容所決定。白先勇反對內容決定一切的觀點是正確的，但他的看法帶有矯枉過正的痕跡。王文興比他走得更遠。他無視小說的思想內容諸要素，而按照西方現代派的主張，把屬於表面形式的文字，強調到高於一切的地步。他甚至極端地主張：「今後我國的作家，如欲達到夠格的水平，惟有向西方學習，思想和技巧一律學習。」（註二）小說界於一九七三年開展的關於王文興長篇小說《家變》的討論，就有論者批判了王文興全盤西化論的觀點。

在鄉土文學論戰中，尉天驄和陳映眞還先後寫了一批有影響的批判現代派小說及其小說觀的論文。鄉土派否定的「藝術至上論」，其本身雖然有極大的片面性，但在這種思想指導下探討小說語言藝術，仍有一定價值。過去對這方面的研究太少，至於進一步討論小說的結構及該結構與外在現象、經驗程序及從其間作何種選擇和表現的關係，更是鳳毛麟角。葉維廉出版於一九七九年的《中國現代小說的風貌》（註三），便塡補了這項研究空白。這本書包括煉句、律動的掌握、意象的精凝、結構的策劃在內的語言藝術的探討，正好爲王文興、陳映眞、白先勇、黃春明等新銳作家提高藝術水平指明了前進的方向。這本書把主要精力放在語言藝術及小說結構的討論上，而不是思想性、戰鬥性的強調上，正好和當時崛起的現代派小說的藝術追求相吻合，同時也正說明六、七十年代小說評論家的文風與五十年代的巨大差異。另一位海外評論家劉紹銘的長文〈現代中國小說之時間與現實觀念〉（註四），在當時也很有影響。

在六十至七十年代，小說評論結集出版的除上面說的外，尚有丁樹南的《人物刻劃基本論》（註五）、《小說的寫作欣賞》（註六）、王鼎鈞的《小說技巧舉隅》（註七）、《短篇小說透視》（註八）、彭歌的《小小說寫作》（註九）、羅盛的《小說寫作研究》（註一〇）。另有以實際批評爲主的隱地的《隱地看小說》（註一一）、葉石濤的《葉石濤評論集》（註一二）。不同於許多西洋文學的評介多於對本國小說的評論集，這兩本書純粹是對臺灣小說的批評。前者選材上偏於新作者的短篇小說，後者則偏重於本省作家的小說，且以寫實性、同情民眾、對人類的幫助作爲評價作品的首要標準，與白先勇、王文興的小說觀大異其趣。夏志清後出版的中文評論集《愛情·社會·小說》（註一三），收入了他評〈張愛玲的短篇小說〉、〈評《秧歌》〉等重要論文，也很值得重視。

在臺灣，最先引進歐美「新批評」方法的是夏濟安。將此批評方法運用於小說評論領域取得較顯著成績者，前期還有顏元叔。顏元叔雖未有小說評論專集出版，但他對白先勇、於梨華、王文興小說的評論及其對短篇小說技巧與主題問題的論述，曾產生廣泛的影響。後期則有歐陽子的《王謝堂前的燕子——〈臺北人〉的研析與索隱》（註一四），這是一本嫻熟地運用新批評方法研究臺灣現代小說的專著。此書將評論家深邃的觀察力、鑒賞家洞察幽微的藝術敏感和作家生動的文筆交匯在一塊。既注重小說集的整體印象，又注重《臺北人》十四篇的具體分析，以致使另一評論家何欣讀了後說：「有了歐陽子的《王謝堂前的燕子》，對白先勇還能說什麼呢？」（註一五）

七十年代後期爆發了鄉土文學論爭，使現代派小說家所倡導的「藝術至上論」退居次要地位。爲了解決這場論爭所帶來的遺留問題，顏元叔提出了「社會寫實主義」的主張。這種主張，不同於政治色彩濃厚的「社會主義寫實主義」。他正是從「社會寫實主義」的立場出發，評價了陳映眞、黃春明、王禎和、王拓等人的作品以及另一類型的王文興、陳若曦、張系國等人的作品。顏元叔從不讚成用「工農兵文藝」的帽子去扣陳映眞等人的作品，是因爲他認爲陳映眞們信奉的只是一種文學性的文學主義（即「社會寫實主義」），而非一種政治性的文學主義（即「社會主義寫實」）。他也不主張用「鄉土文學」去取代「社會寫實文學」，因爲前者受地域的局限，不利於拓寬文學表現社會人性的領域。他在〈社會寫實文學的省思〉這篇長文中指出：社會寫實主義是以人本主義爲基本理念的一種觀照和表現完整的人生的方法。使用這種方法可以「擺脫任何政治的或理念的成見或視角，就事論事捕捉當前的社會人性的眞象。於此，社會人生的含義有三：其一，社會性；其二，社會代表性；其三，人與群體之間的交互關係。顏元叔所揭起的這面「社會寫實文學」的旗幟，反對了與現實人生無關的文學，排斥了那些虛無縹緲的文學、濫情煽情的純情小說以及那些「借文學爲宣傳的假文學」。（註一六）這種文學觀，爲小說評論界彌合現代派小說與鄉土派小說的裂痕以及提供新的理論武器、評論視角，起到了良好作用。

在臺灣，很少有專業化的評論家。許多評論工作者都是由作家兼任的。在小說領域，雖然也有像葉石濤這樣挑大樑的作家兼評論家，但比起現代詩領域來說，有更多的像何欣這樣較專門從事小說評論的批評家。何欣在從事西方文學介紹工作的同時，以巨大的熱情投入小說評論工作，接連寫了〈三十年來的臺灣小說〉、〈七十年代的使命文學〉那樣有高屋建瓴之勢的論文，大都收集在《中國現代小說的主潮》（註一七）等書中。

臺灣的小說評論，與現代詩論對比，一是較少黨同伐異的現象，很難找到有像洛夫那樣喜歡挑戰或像羅門那樣只要有挑戰便有長文應戰的評論家；二是既是作家又是評論家的情況少些；三是小說評論家比較注重作家自身或作品中的人物如何對應外在的客觀現實。雖然他們也注意到作品的主題表現方式，不過比起現代詩評論來，其著重點是很明顯的；四是作家作品研究成果突出。僅對張愛玲的研究，在七十年代就出版了兩種專集：一是水晶的《張愛玲的小說藝術》（註一八），二是數學家唐文標著的《張愛玲研究》（註一九）。

繼六十年代後，七十年代對瓊瑤小說的批評亦出現了一些。發這類文章的主要刊物有《書評書目》、《夏潮》。蕭毅虹在〈花呀草呀雲呀水呀風呀——瓊瑤作品的今昔〉（註二〇）中指出：瓊瑤的作品不僅情節重複、人物關係重複，而且語氣也重複。此外，情節越來越離奇荒謬，書中的物質環境越來越闊綽，離現實相差太遠。曾心儀的〈錯誤的美學觀點築起文學危樓——試評瓊瑤小說《月朦朧鳥朦朧》〉，指出〈月〉書的美學觀點、道德原則是錯誤的。王文興不同意這種看法，認爲「低水平的讀者愛看低水準的小說」。爲此，曾心儀又寫了〈注意！「瓊瑤公害」〉（註二一）作爲對王文興的答覆。此文共分三部分。一、瓊瑤作品充滿「仇恨」、「病態」、「奢靡」。二、瓊瑤的美麗謊言。三、速爲廣大讀者杜絕「瓊瑤公害」。最後呼籲：「在文學界裡，也應該有人以確切、積極的行動，給瓊瑤作品予正確的論斷。這是文學工作者爲社會服務，爲社會群眾工作的一個機會。把文學上的一個『癌』除掉！注意！瓊瑤公害已存留十多年了，還在繼續滋長、擴張！」文章指出瓊瑤作品的副作用，體現了作者的社會責任感，但把瓊瑤作品稱爲「癌」，則上綱過高。瓊瑤的作品社會效果不好，除瓊瑤本人要負責外，還有讀者自身的抵抗能力及閱讀水平問題。把一切責任推給作者本人，顯然帶有片面性。

評瓊瑤作品的不僅有文學界，還有電影界人士。遠在六十年代，根據瓊瑤小說改編的《花落誰家》在臺北上演時，瓊瑤指責該片導演王引篡改原著情節，王引反唇相譏，批評原著太灰色、不健康，不動手術不行，因而便引發了一場引人矚目的「藝術論戰」（註二二）。後來，還有葉朋德著文呼籲社會各界人士聯合起來抵制瓊瑤產品。他在題爲〈關於《月朦朧鳥朦朧》這件勾當——兼談瓊瑤產品的抵制途徑〉（註二三）中說：「請看《月朦朧鳥朦朧》裡面，瓊瑤和盛竹如把他們現在的豪華公寓權充林青霞、秦祥林、謝玲玲在影片裡的家（林青霞和秦祥林的家全是瓊瑤實際住的公館），其豪華，其富裕，能不令苦哈哈的大家羡慕嗎？林青霞的服裝設計連到幼稚園上班都一派華麗摩登。舞會的上場戲裡，那種奢靡，種種洋派作風不全是今天這個社會仰慕的目標？《月朦朧鳥朦朧》原來只是一顆黑痣，但是它今天已是一種『癌』了。多年來我們對它的忽視，已經使它猖獗到無法遏止的地步。」葉朋德以電影工作者身分揭露「瓊瑤集團」的公害。他呼籲大家都來抵制瓊瑤產品，還希望爲此成立「中國電影評議聯盟」。曾心儀把瓊瑤作品稱作「癌」，其「典」便出於這篇文章。但鑒於瓊瑤作品適應了部分讀者的要求，尤其是迎合了出版界、影視界、唱片公司賺錢的需要，再加上臺灣本身是商業社會，當局很少要求作家重視作品的社會效果，故所謂「瓊瑤公害」不但抵制不了，反而越來越走紅。另一女作家三毛（一九四三～一九九一年，本名陳平）的崛起，就是最好的說明。

第二節　引發臺灣文壇「地震」的《家變》

在七十年代文壇上，出現了一本被評過最多次的小說。它標新立異，「就像一位披著『長髮』的青年走在街上一樣，行人都不約而同的為之側面。而這本小說的名字就叫《家變》」。（註二四）

《家變》的作者王文興，畢業於臺灣大學外文系。他是臺灣現代主義文學的倡導者之一。他費時六年才完成的《家變》，從一九七二年九月至一九七三年二月在《中外文學》月刊連載了半年。還在連載期間，便引起爭議。

顏元叔最是王文興的知音。他在〈苦讀細品談《家變》〉（註二五）中高度評價描寫老父被兒子「奪權」終於出走的《家變》的成就：「我認為《家變》在文字之創新，臨即感之強勁，人情刻劃之眞實，細節抉擇之精審，筆觸之細膩含蓄等方面，使它成為中國近代小說少數的傑作之一。總而言之，最後一句話：《家變》，就是『眞』。」

一九七三年五月十八日，《中外文學》月刊社與環宇出版社，在臺灣大學體育館內舉辦了由顏元叔任主席的《家變》座談會。據《中外文學》一九七三年六月報導：林海音在會上認為讀者不應集中在《家變》的「文字變」上，還應注意《家變》的結構、內涵、描寫等方面。張健認為：「站在一個國文老師的立場，對於王文興在文字上的用法，我是反對的。可是站在一個作家與批評家的立場，對於一個誠懇的作者，以他苦心經營創造出一種新面目的文字，這是很值得注意的。」詩人羅門在充分肯定《家變》「確是一部對現代美學與現代精神有所探索與發現的小說」同時，指出它在語言上存在著缺陷。朱西甯認爲：「如果說讀《家變》不習慣，這是很自然的現象。但是，讀者應該試著去習慣王文興，而不應該要求王文興來習慣於讀者。」張漢良認爲，《家變》對文字的貢獻表現在：一、作者更新了語言，恢復了已死的文字，把它產生新生命，進而充分發揮文字的力量；二、他把中國象形文字的特性發揚光大；三、爲了求語言的精確性，主要是聽覺上的，他創造了許多字詞。

歐陽子在〈論《家變》之結構形式與文字句法〉（註二六）中，認爲《家變》之誕生，在文壇放出了一道難得的新鮮異彩。但她不贊成初學寫作者拿王文興的風格諸如在作品中大量使用注音符號、獨創新字作爲典範。「因爲王文興的『缺點』極易模仿，但他用以補償——或企圖補償——這些缺點的種種特殊效果，卻是很難捕捉學得的。即使學到，用得一多，也就立刻喪失新鮮，失去功能。所以依我目前的看法，我還是希望王文興的風格，不但『空前』，而且『絕後』。」

在海外從事臺灣文學研究的劉紹銘，讀了顏元叔的文章後，曾去信抗議，認爲顏氏將這本「拾西人牙慧」的書捧得過分了。後來，劉紹銘檢討自己的文學趣味太保守、太傳統和太理性，而改爲稱讚這位崇拜現代派大師喬伊絲的王文興所寫的此書「是臺灣文學二十年來最令人驚心動魄的一本突破性小說。」他在《中外文學》第四卷第十二期（一九七六年）發表的長文〈十年來的臺灣小說（一九六五～一九七五）——兼論王文興的《家變》〉中，並不認爲《家變》的創新在文字技巧，而認爲「內容意義比文字大得多。這是一本眞正由內容決定形式和文字的書。在此文中，劉紹銘把范曄所處的社會，看作是「父權沒落的社會，誰賺錢養家，誰是一家之主」，因此「往深一層看，王文興的《家變》是中國傳統文化日漸崩潰的象徵，禮運大同理想的破滅。」根據這一邏輯，他便推論出「范曄是中國新文學運動

以來第一個夠得上與卡繆相提並論的『異鄉人』。」（註二七）

鄉土文學評論家對《家變》卻持否定態度。尉天驄在〈站在什麼立場說什麼話——對個人主義文藝的考察，兼評王文興的《家變》〉（註二八）中認爲：「今天我們應該做的是以悲憫之心，互相攙助地衝破困境，努力生產，改造環境，哪裡能夠以病治病，居高臨下地嘲弄別人愚蠢呢？因此，我們不能不表示對《家變》的失望，作者不但沒有剖析出在這個時代、這個環境下的一個沒落的讀書人的家庭遭到如何的衰敗，而呈現出它所具有的悲劇性，反而顯露出在這個歷史的演變中，一個新知識分子的刻毒的、自私的、狂傲的面孔。作者即使想探討社會問題，但他既不深入社會，不去關心那些他認爲愚蠢的人，因此抓不住造成那些問題的時代和社會因素。既抓不到這些，只有借小說中父親的出走來滿足一下改變現實的企圖，這不是比弗洛伊德還要妥協，還要不如嗎？某詩人說：『王文興的文字雖怪，提出的觀念卻是新的！』看了上面的分析，我們除了歎息，還能說些什麼？」對白先勇的《臺北人》，尉天驄也純粹從道德的觀點加以批評。對他來說，幾乎所有現代小說中的人物都是病態的，他都看不慣。

高天生在〈現代小說的歧途——試論王文興的小說〉中，附和尉天驄的看法，批評顏元叔、劉紹銘的觀點。他說：顏元叔肯定《家變》語言技巧上的更新，可以接受。但說這部小說是「五·四運動以來中國最偉大的小說之一」的見解，則純是從表現形式而不是從內容上看問題。劉紹銘以《家變》揭發了不少做人兒子的連自己也不敢承認的「隱私」，企圖堂而皇之的用大帽子「內容決定形式」來肯定該書的傑出，高天生亦認爲不妥。「因爲提倡孝道可以說是中國文化的最大特點……我們縱觀《家變》，發覺王文興所描述的只是一個毫無孝道的觀念的『僞知識分子』，他生物本能凸顯外露，終致逼走父親的過程而已，其所反映的僅是一個特殊的人與特殊的心態，由此要來象徵中國文化的崩潰，實無異以司馬昭之心證明天下人皆非善類一般，徒然使人啼笑皆非罷了！職是之故，我們認爲《家變》實在是一本內容貧乏得可憐的作品，而王文興在洪範版的序言中建議讀者『撇開別的不談，只看文字……』，實在也是很中肯的勸告。」（註二九）

對王文興小說的評價，所反映的是不同文學觀念及其評判標準的分歧。不過，不管鄉土派評論家如何批評王文興小說內容貧乏，文字如何雕琢，但就王文興堅持獨立自主的精神，勇於嘗試文字技巧的試驗，且獲得相當的成就，這是抹殺不了的。

集中討論《家變》的報刊除《中外文學》外，還有《書評書目》、《中華日報》。《書評書目》發表的文章主要有：關雲〈漫談《家變》的遣詞造句〉（一九七三年七月號）、隱地〈《家變》與《龍天樓》〉（一九七三年七月號）、王鼎鈞等談〈《家變》之變〉（一九七三年）、楊惠南〈《家變》及其他〉（一九七三年九月號）、譚雅倫〈讀《家變》的聯想〉（一九七四年七月）。《中華日報》的文章有：鄭耀〈談《中外文學》並評《家變》〉（一九七三年八月二日）、村夫〈王文興的鎖——看電視座談《家變》有感〉（一九七三年八月十二～十三日）、陳克環〈「情變」和「家變」〉（一九七三年九月四日）及〈眞假《家變》〉（一九七三年三月三十一日）、林柏燕〈韓愈、白話文、《家變》〉（一九七三年十月五～七日）。到了八十年代，《文星》雜誌對《家變》作了再評論。有呂正惠的〈王文興的悲劇：生錯了地方，還是受錯了教育〉（一九八六年十二月）、蔡英俊的〈試論王文興小說中的挫敗主題——范曄是怎麼長大的？〉（一九八六年十二月）等文。海外的德州大學奧斯汀分校的張誦聖還於一九八一年用英文寫作了〈臺灣現代小說——《家變》研究〉的博士論文。

作爲「小兒痲痺體擁有者，臺灣文學中少見的異數」（註三〇）的七等生，無論在挑戰一般人的道德觀念還是行文風格，均與現代主義臺灣在地化的典型王文興相似。他「不只內容怪，行文語法也怪，其怪誕前衛處」，（註三二）大概唯有王文興及後來的舞鶴能相比。他那「非寫實的簡短對話、奇異的文體，更提供了許多批評意見得以發揮的空間。」對七等生文體的討論，在臺灣文壇引起軒然大波，形成繼王文興後「臺灣難得一見的『批評的批評』第二序檢討省思活動」。（註三三）

第三節　臺灣的香港傳奇：張愛玲熱

張愛玲（一九二一～一九九五年），本名張煐，生於上海。十八歲入香港大學，後因戰爭原因返回上海。一九四三至一九四五年之間，以短篇小說集《傳奇》（上海雜誌社，一九四四年）走紅大陸文壇。此書後來在臺、港兩地出版時，改名爲《張愛玲短篇小說集》（香港：天風出版社，一九五四年；臺北，皇冠雜誌社，一九六八年）。張愛玲以後還有散文集、長篇小說集以及《張愛玲全集》（臺北：皇冠出版社，一九九一年）問世。

張愛玲僅到過臺灣一次，且時間甚短，她也從未有過描寫臺灣的小說問世，可有趣的是，從五十年代後期起，臺港及海外文壇一直在上演著臺灣的香港傳奇：張愛玲熱。那時嗜好張氏小說者被稱爲「張迷」，模擬張氏小說筆法則被稱作「張派小說」。其代表人物有施叔青、朱天文、朱天心、蘇偉貞、袁瓊瓊、三毛、白先勇、郭強生、林俊穎、林裕翼。他們延續「想像中國」的欲望，也等同於一種文化懷舊，這使得「張派」傳人的主力集中在中產階級，尤其是眷村第二代女作家。

在大陸八十年代以前並不存在這種張愛玲熱，這是因爲張愛玲於一九五二年離開大陸後寫過所謂反共小說《秧歌》、《赤地之戀》，大陸出版的中國現代文學史著作便不列其名。就是在臺灣，也有人認爲她歷史上有污點，是抗戰時期的所謂「落水作家」（註三三）。旅美學者夏志清不受這些看法的局限，在一九五七年六月出版的《文學雜誌》第二卷第四期上發表了〈張愛玲的短篇小說〉，後來將此文收在他著的《中國現代小說史》（註三四）中，列爲該書的第十五章。他在此文中給了張氏極高的評價：「對於一個研究現代中國文學的人說來，張愛玲該是今日中國最優秀最重要的作家。她的成就堪與英美現代女文豪如曼殊菲兒、泡特、韋爾蒂、麥克勒斯之流相比，在某些地方，她恐怕還要高明一籌。」夏志清破例給張愛玲四十二頁的篇幅，而論魯迅的專章僅有二十六頁，評得也極爲苛刻。

夏志清能獨具隻眼用「人文關懷」、「人文主義」的視角肯定張愛玲的文學成就，這表現了他的評論膽識。其評論還在張愛玲研究中開創出以外文系學者身分解讀張愛玲現象的一個新的學派。像接過夏志清論述的李歐梵，另以「上海都市性」的方法詮釋張氏作品，而王德威吸收夏志清、李歐梵的論述精神——「頹廢在他那裡得到了細化，而且，他提出了一套『晚清現代性』文學史敘事，更多的把通俗文學納入到日常生活敘事之中。」（註三五）但「夏志清——李歐梵——王德威」這三代相傳的論述，均把張愛玲捧得太高，這並不符合現代文學史的實際。於是，在臺灣出現了和夏志清爭鳴的文章。如王拓認爲：吹捧張愛玲的評論家只見張氏優點而不見其局限，尤其是過分忽略了張愛玲小說中「內容上與精神上的某些缺陷」（註三六）。張愛玲並不像有些人說得那麼高明，「她與她所生存的時代的隔離，她對生活在同一文化環境下的大多數人的生活現實」十分「陌生」。（註三七）讀完張氏的作品，便不難發現張愛玲所反映的現實面過分狹窄。她遠離時代，欠缺社會關懷。她最大的弱點是在努力表達時代的大事件時能力不足。（註三八）林柏燕也認爲張愛玲的小說並不能給讀者美的享受。在她筆下的男女世界只能使人感到醜惡，何況她的作品時代感本來就薄弱。林柏燕認爲張氏的題材意識往往離不開《醒世姻緣》那一套。題材不廣闊固不用說，就是在技巧上也不是一流的，而是矯揉造作的。她筆下的人物給讀者的印象是「起居住」式的瑣碎，情節散漫拖沓。林柏燕在〈細說《半生緣》〉中還認爲：如果說張氏對人生有任何「透澈觀察」，大概也只限透澈於金錢以及女性太依靠男人生存下去的唏噓吧！（註三九）

對張愛玲的小說評論，還在四十年代就出現過。其中較著名的有迅雨的〈論張愛玲的小說〉（註四〇）。但這些研究都是零碎的，未能對張愛玲作系統深入的研究。水晶於一九七三年出版的論文集《張愛玲的小說藝術》（註四一），改變了這一情況。水晶是小說家，同時也是評論家。他稱自己爲「張迷」，別人稱他爲「張癡」，在中學時代他就熟讀張氏作品。他這個集子共收集了下列論文：〈張愛玲的處女作〉、〈試論張愛玲《傾城之戀》中的神話結構〉、〈在星群裡也放光——我吟〈桂花蒸阿小悲秋〉〉、〈《爐香》裊裊「仕女圖」〉、〈關於《沉香屑》第一爐香〉、〈潛望鏡下一男性——我讀《紅玫瑰與白玫瑰》〉、〈象憂亦憂，象喜亦喜〉、〈詳論《半生緣》中「自然主義的色彩」〉。由於張氏長期旅居海外，與外界交往極少，所以收在此書中水晶寫的採訪記〈尋張愛玲不遇〉、〈蟬——夜訪張愛玲〉、〈夜訪張愛玲補遺〉，便給張愛玲披上了一層神秘的面紗。書中的論文也有一定分量。如作者用比較文學的分析方法，剖析張愛玲和亨利·詹姆斯的兩篇小說，把〈紅玫瑰與白玫瑰〉、《沉香屑》中一般讀者容易忽略的長處仔細找了出來，以證明張愛玲藝術技巧的高超。其它各篇對張氏小說的視角與象徵手法運用、性心理描寫、文字的精煉以及張愛玲對人生的感受，均有細緻的分析。如〈試論張愛玲《傾城之戀》中的神話結構〉，採用新的視角分析張愛玲的小說，認爲白流蘇雖然使人感到她有點面目猙獰，像《聊齋》〈畫皮〉中的女鬼，但她「不是正面的紅顏禍水」。〈在星群裡也放光——

我吟《桂花蒸阿小悲秋》〉也提出這樣的新見：丁阿小這個蘇州娘姨，盡管很難得到一般讀者的青睞，但這不等於說這個小人物不典型、不「偉大」。這篇小說結構上有兩條主線，內容上則有兩層主題。即一層包括婚姻問題的大都市的男女關係，另一層是由這種關係引起「讀者思索推敲的道德課題。」（註四二）。對張愛玲的長篇小說《半生緣》中的自然主義色彩，水晶的見解也很獨到。他認爲曼璐、曼楨兩姐妹其實是張愛玲的「潛我」和「自我」的化妝。這種判斷說明水晶的確將張氏小說看「穿」了，即不僅能入乎其內，而且還能出乎其外。他指出「張愛玲的小說外貌，乍看起來，似是傳統章回小說的延續，其實她是貌合而神離；她在精神上和技巧上，還是較近西洋的。」（註四三）像這類論述，沒受過嚴格學院訓練的批評家是寫不出來的。水晶對張氏的讚揚，同樣有人提出異議。林柏燕在批評夏志清的過高評價時，也不讚同水晶的觀點。他認爲，張氏的作品無時代感，最多只能承認她是優秀作家而非偉大作家。張氏的小說和中國社會環境不和諧。在廣大人民掙扎圖強的時候，是不會看重張氏作品的。（註四四）陳嶸則不同意林柏燕批評張氏小說忽略了中國廣大社會婦女一面的觀點。他認爲：從文學的立場來說，人物與其寫得多而面目模糊，不如下苦功寫活少數人，使其具有鮮明的個性。

在臺灣，左右兩翼對張愛玲的評價雖然南轅北轍，但就對張愛玲如此癡迷這一點來說並無多大差別。如右翼的白先勇在發表對張愛玲作品的意見時，曾把張氏和茅盾作比較，認爲「茅盾在《子夜》中，對上海懷有極深的意識形態上的偏見，認定上海是個罪惡的城市。他當時對上海的瞭解與認識，恐怕是相當膚淺的。我相信舊社會的上海確實罪惡重重，但像上海那樣一個複雜的城市，各色人等，魚龍混雜，必有它多姿多彩的一面。茅盾並未能深入探討，抓住上海的靈魂。《子夜》的上海味兒，是非常不夠的，反而不如張愛玲的一些短篇小說描寫上海人入木三分。主要因爲張愛玲對上海沒有意識形態的偏見，她只是將上海及上海人的特性，用極度精緻的文字技巧，忠實地記錄下來，反而眞實。」（註四五）白先勇讚賞張愛玲的頹廢與虛無，這與他自己小說的情調極爲合拍。

在七十年代出版的研究張愛玲的論著中，唐文標的《張愛玲雜碎》影響最大。全書最引人注意的頭篇論文〈一級一級走進沒有光的所在——張愛玲早期小說長論〉，由下列部分組成：大膽的嘗試、歷史背景、張愛玲怎樣寫小說呢？張愛玲小說世界、張愛玲小說世界的建造、沒有光的所在、我對張愛玲小說的意見、張愛玲世界三代圖。過去，人們研究張愛玲作品，往往停留在作家的主體——作家的生活道路、作家的創作心態以及作家的寫作藝術方面。而唐文標研究張愛玲，卻是從張愛玲小說創作的歷史背景切入的——他稱之爲「第一級」。他對張氏的私生活和別人對她的「私語」（如胡蘭成的《今生今世》或潘柳黛的回憶閒話）毫無興趣。他認爲，張氏是純粹的上海人。她早期的小說是純粹的「上海傳統的小說」，「『張愛玲世界』是一個死世界，裡面的人物走著等死的路，而這個世界本身也只有死的，不能再復活的結局。」（註四六）張氏小說顯得過分「傷感、小趣味、沒有惡意」。從小說世界上看來，她是一個活在新時代中的租界上海的舊作家，」（註四七）「她是表現這個沒落的『上海世界』的最好和最後的代言人……在她身上，我們清楚地看到了鴛蝶派和黑幕小說開了花，似乎它要表示什麼，『可是，這裡沒有巍峨的過去，有的只是中產階級的荒涼，更空虛的空虛』。」（註四八）張氏小說表現的是悠閒居民的生活心理，「抓不到時代進步的方向，看不懂時代的轉變對他們的意義，落了斑，脫了節，只好逃匿在過去那些發黴的但仍有框架的『古典』，和衰微的制度中生活。」（註四九）還在前兩年現代詩論戰時，唐文標就站在左翼的文學立場上，向現代主義新詩舉起了投槍，並由此確立了他的「大俠」稱號。對過分傷感的張愛玲小說，他同樣亮出「不健康」、「不道德」、「不愛國」投槍。他評價作品的標準與右翼的夏志清完全不同。唐文標從頭至尾都要問一下「爲什麼寫？寫的是什麼？究竟寫作的目標何在？站在什麼立場寫？」（註五〇）他的文學觀，由早期的藝術至上主義變爲憂國憂民，濟世匡時，帶上了濃厚的社會學色彩。

唐文標研究張愛玲，是把張愛玲當作當時展開的保釣運動的替代品或曰犧牲品，但這並不防礙他本人對令人目眩神迷的張氏作品的喜愛，準確地說他對張氏是又恨又愛。別看他高揚「國族主義」和「道德規範」的大旗，研究起張愛玲來卻非常認真，尤其是在史料整理上。這位張愛玲批判者在美國加州大學圖書館所藏的四十年代舊雜誌上，發現了張愛玲的《連環套》和《創世紀》這兩部未寫完的小說，以及被作者忘記收入《流言》中的散文。他爲搜集張氏的創作資料，足跡遍及歐美各大學圖書館。他後來還編輯出版了《張愛玲卷》（註五一）、《張愛玲資料大全集》（註五二）。像鮮爲人知的《十八春》（註五三）後半部分被他影印出來，均顯得極爲寶貴。但唐文標的研究方法一直很難爲海外學者所接受。他最初編的《張愛玲雜碎》，從書名到內容不少人看了均非常反感。銀正雄發表了〈評唐文標的論張愛玲早期小說〉（註五四）一文與他商榷。朱西甯則反駁說：唐文標用「時代性和社會性」這個標尺去衡量張氏作品是不公平的。唐文標自己的觀點前後均有不一致的地方。他用「題材決定論」看問題，認爲沒寫「大肆活動的革命黨」便不是好作品，這未免強加於人。（註五五）王翟在〈看《張愛玲雜碎》〉一文中也認爲唐文標過於功利主義，「他的觀點熱心多於對文學的認識，以單一的文學觀點來觀照所有的文學作品並非是正確的欣賞態度。以此單一的觀點來要求作者創作的方向亦不切實際，甚或是危險的。」

當臺灣的右翼評論家把張愛玲裝扮成超越社會與道德的「藝術女神」時，香港的評論家也與之唱和。在一九七八年一份香港的日報副刊上，接連刊登了三則短文，討論張愛玲和唐文標的《張愛玲雜碎》。其中有一篇文章認為：張氏「筆下的人物，決不是如《雜碎》所說『沒有代表性』，而是極有代表性，代表的是一群『小資產階級』的人物。如果說文藝作品一定要寫工人、農民，『中國幾萬萬人占少數又少數』就是沒有代表性，這種說法顯然超出了文藝批評的範疇，而是訂下了一個框框，要作家去遵循了。作家不但可以只寫少之又少的一些人，而且甚至可以寫只有獨一無二的一個人。只要寫得好就好，寫得不好，小說中每一個人物都是『大多數』，又有什麼用？」（註五六）這種批駁有理論深度，顯得非常有力。也斯（梁秉鈞）在〈未完成的舊作〉一文中，批評唐文標不該對張愛玲有偏見。唐文標用張氏的舊作《連環套》作批判的靶子，這是連張氏自己也認為是不成功的作品，那又何必拿出來鞭屍以嘩眾取寵呢？（註五七）林以亮也在香港寫了〈唐文標的「方法論」〉（註五八），批評唐氏不該戴上有色眼鏡看張愛玲小說，並指出唐文標編的〈張愛玲小說系年〉有錯漏。林以亮措辭刻薄，且盛氣淩人。唐文標在《張愛玲雜碎》出增訂本並易名為《張愛玲研究》（註五九）時，逐一反駁了朱西甯和林以亮等人的「造神」做法。他認為自己首次為張氏編了作品系年，目的雖然是「驅魔」，但畢竟填補了研究空白。「在批評本文中，我分析了張愛玲世界，我把張愛玲作品『整體性』起來，將他裡面的人物互相串聯，我的方法是主題變調和結構分析之間，在批評中我以為仍有它新鮮的一面。」（註六〇）唐文標由張愛玲的綜合研究還聯想到應該有人出來寫一本「三十年來臺灣文學通史」這一重要問題，可惜未引起人們重視。

在臺灣，參與把文壇變成「非張（愛玲）」，即鄉土（文學）」以及把張愛玲演變成一則傳奇的唐文標，並不因為臺港兩地批評家的「惘惘的威脅」而顯得孤立。與唐文標同調的董千里早在〈最怪的女作家張愛玲〉中，便用左翼文學觀稱張氏為「新頹廢派」，「《傾城之戀》則庸俗」。（註六一）傅禺在

〈我看《連環套》〉中除用嘲笑的態度批評張氏外，還用張資平去影射張愛玲的歷史。（註六二）

到了八十年代，仍然有許多作家和評論家像施叔青那樣不自覺地「不止一次踩在張愛玲的腳印」（註六三）上，這種臺灣的香港傳奇即張愛玲熱仍在方興未艾。關於這一點，本書在第三編第八章中再加以評述。

第四節　持平中和的何欣

何欣（一九二二～一九九八年），筆名江森。河北深澤人。一九四四年畢業於西北師院英文系，在重慶從事文化工作與教書，曾在《時與潮文藝》工作。一九四六年春赴臺，先推行國語，後到學校教書。歷任《公論報》文藝副刊主編、臺灣國立編譯館編纂、《國語日報》資料室主任、政治大學西語系教授。此外，還參與《現代文學》、《文學季刊》、《書評書目》編輯工作，並擔任過多種英文教科書及英漢字典的編輯，先後譯有西洋文學三十多種。歐美文學方面的專書則有《海明威創作論》、《斯坦貝克的小說》、《索爾・貝婁研究》、《二十世紀美國小說家》、《現代歐美文學概述》，另有近百萬言的《西洋文學史》鉅著。出版有《從大學生到草地人》（臺北：遠行出版社，一九七六年）、《中國現代小說的主潮》（臺北：遠景出版社，一九七九年）、《文學論爭集》（臺北：天視出版社，一九七九年）、《當代臺灣作家論》（臺北：東大圖書公司，一九八三年）。散文創作有《未實現的諾言》（臺北：驚聲文物出版社，一九七三年）、《松窗隨筆》（臺北：帕米爾書店，一九八四年）。

何欣是一位重要小說批評家。他連續出版了三本小說評論專集，平時極少寫新詩、散文方面的評論。他還是西洋文學研究專家。早年除出版上面說的專著外，他還發表過不少評價西方作家及其作品的文章，如發表在一九六七年《文學季刊》上的〈英國小說家摩多克〉、〈美國小說家索爾·貝婁〉。他一方面譯介、評論歐美的小說，同時也做實際評論工作，對當代文學運動提出自己的看法，如在六十年代發表的〈現代作家的任務〉、〈從混亂裡面站起來〉，反對為藝術而藝術的傾向，主張作家必須有社會責任感，應將個人的人格感與社會的理想感結合在一起。他認為：「因為個人生活在一個社會的與經濟的世界裡，這個世界是十分眞實的，個人的人格與意識是一種社會的創造，就是說，它們繼承了過去的社會成就，而個人的發展同他們周遭的環境——不只是他們的家庭，還有社會、國家，甚至世界——聯繫在一起，個人在社會中具有積極的意義，他能參與社會，進而影響社會。小說作家們在敘述人與人和人與社會之間的關係就基於這種信念。」這種把個人與社會、國家聯繫在一起的觀點，與西方現代派對人的價值的評價不相同。這說明何欣雖然潛心於西洋作家的研究，但並不贊同西方現代派極端個人主義觀點。在編輯工作方面，他的指導思想也非常明確。在「二·二八」事件之後，當時的刊物所登載的不是政治性非常強的反共抗俄文章，就是非常軟性的掌故軼文及色情文學。何欣編刊物不去趕這個潮流，他一方面鼓勵受壓抑的本地作家發表帶鄉土氣息的作品，一方面又注意評介外國文藝思潮及作家作品，以突破當局設置的人為禁區，為臺灣文壇增添新的活力。

何欣的文藝觀一向比較持平、中和，不愛走極端。這和他的個性有一定關係。他生活恬淡，很少與外界來往，從不應酬。他卑視作家如政客，組社如組黨；作品尚未問世，派別已成立在先；文格不及上升，人格卻已下降的風氣和做法。他一輩子不參加任何社團、派系、協會，甚至連文藝界的集會也很少參加，為的是使自己的評論不帶小團體的派系色彩。在鄉土文學論戰中，他站在中立派的立場一再提醒鄉土文學論者別忘了國家大義。他在一篇文章中說：「基本問題，我個人認爲，是作家的立場和態度。同樣的現實生活，在作家個人的心靈的鏡子上反映出來的映象，必定會有差異。作家們從現實中選擇他的素材和人物時無可避免會有相當的主觀，也就是說，對同樣的一個客觀現實，不同的個人會產生不同的愛憎和不同程度的愛憎，而且一個人往往不會看到全體而只看見一部分。這一部分被獨立出來，被誇大，被美化或醜化，在美化或醜化的過程中作者必然會把自己的思想意識注入其中，因此作家自身的態度占有很重要的地位。今天我們所要求於作家的是他個人必須有強烈的愛心與信心，他對自己的文化、自己的民族精神要有愛心，對自己的民族的前途有堅定的信心。具有了這樣的感情，他的作品才能產生震撼的力量，這一點我想是大家所同意的吧？我們不希望我們的作家們懷著自卑感向國人介紹那些使他個人眼花繚亂的舶來品．硬塞進自己同胞的生活裡。」（註六四）文學史家劉心皇在談到何欣這篇文章時曾說：「何欣是想將鄉土文學導入正規，並肯定文學是進步的。」（註六五）這裡講的「導入正規」，是指作家在反映現實時必須有正確的立場和態度，作爲中國文學必須具有民族精神。何欣這種文學觀是一種現實主義文學觀，和鄉土文學主張者的基本觀點一致，所不同的是他沒有偏狹的地域性觀念。

最能顯露何欣評論鋒芒的是他對七十年代文學的評價。他對這時期的文學有個畫龍點睛式的評語——「使命文學」（註六六）。「使命文學」一詞不僅恰如其分地指出臺灣的文學從二十年來的「純文學」進入了七十年代「使命文學」的時期，而且挑明了鄉土文學運動從一開始就具備有強烈的使命意識及由此延伸而來的反抗意識：一手向當局執行的文藝政策提出挑戰，另一手則向學院的主流文學走向——現代主義，祭出向民族、向本土認同的旗幟。「使命文學」一詞還使楊青矗、王拓在臺灣文壇建立的地位與前一階段的陳映眞、王禎和、黃春明鮮明地區別來開。「使命文學」後來被一些評論家如呂正惠、蔡詩萍反覆引用，便可見何欣這個論點的精闢。

在臺灣，從事小說評論的作者有許多，然而像何欣那樣產生廣泛影響的並不很多。究其原因，在於何欣有深厚的文學修養，不僅對西方文學有透澈的瞭解，而且對當前創作現狀十分關注，不同於某些學院派評論家只搞純理論研究不屑於作實際批評工作。還在於何欣有開闊的評論視野，他善於將綜合研究建立在作家作品研究基礎上。正因爲這樣，他在一九八二年冬季號《文學界》上談臺灣文學前途時，能提出這樣發人深省的意見：臺灣文學必須提升和淨化，「文學家的任務是建立高超的精緻的文化」。另一方面，他不站在派系立場上發言，常常以超脫的態度分析當前文藝現狀，既注意客觀性，同時又有自己鮮明的是非感。如他評王拓的小說，不搞人爲的拔高，實事求是地對作品中的人物處理提出不同的意見。他說：〈炸〉裡的旺嫂，兒子死後想再要一個，以迫使水盛拿兒子去做抵押品。水盛受傷住院，她悄悄地去看生病的阿雄時，激動地把孩子抱過來擁在懷裡，然後自言自語地說：「我們怎麼用這種手段對付這一家呢？我怎麼會變成這樣沒有心肝的人呢？」放高利貸的人透過愛竟成爲阿雄的母親！在這裡，突變的態度說明旺嫂的胸膛燃燒著的母愛之火燒毀了「金錢欲望」，這無異於否認了王拓所講的金錢決定一切人際關係；人性裡有超越金錢欲的東西。（註六七）何欣這種批評既中肯又深刻。如果下層人民的苦難能使吸血者發生憐憫而棄惡從善，那世上就不會再有放高利貸一類的剝削者了。

何欣後來出版的《當代臺灣作家論》，比他過去的論著又有所開拓前進。

首先，作者在此書開展了對評論的評論。臺灣的文學評論，多半局限於研究同時代的作家作品，鮮見有人研究當代臺灣文學運動和作家的文學觀。何欣收入此書中的〈三十年來臺灣的文學論戰〉、〈葉石濤的文學觀〉，擴大了臺灣當代文學評論的範圍。前者評述了新詩論戰、鄉土文學論戰的來龍去脈，有述有評，有貶有褒。此文原是給《中國新文學大系：論爭集》寫的序言，後經改寫發表在《現代文學》復刊第九期上，以後又再補充、定稿，由此可見作者治學態度的嚴謹。此文所敘史實有根有據，實事求是，不僅爲讀者提供了豐富的史料，而且給今後文學運動的開展提供了借鑒。後者結合葉石濤的創作實踐，剖析了葉石濤的現實主義文學觀，充分肯定了葉石濤的文學主張給文壇帶來的積極影響。雖然葉石濤強調作家的思想與世界觀的重要性，強調文學中的民族性是我全中華民族的民族性這一點得到作者強烈的共鳴，但在文章的末尾，作者仍希望他「能擴大評論的範圍，而有更大的貢獻」。對葉石濤寄予厚望，於此可見一斑。

其次，作者透過當代臺灣作家所取得的成績與不足的論述，發表自己的文學見解。如〈論洪醒夫〉中，作者要求小說家們要創造典型人物，要善於透過「平凡的人物的平凡言行」表現出人物的普遍意義。僅注意「故事迷人，而缺乏內在的精神——也就是作品的靈魂」，並不是一篇好作品。在〈論魏偉琦〉中，提出「變態易寫，常態難描；怪異人物易寫，平凡人物難述」的創作準則，對那些一味獵奇去迎合讀者的作家，無疑具有針砭作用。就是對陳映眞這樣有影響的作家，何欣均不滿意他透過寫故事來介紹自己在工商業機構服務中所獲得的知識。這裡所指出的缺點不止發生在陳映眞一人身上。許多鄉土作家從文學的現實主義蛻變到政治的現實主義時，意識形態的過分強化限制了小說人物的塑造和情節的開展。何欣是較早指出這種偏向的評論家。這對人們思考七、八十年代的現實主義小說的藝術成就爲什麼比不上六十年代後半期作家，極有幫助。

何欣的小說評論也存在著缺陷：一是複述故事情節太多，文字不夠簡練；二是述多於評，思辨性不足。

第五節　研析《臺北人》的歐陽子

歐陽子（一九三九年～　），原名洪智惠，生於日本廣島，祖籍臺灣南投縣，一九四六年隨父母去臺。從十三歲起開始在報刊發表短篇散文。十六歲開始新詩創作，十八歲（一九五七年）入臺灣大學外文系，與白先勇等人共同創辦《現代文學》。一九六一年臺大畢業後，留校任外文系助教，次年赴美留學。一九六四年獲愛荷華大學小說創作班碩士學位，秋季轉入伊利諾大學英文系。一九六五年移居德克薩斯州，小說創作均在臺灣發表或出版。一九七四年開始研究白先勇小說。評論著作有《王謝堂前的燕子——《臺北人》的研析與索隱》（臺北：爾雅出版社，一九七六年）、《跋涉山水歷史間》（臺北：爾雅出版社，一九九八年）。

白先勇是臺灣一位重要小說作家，關於他的小說研究，最著名的是附錄在《臺北人》小說集後面的夏志清所作〈白先勇論〉。如果說，夏志清的論文所著重論證的是白先勇的才氣，那歐陽子的《王謝堂前的燕子》所著重闡明的則是白先勇的藝術。（註六八）《臺北人》這部小說集只有二二九頁，而歐陽子的研析與索隱，卻長達三二六頁。歐陽子本身是深受西方文學影響的現代小說作家。她的短篇小說集《秋葉》，善於用纖細的筆觸，冷靜地、客觀地剖析人物複雜微妙的心理。現在，她又用自己纖細的筆觸去解剖白先勇的小說，自然會有不同尋常之處。

歐陽子在談到白先勇的《臺北人》時曾說：這「是一本深具複雜性的作品。此書由十四個短篇小說構成，寫作技巧各篇不同，長短也相異，每篇都能獨立存在，而稱得上是一流的短篇小說。但這十四篇聚合在一起，串連成一體，則效果遽然增加：不但小說之幅面變廣，使我們看到社會之『眾生相』，更重要的，由於主題命意之一再重複，與互相陪襯輔佐，使人們能更進一步深入瞭解作品之含義，並使我們得以一窺隱藏在作品內的作者之人生觀與宇宙觀。」歐陽子的《王謝堂前的燕子》，同樣是內容豐富的評論集。除簡短的「前言」和總論〈白先勇的小說世界〉之外，正好由十四篇論文組成。這些論文每篇側重點不同，也可單獨存在。從這個角度看，它是本論文集。但這十四篇合在一起，不僅可以看出白先勇創作的藝術特色，而且還可以瞭解歐陽子本人的小說觀。從這個意義上看，它又是一本完整的研究專著。

白先勇的《臺北人》內涵豐富，意象複雜。企圖講清《臺北人》的主題，並由此去窺測白先勇的人生觀、宇宙觀，是個難度相當大的工作。也正因爲難，雖然《臺北人》當時出版已三年，印了近十版，而白先勇本人也被大家一致認爲是臺灣極有成就的短篇小說作家，但對白先勇的研究，還停留在作品評介的微觀研究層次上，還沒有人出來寫一本系統的綜論。歐陽子看到這一情況，便自告奮勇出來擔當這一工作。她首先探討的是《臺北人》的主題命意。她用了「今昔之比」、「靈肉之爭」、「生死之謎」去探討這一問題。她認爲，《臺北人》不管寫了多少人，其實只有兩個主角：「一個是『過去』，一個是『現在』。」這裡講的「過去」，代表青春、純潔、敏銳、秩序、傳統、精神、愛情、靈魂、成功、榮耀、希望、美、理想與生命。而「現在」，代表年衰、腐朽、痲木、混亂、西化、物質、色欲、肉體、委瑣、絕望、醜、現實與死亡。作者又將此「界線」加以引申：

「過去」是中國舊式單純、講究秩序、以人情爲主的農業社會；「現在」是複雜的，以利害關係爲重的，追求物質享受的工商業社會，由此看出白先勇的社會觀。

「過去」是大氣派的，輝煌燦爛的中國傳統精神文化；「現在」是失去靈性、斤斤計較於物質得失的西洋機器文明，由此看出白先勇的文化觀。

「過去」是純潔靈活的青春。「現在」是遭受時間污染腐蝕而趨於朽腐的肉身，由此看出白先勇之個人觀。

這樣分析《臺北人》各篇的今昔對比主題，是把白先勇的小說當作一個整體來看待的。歐陽子不愧爲白先勇的知音，把白先勇想說而沒有在作品中直說出來的主題及其人生觀點破了。這種力透紙背的分析，的確有助於加深讀者對《臺北人》的理解。

後面對靈與肉之爭及「生死之謎」的分析，和前面對「今昔之比」的分析互相聯繫，互爲對照。這三層構成一體，共同串連出白先勇十四個短篇小說的內層鎖鏈。這種分析既準確又深刻，的確觸到了白先勇小說的神韻。

歐陽子運用的是新批評方法。在臺灣，將這種批評方法用到中國古典文學批評上，應推梅祖麟、高友工的英文論文〈析杜甫《秋興》八首〉。用新批評方法分析短篇小說，歐陽子的《王謝堂前的燕子》無疑是代表作。作者分析《臺北人》時，雖然運用的是同一批評方法，但角度不同。像分析〈永遠的尹雪豔〉，所著重的是語言與語調；分析〈一把青〉，所著重的是對比技巧的運用；分析〈金大班的最後一夜〉，所著重的是喜劇成分；分析〈那片血一般紅的杜鵑花〉，所著重的是隱喻與象徵；分析〈國葬〉，著重的是象徵性、悲悼性與神秘性。這些著重點合起來，便不難看出白先勇的整體藝術成就。這種藝術成就是白先勇創造的，但卻是歐陽子總結發掘出來的。這種藝術技巧是白先勇運用的，但卻是歐陽子將其條理化和系統化的。

歐陽子十分推崇白先勇的小說藝術，但她的評論並不是任送花籃。她對白先勇時有批評，如批評白先勇是「相當消極的宿命論者」。在分析〈孤戀花〉時，又從聳人聽聞的離奇情節看出作者對人類命運的基本看法，認爲「白先勇是一個百分之百的宿命論者」。還從白先勇的「迷信」觀念「使講究科學理性的現代人驚詫不解」這一點上，說「白先勇簡直不是我們今日世界的人」。這種推斷，是建立在白先勇作品分析的基礎上。白先勇後來沒有反彈，可理解爲他默認了歐陽子的批評。

歐陽子不僅善於從白先勇的小說中看白先勇的人生觀、宇宙觀，而且善於從索隱白先勇小說的主題和剖析《臺北人》的藝術技巧中，表現自己的小說美學。

歐陽子的小說美學，一是認爲小說應成爲一個完整的有機體。作者應防止節外生枝，去賣弄一些與故事脫鉤的情節與動作描寫。應像白先勇那樣，不去有意炫耀自己的博學，犧牲作品的完整性去掉書袋。二是「大凡一個小說作者，寫作成功的主要關鍵，不在於選用什麼樣的題材，而在於如何處理他所選用的題材」。這是歐陽子分析〈花橋榮記〉所得出的結論。這種看法反對了「題材決定論」的形而上學觀點。三是好的小說應是內容與形式完滿結合，不應相信「寫作內容比技巧重要」的說法。因爲小說主題是所謂「小說形式」中的有機元素，和小說寫作技巧有絕對不可分離的關係。白先勇《遊園驚夢》的成功，正證明了這一點。

歐陽子的小說美學，有和臺灣不少小說評論家一致的地方，也有不同之處。正因爲有不同之處，所以她不同意某些權威評論家說的《臺北人》止於實寫，止於眾生相之嘲諷，而喻之爲以改革社會爲最終目的的維多利亞時期之小說。她認爲，這種觀點「完全忽略了《臺北人》的底意」。歐陽子讀〈梁父吟〉的感受，也和葉維廉在〈激流怎能爲倒影造像〉所表達的觀念不同。顏元叔在〈白先勇的語言〉中，提到〈金大班的最後一夜〉接近末尾那一段屬敗筆，歐陽子認爲這段寫法除了語言語調外，還牽涉到許多別的方面問題——特別是主題，因而作了重新探討，得出的結論與顏元叔不完全一致。所有這些，均說明歐陽子是有獨立見地的評論家。難怪她這些論文還在《書評書目》連載時，就引起人們高度重視，以至被某些人稱爲「文學評論的經典之作」。（註六九）

歐陽子是從一九七三年開始寫小說評論的。那年，她在《中央日報》發表了〈也談短篇小說〉文章，同年還在《中外文學》第十二期上發表了〈論《家變》之結構形式與文字句法〉。這是當時出現的一批評論《家變》文章中態度較客觀冷靜的一篇。歐陽子不像某些人那樣，要麼將《家變》捧上天，要麼打入地下。她採取中性的態度，反對初學寫作者拿王文興的風格作典範。在此文中，歐陽子既對《家變》在臺灣文壇放出了一道難得的新鮮異彩作了肯定，同時對他的用字用詞提出了中肯的批評。

第六節　作家的散文評論

在鄭明娳出現之前，散文評論差不多都是由作家兼任。其中成績突出者有季薇、梅遜。他們的評論特點爲：用形象化的散文語言來表達自己的理論主張，爲初學寫作者學習散文作引路人；用導讀方式解剖優秀的散文作品，如梅遜編著的《散文欣賞》（註七〇），在欣賞與作法分析後面附上名篇，幫助讀者瞭解作者的寫作手法與優點之所在；以自己的創作體會或個人的藝術趣味闡發散文觀。在這方面，張秀亞所寫的〈創造散文的新風格〉（註七二）尤有代表性。在此文中，她指出「新的散文」具有下列五種特色：「一、意識流結構：時間與空間、幻想與現實的流動錯綜性。在描寫方面，不只是按時間順序排列起來的貫穿的事件，而更注重生活橫斷面圖繪，心靈上深度的發掘，不只是敘述，不只是鋪陳，而更注重分剖再分剖。二、詩法運用：筆法曲折迂迴，內容的暗示性加強，朦朧度加深，文字更呈幽眇之至，而逐漸與詩接近。……喜用象徵、想像、聯想、意象以及隱喻，因而極富於『言在此而意在彼』的味道，企圖重現人們內心中上演的默劇映射出行爲後面的眞實、生活的精髓，並表現出比現實事物更完全、更微妙、更根本的現實。三、塑造新語彙：新的散文作家，皆致力於新的詞彙之創造……推敲它、鍛鍊它、伸展它，並試驗其韌性、張力以及負荷、涵容的能力，並將一些詞彙重新加以安排、組合，使它閃耀出新的光輝，有了新的生機。四、知性取向：新散文在內容上含蘊著作者對生命、對一切最正確的解釋，表現它們確切的宇宙觀，健康的人生觀，故不以圖繪物象的表面爲滿足。新散文含有感情的因素，也含有『知性』的因素。五、感思閱讀法：對迂曲深邃的新散文，不僅用眼睛讀，更應利用想像力來捕捉閃爍於字裡行間的微光，以期發現其中含蘊的眞理，心靈的呼聲，全民族的合唱。」張秀亞是一位資深作家，她的散文觀無抱殘守缺的習氣。這些看法含有她自己的創作體會在內，但仍具有普遍性。她重視散文的「知性」因素，說明她並不是唯技巧論者。她指出散文作者要向姐妹文體如詩、小說學習，尤其強調詩法對散文的功用，這都是別的散文作家較少論述到的。至於她把第一人稱的敘述方式與意識流手法相提並論，則暴露了作家論文的隨意性。還有些散文作家，在評論友人的作品時，將主要篇幅放在介紹與被評者相識的經過，或大談被評者的生平經歷外加讀此文的由來。這種評論，人情成分過重，影響了評論的客觀性和科學性。

圖：張秀亞

在作家的散文評論中，最值得重視的是余光中及楊牧的論述。他們兩人雖是學者，但他們談散文時均以作家面貌出現。他們的文章沒有書卷氣，可讀性甚強，因聯繫創作緊密頗受人們的重視。其中余光中的散文學理論，重點放在形式技巧方面（詳見下節）。楊牧談散文的文章比余光中少，他通常在編散文選集時寫的序言中透露自己的主張。比起余光中來，他更強調散文的思想性。散文的藝術性，他也有所論述，如主張散文從小說、詩、戲劇中吸取養料，強調散文的語言要精心推敲，要崇尚「清潔簡單」而不一定要濃烈繁縟。基於這種散文觀，他最推崇的是風格直率沖淡的周作人、豐子愷、朱自清、許地山等。在選散文時，他重視風格成熟、關懷普遍的主題，排斥矯揉造作、爲文造情的作品。他在談琦君的散文時說：「表面上平淡明朗的文體，竟能含涵嚴密深廣的文學理想，小品散文家的功力修養，於此一端是最值得野心勃勃的詩人和小說家借鏡學習了。」（註七二）這段文字，說明他的散文評論有強烈的批評主體因素加入。正是這種滲入，楊牧不僅「借」琦君作品的「光」，而且也以自己的主體力量照亮琦君作品。

關於余光中與楊牧由於偏嗜風格的不同所帶來的文學理論差異，鄭明娳有一段很精彩的論述：「大體而言，余光中以詩法論散文，楊牧以主體精神和史的源流論散文。余光中喜歡散文充滿聲、色、味、音響等創新意象之美，偏於感官上濃烈的口味；楊牧則喜歡散文內容上的蘊藉淡雅。前者重『形』而後者重『神』。余氏喜歡文字大力雕琢，推崇鬼斧神功、驚人眼魄的製作。楊牧則反對逾越尺寸的藻飾。在他看來，一位作家鍛字鍊句的功夫下在最多的地方是刪芟枝葉，去蕪存菁，『往往是爲了減少詞藻美的壓力，追求清潔準確的文體』。余、楊二人的立足點基本就不同，就像作家對自我的訴求，余氏重才氣，楊氏重情懷。是以，我們甚至可以說：『不同風格的創作者就建構出不同的散文觀，且大致以一己延伸而出的觀念為思考模式的核心』。」（註七三）

楊牧的散文理論和其它作家一樣，也存在著理論與實際批評相脫節的現象。如他闡述自己的理論主張時不忽視散文技巧，可在評論周作人的散文時，只強凋「他的思想朗亮進步，尊重傳統而不為迷信所拘泥」（註七四）之類，而對他散文藝術手法略而不談。

到了八十年代，臺灣的青年散文作家大力提倡創作知性散文。這種散文和「文格即人格」的散文觀念相反，將作者自我的人格、風格、個性與情感的流露隱藏起來。這種作品反映的不是小我一己的生命情態，而是大部分人類的生命，故作品中出現的「我」並非作者的化身，他只是人類抽樣的代表。這類散史的文字雖洗煉精緻，但可讀性不強。尤其是學科概念及專門術語的運用，使讀者閱讀起來困難重重。（註七五）這類探索散文以林燿德為代表。林燿德在《都市筆記》〈都市中的詩人〉裡，曾談到自己為什麼要創作這類散文時說：「整部人類文明史無疑將發展中的箭頭指向都市化的路徑。十八世紀末葉以來三度工業革命都使得歐美文學產生重大的變化，開始時詩人們根本無法面對冷酷單調鐵軌，嘈雜呆板的全自動化一貫作業系統……這些迥異於千年來詩人所習慣的田園山水和行走盛裝人馬的古典城鎮……不過現代都市終究是我們生活所面對的現實……與其說詩人在適應時代，向終端機投降，不如說詩人正緊緊抓住時代的咽喉吧，他們已超越了那個時代——那個專門寫些像從『祈禱書』摘錄下來的、歌頌連翹屬植物的肉麻文句的時代；他們進一步要擺脫千年來的隱遁和懷舊的心態，而昂然抬頭，以人的自覺去前瞻和關切未來。」林燿德創作的一系列的都市散文，正是他這種嶄新的然而也是有爭議的散文觀的體現。不過，這一代散文家的理論還未有前行代那樣系統。無論是他們的理論還是創作，均處在一種實驗階段。

第七節　呼喚變革散文的余光中

余光中右手寫詩，左手寫散文，還有可疑的第三隻手寫文學評論。他的評論與他的創作同樣受到高度重視。尤其是他在《左手的繆思》、《逍遙遊》〈後記〉、〈我們需要幾本書〉、〈剪掉散文的辮子〉等文章中對散文的看法，爲現代散文的理論建設做出了應有的貢獻。

一九六二年六月，發生了一場關於散文能否「文白夾雜」的爭論。這場論戰終結於一九六三年十二月。劉永讓在〈文學形式的現代化〉中，主張「純正的白話文」，反對文白夾雜行文方式，並由白話文轉向攻訐以余光中爲代表的「中西混淆」的新詩，其中還涉及一九五〇年代的文學成就能否一筆抹殺問題。爲此，余光中發表〈剪掉散文的辮子〉（註七六），在描繪現代散文應具有彈性、密度和質料典範的同時，對清湯掛麵式的散文和「浣衣婦」式的散文作了尖刻的諷刺。這場論爭的主戰場是《文星》和《中國語文》雜誌，共發表六十篇文章，雙方交戰的焦點不在於能否「文白夾雜」寫散文，而是對「現代」一詞的理解和爭奪。這是散文界唯一稍具規模的論爭，它對余光中以後的創作生命有關鍵性影響。正是在論爭中，余光中重新定義文學的現代性，才促使他從詩人、詩評家成長爲現代文學理論的旗手之一。

還在六十年代初，余光中對五四文學就有與眾不同的評價，並寫過〈下五四的半旗〉（註七七）那樣雖有偏頗但卻極富鼓動性的文章。前述〈剪掉散文的辮子〉，則是臺灣散文向「現代散文」邁進的宣言。他認爲，當詩歌、音樂、小說都在接受現代化的洗禮，作脫胎換骨的蛻變之際，散文仍跟不上現代化的步伐，還捨不得剪掉它那根小辮子。這類有「辮子」的散文可分爲三種：一是花花公子散文，傷感做作，猶如華而不實的紙花；二是食古或食洋不化的酸腐的學者散文，包括半生不熟的洋學者的散文和咬文嚼字不文不白的國學者的散文；三是浣衣婦的散文。寫這種文章的人，猶如有潔癖的老太婆，總把衣服洗了又洗，結果污穢當然向肥皀投降，可衣服上的花紋刺繡也統統給洗掉了。

正忙於創作現代詩和參與現代詩論爭的余光中，對散文的現代化只是以左手兼顧。他從一個詩人對藝術的敏感出發，對現代散文提出講究彈性、密度和質料的要求：

「所謂『彈性』，是指這種散文對於各種文體各種語氣能夠兼容並包融合無間的高度適應能力。文體和語氣愈變化多姿，散文的彈性當然愈大；彈性愈大，則發展的可能性愈大，不至於迅趨僵化。」這裡講的「兼容並包」，從語言角度來說，除以「現代人的口語爲節奏的基礎」外，在情境所需時，也不妨使用歐化句或文言句，乃至滲雜些方言俚語。

余光中講的「彈性」，從文體角度來說，是不主張文體之間有絕對的界限。只要適合內容表達和作者風格的需要，作者盡可放開手寫，哪怕打破了文體分類的條條框框也不要緊。余光中是這樣說，也是這樣做的。他的散文，通常是詩的延伸。他的論說文，也往往抒情色彩濃厚和意象繁複。他還有些文章，「散文不像散文，小說不像小說，身分非常可疑。顏元叔先生認爲〈伐桂的前夕〉兩皆不類，甚以爲病。其實，不少交配種的水果，未見得就不可口吧。……任何文體，皆因新作品的不斷出現和新手法的不斷試驗，而不斷修正其定義，初無一成不變的條文可循。與其要我寫得像散文或是像小說，還不如讓我寫得像——自己。」（註七八）余光中這段話，正可看作是對「彈性」文體理論的詮釋。

「所謂『密度』，是指這種散文在一定的篇幅中（或一定的字數內）滿足讀者對於美感要求的分量；分量愈重，當然密度愈大。」這裡講的「密度」，不能光理解為句法，也應包含思想，「不到一CC的思想竟兌上十加侖的文字」，他是堅決反對的。不過，對「密度」本身，缺乏具體的說明。對此，鄭明娳作了極好的補充：「要增高散文的密度，文字的稠密，意象的繁複及結構、運筆的變化似不容忽略。」（註七九）

「所謂『質料』……指構成全篇散文的個別的字或詞底品質。這種質量幾乎在先天就決定了一篇散文的趣味甚至境界的高低。譬如岩石，有的是高貴的大理石，有的是普通的砂石，優劣立判。」為說明這個觀點，余光中舉了兩個例子：「她的瞳子溢出一顆哀怨」與「她的秋波暗彈一滴淚珠」。余氏評論道：這兩句意思雖相差無幾，「但是文字的觸覺有細膩和粗俗之分。」在《左手的繆思》的後記中，余光中十分希望散文家們能「提煉出至精至純的句法和與眾迥異的字彙」。這種句法和字彙，不妨看作是他講的「質料」的重要組成部分。

在句型的設計方面，余光中曾說過一段有名的話：「我倒當真想在中國文字的風火爐中，煉出一顆丹來……我嘗試把中國文字壓縮，搥扁，拉長，磨利，把它拆開又拼攏，折來且迭去，為了試驗它的速度、密度和彈性。我的理想是要讓中國的文字，在變化各殊的句法中，交響成一個大樂隊．而作家的筆應該一揮百應，如交響樂的指揮杖。」（註八〇）余光中接著坦率地指出：「只要看看，像林語堂和其它作家的散文，如何仍在單調而僵硬的句法中，跳怪淒涼的八佾舞，中國的現代散文家，就應猛悟散文早該革命了。」余光中的作品就是這種理論的極好注腳：他不時調整句法，扣緊節奏，不時用名詞作動詞來揮舞，有時又以動詞作形容詞來描繪；有時把長句拆成短句，有時又把短句聯成氣貫長虹的長句，這說明他在身體力行實踐革新現代散文的藝術。

既然要革新，自然不能停留在前人的成績上。就是對前人的成績，也不能盲目迷信，而必須用現代的眼光加以審查：該肯定的肯定，不該肯定的決不肯定，肯定過頭的堅決糾正過來。對但求「流利痛快」的胡適散文觀，余光中認爲膚淺而且誤人；對長期以來被視爲散文大師的朱自清，余光中也不以爲然。當然，對朱自清，余氏並不想踩前人一腳而後快，只是他認爲將朱自清說成「散文大家」，未免過譽了。「只能說，朱自清是二十年代一位優秀的散文家：他的風格溫厚，誠懇，沉靜，這一點看來容易，許多作家卻難以達到。他的觀察頗爲精細，宜於靜態的描述，可是想像不夠充沛，所以寫景之文近於工筆，欠缺開闊吞吐之勢。他的節奏慢，調門平，情緒穩，境界是和風細雨，不是蘇海韓潮。他的章法有條不紊，堪稱扎實，可是大致平起平落，順序發展，很少採用逆序和旁敲側擊柳暗花明的手法。他的句法變化少，有時嫌太俚俗繁瑣，且帶點歐化。他的譬喻過分明顯，形象的取材過分狹隘，至於感性，則仍停留在農業時代，太軟太舊。他的創作歲月，無論是寫詩或是散文，都很短暫，產量不豐，變化不多。用古文大家的水平和分量來衡量，朱自清還夠不上大師。……事過境遷，他的歷史意義已經重於藝術價值了。」又說：「到了七十年代，一位讀者如果仍然沉迷於冰心與朱自清的世界，就意味著他的心態仍停留在農業時代，以爲只有田園經驗才是美的，所以始終不能接受工業時代。這種讀者的『美感胃納』，只能吸收軟的和甜的東西，但現代文學的口味卻是相容酸甜鹹辣的。」（註八一）這些觀點盡管還有可商榷之處，但余光中所闡述的反感傷、反濫情的美學主張，要求突破田園散文的創作模式以及認爲要破除對二、三十年代散文名家的迷信，要敢於超越他們，特別是提醒那些數十年如一日追隨朱自清的背影的作家，不要「認廟不認神」，這體現了余光中作爲一個散文藝術革新家的膽魄和勇氣。

如果稱余光中首先揭起散文藝術革新的旗幟不至於牽強附會的話，那余光中所從事的主要是散文的語言與文體的革新工作，尤其是在詩質散文的建設上，他下的功夫尤深。余光中曾不無感慨地說：「翻開一本詩選，裡面不見多少散文家。但是翻開一本散文選，裡面卻多詩人。在這種場合，詩人往往搶了散文家的風頭。」（註八二）詩人「搶風頭」的拿手好戲不是寫作應用的散文、「相對的散文」，而是「詩質的散文」。這種散文，其描寫和抒情的功用已與詩相同，所不同的只是形式與技巧。余光中正是寫這種「詩質散文」的能手。本來，余光中的氣質更接近於詩而非散文，即是說，在詩與散文之間，余光中的性格與風格更近於詩。「一般說來，詩主感性，散文主知性，詩重頓悟，散文重理解，詩用暗示與象徵，散文用直陳與明說，詩多比興，散文多賦體，詩往往因小見大，以簡馭繁，故濃縮，散文往往有頭有尾，一五一十，因果關係交代得明明白白，故龐雜。」（註八三）余光中這種比較，不僅是他也是其他眾多散文家創作經驗的總結。這裡還應弄清楚的是，「詩質的散文」仍不能等同於詩，它和詩仍有一些相對性的差異。「它比較現實，詩比較想像。對於一種情景，它是漸入的，因此不免要交代細節與過程。詩是投入的，跳接的，因此不須詳述這些。它比較客觀，因此對讀者多少得保持對話的姿態，詩比較主觀，因此傾向於獨自，不須太理會讀者。」（註八四）余光中有關詩與散文區別的論述以及對「詩質的散文」藝術規律的探討，不再像過去的評論家過多的停留在戰鬥性、時代性、實用性的論述上，而是將散文理論的建設引導到審美特徵的探求上，從而使現代散文的理論建設提升到一個更高的層次。

余光中的散文理論還不夠系統，有時只點到為止，未能展開更深入的論證。但它也不是古代詩話、詞話那種吉光片羽式的評點，更無學院派的繁瑣與脫離創作實際的弊端。如果研究臺港的當代散文理論而忽略了余光中對變革散文藝術的呼喚，「那眞是認廟不認神了」。

注釋

一　臺　北：《聯合報》一九七六年十二月二十八日。
二　王文興：《新刻的石象》小說選集序。
三　原題爲《現象．經驗．表現》，香港文藝書屋，一九六九年。
四　臺　北：《中外文學》第二卷第二期，一九七三年七月。
五　臺　北：文星書店，一九六七年。
六　臺　北：純文學出版社，一九六七年。
七　臺　北：光啓出版社，一九六三年。
八　臺　北：大江出版社，一九六九年。
九　臺　北：蘭開書局，一九六七年。
一〇　臺北：蘭開書局，一九六七年。
一一　臺　北：大江出版社，一九六七年。
一二　臺　北：蘭開書局，一九六八年。
一三　臺　北：純文學出版社，一九七〇年。
一四　臺　北：爾雅出版社，一九七六年。
一五　何　欣：《中國現代小說的主潮》〈後記〉。
一六　顏元叔：《社會寫實文學及其他》，臺北：巨流圖書公司，一九七八年。

一七　臺　北：遠景出版社，一九七九年。
一八　臺　北：大地出版社，一九七三年。
一九　臺　北：聯經出版事業公司，一九七六年。
二〇　臺　北：《書評書目》一九七四年八月（總第十六期）。
二一　臺　北：《夏潮》第四卷第三期，一九七八年三月。
二二　臺　北：《聯合報》，一九六六年五月二十一日。
二三　臺　北：《電影通訊》第八期。
二四　關　雲：〈漫談《家變》中的遣詞造句〉，臺北：《書評書目》第六期，一九七三年七月。
二五　臺　北：《中外文學》第一卷第十一期，一九七三年四月。
二六　臺　北：《中外文學》第一卷第十二期，一九七三年五月。
二七　另見劉紹銘《小說與戲劇》，臺北：洪範書店，一九七七年。
二八　臺　北：《文季》第二期，一九七三年十一月十五日。
二九　臺　北：《文學界》第一集，頁八三～八四。
三〇　陳允元等：〈臺灣新文學史關鍵詞101〉，臺北：《聯合文學》第二期，二〇一二年。
三一　陳允元等：〈臺灣新文學史關鍵詞101〉，臺北：《聯合文學》第二期，二〇一二年。
三二　楊　照：《霧與畫》，麥田出版社，二〇〇一年，頁五六一。
三三　劉心皇：〈抗戰時期落水作家述論（三）〉，臺北：《反攻》，一九七四年三月（總第三八四期）。其實，張愛玲只是留在淪陷區，在文字上並沒有替日本人宣傳。

三四　美　國：耶魯大學，一九六一年英文版。

三五　鄭闖琦：〈從夏志清到李歐梵和王德威——一條八十年代以來影響深遠的文學史敘事〉，北京：《文藝理論與批評》，二〇〇四年一月號，頁九～一四。

三六　王　拓：《張愛玲與宋江》，臺中：藍燈文化事業公司，一九七六年，頁九四。

三七　王　拓：《張愛玲與宋江》，臺中：藍燈文化事業公司，一九七六年，頁九八。

三八　王　拓：《張愛玲與宋江》，臺中：藍燈文化事業公司，一九七六年，頁一〇一。

三九　林柏燕：《文學印象》，臺北：大林出版社，一九七八年。

四〇　上　海：《萬象》第十一期，一九四四年五月。據宋淇（即林以亮）在〈昨日今日．私語張愛玲〉稱，「迅雨」即傅雷。臺北，皇冠出版社，一九八一年。

四一　臺　北：大地出版社，一九七三年。

四二　水　晶：《張愛玲的小說藝術》，香港：「文化社」翻印（年代不詳），頁五三。

四三　水　晶：《張愛玲的小說藝術》，香港：「文化社」翻印（年代不詳），頁一七〇。

四四　林柏燕：《文學探索》，臺北：書評書目出版社，一九七三年。

四五　白先勇：〈社會意識與小說藝術〉，香港：《明報月刊》，一九七九年八月號。

四六　唐文標：《張愛玲雜碎》，頁四五。

四七　唐文標：《張愛玲雜碎》，頁一三。

四八　唐文標：《張愛玲雜碎》，頁一〇。

四九　唐文標：《張愛玲雜碎》，頁一七。

五〇　唐文標：《張愛玲雜碎》，頁五四。
五一　香　港：藝術圖書公司，一九八二年；臺北，遠景出版社，一九八三年。
五二　臺　北：時報文化出版公司，一九八四年。
五三　上　海：亦報出版社，一九五一年。
五四　臺　北：《書評書目》，一九七五年三月一日（總二十三期）。
五五　朱西甯：〈先覺者、後覺者、不覺者——談《張愛玲雜碎》〉，臺北：《書評書目》，一九七六年十月（總第四十二期）。
五六　林以亮：《昨日今日》，臺北：皇冠出版社，一九八一年，頁二〇～二四七。
五七　香　港：《快報》，一九七四年六月二十五、二十六日。
五八　林以亮：《昨日今日》，臺北：皇冠出版社，一九八一年。
五九　臺　北：聯經出版事業公司，一九八六年四月增訂新二版。
六〇　唐文標：〈批評天曉得——新版自記〉，載《張愛玲研究》，臺北：聯經出版事業公司，一九八六年增訂第二版，頁八。
六一　載臺北：《人物春秋》一九五九年五月，另見臺北：《中國文選》第一〇一期，一九七五年九月。
六二　臺　北：《幼獅文藝》第四十卷第二期，一九七四年八月。
六三　施叔青：〈兩情〉，臺北：《聯合文學》，一九九五年（總第一三二期），頁四〇。
六四　何　欣：〈鄉土文學怎樣「鄉土」〉，臺北：《中央月刊》，一九七七年七月號。

六五　轉引自何欣：〈三十年來臺灣的文學論戰〉，載《當代臺灣作家論》，臺北：東大圖書公司，一九八三年。

六六　何　欣：〈七十年代的使命文學〉，載《中國現代小說的主潮》，臺北：遠景出版社，一九七九年。

六七　何　欣：《中國現代小說的主潮》，臺北：遠景出版社，一九七九年，頁一二九。

六八　參看黃維樑：〈在劉勰的偉大傳統裡——評沈謙著《期待批評時代的來臨》〉，臺北：《書評書目》第九十四期，一九八一年二月。

六九　轉引自李瑞騰：〈當代臺灣女性的現代文學論述〉，載鄭明娳主編：《當代臺灣女性文學論》，臺北：時報文化出版公司，一九九三年，頁三四六。

七〇　臺　北：大江出版社，一九六九年。

七一　見《人生小景》，臺北：水芙蓉出版社，一九八一年。

七二　見《文學的源流．留予他年說夢痕》，臺北：洪範書店，一九八四年。

七三　鄭明娳：〈臺灣的散文研究〉，香港：《香港文學》，一九九一年十～十一月。本節吸收了她的研究成果。

七四　楊　牧：《周作人文選》〈代序〉，見《文學的源流》。

七五　參看鄭明娳：〈林燿德論〉，見《現代散文縱橫論》，臺北：長安出版社，一九八六年。

七六　臺　北：《文星》雜誌，第六十八期，一九六三年六月一日。

七七　臺　北：《文星》雜誌，第七十九期，一九六四年。

七八　余光中：《焚鶴人》〈後記〉，臺北：純文學出版社，一九七二年。

七九　鄭明娳：〈從余光中的散文理論看其作品〉，臺北：《中華文藝》，一九七七年八月。另見鄭著《現代散文縱橫論》，臺北：長安出版社，一九八六年。

八〇　余光中：《逍遙遊》〈後記〉，臺北：文星書店，一九六五年，頁二一四。

八一　余光中：〈論朱自清的散文〉，載《青青邊愁》，臺北：純文學出版社，一九七七年十二月，頁二三七。

八二　余光中：〈繆思的左右手——詩和散文的比較〉，載《分水嶺上》，臺北：純文學出版社，一九八一年。

八三　余光中：〈繆思的左右手——詩和散文的比較〉，載《分水嶺上》，臺北：純文學出版社，一九八一年。

八四　余光中：〈論朱自清的散文〉，載《青青邊愁》，臺北：純文學出版社，一九七七年十二月，頁二二三。

第九章　新詩評論的審美更新

第一節　《笠》的詩論

一　現實經驗的藝術功能導向

在五十年代，詩壇呈三國鼎立局面。當時的現代詩論，信奉的是現代主義，「藍星」詩社所標榜的是純藝術傾向，「創世紀」詩社則提倡民族詩型。「可是到了一九六四年，像走馬燈般，藍星詩社走向創世紀的立場，創世紀詩社走向現代詩社的立場。」（註一）《創世紀》從一九五九年擴版出刊第十一期起，不再談民族詩型，來了一百八十度的轉變鼓吹新詩西化，並由此形成與有溫和現代派之稱的「藍星」詩社對峙局面。正是在這種背景下，尤其是在現代詩讀者愈來愈少，許多報刊拒絕刊登新詩，眾多詩刊在勉強支撐、已有晚唐興歎的情況下，《笠》詩刊於一九六四年六月十五日崛起於趨向沒落的詩壇。

《笠》一創刊，就高度重視詩評。創刊號雖然只有二十四頁，但評論卻占了一半以上。後來的《笠》詩刊，「一直以批評反省詩壇的風氣爲己任」（註二）。他們自第一期至十五期開闢的「作品合評」專欄，以座談會的方式對新發表的作品就詩想、題材、語言、意象等各方面加以評論，甚至相互辯論，對改變詩壇的一片頌揚之聲做了轉化工作。這種評論方法雖然是從日本學來的，但評論者在結合詩壇實際，批判虛無現象方面仍有所貢獻。特別是坦誠相見，有好說好、有壞說壞的批評文風，盡管刺痛了一些人，以致被人刻薄地譏之為「輪姦」（註三），但集體批評的做法畢竟活躍了詩壇的氣氛。

《笠》早期的批評對象，主要指向「藍星」的新古典主義詩風和《創世紀》的超現實主義主張。在第六期的「作品合評」中，對王憲陽有濃厚古典詩詞色彩的《千燈》，提出嚴厲的批評。在第七期「詩壇散步」專欄裡，又發表了批評余光中《蓮的聯想》的文章。批評者所持的論據是：「新詩與古詩迥然不同，新詩不需要從古典詩詞擷取養分」；「此類作品，大都缺乏生活經驗及實際的內容，只是『仿古的風花雪月的文學』」。（註四）「笠」詩社提倡新詩要有現代精神，要用現代主義技巧寫詩以及主張文學應有獨創性而不應仿古，這是對的。但認為新詩人不需要學習古典詩詞，則為偏頗。將葉珊一類的作品上綱為「充滿著脂粉氣、娘娘腔」（註五），也用詞過苛。

對超現實主義的批判，主要集中在洛夫的《石室之死亡》上。批評者認為，「由於詩對超現實主義之誤解，以致產生了非現實、脫離現實的傾向，加上存在主義、達達主義等配合，而形成虛無的詩風」，「超現實主義運用心理學自動記述及意識流之寫作方式，逐漸使文學失去生活經驗的內容，且走向夢囈、自我獨自之記載，使作品發生『晦澀難懂』的現象，以致使現代詩受非議，不易使人接受。」（註六）對「創世紀」詩人批評得最尖銳的是杜國清評洛夫執筆的《中國現代文學大系．詩集》〈序〉。杜國清認為此文沒有正確描述出臺灣詩壇所走過的道路。洛夫的詩觀僅限於中國傳統詩觀中的一派，對於中國的詩論既不瞭解，對西洋詩論也一知半解，作者的詩學根底不深厚。對洛夫的為人，杜國清也異常不滿地說：「在詩壇陷於前後都無可比的醜惡的時代，洛夫是最相稱的裝飾品之一。……謙虛是他們品德中最少的。」如此猛烈的火力，使人想起「笠」詩社另一評論家趙天儀，在《笠》第四十四期以《裸體的國王》爲題批評羅門的詩作。這些批評，雖然帶有偏激情緒，沒有看到超現實主義的引進給詩壇所帶來的特異成分，但《笠》同仁反對晦澀難懂詩風及由此帶來的虛無主義，値得肯定。

正是在對不良詩風的批判中，「笠」詩社逐漸建立了自己的詩歌主張。「《笠》的現代詩觀，認爲現代詩是異於中國傳統詩詞，故不須由舊詩詞中擷取養分。而現代詩乃受西方新文學運動而生，所以可以吸收外國詩輸入詩作的精華，作爲茁壯的根基，但必須扣緊生活內容，採取明朗而大眾化的路線。」（註七）這裡講的「外國詩」，主要是指英美法德日的現代詩。對這些現代詩，《笠》並不主張統統「拿來」，而主張吸收它們的意象營造及暗喻、象徵的藝術技巧，並強調精神領域之建立重於意象之文字機能。《笠》的詩論家主要有林亨泰、趙天儀、李魁賢、白萩等。還在《笠》創刊時，趙天儀就建議各位詩人分頭從事詩的研究，其中吳瀛濤、陳千武、林亨泰、錦連等從事日本現代詩的研究與翻譯，杜國清從事英、美現代詩的研究與翻譯，楓堤（李魁賢）從事德國現代詩的研究與翻譯，林亨泰、趙天儀、白萩從事批評與理論的研究。白萩的《現代詩散論》（臺北：三民書局，一九七二年），在研究詩的繪畫性、音樂性及詩的語言特色方面，頗多獨到的見解。林亨泰譯馬婁的《保羅·梵樂希的方法序說》、陳千武譯村野四郎的《現代詩的探求》、葉笛譯鮎川信夫的《現代詩評論》，尤其是杜國清譯艾略特的《文學評論集》及西協順三郎的《詩學》，表現了他深厚的功力，在海內外詩壇產生了廣泛的影響。

《笠》的同仁，幾乎有一半以上的人在寫詩的同時兼寫評論。年輕一輩較突出者有鄭炯明、岩上、陳明臺、陳鴻森、李勇吉、李敏勇等。在七十年代，傅敏（李敏勇）站出來批評具有年度詩選創舉意義的洛夫編選的《1970詩選》（臺北：仙人掌出版社，一九七一年），引起了洛夫的激烈反駁，在詩壇上掀起了一場不大不小的風波。（註八）《笠》的詩論家，在創作方法上大都贊同即物主義路線。這「是一種外向觀點的語言思考方式，主要以現實經驗作爲創作之範疇」。（註九）正如李敏勇所說：「新即物所蘊含的基本精神，及秉持此一精神所能發展的高度，與超現實主義所蘊含的基本精神及秉持其精神所欲發展的高度是一樣的。他們必須分別從『即物』或『抒心』經由『表現』而達到『象徵』的次元。所不同的，在於前者向外觀點較重，而後者偏重『內向觀點。』」（註一〇）曾有詩評家認爲，「笠」詩社的即物主義傾向是受日本詩的影響（註一一），其實即物主義來源於德國，是由表現主義轉變而來，里爾克《形象之書》與《新詩集》時期即有這種傾向，「但他以形象爲主調，而陳千武在《笠》上介紹的凱斯特納則已偏向社會現象」（註一二）。「笠」詩社的不少同仁所以喜歡談論即物主義手法（如李魁賢所主張的「藉物象抒情，賦物象生命」，就有即物主義的投影），是爲了直揭物象的眞實面貌，扭轉爲技巧而技巧的傾向。

「《笠》從早期的否定美文和現代詩，轉向集中精力批評無所表現的虛無主義，相對地，《笠》同仁的發展，也從早期的鼓吹語體化，轉向著重精神運作，主張詩要介入生活，從生活中挖掘詩的題材、內涵和質素，而必然地強調了現實性和社會性。到第二期五年更明顯地加強了民族意識，而成爲鄉土文學的先覺者。」（註一三）《笠》詩刊主編白萩也認爲，鄉土文學是從《笠》開始的。陳千武卻認爲《笠》與鄉土精神關係不甚明顯。對《笠》的文學主張有深刻研究的陳玉玲認爲：《笠》對現實精神的肯定，固然有開先河的作用，但並無自覺地參與鄉土文學，故《笠》對鄉土文學的影響極小，相反，鄉土文學精神則鼓舞了「笠」詩社的同仁。她的理由如下：

（一）以臺灣文學思潮而論，鄉土文學乃反現代文學而起，《笠》不但未參加鄉土文學論戰，且未全面反現代文學。

（二）《笠》對現實精神之關注，呈現出階段性之發展。並且是由反省批判出發，創刊時批判新古典及超現實主義者「脫離時代」、「脫離現實」，而主張「時代性」、「眞摯性」之創作理論，經鄉土文學論戰後，才全面提出「藝術性」、「社會性」、「鄉土性」三者平衡的態度，乃因鄉土文學肯定現實精神的激勵作用。

（三）《笠》對於鄉土文學仍持有批判態度，並認爲鄉土文學一詞，不足於涵蓋臺灣文學。而李敏勇則提出「本土詩文」，主張扎根本土創作，在現實題材上，亦不限於鄉土，且包括都市各層面。《笠》肯定的是鄉土精神，或稱之爲現實精神，但對鄉土文學論戰後，文壇一味排斥西方思潮之做法，不以爲然。

（四）《笠》所主張的現實精神，並不完全等於鄉土文學中的現實主義。《笠》的現實精神是與現代精神融合在一起，即包含了藝術技巧的範疇。（註一四）

《笠》一向反對爲藝術而藝術及由此而來的奇異技巧的傾向，在它的詩的旗幟上鮮明地寫著「現實精神」四個大字，但它排斥圖解政治的「政治詩」。陳千武就極力反對刻意歌頌或批評的政治詩，因爲這類詩缺乏詩人的眞情實感，違反了詩的藝術規律。但《笠》並不主張文學可以脫離政治。在他們強調的現實經驗論中，已包含了人間性和社會性，而後者又涵蓋了政治性、經濟性和文化性等。

縱觀《笠》對現實性的探討，經歷了三個階段：六十年代至鄉土文學論戰前，提倡「生活詩」，強調現代詩的眞摯性與時代性。鄉土文學論戰後，除開始思考社會性、鄉土性外，還強調與藝術性平衡發展。八十年代後，鑒於時代的急劇變化，對崛起的政治詩作出抵制，並對現實性、社會性、個人性的範圍作出清楚的界說。（註一五）

如前所說，李魁賢是「笠」詩社的一位重要理論家。他提出的「現實經驗論的藝術功能導向」（註一六），正是《笠》所提倡的現實與現代精神相融合理論的最好說明。據李氏解釋，臺灣光復前的新詩，偏向於「現實經驗論的藝術功能導向」，即重視現實經驗的感應，轉化爲詩性現實，力求以詩的手段引起社會性的共鳴與呼應。這以「日據下臺灣新文學」明集四《詩選集》及《鹽分地帶文學選》爲代表。五十年代「現代派」成立後，詩壇風氣轉變爲「純粹經驗論的藝術功能導向」，即偏向於藝術上的追求，重視內在心靈對物象的觀照。而《笠》兼顧現實性與藝術性兩方面，既以現實經驗爲題材，又追求藝術上的完美表現。這種藝術與社會功用兼重的綜合發展，是臺灣新詩傳統中的「現實經驗論的藝術功能導向」，這和以意識形態掛帥的「政治詩」所體現的「現實經驗論的社會功能導向」是不同的。

李魁賢的「導向」說，其意不在於說明詩史上的不同創作傾向，而在倡導一種創作潮流。他的理論主張，得到《笠》同仁的支持。杜國清在〈現實主義的藝術導向〉（註一七）以及鄭炯明在〈八十年代的詩展裡〉中（註一八），均表示呼應、認同。而旅美詩人非馬在〈中國現代詩的動向〉（註一九）一文中所講的「現實至上」與「藝術至上」並重的態度，與李魁賢倡導的「現實經驗論的藝術功能導向」有相似的地方。「而李敏勇又從八十年代臺灣現代詩與政治、商業結合的傾向，以現實精神的『社會責任』及詩文學藝術本質的『藝術課題』提出批判」。（註二〇）所有這些均說明，李魁賢所提出的「現實經驗論的藝術功能導向」，是「笠」詩社文學觀的最準確概括，是《笠》同仁創作信念的最科學說明。

「笠」詩社是具有強烈反抗性格的文學團體。他們本著關懷社會和參與現實鬥爭的精神，寫了大量的批判現實和揭露社會陰暗面的詩。這裡面有不少詩作，寫得過於直露，缺乏精巧的構思，與李魁賢所提倡的「藝術導向」有相悖之處。

二　趙天儀：本土詩評家的代表

趙天儀（一九三五～二〇二〇年），臺中市人。筆名柳文哲，臺灣大學哲學系畢業後，繼續在該校哲學研究所工作，一九六四年獲碩士學位。「笠」詩社創辦人之一。曾任臺灣大學哲學系教授，並兼代系主任暨哲學研究所所長，一九九〇年從「國立編譯館」退休，去世前爲私立靜宜大學中文系講座教授。著有詩集《大安溪畔》多種。評論集有《美學引論》（臺北：笠詩社，一九六六年）、《美學與語言》（臺北：三民書局，一九七一年）、《美學與批評》（臺北：有志出版社，一九七二年）、《裸體的國王》（臺北：香草山出版公司，一九七六年）、《詩意的與美感的》（臺北：香草山出版公司公司，一九七六年）、《現代美學及其它》（臺北：東大圖書公司，一九九〇年）、《兒童詩初探》（臺北：富春文化公司，一九九二年）、《臺灣美學的探求》（臺北：富春文化公司，二〇〇六年）等。

趙天儀在前半期開始寫詩，後一度對哲學與邏輯發生了濃厚的興趣，這爲他從事詩歌評論打下了堅實的基礎。此外，他還從事臺灣文學與兒童文學的研究，其評論亦圍繞著現代詩與美學展開。

趙天儀的詩歌評論，影響最大者爲發表在早期《笠》詩刊上的系列論文。林亨泰構想了「笠下影」

專欄，用於評論各大詩社詩作及其它重要詩人的作品。林亨泰只執筆寫了七期，後面便由趙天儀接棒。趙天儀又另外設立了「詩壇散步」專欄，以新出版的詩集爲評介對象。

「笠」詩社同仁差不多都有一半人在從事詩歌創作的同時從事詩歌評論。但成績最顯著者無疑是趙天儀。趙天儀的評論範圍非常廣。僅「詩壇散步」專欄，經他評過的就有林郊的《消息》、王鋭的《春華集》、洪順隆的《摩天詩集》、余光中的《蓮的聯想》、楓堤的《枇杷樹》、張默的《紫的邊陲》、楊喚的《楊喚詩集》、高準的《七星山》、文曉村的《第八根琴弦》、洛夫的《石室之死亡》、覃子豪的《覃子豪全集（一）》、蓉子的《蓉子詩抄》、白萩的《風的薔薇》、杜國清的《島與湖》、鄭愁予的《衣鉢》、林煥彰的《牧雲初集》、張健的《春安·大地》、桓夫的《不眠的眼》、沙白的《河品》、黃德偉的《火鳳凰的預言》、葉珊的《燈船》、鍾鼎文的《雨季》、陳慧樺的《多角城》、上官予的《千葉花》、羊令野的《貝葉》、張健的《畫中的霧季》、龔顯宗的《榴紅的五月》、林煥彰的《斑鳩與陷阱》、余光中的《天國的夜市》、朱沉冬的《錦之歌》、林榮德的《新東西集》、林綠的《手中的夜》、黃伯飛的《微明集》和《祈響集》、羅門的《死亡之塔》、桓夫的《野鹿》……

從這一長串的名單中，可看到作者對新詩創作緊密追蹤的情況。可以毫不誇張地說：在臺灣現代詩史上，還沒有誰能像趙天儀那樣一口氣評論一百多位作者的一二八部詩集，而且是不分社團，不分名詩人與一般詩人，不分明朗詩還是晦澀詩，不分自己喜愛與否的詩。他評的詩作大部分已絕版，有許多詩作是他第一次評論也是最後一次評論。這些評論爲臺灣現代詩史留下了寶貴的資料。像這樣及時而且涉及面是如此之寬的評論，在現代詩批評史上是空前絕後的。這些評論，足以反映臺灣現代詩創作的全貌。作者是一位胸懷寬廣，有強烈責任感的詩評家。他的評論，不拘一格，時而像詩人論，時而似詩集評，時而像內容提要，時而像評點，時而像讀書筆記，時而像新人新作評介，時而像詩人創作道路概述，時而以褒揚爲主，時而以批評爲主，時而夾敘夾評，時而邊評邊論。盡管寫法不同，長短有異，但大體上表現了「笠」詩社眾多同仁的詩學觀，即不滿新古典主義，排斥超現實主義，反對臺灣成爲歐洲存在主義的附庸和日本現代詩的翻版。他面對不同評論對象的詩作，基本上能做到冷靜地觀察，並盡可能指出不足之處。有的評論雖然只寥寥數語，但能提供美感經驗底本質的分析，讓被評者明確自己的發展方向。如作者這樣評楓堤的《枇杷樹》：楓堤的「詩風是婉約而明朗的，細膩而柔和的調子，讀起來，好像比清酒濃了一些，但還不夠高粱酒的濃度，所以，這個距離，也許是作者今後所要努力所要克服的了！」這不是捧，也不是罵，而是提出建設性意見，其態度是與人爲善的。又如他評資深詩人鍾鼎文的作品，指出其特色是以氣勢取勝，以韻律見長，善於把抒情與敘事結合起來，說理與意象統一起來的同時，毫不轉彎抹角表達了他閱讀後的遺憾：鍾氏「完整得似嫌沉滯，明朗得似少含蓄，圓潤得似缺變化，不容易給我們以更多的額外的驚愕！」當初，趙天儀只是爲了介紹新出版的詩集而寫這些文字，但下筆時，卻演變成一種書評式的評論乃至對被評論對象創作風格的概括。是作者深厚的理論功底，促使他不願把詩評寫成廣告，寫成沒有理論色彩的讀後感。

臺灣當代詩壇的詩觀，有所謂國際主義、傳統主義、本土主義之分。如果說「創世紀」的洛夫、「藍星」的余光中是前兩種主義的代表的話，那「笠」詩社的趙天儀等人便是本土主義的代表。早在《笠》詩刊創刊時，趙天儀便以柳文哲的筆名發表〈論詩的語言底純粹性〉等文章，建立起自身作爲一個銳敏的詩評家形象。他在「詩壇散步」專欄中所作的對余光中新古典詩風的尖銳批評，以及認爲洛夫《石室之死亡》並不是一部成功的作品，所代表的觀點均是屬於「笠」的。他是維護「笠」詩社主張、捍衛「笠」詩社利益的詩評家。在與別的詩社展開論爭中，趙天儀寫了最有影響的文章《裸體的國王》，批評羅門的知名作品〈麥堅利堡〉。關於批評及引起的論爭經過，詳見第二編第一章第三節。

趙天儀不僅是富於責任感而且是具有歷史意識的詩評家。他與《創世紀》的瘂弦在「歷史癖」上是頗相彷彿的。他認爲，從事現代詩創作，不能割斷歷史。對中國現代詩的過去，不能一知半解，甚至盲然無知。如果想在創作上表現出新銳的聲音，就必須對歷史作出回顧與省察。基於這種認識，他十分讚賞林煥彰所整理的《近三十年新詩書目》。他自己寫的〈第一次全省詩展〉等文章，也爲的是給後人留下臺灣省二十年詩壇發展的史料。對臺灣各大學中文系偏重考據、訓詁、音韻、文字學以及語言學的做法，他也不以爲然。「我個人認爲不重視當代中國文學發展的新動向，仍然算不得是精通了中國文學。」（註二〇一）這對改進大學文學教育，具有啓示意義。可惜臺灣的文學教育積重難返，不管誰呼籲都難改變這種厚古薄今的局面。

在詩歌批評方法上，趙天儀主張歷史性批評與分析性批評相結合。他所講的歷史性批評，是指注重外在的因素，如詩的創作背景、時代意識、詩人的傳記研究等。分析性的批評指注重詩的內在因素，如作品的結構和詩作本身的分析。如果能將兩者的優劣互補，確能切入批評的核心與鵠的（註二〇二）。趙天儀的詩評，基本上是他這種主張的實踐。他研究兒童文學理論、研究臺灣現代詩史，也不常貫徹這一詩歌主張。不過，趙天儀所寫的一百多萬字詩評也不可能完全超脫宗派的影響。他描述的臺灣詩史，完全站在「笠」的立場上。其中固然有不少眞知灼見，但他反對新詩人要有唐詩宋詞的功底，很難使人接受。他因一九七四年的「臺大哲學系事件」而加深對現實的認識和批判，努力支援黨外反專制運動，由此不再承認臺灣文學是「在臺灣的中國文學」，認爲臺灣文學應獨立在中國文學之外成爲另外一部文學史，（註二三）這種觀點和他過去研究精神論與方法論所持的中國視點、中國立場是完全相反的。

第二節　《葡萄園》的詩論

一　倡導「健康明朗中國」的文曉村

文曉村（一九二八～二〇〇七年），河南偃師人。曾參加中國人民解放軍和中國人民志願軍，在朝鮮戰場被俘後於一九五四年赴臺，一九五六年九月開始發表詩作。一九六二年，與王在軍、古丁共同發起創辦《葡萄園》詩刊，長期擔任該刊主編工作。一九七五年畢業於臺灣師範大學國文專修科。歷任中學教師、「葡萄園」詩社社長、世界華文詩人協會常務理事、中國詩歌藝術學會理事長。著有詩集《第八根琴弦》（臺北：自強出版社，一九六四年）、《一盞小燈》（彰化：現代潮出版社，一九七四年）、《水碧青山》（臺北：采風出版社，一九八七年）等，詩評集有《新詩評析一百首》（臺北：布穀出版社，一九八〇年）、《橫看成嶺側成峰》（臺北：東大圖書公司，一九八八年）、《文廬私房菜》（臺北：詩藝出版社，二〇〇四年）、《輕舟已過萬重山》（臺北：文史哲出版，二〇〇五年）《雪白梅香賞評章》（臺北：臺灣商務印書館，二〇〇六年）等。另有《文曉村自傳——從河洛到臺灣》（臺北：詩藝文出版社，二〇〇〇年）。

《葡萄園》創刊時，正值詩壇刮起一股向西天取經的狂風。現代派詩人由於熱衷於搞「橫的移植」，詩寫得如天書難懂，弄得許多讀者對詩均不敢問津，使詩成爲各種傳播媒體最不受歡迎的棄兒。如何使現代詩擺脫瀕臨深淵的危機，重新引起傳播媒體及廣大讀者的鍾愛，是擺在「葡萄園」詩社面前的嚴峻課題。爲此，文曉村在《葡萄園》創刊詞中明確地提出自己的編輯方針：「歡迎一切有生命、有個性、風格明朗，或者含蓄而不晦澀的創作與翻譯以及詩論、詩評等稿件。」並指出：「如何使現代詩深入到讀者群中去，爲廣大讀者所接受、所歡迎，乃是當前所有詩人不可推卸的責任；我們希望，一切游離社會與脫離讀者的詩人們，能夠及早覺醒，勇敢的揚棄虛無、晦澀和怪誕，而回歸眞實、回歸明朗，創造有血有肉的詩章。」《葡萄園》後來在現代詩的「明朗化」與「普及化」方面做了許多有益的倡議和推動工作。但如何使詩做到明朗化，〈創刊詞〉還來不及進行討論。在第二期發表的〈談詩的明朗化〉社論中，該刊作了兩點申述：第一，詩的明朗化，不是一覽無餘，而「應該給讀者留下一些尋探的線索」。第二，主張明朗並不等於排斥「任何詩派與主張。」他們主張詩要「眞有堅實的內容」，反對無病呻吟的「掩飾和做作」。

文曉村等人提出的明朗化的主張，是針對晦澀、虛無的毛病而言，這刺痛了那些以寫晦澀詩著稱的詩人。他們認爲晦澀詩是內容深刻所至，曲高必然和寡，明朗必然膚淺，使詩不耐讀而成爲「白開水」。爲此，《葡萄園》在第八、九期發表了〈論晦澀與明朗〉、〈論詩與明朗〉兩篇社論加以反駁。

現代詩的貧乏、晦澀傾向，並不是短期內形成的。《葡萄園》雖然大聲疾呼，但由於積重難返，再加上《葡萄園》創辦時間不長，在詩壇的影響不如一些老詩刊深遠，更重要的是西化之風有其深厚的歷史根源和社會根源，因而現代詩依然無法走進廣大讀者的心坎，依然是小眾傳播。後來文曉村發現，詩的全盤西化和缺乏中國文化的營養有關。於是，文曉村又於一九七〇年一月執筆寫了〈建設中國風格的新詩〉的社論。他痛切地指出：「有人批評徐志摩、李金髮和戴望舒那個時代的新詩，完全是西洋浪漫主義、象徵主義和現代主義的移轉模仿；不幸，在我們這個時代，有些詩人，也是在追隨歐美詩人的腳蹤，步人後塵，拾人牙慧，甚至以買辦自居而沾沾自喜。殊不知盲目的跟人學步，學得再高明，也只是二流三流的貨色。尤應指出的是，這一味模仿抄襲歐美詩人的技巧，忽視中國傳統現代思想的實質，乃是本末倒置的做法。這種形式與技巧至上的詩，縱然技巧圓熟，外表看來玲瓏剔透，充其量也只是些模擬品，一些貧血的，沒有生命的花朵。」爲了使那些浪子回頭是岸，文曉村熱誠地建議「所有忠於中國詩的人，應該把凝視歐美詩壇的目光，轉回到中國自己的土地上，讓我們接受歐美現代詩的優點與技巧，而不爲其詩風面貌所左右、所迷惑；讓我們擺脫新的形式與技巧至上的謬誤，讓我們的新詩在中國土地上扎下不可動搖的深根，來表現我們中國傳統文化薰陶之下的現代思想與現代生活的特質，以建設中國的新詩。」這篇社論，文曉村後來又收進詩集《一盞小燈》作代序。他不僅在理論上，而且在創作實踐上，所走的均是「回歸眞實，回歸明朗」的路線。

在臺灣，不少詩社並沒有形成共同的流派，也不一定有共同的詩學主張。他們結合的目的，僅僅是爲了便於詩人追求繆司。而「葡萄園」卻有些例外。它有鮮明的詩學主張，詩社的成員大都追求明朗、健康的中國風格，晦澀詩在它那裡沒任何市場。文曉村在《葡萄園二十年回顧》中，曾引證他過去發表的一篇文章說：「中國的現代詩，應該具有健康的內容，明朗的風格，和中國文化思想的特質，可以說就是《葡萄園》二十年來的信念，和走過的道路。」《葡萄園》所主張的這種「健康、明朗、中國詩風」的路線，在詩壇產生了一定影響。後來，一些詩人「反晦澀而趨明朗」或「反文言而趨口語」，這裡顯然有《葡萄園》的一份功勞。

《葡萄園》詩刊自六十四期後改版，擴大篇幅，其中推出了影響頗大的「新詩教育專號」。文曉村在該專號披露的〈寫給青少年的新詩評析〉（即後來出版的《新詩評析一百首》），對普及新詩教育，起了推動的作用。《評析》爲分類詩選，類別有動物、植物、人物、風景、親情、青春之歌、鄉土吟、山水頌、童話及其它，其選詩標準和他歷來的詩歌主張一致：「第一，內容健康，富有情趣，有益青少年思想情操之陶冶者。第二，語言表達，比較明朗，易爲青少年所能接受理解者。第三，表達技巧比較完美，可供青少年及初習新詩朋友之範例者。」選集涵蓋面廣，共選了一百位詩人富有代表性的作品。評析時，逐段講解，文字通俗易懂，很適合青少年閱讀。在文曉村的帶動下，其它幾家出版社跟著也推出了《中學生白話詩選》、《中學新詩選讀》，這對加強下一代的文學修養和孕育未來詩人，起了重要作用。鍾雷曾以「新詩教育的播種者」爲題稱讚此書及其作者，這一點也不過譽。

文曉村主編《葡萄園》期間，曾大量刊登年輕詩人的作品。他的詩歌評論，大部分篇幅也是爲提攜後起之秀而作。在《橫看成嶺側成峰》後記中，他說：「我亦願做點類似雪中送炭的工作，對於年輕、有作爲、有潛力，又肯努力」上進的新生代詩人，固然要不吝掌聲來鼓勵；對於默默耕耘，不求聞達，雖有相當成就，卻不被重視的中年詩人，同樣也要給以應有的評價。」他先後評論過的中、青年詩人有涂靜怡、李春生、吳明興、莊雲惠，以及遠在香港的藍海文、傅天虹。

文曉村雖不刻意栽培與標榜某些明星詩人，但對於有研究價值的前行代詩人，他也寫過一些評論。如鍾雷的新著《天涯詩草》、胡品清的詩集《玻璃人》，他都曾爲文介紹。值得重視的是長達四萬餘字的〈覃子豪全集介評〉，不僅系統地論述了覃子豪詩作的內容和藝術特色，而且全面地評介了覃子豪的詩歌理論。在談到《詩的藝術》時，作者說：覃子豪詩論既具有現代本質、現代精神，又兼具中國本體文化的中庸之道，「尤爲一味崇尚西洋，唯西洋詩觀馬首是瞻的過激分子，或只知抱殘守缺，不知革新前進的保守之士所不及。」這既是對覃子豪詩觀的評介，也是文曉村詩歌觀的表露。即他的詩論和覃子豪一樣，既不「唯西洋詩觀馬首是瞻」，也反對「不知革新前進」的保守思想。所不同的是，覃子豪的論著多，比文曉村影響大，他更傾向現代主義，而文曉村更傾向於現實主義。

二　李春生的現實主義詩論

李春生（一九三一～一九九七年），山西垣曲縣人。十六歲開始在南京發表作品。從一九五三年到一九六〇年，在臺灣《野風》雜誌發表散文及詩。先後畢業於高雄師範大學國文系、臺灣師範大學國文研究所。在大中學校任教多年，歷任「中國青年寫作協會」屏東分會理事長、《屏東青年》及《海鷗》詩刊主編。出版有詩集《睡醒的雨》（屏東：采風出版社，一九八八年）、詩論集《現代詩九論》（臺北：濂美出版社，一九八〇年）、《詩的傳統與現代》（臺北：濂美出版社，一九八五年）。

一九七四年元月，在《葡萄園》詩刊南部詩友新春聯誼會中，文曉村初識李春生時，聽他對現代詩的批評十分客觀，便約其爲《葡萄園》撰稿，這便引發了李春生後來寫作《現代詩九論》。「九論」在一九七四年十月《葡萄園》詩刊第五十期開始連載時，題目爲〈一個遊民的看法和意見——兼爲葡萄園新詩明朗化的倡導箋注〉。此文在六十七期的《葡萄園》（一九七八年五月）連載完畢，文曉村建議他用《現代詩九論》的書名出版。此書長達二十餘萬言（《詩的傳統與現代》係根據前者修訂而成），共分九章。第一章敘述該書寫作緣起。第二章爲〈文學與邏輯——詩與邏輯〉。李春生認爲：詩不同於論史，它雖然要講邏輯，但又不受邏輯的約束。這樣看待詩中的邏輯問題，無疑有利於讀者鑒賞詩，有利於詩人馳騁自己的藝術想像。第一章〈詩底本體〉，在許多地方引用了老莊和禪師的言論，企圖闡明詩的本體乃是超越一切的「性靈」。此章有的地方不大好理解，細讀便不難明白作者不過是以「禪」的道理去印證「忘我的境界與渾然感」，以詩的只可意會、難以言傳作注腳。故作者說：「詩人是已覺的眾生——是走在時代前的尖兵」，「眾生是未覺的詩人」。這爲讀者悟詩，評者解詩，打開了新天地。鑒於嚴羽以禪喻詩，頗受譏評，因而李春生在第四章〈詩境與禪境〉中，對「詩底本體」作了補述，其目的在闡明詩境與禪境的相通與相異之處，以禪的妙悟，打破邏輯的桎梏，將幾十年來漂洋過海船來的「西詩」，整個的接枝在五千年中華文化的優良傳統上。第五章〈詩底形式〉，針對某些論者否定詩有形式的論調，指出詩需要形式，並且要有固定的形式。作者借杜威「教育就是生長」的名言喻詩，認爲「詩就是生長」，「詩就是詩」。作者在這裡批評分行的散文就是詩的觀點有說服力，可惜對什麼是詩未曾加以明確的界說。接著，李春生從文字的角度探討了詩的形式，認爲舊詩之所以會爲新詩所取代，是因爲舊詩「韻律由寬鬆到嚴謹」，「句法使用日漸寬鬆」。因此他認爲：「文學的形式，應按照自己的方式需要調整，可由因應時代與現實的環境以導向未來。」根據這種認識，李春生對圖像詩與視覺詩作了批評。

第六章〈詩底表現〉，著重討論詩的表現技巧。李春生藉以詩喻禪和以禪喻詩的異趣，強調「禪師們所啓示於弟子的『悟』，是一條獨往的單行道」。而「詩人們所啓示於讀者的『悟』，則爲條條道路通羅馬的眾多之路」。因此，對於詩的語言的斷與續，作家下筆時必須學會控制自己，以免走火入魔，把詩寫得撲朔迷離。至於「詩底表現」，作者分別從意象的浮觀、意境的組合、境界的昇華三個層次進行論述，對什麼是意象、意境、境界以及意象應如何浮現、意境到底應如何組合、境界應如何昇華，作者均作了詳細的解說，所舉之例亦典型。

在第七章〈晦澀與明朗〉中，李春生認為難懂不等於晦澀，晦澀與難懂之間應有界限，正如通俗不等於粗俗一樣。他認為：「所謂的這種晦澀，絕對不是詩。」他這樣箋注《葡萄園》的詩學主張：「能用最淺顯的文字，表現最深刻的思想與艱深的內涵，而誘使讀者從各個層次大體認詩，欣賞詩，才是葡萄園諸君子所提倡的明朗。」正是在這個意義上，本書把李春生看成「葡萄園」詩社的理論家。如果與文曉村相比，文曉村在詩壇的影響尤其是詩作比李春生大，而李春生的詩論，則比文曉村系統和深刻。

第八章〈現代詩的路向〉，論及了縱的繼承還是橫的移植這一爭論已久的問題。李春生反對盲目的「西化」，而引進了存在主義以及弗洛伊德的學說。他引用瑞典漢學家高本漢的意見，指出中國文字有外國文字所不可代替的長處。有純粹的語言後有純粹的文字；有純粹的文字，才有純粹的詩。幾千年來，中國詩所走的均是「純詩之路」，故他極力主張「如何吸收西洋之長處而外，應該如何認同傳統，回歸傳統，繼承傳統」，使現代詩向傳統「接枝！接枝！」李春生激動地說：

> 現代詩的氣根，必須觸向西方，觸向世界！現代詩的主根，卻必須扎進傳統，紮在中國的泥土！

這一段話，可以看作全書之警策。作者既反對封閉保守，視西方文學為洪水猛獸的觀點，又反對全盤西化，連月亮都是外國圓的民族虛無主義。

最後一章為「建議」。作者認為，現代詩人哪怕如孫悟空會七十二變，但「仍然跳不出如來佛的手掌心」，即決不能從零開始，脫離傳統而自立門戶。「只有在傳統大佛的寶座下，靜心修持的現代詩人，才能修成大聖正果，創造現代詩的不朽，現代詩的永恆。」作者的態度是誠懇的。雖然對有些人來說，可能是逆耳之言，但對現代詩朝健康的道路發展，卻有利。作者由衷地希望大家不分派別，「拋卻以往那些種種的執著，來擁抱現代詩。」

臺灣的現實主義詩社如《葡萄園》、《秋水》出現遠較現代派詩社晚，因此，有系統的現實主義詩論出現較遲也是順理成章的事。如果說，文曉村的詩論在現實主義詩派中所扮演的是宣傳家、鼓動家角色的話，那麼，李春生所扮演的是理論家的角色。如同寫詩一樣，寫詩論對李春生來說也只是一種興趣，一種寄託，同時也是一種發洩。在這方面，李春生作爲一位詩論家的理論自覺，比文曉村有所遜色。

注釋

一　李魁賢：〈《笠》的歷程〉，臺北：《笠》第一〇〇期，一九八〇年十二月。

二　陳玉玲：〈現代與現實融合的《笠》新詩精神活動及其影響〉，載《新詩論文集》，南投縣立文化中心，一九九一年。

三　洛　夫：〈中國現代詩的成長〉，載《洛夫詩論選》，臺南：金川出版社，一九七八年。

四　陳玉玲：〈現代與現實融合的笠新詩精神活動及其影響〉，載《新詩論文集》，南投縣立文化中心，一九九一年。

五　趙天儀：〈脂粉氣、娘娘腔及掉書袋〉，臺北：《笠》第七十二期。

六　陳玉玲：〈現代與現實融合的笠新詩精神活動及其影響〉，載《新詩論文集》，南投縣立文化中心，一九九一年。

七　陳玉玲：〈現代與現實融合的笠新詩精神活動及其影響〉，載《新詩論文集》，南投縣立文化中心，一九九一年。

八　參看臺北：《笠》第四十三、四十五、四十六期。

九　陳玉玲：〈現代與現實融合的笠新詩精神活動及其影響〉，載《新詩論文集》，南投縣立文化中心，一九九一年。

一〇　李敏勇：〈洛夫的語言問題〉，臺北：《笠》第一一〇期。

一一　洛　夫：〈中國現代詩的成長〉，載《洛夫詩論選》，臺南：金川出版社，一九七八年。

一二　李魁賢：〈《笠》的歷程〉，臺北：《笠》第一〇〇期，一九八〇年十二月。

一三　李魁賢：〈《笠》的歷程〉，臺北：《笠》第一〇〇期，一九八〇年十二月。

一四　陳玉玲：〈現代與現實融合的《笠》新詩精神活動及其影響〉，載《新詩論文集》，南投縣立文化中心，一九九一年。

一五　陳玉玲：〈現代與現實融合的《笠》新詩精神活動及其影響〉，載《新詩論文集》，南投縣立文化中心，一九九一年。

一六　李魁賢：〈關於一年來的詩壇〉，轉引自《中國新詩論史‧口語說》，臺北：《笠》第一三五期，一九八六年。

一七　臺　北：《笠》第九十七期。

一八 臺　北：《笠》第一〇三期。

一九 臺　北：《笠》第一二一期。

二〇 陳玉玲：〈現代與現實融合的《笠》新詩精神活動及其影響〉，載《新詩論文集》，南投縣立文化中心，一九九一年。

二一 見《裸體的國王》，臺北：香草山出版公司公司，一九七六年，頁三五、八八。

二二 見《裸體的國王》，臺北：香草山出版公司公司，一九七六年，頁三五、八八。

二三 參看白萩策劃、張信吉記錄：《詩與臺灣現實》，臺北：「笠」詩社，一九九一年，頁三八～三九。

第十章　兩位有建樹的詩論家

第一節　從西洋文論中吸取學理的張漢良

張漢良（一九四五年～　），山東臨清人。臺灣大學外文系比較文學博士，後赴紐約約翰霍普金斯大學博士後研究。一九九〇年赴英講學，次年八月返臺。歷任中華民國比較文學學會秘書長、《中外文學》主編、臺灣大學外文系特聘教授兼臺大國際學術合作聯絡中心主任、「創世紀」詩社同仁、上海復旦大學教授。著有《現代詩論衡》（臺北：幼獅文化事業公司，一九七七年）、《比較文學理論與實踐》（臺北：東大圖書公司，一九八六年）、《讀者反應理論》、《現代詩導讀》（與蕭蕭編著，五冊，臺北：故鄉出版社，一九七九年）、《文學的迷思》（臺北：正中書局，一九九二年），編有《八十年代詩選》、《中國當代十大詩人選集》（與張默合作）、《七十六年詩選》、《中國現代文學評論集》等。

張漢良是符號學研究家，在國際符號學界有一定的影響。他從事符號學研究二十餘年，把符號學理論與中國古典文獻聯繫起來，並用符號學的相關理論來闡釋《易經》、《文心雕龍》和《二十四品》等古代經典，開闢出新的研究緯度與話語空間。這方面的論著他還有《生物符號學：自然與文化的傾軋》、《方法：文學的路》、《東西文學理論》、《比較文學史上的「恆常危機」——兼生態論述》、《中國文學批評中的互文性——從易經到文心雕龍》等。

橫跨各種文類、兼及各種批評視野的評論家的張漢良，除了散文、戲劇，他評論的對象幾乎觸及到每一種領域。具體說來，內容包括詩結構的探討、文類研究以及實用批評，運用比較文學的方法探討臺灣的現代詩，對比較文學的理論與方法提供了論辯的途徑與場景。

六十年代以後，臺灣文學批評界自國外先後引進了神話原型說和結構主義。這裡講的原型，是在榮格心理學原型概念基礎上發展演變而成的。此學說認爲，作家、藝術家是種族記憶——集體無意識的代言人。很多文學藝術的一個重要來源是神話，尤其是敘事作品與神話原始類型有不可分割的聯繫。如果說「神話原型說」偏重在思想內容方面的話，哪有「本體批評」別稱的「新批評」，其研究重點卻是作品形式。它透過對文本的精研細讀，分析解釋文字的各種含義及其相互間的微妙關係。這兩種批評方法常常可以互補。這派的評論家，張漢良（還有周英雄）是代表。這就難怪張漢良早期的詩評，常常把詩放在「純粹的美學形式主義」的考慮上。他後來從事現代詩的比較研究，從影響研究、傳統研究、詩歌運動研究、詩歌理論研究、詩類型或模式研究、模擬研究、現代詩與其它文藝樣式關係研究入手，作出了引人矚目的成績。他的比較文學研究的代表作是《比較文學理論與實踐》。此書共收論文多篇，其中「緒論」二篇，影響研究五篇，文類研究十一篇，文學與藝術的關係研究六篇，比較批評課題舉隅五篇。此書各篇，分別處理比較文學傳統上認可的課題，著重點在影響研究與文類尤其是敘述學研究上。它不但展示了比較文學這門學科的歷史、理論與研究方法，而且剖析了許多典型的文學實例。最重要的，還在於讀者可從著者的批評自傳裡經歷到本世紀以來文學典範的變革。

張漢良是一個善於隨著時代前進不斷更新自己研究方法的評論家。後來他又吸收了後結構主義書寫觀的合理內核，寫出了〈匿名的自傳：《浮生六記》與《羅朗巴特》〉（註一），對於把自傳作者及其生平作爲超越始源的傳統觀念提出不同意見，詮釋德希達所謂「唯有當私有的姓名被從語言系統中抹除時，書寫才開始」。後結構批評在談及語言問題時，顯得艱澀難懂，張漢良先是將其消解然後用在都市詩的研討上。《都市詩言談》（註二）即是一例。此文涉及批評言談作爲後設語言與文學作品作爲對象語言的關係，同時涉及文學及批評言談發展的現象。在該文第一節中，一場「批評言談論爭史」從作者簡要的複述與評價中娓娓道出，並將上述兩個分屬不同層次的課題落實在論者從事批評言談的段落。在第二節〈臺灣的都市詩舉隅〉中，作者以「遊蕩者」身分聲明自己的敘述立場：「第一，我無意建立臺灣十年來詩的類型構架，甚至文學多元系統中的支系統。在多元系統中，總有主導的文類與漩渦邊緣的支系統，彼此形成緊張的動態關係，界說這種關係的則是讀者的預期視域。近十年來，文學獎的頒贈可以大略顯示都市詩已成主導文類。第二，我的抽樣與編年無關，因爲我的規模行爲，已將編年史重新圖繪。事實上，詩的發展史不必契合編年史，兩者之間有太多的斷層與空白。」這裡的批評視角既不同於他人，也不同於過去的張漢良，今日的張漢良大膽地把新興的都市詩攏上文學正宗的寶座，並將詩的編年史與發展史加以區分，這對都市詩的研究無疑具有啓示意義。張漢良的過人之處，還在於進一步論述了詩正文與都市（下層正文）互相交叉和滲透的情況：「與其說是『正文裡的都市詩／都市裡的正文』的辯證，無寧說是『正文作爲都市／都市作爲正文』的辯證」。這並不是玩弄文字遊戲，而主要是都市符碼與詩符號的符碼轉移形成的。這種正名，有助於使都市詩不再成爲某種次文類的標誌，而成爲將八十年代吸收在內的時代性標記。

在臺灣，評論家有學院派與非學院派之分。張漢良，無疑是屬於前者且是學院色彩十分純粹的評論家。他與蕭蕭聯合編著的《現代詩導讀》，充分說明了這一點。首先在書名上，該書不取「詮釋」、

「評析」、「賞析」而取指導閱讀之意的「導讀」一詞，反映了編著者對西洋文學理論的崇拜。張漢良在「前言」中首先揭示祖梅坦‧托鐸洛夫的閱讀理論，並指出閱讀有「投影」、「評論」、「詩學」三種方法。這裡用國外先進的閱讀理論來提高讀者的鑒賞力，是一種批評意識的覺醒。在編著此書之前，張漢良的評論文章多爲探討形式問題，體現了一種純粹美學的傾向。現在他改用「閱讀」觀念去讀詩、評詩，無疑有所前進。可惜他未能將閱讀觀念貫穿到底，以致他的導讀主要還是在形式、技巧、語言方面打轉。過多的使用句構、意象、反諷、敘述觀念、張力、象徵、隱喻、文義格式等外來述語，以致使人感到他有時並不是用心靈去感受詩，這正好體現了學院派詩評家的局限性。

臺灣當代詩論的發展，一個重要動力來源是學院。這些學院派理論家在對現代詩論作深入探討的同時，常常回過頭來致力以當前詩歌創作的研究，運用自己的理論體系和方法去評析詩人詩作，肯定詩人探索的價值，並針對詩歌創作現象作深入而言之成理的批評。張漢良正是這樣一位既從事詩論研究又從事實際批評的學院評論家。不過，他在從事實際批評時，不像一般詩評家缺乏理論的直覺反應，或像某些中文系出身的詩評家借用中國傳統詩話的片言隻語去評論詩作，而是大膽發揮閱讀主體意義的建構，促成令人耳目一新的感受和發現，引進一整個層次的新問題進入讀者的視野。如〈中國現代詩的「超現實主義風潮」〉，眞正體現了他思辨型的學者品格。再如爲《八十年代詩選》作序，便牽涉到文學史上棘手的斷代問題。要是泛泛而談，將每種詩歌現象作出評述，必然成爲平庸之作。張漢良沒有這樣做。他除充分肯定了八十年代詩人們的創作成就外，最重大的發現是提出了「現代詩的田園模式」問題。這裡講的「田園模式」，不是狹義的田園詩，它不僅包括鄉土背景下謳歌自然的題材，「還兼及詩人對生命的田園式觀照與靈視」。它既有現實的文化層次，又有心理、形而上的層次（註三）。這樣論述八十年代詩歌創作，不僅使傳統的田園詩具有文學史發展實踐的含義，也使八十年代詩壇風格的轉變與藝術的追求，有大致的脈絡可尋。再如〈論洛夫後期風格的演變〉，（註四）就論題的嚴肅與行文的暢達、結構的龐大與分析的精到、氣勢的恢宏與性靈的感受等方面，在評論洛夫的同類文章中均不多見。尤其是對過渡期間洛夫作品的風格及「詩宗社」時期洛夫的簇新面貌，作者融合了客觀的理性分析與主觀的直覺透悟，兼顧知識詮釋與性靈感受，表現了精到的見解與深刻的理解力，同時又體現了創世紀詩社一貫的前衛精神，不愧爲一篇深刻的詩人論。

第二節　活躍在評論第一線的蕭蕭

蕭蕭（一九四七年～　），本名蕭水順，臺灣彰化人。輔仁大學國文系畢業，臺灣師範大學國文研究所碩士，歷任《臺灣詩學季刊》社長、明道大學中文系特聘講座教授。曾參與創辦「龍族」詩社，主編《詩人季刊》。詩評集主要有《鏡中鏡》（臺北：幼獅文化事業公司，一九七七年）、《燈下燈》（臺北：東大圖書公司，一九八〇年）、《現代詩導讀》（與張漢良合作，五冊，臺北：故鄉出版社，一九七九年）、《現代名詩品賞集》（臺北：聯亞出版社，一九七九年）、《現代詩學》（臺北：東大圖書公司，一九八七年）、《中學生白話詩選》（與楊子澗合作。臺北：故鄉出版社，一九八〇年）、《現代詩縱橫觀》（臺北：文史哲出版社，一九九一年）、《現代詩創作演練》（臺北：爾雅出版社，一九九一年）、《臺灣新詩美學》（臺北：爾雅出版社，二〇〇四年）、《臺灣後現代新詩美學》（臺北：爾雅出版社，二〇一二年）等幾十種。另主編《詩魔的蛻變——洛夫詩作評論集》（臺北：詩之華出版社，一九九一年），與白靈等編著《〈錯誤〉的驚喜》（臺北：萬卷樓圖書公司，二〇一三年），與張默編選《新詩三百首（一九一七～一九九五）》（臺北：九歌出版社，一九九五年；增訂本，二〇〇七年）等等。

從以上長長的並不完整的書目中，可以看出從一九六九年開始登上詩歌論壇的蕭蕭，是當下最活躍的詩評家之一。他開始閱讀與思考現代詩不久，便獲《創世紀》詩刊二十週年評論獎和「中國青年寫作協會」三十週年優秀文學青年獎。作爲紀念意義大於實際意義的《鏡中鏡》，在〈略論現代詩的小說企圖〉中，蕭蕭爲現代詩與小說的雜交作了大膽的設計，使現代詩有增加新的實驗品種「小說詩」（或「詩的小說」）的可能。尤其是〈現代詩批評小史〉一文，係從整體上對臺灣現代詩批評的發展加以總結，其中記錄了不少有價值的史料，爲此還引發顏元叔的三次反批評，由此可見其影響之大。

蕭蕭思考敏銳，反應迅捷，論不空發。一九八〇年代初，蕭蕭首次提出了與「鄉愁詩」對稱的「鄉疇詩」概念。「鄉愁詩」大都由大陸去臺詩人所寫，「鄉疇詩」則多爲光復後在臺灣出生的詩人所寫。他們由於沒經過戰亂，對前行代詩人懷念大陸、想念故鄉的心情缺乏實際體驗，所以他們寫的本土意識濃厚的詩並不以地域著稱，而以詩的內在反應見長。蕭蕭認爲，從新生代詩人的成長經歷與未來發展方向看，「都不外乎：空間上是臺灣鄉土的孕育，時間上是中國文化的綿衍。他們在尋求既是臺灣也是中國的詩，詩人的『鄉』的意識，逐漸由『鄉愁』轉而爲『鄉疇』的體察。」作者將一九七〇年代詩壇題材和風格的轉向用「鄉疇詩」的新概念將其標示，也許有以偏概全的局限，因爲當時的詩壇還存在著《神州》的大中國意識、《大海洋》詩刊的澎湃激情及其浪漫風格等等。但他提出「鄉疇詩」新的發展動向，特別是這類詩作離不開中國文化的哺育，是他後來不再堅持的話題，因而值得重視。

新詩和散文、小說等文體一樣，本沒有什麼神秘之處，但臺灣的現代詩，由於大量使用暗示和象徵手段，往往將題旨弄得撲朔迷離，使人讀來感到吃力難解。爲了幫助讀者理解現代詩，蕭蕭與張漢良合作編著了五冊《現代詩導讀》，其中前三冊賞析了從紀弦以降的一百位詩人近二百首詩。後二冊分別是理論篇、史料篇和批評篇。這是繼洛夫、張默、瘂弦主編的《中國現代詩論》後又一有紀念意義的詩論選。此外，蕭蕭還十分注意詩藝的普及。他的《現代詩創作演練》、《現代詩遊戲》，既有學術性，又有趣味性。尤其是前者，至二〇〇〇年止已再版六次，這是別人難以企及的。當然，學術價值最高的還是《現代詩導讀》，「導讀」在臺灣現代詩評論史上具有重要意義，正如詩評家游喚所說：「首先，它是學院派的批評趨向，是現代詩學術化的第一張成績單，因爲批評者，一位出身於外文博士，一位出身於中文碩士，學院色彩十分純粹。其次，它強化批評理論的指導，在導讀前言中，已明確揭示一種閱讀理論，乃是移植自法國批評家祖梅坦·托鐸洛夫的一篇名作〈如何閱讀〉，認爲閱讀方法有三種，即所謂的『投射』、『評論』、『詩學』。前言中更具體說明運用托氏所列的方法有哪些，譬如有『作品本身語言的描寫式分析』、『有心理學與傳記式的投射』、『有散文的意述評論』、『有朝向文類理論建立的詩學式閱讀』。這就很清楚地說明它講理論講方法的基本旨趣。第三，它強調現代詩學的中文系外文系匯通之可能，希望『讀者能透過各種傳統的、現代的、本土的、外來的工具，熟悉現代詩的各種體制』，儼然有兩腳踏中西古今詩學之風，如此前瞻性包容性的批評氣度，縱使成就不無存疑，至少也是極可預期的批評視境。尤其這種胸襟，給現代詩批評啓示一條坦坦大道。這是歷經六十年代西化，與七十年代中土化之爭後，詩壇反覆辯證省思，知道過與不及之弊，因此而反映在詩學建立上的衡鑒觀點，在七十年代結束的時空之下，此項宏觀預示，特別有意義。」（註五）

如果說張漢良的「導讀」文字所強調的是用「閱讀」的觀念去讀詩，運用新批評的手法詮釋詩的藝術技巧、形式的話，那蕭蕭的「導讀」文字，則著重在章解和句讀。他較少運用意象和反諷、句構等新名詞，最多是借用中國古典文學理論的批評方法幫助讀者進入這些詩的境界。也就是說，張漢良的「導讀」西化色彩較濃，而蕭蕭的「導讀」傳統成分較多，理論色彩雖然比不上張漢良，但讀了能給人啓迪和美的享受。

最能代表蕭蕭理論雄心的，當推他近三十萬言的《現代詩學》。這是臺灣詩壇首先出現的對現代詩作較完整檢視的一本理論著作，由「現象論」、「方法論」、「人物論」三大部分組成。其中「現象論」研析現代詩中呈現的不同風貌，諸如時代投影、社會意識、中國精神、傳統詩情、感覺新貌、女性意象、奇情與諧趣、玄思與哲理、城鄉衝突、時空設計、「鄉」的面貌，「人」的位置；「方法論」則論述現代詩的創作技巧，涉及意象、比喻、對比、層疊、想像、誇飾、雙關、象徵、結構、節奏、超現實主義手法、生命感與使命感等方面；「人物論」論及洛夫的〈無岸之河〉、羅門的意象世界、葉維廉的秩序以及席慕蓉、苦苓的詩作。比起作者過去喜歡從單一觀念出發去探索一個詩人的代表作或將單一觀念作爲某位詩人作品整體的注釋來，作者對羅門意象世界的解剖和葉維廉秩序的理解，顯得更爲深入。尤其是作者談秩序流動和空間層疊在葉維廉詩中的意義，致力於自己對詩作新鮮、生動的感受的傳達和闡述，借助於自己的生活經驗和藝術評判力，分析詩人作品的藝術特色，作了不少一語中的的品評。「方法論」其實談的並不是嚴格意義上的方法論，而是談現代詩的修辭問題。作者最滿意的也許是「現象論」。此部分也的確論述了過去所忽視的問題，如〈現代詩裡的中國精神〉，作者認爲「理論與事實都能證明，中國現代詩並非橫的移植，如果是橫的移植，也只指著『詩的分列』這點而已。」作者透過解剖紀弦的詩作得出這一結論，是可信的。後來作者又進一步論述了「現代詩的傳統詩情」，這裡強調的仍然是「中國」的質地和精神，而「現代」只是它的外貌。〈現代詩裡的玄思與哲理〉，著重分析管管等人的詩作，這對增加詩的生命韌力，引導讀者思索生命中許多介於「可解」與「不可解」的現象，也極有幫助。

《現代詩學》最大的缺陷是書名過分膨脹。名曰「現代詩學」，可「現代」範圍的界定及與社會的關係，缺乏明確的界說；既曰「詩學」，可缺乏必要的注釋，書末也未附參考書目，顯然缺乏學術性著作應有的要求。體例也欠完整，前面未有宏觀性的導論。關於「方法論」那一章，使人感到是用現代詩的例子爲現代修辭學作注解，有頭重腳輕、顧此失彼的毛病。用論文結集取代「現代詩學」的建設，是一種取巧的做法，離該書的廣告詞「全面探討的最具系統的文學理論書籍」還有遙遠的距離。文中的一些標題，也名實相悖。如〈現代詩裡的玄思與哲理〉，裡面只談了管管一人，例證欠充分，還不足以「全然」代表現代詩的「玄思與哲理」。這本書的現實感也欠強。它出版於一九八七年，可一九八〇年代眾多有代表性的作品及文學思潮未能在書中作出反映。林燿德在〈從《現代詩學》看現代詩學〉的討論會上說得好：「這本書可以說是一種開始也是一種結束，代表著臺灣類似這種寫法的文學批評或文學理論甚至是所謂的《現代詩學》，已經以這本書作爲一個總結，但蕭先生的成就在歷史上是必須被肯定的；今天我們如果認爲過去的這種治學態度與方式不適合當代文學發展的話，我們得如何建構新的東西，這是亟待重視的。」（註六）

蕭蕭後來出版的《臺灣新詩美學》、《臺灣後現代新詩美學》，再次證明作者是當代新詩理論話語變革最爲敏感的見證者之一。他以自己不斷開拓的理論視野追蹤臺灣新詩美學共構現象，以及新詩入世精神和出世情懷、後現代主義盛行的時代中各種流派，給讀者提供了一幅完整的後現代詩圖像，由此證明詩論建構也是一種創造性的勞動。不過，他的長處似乎不在「宏大敘事」——構築及駕馭現代詩學體系。像他一九八〇年代初寫的〈詩人與詩風〉（註七），短小的詩話中有閃光的警語與段落，比他洋洋灑灑的論著更能使讀者解渴。

蕭蕭不僅是有影響的詩評家，而且還是有相當知名度的選家。他和張默共同主編的《新詩三百首》，企圖描繪中國「新詩的譜系與新詩的地圖」，並爲百年中國新詩「寫史記」，這個出發點值得肯定。蕭蕭暫時收起原有的本土立場，認同張默所持的大中國詩觀，不僅選臺灣詩人，也大量選大陸詩人；不僅選大陸詩人，也選海外華文詩人；在臺灣不僅選本土詩人，也選「外省詩人」。這種視野，有助於反映兩岸四地的作家成就，和整個華文詩壇發展的軌跡。該書每篇還附上作者簡介和鑒賞，這有助於提高讀者新詩的欣賞能力。但該書編選標準仍有不少地方值得質疑，如入選多達五首者全部爲臺灣詩人，而大陸詩人被排除在外，這顯然有意識形態偏見在內。尤其是對大陸不少著名詩人（如蔡其矯）棄之不選，這種取捨一是反映了編者對大陸詩壇還不夠瞭解，二是故意忽略李瑛、聞捷等人，這便無法反映大陸地區在題材風格上的特色與走向。

注釋

一　《比較文學理論與實踐》，臺北：東大圖書公司，一九八六年。

二　臺　北：《當代》第三十二期，一九八八年十二月。

三　《八十年代詩選》，臺北：濂美出版社，一九七六年。

四　臺　北：《中外文學》第二卷第五期，一九七三年十月。

五　游　喚：〈《現代詩導讀》導讀些什麼〉，臺北：《臺灣文學觀察雜誌》，一九九一年一月（總第三期），頁八八～八九。本節吸收了此文的觀點。

六　臺　北：《臺北評論》第五期，一九八八年五月一日。本節參考了該討論會的研究成果。

七　蕭　蕭：《現代詩縱橫觀》，臺北：文史哲出版社，一九九一年，頁六九～八五。